Ralf Lano

Ein Echo aus stählerner Zeit

Ralf Lano, geb. 1965 in Kyllburg, ausgebildeter Werkzeugmacher, staatlich geprüfter Maschinenbautechniker, arbeitete einige Jahre als Designer und Konstrukteur von Kachelöfen. Seit 22 Jahren ist er als Maschinenbaukonstrukteur bei einem größeren Automobilzulieferer beschäftigt.

Zum Schreiben kam er bereits sehr früh, bisher sind ca. 30 Kurzgeschichten in regionalen Publikationen (z. B. Eifeljahrbuch) erschienen. 2022 war er unter den sechs Nominierten des deutschen Kurzkrimi-Preises. Sein Beitrag *Die Kuh Elsa* ist in »Tatort Eifel 8« des KBV erschienen.

Ein Echo aus stählerner Zeit ist sein erster Roman und der Auftakt einer mehrbändigen historischen Eifelkrimi-Reihe.

Ralf Lano

Ein Echo aus stählerner Zeit

KBV

MIX
Papier | Fördert gute Waldnutzung
FSC® C083411
www.fsc.org

Originalausgabe

www.kbv-verlag.de
E-Mail: info@kbv-verlag.de
Telefon: 0 65 93 - 998 96-0
Umschlaggestaltung: Ralf Kramp
unter Verwendung von © Evgeniy Kalinovskiy
und © Fabio - stock.adobe.com
Lektorat: Nicola Härms, Rheinbach
Druck: CPI books, Ebner & Spiegel GmbH, Ulm
Printed in Germany
ISBN 978-3-95441-663-9

PROLOG

Werner Schomer hatte das Gefühl, nicht allein im Wald zu sein. In einem antrainierten Reflex ging er in die Hocke, um die Lage zu überprüfen. Im Krieg waren Bedrohungen aller Art sein tägliches Brot gewesen. Seit dieser Zeit wusste er, dass er sich zu einhundert Prozent auf seine Instinkte verlassen konnte. Öfter als einmal hatte ihm das sein Leben gerettet, während seine Kameraden, die nicht so schnell reagierten, starben. Das Gefühl der Gefahr, das sich wie gewohnt als Kitzeln im Nacken ausbreitete, hatte ihn noch nie getrogen. Dass seit über einem Jahr wieder Frieden herrschte, änderte daran nichts. Hier im Disselbacher Wald sollte die größte Gefahr maximal von den scheuen Füchsen oder vielleicht von einem wütenden Eber ausgehen. Werner hatte während des Krieges jedoch lernen müssen, was für ein gefährliches Raubtier der Mensch sein konnte. Lange genug war er selbst als Raubtier im Einsatz gewesen. Die diversen Orden, die man ihm dafür verliehen hatte, lagen gut versteckt zu Hause im Keller, hier in der Eifel wollte er um keinen Preis auffallen.

Ganz langsam griff er in die Hosentasche, in seiner Hand erschien sein gutes altes Wehrmachtsrasiermesser. Ohne ein Geräusch zu verursachen, zog er es langsam auseinander. Er hatte das Messer etwas modifiziert. Danach war nicht nur die Klinge sehr scharf, es rastete auch mit einem Splint sicher ein. Zudem war es so zugeschliffen, dass man damit auch zustechen konnte. Dieses Rasiermesser hatte nicht nur seinen Hals bearbeitet.

Werner drehte sich sehr langsam um sich selbst, seine Augen bildeten schmale Schlitze, seine Ohren registrierten jedes noch so kleine Geräusch. Einige Meter entfernt lagen die Säge und die große Axt. Werner bereitete seit Tagen Fallholz aus seinem Teil des Disselbacher Forstes auf, um Brennholz für den kommenden Winter zu haben. Eigentlich wollte er die zugeschnittenen Stücke heute an den Wegesrand rücken. Mit seinem Nachbarn Wilhelm war abgesprochen, dass er sich dessen Ochsen und Wagen lieh, um das Holz in den nächsten Tagen nach Hause transportieren zu können. Er war nur zum Pinkeln etwas zur Seite getreten. Als er die Hose wieder zuknöpfte, hatte sein Nacken zu kitzeln begonnen. Rechts raschelte etwas im Unterholz. Werners Hände zuckten, als ein Eichhörnchen zu einem Baum hüpfte, um mit schnellen Sprüngen nach oben zur Krone zu verschwinden. Einen sehr kurzen Augenblick durchflutete ihn Erleichterung: nur ein blödes Eichhörnchen. Dann meldete sich das Gefühl der Bedrohung zurück, stärker als zuvor. Erneut eine Bewegung, diesmal links.

Werner schluckte das »Wer da?« herunter. Diese saudumme Frage machte nur auf die eigene Position aufmerksam. Seine Devise lautete seit Jahren: erst schießen beziehungsweise handeln, dann fragen – falls noch jemand zum Fragen übrig war.

Wenn das ein dummer Scherz sein sollte, würde sich der Scherzbold vermutlich die Überraschung seines Lebens einhandeln.

Er brachte das Messer routiniert in eine halbhohe Position, um möglichst in alle Richtungen agieren zu können. Hauptfeldwebel Karb, seinerzeit sein Ausbilder im Nahkampf, wäre vermutlich stolz, ihn so zu sehen. Karb war ein Arsch gewesen, aber er hatte die Grundlagen für Werners Fähigkeiten gelegt.

Langsam, Schritt für Schritt, bewegte Werner sich nach links, das trockene Laub des Waldbodens verriet allerdings jeden noch so vorsichtigen Tritt.

Da, tatsächlich! Hinter einigen dichten Büschen duckte sich ein Mann weg. Werner umfasste das Messer fester, wie ein Scherz wirkte das nicht. Nun, egal was dies bedeuten mochte, er war gewillt und fähig, sich seiner Haut zu erwehren. Beim vorsichtigen Verfolgen des Phantoms hob er mit links einen Ast vom Boden auf. Im beidhändigen Kampf war er zwar ausgebildet, er gehörte jedoch nicht zu seinen Stärken. Zur Not konnte er aber auch mit links töten.

Ein Rascheln, ähnlich wie das seiner eigenen Schritte. Es hörte sich so an, als wollte der Fremde ihn rechts umgehen. Vor Werner standen zwei dichte Büsche, in der Mitte gab es einen schmalen, natürlichen Durchgang. Werner wartete, bis er wieder Geräusche vernahm; entschlossen machte er einen Schritt nach vorne, um durch die Büsche hindurchzulaufen.

Es klickte.

Werner erstarrte. Er sah sich vorsichtig um, bevor er nach unten blickte. Unter seinem Fuß befand sich eine rostige Metallplatte, die mit einem Draht verbunden war, der nach rechts lief. Am Ende des ungelenken Drahtes hingen, etwa in Schritthöhe, einige Handgranaten zusammengebunden an einem Stiel. Er wusste sehr genau, was das war, er hatte schließlich selbst genug von diesen Scheißdingern verlegt. Es war dem Fremden gelungen, ihn in eine Sprengfalle zu locken, die aus einer geballten Ladung bestand. Bei der kleinsten Bewegung seines Fußes wäre ein Blitz das Letzte, was er sah.

Ich Idiot, ich bin in eine Falle gelaufen, ging es ihm durch den Kopf. Früher wäre mir das nicht passiert, dämlicher Friede.

Die Gestalt erschien in der Lücke zwischen den Büschen. Vor ihm stand ein unbekannter Mann. Wie so viele andere, die der Krieg durchgekaut und ausgespuckt hatte, trug er eine alte, abgenutzte Wehrmachtsuniform, von der sämtliche Abzeichen entfernt worden waren. Einige Sekunden starrten sich die Männer in die Augen. Dann sagte der Fremde: »Weißt du, wer ich bin?«

So sehr Werner seine Erinnerungen auch durchforstete, er konnte das Gesicht nirgends einordnen.

»Nein«, teilte er wahrheitsgemäß mit.

»Der Name Huber sagt dir noch etwas?«

Werner atmete tief aus, er verstand, worum es hier ging. Man wurde wohl tatsächlich von seinen bösen Taten eingeholt, selbst hier im hintersten Winkel der Eifel. Gnade brauchte er keine zu erwarten. Im Gegenteil, sehr wahrscheinlich würde sich dies zu einer sehr hässlichen Sache entwickeln. Es wunderte ihn eigentlich nur, warum es sich lediglich um einen Gegner handelte. Er sah zu den Granaten. Vielleicht sollte er besser gleich die geballte Ladung auslösen und den Bastard mitnehmen? In den Jahren des Krieges war Aufgeben für ihn nie eine Option gewesen. Also fragte er: »Was möchtest du von mir?« Er versuchte, Zeit zu gewinnen, im Kopf ging er fieberhaft seine Möglichkeiten durch.

Der Mann verzog den Mund. »Das weißt du ganz genau, Arschloch. Ich lasse dich erst mal etwas schmoren, damit du über deine Lage nachdenken kannst. Ich habe einige Kameraden, die sich ebenfalls für dich interessieren. Da wirst du bestimmt den ein oder anderen kennen.«

Ohne weitere Erklärung machte er kehrt, vielleicht zehn Schritte entfernt drehte er sich zu ihm um. Anscheinend wollte er prüfen, ob sein Opfer sich bewegte. Wenn es hier um das ging, was Werner vermutete, wusste der Fremde genau, wozu Werner in der Lage war. Nun galt es, Ruhe zu bewahren. Er musste es irgendwie schaffen, den Draht so unter Zug zu behalten, dass er seinen Fuß wegnehmen konnte. Er spürte das Holz des Astes in seiner linken Hand, das könnte mit etwas Geduld funktionieren. Allerdings beobachtete ihn sein Gegner aufmerksam. Also, nur Geduld.

Über ihm raschelte es. Werner sah nach oben, weil er eine neue Bedrohung erwartete. Doch da turnte nur das Eichhörnchen herum. Ein alter Tannenzapfen löste sich dabei und fiel auf Werner herab. Weil sich alle seine Sinne im Alarmzustand befanden, duckte er sich reflexartig. Dabei verlor er den festen Stand. Mit einem »Uaaahh …« taumelte er unkontrolliert rückwärts. Der Draht knirschte, samt Blech schnellte er davon in Richtung der geballten Ladung. Werner wusste, dass er einen großen Fehler gemacht hatte, wohl seinen letzten.

MONTAG, 12.08.1946

TAG 1

-1-

Fräulein Schneebach plagte die Langeweile, dabei hatten die großen Ferien gerade erst begonnen. Genau genommen handelte es sich um die ersten regulären großen Ferien nach den fast sechs Kriegsjahren. Im Jahr zuvor, nach der Eroberung durch die Amerikaner und die anschließende Besatzung durch die Franzosen, hatte es lange gedauert, bis es wieder so etwas wie einen geregelten Schulbetrieb gab. Ab dem Herbst normalisierte sich das Leben dann nach und nach, soweit man bei einer Besatzung von normalen Zuständen sprechen konnte. Das Fräulein war als Preußin aus Königsberg schon aus Prinzip und alter Tradition keine Freundin der Franzosen. Da sie aber weiter als Lehrerin arbeiten wollte, blieb ihr nichts anderes übrig, als sich mit den Verhältnissen zu arrangieren.

Immerhin war sie im Frühjahr von der Besatzungsmacht als unbelastet vom Naziregime eingestuft worden, für sie eine Selbstverständlichkeit. Fräulein Schneebach betrachtete sich als durch und durch konservativ, mit den braunen Schreihälsen hatte sie jedoch nie etwas anfangen können. Nach ihrem »Persilschein« wurde der Schulbehörde anscheinend wieder bewusst, dass sie überhaupt noch existierte. Lehrer, die nicht Mitglied in einer der unzähligen NSDAP-Organisationen gewesen waren, gab es kaum. In der Folge war der Mangel an Lehrkräften aktuell groß. Es tauchte sogar ein graugesichtiger Amtsträger aus Trier in der Disselbacher Volksschule auf, der das Fräulein an eine Schule eben nach Trier versetzen wollte. Der Mann flehte und drohte, Fräulein Schneebach blieb hart. Sie hatte sich bereits vor dem Krieg dazu entschlossen, ihre Dienstzeit in Disselbach zu beenden. Ein höheres Gehalt oder größere Kompetenzen interessierten sie nicht mehr. Nach der Abreise des Mannes vom Amt horchte das Fräulein in sich hinein und wusste, es war die richtige Entscheidung gewesen.

Während der Kriegsjahre waren die Ferien stets wie im Flug vergangen. Nun verhielt sich alles wieder wie in den Jahren vor dem Krieg. Wie eh und je wurden die Kinder in den Sommerferien als kostenlose Arbeitskräfte hauptsächlich dazu eingesetzt, die Ernte auf den elterlichen Bauernhöfen einzubringen oder von früh bis spät die Kühe zu hüten.

Für das Fräulein gab es derzeit also kein sinnvolles Tagesgeschäft, deshalb wusste sie nicht so richtig, wie sie ihre Zeit totschlagen sollte. Den Morgen verbrachte sie damit, die Bücher der kleinen Schulbibliothek zu inspizieren und zu sortieren. Da es sich jedoch nur um wenige Bücher handelte und das Ausleihen von Büchern nicht sehr weit oben auf der Wunschliste der meisten ihrer Schüler stand, brauchte sie dafür nicht lange. Die

Bibliothek war auch aus dem Grund sehr überschaubar, weil eine der ersten Anordnungen der Besatzungsbehörde besagte, dass sämtliche Publikationen aus der Zeit von 1933 bis 1945 abgegeben werden mussten. Genau genommen handelte es sich um eine Umkehrung der Nazimaßnahmen seinerzeit, die sämtliche dem Regime nicht genehme Literatur verboten hatten. Diese Umkehr war eine der wenigen Anweisungen der neuen Ordnungsmacht, die das Fräulein uneingeschränkt begrüßte. Ebenso wie den Umstand, dass dieses unsägliche Fach Rassenkunde aus dem Lehrplan gestrichen wurde. 1933 ignorierte sie die barbarische Anordnung, Bücher abzugeben oder zu vernichten. In einer Nacht-und-Nebel-Aktion rettete sie ihren geliebten Heine sowie die Bücher von Kästner und anderen verbotenen Autoren auf den Speicher der Schule. Wobei niemand je danach gesucht oder gefragt hatte. Mit diesem soliden Grundstock konnte sie im letzten Jahr die Bibliothek wenigstens wieder mit etwas Qualität ausstatten. Zudem freute es sie, dass sie so ein gewisses Gegengewicht zur katholischen Bücherei von Dorfpfarrer Winkel bilden konnte. Sie kümmerte sich nicht im Detail um das, was sich in diesem Hort religiöser Rückständigkeit befand. Sie war sich aber sehr sicher, dass einige ihrer Lieblingsbücher auf dem Index der verbotenen Bücher des Priesters ziemlich weit oben rangierten.

Nach dem Mittagessen brach sie zu einem kleinen Spaziergang ums Dorf auf. Disselbach lag im Süden der Eifel, etwas mehr als zehn Kilometer von der Kreisstadt Bitburg entfernt. Fräulein Schneebach war 1913, nach ihrer Ausbildung zur Dorfschullehrerin, hierher nach Disselbach versetzt worden. Damals hatte sie darum gebeten, in die katholische Provinz zu kommen, sie wollte das Licht preußischer Aufklärung zu den Menschen bringen. Trotz ihres Anspruchs wäre es 1913 außerhalb ihrer Vorstellungskraft gewesen, einmal auf dreiunddreißig Jahre Dienst in einer Dorfschule am Rand der zivilisierten Welt zurückzublicken und damit schlicht zufrieden zu sein. Eigentlich hatte Disselbach damals nur der erste Schritt in ihrer Karriere im preußischen Schuldienst sein sollen. Sie kam aus einer großen Stadt, es dauerte einige Jahre, bis sie das ruhige Landleben der Eifel mit ihren Ideen und Vorstellungen in Einklang gebracht hatte. In den Briefen, die von zu Hause kamen, konnte sie Bemerkungen über Preußisch-Sibirien lesen, wenn es um die Eifel ging.

1914 kam der erste große Krieg, das Kaiserreich versank in den Wirren danach, die Personalakte des Fräuleins verschimmelte in einem unbekannten Archiv. Irgendwie wurden aus den geplanten wenigen Jahren so sehr schnell Jahrzehnte. Nach dem anfänglichen Kulturschock freundete sich die Lehrerin langsam mit der Situation vor Ort an. Es hatte zunächst beiderseits große Vorbehalte zwischen der protestantischen Preußin und den durch und durch katholischen Eifelern gegeben. Mit der Zeit gewöhnte man sich aneinander. Mittlerweile unterrichtete sie bereits die zweite Generation Nachkommen ihrer ersten Schüler von 1913. Was ihr besonders an den Menschen in der Eifel gefiel, war ihre Ehrlichkeit. Es wurde nicht lange um den heißen Brei herumgeredet. Von einem Disselbacher Bauern wurde ihr direkt und ungeschminkt die Meinung gesagt. Damit hatte das Fräulein kein Problem, sie sagte ebenfalls immer allen offen und ehrlich ihre Meinung.

Sie schlenderte einen Feldweg am Rand des Dorfes entlang. Disselbach erstreckte sich von einem kleinen Hügel zu einer Senke hin, die von dem gleichnamigen Bach durchflossen wurde. Wäre das Fräulein nicht so nüchtern veranlagt, sie hätte von einem lieblichen Anblick sprechen können. Der Bach teilte den Ort inoffiziell in ein Oberdorf und ein Unterdorf. Die Bezeichnung Unterdorf war etwas irreführend. Gleich vom Bach aus ging es wieder den nächsten Hügel hinauf. Weil das Dorf aber nun mal um die Kirche herum entstanden war, hatten sich die Bezeichnungen Ober- und Unterdorf, mit dem Disselbach als Trennung, eingebürgert. Ihr Zuhause, die Schule, befand sich gleich neben der Kirche unweit des Baches, quasi auf neutralem Boden. Vor dem Krieg hatte es genug junge Burschen gegeben, dass regelmäßig Fußballspiele zwischen den inoffiziellen Ortsteilen ausgetragen werden konnten. Damals bestanden ernstzunehmende Rivalitäten zwischen den Mannschaften – inklusive Schlägereien. Der Krieg hatte die Disselbacher von diesem Unfug kuriert. Durch die Verluste waren nicht mehr genug junge Männer übrig, um zwei Mannschaften zu bilden.

Fräulein Schneebach befand sich an einer der erhöhten Stellen, das Dorf breitete sich zu ihrer Rechten entlang der Hügelflanke aus. Einige enge Gassen führten durch die verwinkelt aneinander gebauten Häuser und Bauernhöfe. Je weiter man zum Dorfrand kam, desto vereinzelter standen die Bauernhöfe und Gebäude. Allen Häusern gemein war, dass sie aus dem Bruchsandstein des alten Steinbruchs erbaut waren, der an der Straße in Richtung Bitburg lag.

Anfang der Zwanzigerjahre war sie zuletzt in der alten Heimat Königsberg gewesen, als ihre Eltern schnell nacheinander an der Spanischen Grippe gestorben waren. Sie machte sich keine großen Illusionen, Königsberg war wohl unwiederbringlich verloren. Diese traurige Tatsache trug dazu bei, dass sie die Disselbacher nun endgültig als ihre Ersatzfamilie betrachtete. Sie selbst stellte vermutlich am ehesten so etwas wie eine gestrenge Großtante dar, die dafür Sorge trug, dass alles in geregelten Bahnen verlief. Fräulein Schneebach schüttelte den Kopf über sich selbst.

Sie passierte den aufgelassenen Steinbruch. Es gab einen neuen, den das Fräulein auf der anderen Seite des Dorfes sehen konnte. Infolge des Krieges ruhten aber dort derzeit alle Arbeiten. Zur Linken, auf gleicher Höhe, lag der Disselbacher Forst.

Die Eifler waren klassische Selbstversorger. Im Frieden gaben die Gärten und Äcker genügend Ertrag für ein auskömmliches Leben her. Auf den Feldern und Wiesen entlang des Weges herrschte reges Treiben. Überall waren Leute bei der Arbeit. Nach den langen Jahren des Krieges reichte es nun wieder dazu aus, dass trotz der allgemeinen Mangellage niemand hungern musste. Das Landleben bot trotz der Abgeschiedenheit eindeutig seine Vorteile. Vor dem Krieg hatte es die roten Postbusse gegeben, mit denen das Fräulein hin und wieder zum Einkaufen nach Bitburg oder Kyllburg fahren konnte. Bitburg lag in Trümmern, und um Kyllburg hatte es ebenfalls heftige Kämpfe gegeben. Bis regelmäßige Busse die Eifel wieder mit der Welt verbanden, würde vermutlich noch etwas Zeit ins Land gehen.

Das Ende ihres Spaziergangs führte das Fräulein, wie so oft, zur Schmiede von Karl Bermes, die am oberen Rand des Dorfes lag. Karl war vor zehn Jahren der Lieblingsschüler des Fräuleins gewesen. Genau genommen hatte es in all den Jahren, in denen sie in Disselbach unterrichten durfte, keinen besseren Schüler als ihn gegeben. Viele andere Jungs und Mädchen konnte sie ebenfalls umfassend mit »Sehr gut« benoten, niemand besaß jedoch die Auffassungsgabe Karls. Das Fräulein redete jahrelang geduldig auf Karls Vater ein, damit der seinen Sprössling auf das Gymnasium nach Bitburg schickte. Sie bot sogar an, das Schulgeld zur Hälfte zu übernehmen. Josef Bermes ließ sich jedoch nicht erweichen. Karl stand seiner Meinung nach in der langen Tradition der Dorfschmiede von Disselbach. Kein Bermes kam jemals auf die Idee, einen anderen Beruf zu ergreifen, und damit basta. Karl fügte sich diesem Machtspruch. Zum Leidwesen des Fräuleins hinkte sein Ehrgeiz seiner Intelligenz mit erheblichem Abstand hinterher.

Wie die übrigen Jungen seines Jahrgangs musste Karl nach der Lehre bei seinem Vater in den frühen Vierzigerjahren zur Wehrmacht einrücken. Während des Krieges hörte sie wenig von ihm, bis er dann vor fünf Monaten aus der amerikanischen Gefangenschaft heimkehrte. Seine beiden älteren Brüder Manfred und Heinrich fielen 1942 in Afrika und 1944 in Russland. Die Gesundheit seines Vaters erlaubte es diesem mittlerweile nicht mehr, von früh bis spät in der Schmiede zu stehen. Deshalb hatte Karl vor einiger Zeit den Betrieb vorläufig übernommen. Sein Vater blieb offiziell der Meister in der Schmiede, weil derzeit keine Meisterkurse angeboten wurden. Allerdings leistete Karl die Arbeit allein. Trotz der nachvollziehbaren Umstände sah Fräulein Schneebach dies als Verschwendung von Ressourcen und Talent an. Leider fehlte es Karl eben am Streben nach Höherem. Nun, da er der letzte überlebende Sohn war, gab es aber wohl für ihn ohnehin keine Alternative mehr zur Schmiede.

Trotzdem ließ das Fräulein es sich nicht nehmen, weiter an Karls Bildung zu arbeiten. Es machte einfach Spaß, mit ihm über Gott und die Welt zu diskutieren. Karl besaß zu allem eine Meinung und erfasste Zusammenhänge, die anderen verborgen blieben. Davon abgesehen sah sie gerne zu, wenn Karl Stahl in seiner Esse erhitzte, um ihm anschließend eine Form zu geben. Das musste man ihm lassen, bei aller Intelligenz war er zudem ein sehr fähiger Huf- und auch Kunstschmied. Das tröstete das Fräulein ein wenig, wurden so doch nicht alle seine Talente verschwendet.

Das große, zweiflügelige Scheunentor der Schmiede stand bei dem schönen Wetter offen. Heraus klang das helle Klirren von dünnem Metall, das bearbeitet wurde. Abgesehen von einem kleinen Kabuff an der rechten Wand bestand das Innere der Werkstatt aus einem einzigen großen Raum. Durch das Tor konnte man auch sperrige Gerätschaften wie einen Heuwagen zum Reparieren hineinfahren. Gleich links befand sich die schwarz gefärbte, geräumige Esse. Rings herum an den Wänden hingen unzählige Werkzeuge und Hilfsmittel, die die Lehrerin immer ein wenig an die Geräte einer Folterkammer erinnerten. An der gegenüberliegenden Seite des Tores standen einige stabile Stahlgestelle. Darin fanden sich alle möglichen runden und eckigen Stahlstäbe in verschiedenen Abmaßen. Sie zog die Nase kraus, wie üblich lag ein leichter Schwefelgeruch in der Luft. Karl arbeitete am Amboss vor der Esse, er hämmerte auf etwas ein, das sie nicht erkennen konnte. Das Fräulein umrundete den Bereich in einem großzügigen Bogen. In der Schmiedewerkstatt bestand stets die Gefahr, dass bei der Bearbeitung von Stahl und Eisen Funken sprühten, die unschöne Löcher in die Kleidung brannten.

Gut zwei Meter vom Amboss entfernt befand sich eine Werkbank, auf der diverse Gerätschaften wie Hämmer, Zangen oder Feilen verstreut herumlagen. Karls Ordnungsliebe ließ, genau wie sein Streben nach Höherem, sehr zu wünschen übrig. Die Preußin im Fräulein schauderte es jedes Mal bei dem Anblick.

Der junge Schmied sah kurz auf, um der Lehrerin zuzunicken. Gewohnheitsmäßig nahm sie auf dem Stuhl Platz, der gleich neben der Werkbank für sie bereitstand. Karl arbeitete ungerührt weiter an einer Sense, wie sie nun sehen konnte. Sie musste sich eingestehen, es gab unangenehmere Anblicke als das Spiel der Muskeln des jungen Schmiedes in seinem kurzärmeligen Hemd. Als eine Frau von Anfang fünfzig stand das Fräulein natürlich über allen romantischen Anwandlungen. Die hoch aufgeschossene Gestalt Karls mit den schmalen Hüften, den ausgeprägten Armen und Schultern ließ ihre Fantasie dennoch ein wenig ins Kraut schießen. Dazu kam das volle schwarze Haar, das allen

Versuchen, es mit Haarwasser zu glätten, widerstand. Von der langen, geraden Nase tropfte der Schweiß. Ein Bildhauer hätte sicher sein Vergnügen an Karl gefunden. Fräulein Schneebach jedenfalls gefiel, was sie sah.

»Kaffee?«

Derart in Gedanken versunken, bemerkte die Lehrerin gar nicht, dass Karl die Sense an der Werkbank abgestellt hatte.

»Aber gerne.«

Mit dem Kaffee gab es einen weiteren Grund dafür, dass sie die Schmiede regelmäßig besuchte. Bei Karl kochte stets eine Kanne echten Bohnenkaffees vor sich hin. Vermutlich wurde der auf geheimen Pfaden schwarz aus Belgien geschmuggelt oder stammte aus anderen nicht ganz legalen Quellen. Die zwielichtige Herkunft tat dem Geschmack keinen Abbruch, das Fräulein fragte nicht groß nach, woher der Kaffee stammte. Sämtliche Ersatzkaffees der Kriegs- und Nachkriegszeit aus Bucheckern oder Eicheln waren ein absoluter Graus für sie. Eine der wichtigsten Lektionen der letzten Jahre lautete, man stellte besser keine dummen Fragen.

Karl legte den Hammer auf den Amboss und verschwand wortlos im Kabuff. Darin befand sich ein Kanonenofen, auf dem meist eine Kaffeekanne köchelte. Mit zwei dampfenden Tassen kehrte Karl wenig später zurück. Beide tranken den Kaffee schwarz. Dankbar nahm das Fräulein ihre Tasse entgegen.

»Wie ist deine Auftragslage?«, fragte sie.

»Seit vorgestern hat sich daran nichts geändert, Fräulein Schneebach.«

»Ach, nicht?«

Das war eines der Probleme mit der Langeweile in den Ferien. Während der Schulzeit besuchte das Fräulein Karl vielleicht alle zwei bis drei Wochen, in den Ferien geschah das eben öfter. Große Neuigkeiten hielten sich in einem Dorf wie Disselbach in Grenzen. Genüsslich nahm das Fräulein einen ersten Schluck. Immerhin hatte sie Neuigkeiten.

»Hast du gehört, die Franzosen wollen am 30. August den nördlichen Teil ihrer Besatzungszone, sprich uns, zu einem neuen Land machen? Rheinland-Pfalz, was ist das denn für ein merkwürdiger Name? Das Rheinland ist seit hundertdreißig Jahren preußisch, die Pfalz bayrisch. Es könnte schwierig sein, in Deutschland größere Gegensätze zu finden.«

Karl schüttelte den Kopf, ohne etwas zu sagen.

Das Fräulein ereiferte sich weiter: »Wozu soll das denn gut sein? Wer braucht denn ein neues Land? Das ist garantiert wieder nur so ein Versuch der Franzosen, einen Teil von Deutschland abzutrennen. Die haben das immer wieder versucht. Dieses neue Fantasieland ist am Ende nichts anderes als ein neuer Puffer zu Frankreich.«

Karl nahm den Hammer und fügte ihn dem Chaos auf der Werkbank hinzu.

»Fräulein Schneebach, wenn ich bedenke, was wir in zwei Kriegen so alles in Frankreich angestellt haben, kann ich verstehen, wenn die Franzosen auf Sicherheit bedacht sind. Wie Sie wissen, war ich eine Weile am Atlantikwall stationiert. Dort bin ich gelegentlich im Hinterland der Küste gewesen. Wir Deutsche sind da nicht eben beliebt, und was soll ich sagen, die Leute haben recht. Wir haben deren Land erobert und mit Bunkern zugepflastert. Wie würde Ihnen so etwas gefallen?«

Die Lehrerin wollte Karl etwas zur langen Feindschaft zwischen Deutschland und Frankreich erzählen. Sie entschied sich jedoch zunächst für einen weiteren Schluck Kaffee, bevor der kalt wurde. Kaum hatte sie die Tasse an die Lippen gesetzt, gab es draußen einen gewaltigen Donnerschlag. Vor Schreck landete der Kaffee zu einem großen Teil auf ihrem hellblauen Sommerkleid.

»Verflixt!« Hektisch wischte sie an dem braunen Fleck herum. Dann sah sie auf. »Was ist das gewesen?«

Karl sah mit gerunzelter Stirn zur Tür hinaus. »Vermutlich nichts Gutes.«

Er stellte seine Tasse auf den Amboss. Das Fräulein folgte ihm nach draußen. Sie mussten einige Schritte um das Gebäude herum gehen, ehe sie eine schmale Rauchsäule entdeckten, die aus dem nahen Wald aufstieg. Karl schirmte seine Augen gegen die Sonne ab, um besser sehen zu können. »Da ist wirklich etwas in die Luft geflogen.«

Fräulein Schneebach hörte nicht richtig zu, weil sie mit dem Taschentuch an ihrem Kleid herumwischte. Dieser Fleck würde sicher nicht einfach so herausgehen. Und das bei der aktuell katastrophalen Versorgungslage für Bekleidung. »Was hast du gesagt?«

»Drüben im Wald ist etwas explodiert, ein Blindgänger oder eine Mine, irgendetwas Größeres auf jeden Fall.«

»Das kann eigentlich nicht sein, die Franzosen haben im letzten Herbst doch überall deutsche Gefangene mit diesen Sonden herumgeschickt, nachdem das Munitionsdepot explodiert ist. Es sollte also alles geräumt worden sein.«

»Irgendetwas wird immer übersehen, wir sollten nachschauen, was da passiert ist.«

Die Lehrerin war hin und her gerissen, eigentlich musste das Kleid schnellstmöglich eingeweicht werden. Ihre Neugier gewann jedoch die Oberhand. »Dann lass uns gehen.«

Karl grinste. »Nein, wir fahren.«

Er verschwand wieder in der Schmiede, um gleich darauf mit seinem Motorrad zu erscheinen. Es handelte sich um eine Militärmaschine, die in einer der Reichsarbeitsdienstbaracken im Wald beim Rückzug der Wehrmacht vergessen worden war. Karls Vater hatte die Maschine entdeckt und in der Schmiede versteckt. Nach seiner Rückkehr aus der Gefangenschaft hatte Karl das Motorrad wieder flott gemacht und mit knallroter Farbe lackiert, weil davon genug in der Schmiede übrig war. Wenn Karl damit unterwegs war, sah es immer wie ein Feuerwehreinsatz aus.

Er trat neben das Motorrad und betätigte mit einem kräftigen Tritt den Schalter. Mit dem rechten Bein schwang er sich in den Ledersattel. Einladend wies er auf den etwas erhöhten zweiten Sitz hinter sich. »Wenn ich bitten darf?«

»Ich soll mich da hinter dich setzen? Bist du noch bei Trost? Was sollen denn die Leute denken?«

Karl grinste erneut. »Was die Leute denken, weiß ich nicht. Falls Sie nicht zu Fuß zum Wald gehen wollen, wird es nicht anders funktionieren.«

Fräulein Schneebach gab es auf, den Kaffeefleck weiterzuverreiben.

»Wie kommt man denn da rauf?« Das Fräulein maß selbst mit hohen Schuhen höchstens ein Meter sechzig.

Karl zeigte hinter sich. »Da sind zwei Rasten, Sie treten auf eine davon, halten sich an mir fest und setzen sich hin, es ist ganz einfach.«

»Jaja, ganz einfach«, brummte die Lehrerin.

Es war dann aber tatsächlich ganz einfach. Schließlich fand sich das Fräulein erfolgreich platziert hinter Karls breitem Rücken wieder.

»Festhalten«, sagte der und donnerte los.

Die Lehrerin klammerte sich an Karl fest, es gab unangenehmere Erfahrungen. Außerdem war der Tag nun zumindest nicht mehr langweilig.

-2-

Karl gab Gas. Der Effekt hielt sich bei der Militär-BMW allerdings in Grenzen. Das Motorrad hatte zur Standardausrüstung der Wehrmacht gehört. Beim Militär kam es nicht so sehr auf die Geschwindigkeit an, vielmehr auf Zugkraft und Zuverlässigkeit. Der große Vorteil der BMW bestand sowieso in ihrer Geländegängigkeit. Karl hatte es ausprobiert, man kam wirklich überall durch, egal wie unwegsam oder nass das Gelände sein mochte. Für die Eifel und ihre mehr oder weniger gut befestigten Straßen eine wirklich optimale Eigenschaft.

Die Explosion konnte nicht allzu weit weg von den Baracken erfolgt sein, die sich auf einer gerodeten Lichtung im Wald befanden. Das gute Dutzend Gebäude war Mitte der Dreißigerjahre im Disselbacher Forst vom Reichsarbeitsdienst errichtet worden. Bis zum Krieg wurden dort Arbeitsmänner untergebracht, die am Westwall werkelten und in den Dörfern der Südeifel an der Flurbereinigung beteiligt waren. Zu Beginn des Krieges zog die Wehrmacht in das Lager ein, bis der Frankreich-Feldzug begann. Danach wurden die Gebäude vom Militär der Bitburger Kaserne sporadisch als Zwischenlager genutzt. Zum Ende des Krieges hin erschienen erneut Einheiten der Wehrmacht, um sich für die Ardennenoffensive zu rüsten.

Nach dem Krieg stand das Lager eine Weile leer. Da es keine Behörden mehr gab, die kontrollierten, wurden die Baracken von den Disselbachern geplündert. Alles, was ansatzweise einen Wert besaß, verschwand in den Scheunen oder auf den Dachböden des Dorfes. Irgendwann erschienen französische Soldaten, um die ersten Flüchtlinge einzuquartieren. Aus den anfänglichen zwei Familien wurden beständig mehr. Manche wurden von den Franzosen dorthin gebracht, andere tauchten einfach so auf. Es entwickelte sich ein ständiges Kommen und Gehen.

Die Disselbacher betrachteten ihre unerwarteten neuen Nachbarn mit wenig Begeisterung. Die Flüchtlinge waren praktisch mittellos, die Dörfler selbst hatten genug Mühe, über die Runden zu kommen. Deshalb hielten sich das Mitleid und die Hilfsbereitschaft den Fremden gegenüber in Grenzen. Den meisten Einheimischen wäre es am liebsten gewesen, das Lager würde sich in Luft auflösen. Nach seiner Rückkehr hatte Karl von den

Nachbarn öfter als einmal gehört, es sei das Beste, das Lager in Flammen aufgehen zu lassen, um das Problem zu beseitigen. Es traute sich nur niemand, diesen Gedanken in die Tat umzusetzen.

Die französischen Behörden hingegen sahen das Lager eher als Segen an, es hatte für sie den großen Vorteil, dass keine Flüchtlinge zwangsweise bei den Leuten im Dorf einquartiert werden mussten. Sie waren froh über solche unzerstörten Gebäude, die so schön überschaubar zu versorgen waren. Ansonsten wussten sie kaum, wo sie all die vielen Menschen unterbringen sollten, die weiterhin im steten Strom aus den Ostprovinzen des Reiches in ihrer Zone eintrafen. So wenig den Einheimischen diese Umstände gefielen, ihnen fehlten schlicht die Möglichkeiten, etwas dagegen zu unternehmen. In anderen Dörfern ließen sich die Besatzer auch vom heftigen Protest der Einheimischen nicht davon abhalten, leer stehende Häuser zu beschlagnahmen.

Karl näherte sich dem Wald, indem er um den Teich herumfuhr, der den direkten Weg zu der rauchenden Stelle blockierte. Dort hatte ein weiterer großer Schuppen des Arbeitsdienstes gestanden. Nach dem Krieg nutzten die Franzosen den Schuppen, um darin die in der Gegend eingesammelte Munition sowie Granaten und Bomben zu deponieren. Im Herbst 1945 hatte es eine gewaltige Explosion gegeben. Zwei Wachsoldaten kamen bei dem Unglück ums Leben. In Disselbach gingen lediglich einige Scheiben zu Bruch. Davon abgesehen bildete sich durch die Explosion ein tiefer Krater in der Wiese. Gleich neben dieser Stelle floss der Disselbach vom Hügel in das flache Tal, in dem sich das Dorf ausbreitete. Der Bach wurde in den großen Trichter abgelenkt, in der Folge bildete sich ein kleiner See. Bisher war noch niemand dazu gekommen, den Teich wieder zuzuschütten.

Das Fräulein hinter Karl gab glucksende Geräusche von sich, es klang, als gefiele ihr die Fahrt.

Aus dem Lager strebten Neugierige zur Explosionsstelle. Um als Erster vor Ort zu sein, nutzte Karl den Vorteil, dass er motorisiert war. Er fuhr so schnell es ging quer über die Wiese. Hinter ihm hüpfte die Lehrerin quiekend auf und ab, hilfesuchend klammerte sie sich fester an Karl.

Am Rand des Waldes schaltete er herunter, um die Bäume vorsichtig umfahren zu können. Nach wenigen Metern waren sie angekommen. Vor einem zweigeteilten Gebüsch klaffte ein Loch im Boden. Gleich davor brachte Karl das Motorrad zum Stehen. Er wartete, bis das Fräulein von der Maschine geklettert war, ehe er sich selbst aus dem Sitz schwang. Die Wangen der Lehrerin leuchteten rot.

»Das nächste Mal fährst du nicht so schnell, ich bin das nicht gewöhnt. Das schaukelt …«

Sie verstummte, ihr Blick wanderte an Karls Schulter vorbei zum Gebüsch, ihre Augenbrauen schnellten in die Höhe. »Oh!«

Karl drehte sich um. Zuerst sah er nur einige blutige Fleischstücke, die im arg mitgenommenen Buschwerk hingen. Weiter unten lag der Torso eines Menschen halb im Krater der Explosion. Im Krieg waren von Bomben zerfetzte Körper zu einer traurigen Gewohnheit geworden. Diesen hier hatte es recht gründlich zerlegt.

Das Fräulein besaß leider nicht die gleiche Gelassenheit beim Anblick der Leiche.

»Oh!«, wiederholte sie und beugte sich zur Seite, würgend gab sie ihr Mittagessen wieder von sich. Karl war hin und her gerissen, ob er ihr helfen sollte, hielt sich dann doch zurück. Es war seiner alten Lehrerin bestimmt peinlich genug, dass er sie so sah.

Stattdessen trat er näher an den Krater. Die Leiche bot in der Tat keinen schönen Anblick. Etwa ab dem Bauchnabel bestand der Oberkörper nur noch aus einer undefinierbaren Fleischmasse. Die Arme waren an den Ellbogen abgerissen, der Kopf hing lediglich an einzelnen Sehnen und Muskelfasern. Das Gesicht existierte nicht mehr, die Haare mochten dunkel gewesen sein, das meiste davon war sowieso verbrannt. Der Mann musste unmittelbar neben dem Sprengsatz gestanden haben, als es geknallt hatte. Die Beine, die weniger von der Sprengladung abbekommen hatten, steckten in weiten, blauen Arbeitshosen. Das machte eine Identifizierung schwierig, solche Hosen trugen die meisten Männer des Dorfes. Ähnliches galt für die derben Arbeitsschuhe. Karl wunderte sich, dass am rechten Fuß die Socke fehlte.

Das Fräulein tauchte neben ihm auf, sie benutzte das mit Kaffee bekleckerte Taschentuch, um sich den Mund abzuwischen.

»Das tut mir wirklich leid. Ich habe eigentlich genug Leichen in meinem Leben gesehen, aber keine davon ist in einem solchen Zustand gewesen.«

»An so etwas gewöhnt man sich leider im Krieg.« Karl beugte sich nach vorne, um besser in den flachen Krater blicken zu können.

»Hast du eine Idee, wer das sein könnte?«

Karl schüttelte den Kopf. »Nein, von der Kleidung her ist es eher jemand aus dem Dorf als aus dem Lager.«

»Schau in seinen Hosentaschen nach, ob du etwas findest.«

Karl sah erstaunt zur Lehrerin. »Ist das Ihr Ernst?«

»Wieso? Wenn es tatsächlich jemand aus Disselbach ist, müssen wir herausfinden, um wen es sich handelt, wegen der Angehörigen.«

Ein gewichtiges Argument. Vorsichtig griff er in die linke Hosentasche des Toten. Tatsächlich, seine Fingerspitzen berührten ein Stück Papier. Ganz langsam, so als könnte es sich sonst auflösen, zog er es hervor. Es handelte sich um einen der Ersatzausweise der Besatzungsmacht aus schäbigem Karton. Karls Finger begannen zu zittern, als er den Namen darauf las.

Das Fräulein bemerkte seine Reaktion. »Karl, was ist los, wer ist es?«

Der hielt ihr wortlos den Ausweis hin.

»Werner Schomer.« Sie schlug die Hand vor den Mund.

Sowohl Karl als auch die Lehrerin kannten Werner Schomer mehr als nur gut. Karl und Werner waren in ihrer Kinder- und Jugendzeit die besten Freunde gewesen. Die komplette Schulzeit von der ersten bis zur achten Klasse verbrachten sie nebeneinander in der Disselbacher Dorfschule. Sehr zum Leidwesen des Fräuleins. Da, wo Karl die Freude ihres Lehrerinnendaseins gewesen war, trampelte Werner gnadenlos auf ihrem Nervenkostüm herum. Alle Versuche, die beiden auseinanderzusetzen, fruchteten nicht. Nach solchen Aktionen wurden die Leistungen Karls regelmäßig schlechter. Deshalb gab sie es irgendwann auf und versuchte, Werner und seine Streiche soweit es eben ging zu ignorieren.

Karl starrte auf den Ausweis. Werner hatte im Krieg mit Sicherheit regelmäßig in gefährlichen Situationen gesteckt und diese überlebt. Und alles nur, um dann hier zu Hause im Disselbacher Forst auf eine Mine zu treten?

Er drückte den Ausweis der sichtlich erschütterten Lehrerin in die Hand, um sich die Details genauer anzusehen. Wieso gab es überhaupt einen Krater bei einer Mine? Die normalen Personenminen der Wehrmacht waren so konstruiert, dass sie nach der Auslösung gut anderthalb Meter in die Luft geschleudert wurden. Dort explodierten sie dann und verteilten einen Hagel aus Stahlteilen. Die Dinger funktionierten effektiv und tödlich, große Krater bildeten sich da nicht. Anders sah das bei den Anti-Panzerminen aus. Allerdings wurde zum Auslösen einer Panzermine ein entsprechendes Gewicht von mehreren Hundert Kilogramm benötigt. Werner war zwar kompakt und durchtrainiert gewesen, das Gewicht eines Panzers brachte er aber definitiv nicht auf die Waage. Vom Waldrand ließen sich die Geräusche von sich nähernden Menschen vernehmen.

»Da kommen Leute«, informierte ihn das Fräulein.

Karl versuchte umso intensiver zu verstehen, was hier geschehen sein mochte. Gleich würde es hier unübersichtlich werden. Er schuldete es Werner, sein Bestes zu geben.

Die Explosion musste sich in zirka einem Meter Höhe ereignet haben. Dort konnte man den größten Schaden an den Büschen und Bäumen erkennen. Werner wies die übelsten Verletzungen oberhalb der Gürtellinie auf. Diese Umstände machten eine platzierte Sprengladung am wahrscheinlichsten. Das ergab jedoch keinen Sinn, so etwas Auffälliges wäre den Suchtrupps im letzten Jahr garantiert nicht entgangen.

Karls Blick blieb an einem verbogenen Stück Blech hängen, das etwa zwei Meter entfernt in einem Baum steckte. Daran baumelte ein kurzes Stück Draht. Um zu dem Baum zu gelangen, musste er über das linke Bein Werners hinweg am Kraterrand entlangsteigen. Ein Blick nach unten ergab ein weiteres merkwürdiges Detail. Die am Fuß fehlende Socke lag zerfetzt mitten im flachen Krater, er bückte sich, um sie aufzuheben.

»Fräulein Schneebach, das ist seltsam.«

Mehr konnte er nicht sagen, weil es um sie herum plötzlich vor Menschen wimmelte. Die Leute aus dem Lager fluteten die Unglücksstelle regelrecht. Schnell bildete sich ein unregelmäßiger Ring aus etwa fünfzig Neugierigen um Karl, das Fräulein sowie die Leiche im Krater. Ein Mann um die fünfzig trat zur Lehrerin.

»Fräulein Schneebach? Was machen Sie denn hier, und was um alles in der Welt ist hier geschehen?«

»Guten Tag, Herr Globkow, Ich hoffe, Sie sind wohlauf.« Sie schien den Mann gut zu kennen.

Wegen eines kleinen Auftrags vor einigen Wochen wusste Karl, dass der Mann als eine Art Vorsteher für das Lager fungierte. Karls Kontakte zu den Menschen im Lager blieben sporadisch. Hin und wieder ergab sich eine kleinere Reparatur, wie etwa das Schweißen eines Stahlrings an einem Handwagenrad. Die Kunden kamen in solchen Fällen eher zu ihm in die Schmiede als er zu ihnen. Bei der Bezahlung musste er sich meistens auf später vertrösten lassen oder sich mit leeren Versprechungen begnügen. Er sah zum Fräulein, die gerade erklärend zum Krater zeigte.

»Nachdem wir die Explosion gehört haben, bin ich mit unserem Dorfschmied Karl Bermes auf dessen Motorrad hergekommen. Wie es scheint, ist jemand aus dem Dorf auf eine vergessene Mine getreten.«

Karl unterließ es, seine eigenen Vermutungen zum Hergang des Unglücks mitzuteilen. Er wollte niemanden unnötig verunsichern. Globkow sah sich den Toten nun seinerseits genauer an. Abgesehen von seinem bleicher werdenden Gesicht behielt er seine Nerven im Griff.

»Das ist eine üble Sache. Die Kinder aus unserem Lager spielen oft im Wald. Ich dachte, es gab letztes Jahr eine Räumung von Bomben und Munition.«

»Das dachte ich auch, allem Anschein nach ist etwas übersehen worden.«

Dem Fräulein fiel der Kaffeefleck wieder ein, mit der linken Hand versuchte sie die dunkle Stelle abzudecken.

»Was sollen wir denn jetzt tun?« Sie sah zu Karl.

Globkow war schneller. »Wir müssen den französischen Behörden Bescheid geben, dann wird man sehen.«

Dem hatte Karl nichts hinzuzufügen. Er ärgerte sich nur, dass er sich das Stück Blech im Baum nicht näher anschauen konnte. Jetzt wollte er die Aufmerksamkeit der Neuankömmlinge nicht darauf lenken.

Erneut gab es Aufregung, die Männer der Freiwilligen Feuerwehr Disselbachs trafen ein. Sechs Mann mühten sich mit der großen, vierrädrigen Handkarre ab, auf der sich Handspritzen und Eimer türmten. Dahinter folgten sieben weitere, ältere Männer, die keuchten und sich den Schweiß von den Gesichtern wischten. Der Krieg hatte viele der jungen Feuerwehrmänner des Dorfes in Gräber überall in Europa verteilt. Eigentlich gehörte Karl ebenfalls der Feuerwehr an, daran hatte er überhaupt nicht gedacht. Angeführt wurden die Männer von Jakob Weber, dem Hauptmann der Truppe und unmittelbaren Nachbarn Karls, sowie dem Ortsbürgermeister Valentin Neuerburg. Augenblicklich übernahm der das Kommando.

»Was ist hier geschehen?«, rief er in die versammelte Runde, als gälte es, auf der Stelle einen Schuldigen zu finden. Fräulein Schneebach fasste erneut zusammen, was sie wusste. Neuerburg riskierte einen Blick auf die Leiche, drehte sich aber schnell wieder weg.

»Werner Schomer? Haben wir nicht bereits genug unserer jungen Männer im Krieg verloren?«

Eins musste Karl ihm lassen, es klang so, als verabscheute der Ortsbürgermeister den Krieg und seine Folgen wirklich zutiefst. Karl hatte in einem Buch einmal etwas über ein Chamäleon gelesen, das sein Äußeres der Umgebung anpassen konnte. Daran fühlte er sich beim Bürgermeister gelegentlich erinnert. Er kannte den Ortsbürgermeister aus seiner Kindheit und Jugend eigentlich nur als glühenden Nazi. Disselbach war zwar zu klein für Ortsgruppen oder sonstige Organisationen gewesen, das hinderte Neuerburg jedoch nicht daran, bei jeder sich bietenden Gelegenheit in einer braunen SA-Uniform durch die Gegend zu stolzieren und gewichtige Reden zu schwingen. Gleich nach dem verlorenen Krieg gehörte er dann zu der erstaunlich großen Anzahl von Männern, die sich nicht mehr so recht daran erinnern konnten, was sie in den vorangegangenen zwölf Jahren getan oder gesagt hatten.

In einem kleinen Dorf wie Disselbach bildete eine gute Nachbarschaft eine der wichtigsten Grundlagen überhaupt. Da man in der Eifel von außerhalb keine große Unterstützung egal wofür erwarten durfte, musste man in der Regel auf die Nachbarn zurückgreifen, wenn einmal dringend Hilfe benötigt wurde. Einer der vielen Verhaltensgrundsätze, die Karl von seinem Vater von klein auf eingetrichtert wurden, lautete: »In der Nachbarschaft fängt man keinen Streit an.« Dieser Grundsatz führte dazu, dass Leute wie Neuerburg nicht zu befürchten brauchten, von ihren Nachbarn angeschwärzt zu werden.

So etwas wie ein Gewissen schienen Männer wie er ohnehin nicht zu besitzen. Dafür war er sehr von seiner Wichtigkeit überzeugt. Man konnte mit Fug und Recht behaupten, dass Valentin Neuerburg großes Sendungsbewusstsein besaß. Egal ob ein Kaiser, ein Führer oder irgendwelche Franzosen das Sagen hatten, jemand wie er arrangierte sich immer mit den Gegebenheiten. Gab es Aufgaben im Sinn der Obrigkeit zu übernehmen, war er der Erste, der sich vordrängelte. In der Zeit, die Karl unfreiwillig in der großen weiten Welt verbracht hatte, musste er lernen, dass solche Männer durchaus gebraucht wurden. Die meisten Leute blieben lieber passiv und liefen in die Richtung, die ihnen Lautsprecher wie Valentin vorgaben. Irgendjemand musste die Anweisungen von oben interpretieren und vor Ort umsetzen. Neuerburg übernahm nur zu gerne diese Verantwortung, es brauchte ihm nur später niemand mit den Konsequenzen seines Handelns zu kommen.

Der Bürgermeister drehte sich zu Karl um.

»Karl, du fährst mit deinem Motorrad zum Bahnhof nach Kyllburg, dort müsste es ein funktionierendes Telefon geben. Von da aus rufst du in Bitburg an, die werden bestimmt jemanden schicken.«

Die Anweisung passte Karl nicht in den Kram, er wollte lieber das Blech im Baum näher in Augenschein nehmen. Leider handelte es sich jedoch um eine sinnvolle Order. Im ganzen Dorf gab es niemanden, der ein Telefon besaß. Theoretisch war da Post-Theo, der die Poststelle in Disselbach innehatte. Bis Ende 1944 war die Poststelle die Anlaufstelle im Dorf gewesen, wenn jemand telefonieren musste oder, was noch viel seltener geschah, ein Telefonat erwartete. Wegen dieses Anschlusses fiel während des Krieges die unangenehme Aufgabe, die jeweilige Familie darüber in Kenntnis zu setzen, dass ein Sohn oder Ehemann gefallen war, in Theos Zuständigkeit. Als die Front im Frühjahr 1945 über Disselbach rollte, wurde die Telefonleitung gekappt und bis jetzt nicht wiederhergestellt.

Wollte man derzeit telefonieren, war der Bahnhof in Kyllburg die sicherste Anlaufstelle. Karl war der Einzige, der über ein funktionstüchtiges Motorrad verfügte. Also machte es keinen großen Sinn, lange zu lamentieren. Er sah zum Fräulein, die ihn mit zusammengekniffenen Augen betrachtete.

»Nun mach dich schon auf den Weg. Es wäre nett, wenn du heute Abend bei mir in der Schule vorbeikommen könntest. Ich würde gerne mit dir reden.«

Karl nickte nur und ging zu seiner Maschine. Es galt nun, alles, was in seiner Macht stand, zu tun, um herauszufinden, was zu dieser Katastrophe geführt hatte. Eines wusste er sicher, wäre es umgekehrt und er läge jetzt da als Hackfleischklumpen, Werner würde niemals ruhen, bevor er herausgefunden hätte, was geschehen war.

Um ihn herum wurde es voller. Weitere Bewohner Disselbachs drängten heran. Die beiden Häuptlinge Globkow und Neuerburg versuchten gemeinsam, Ordnung in das sich anbahnende Chaos zu bringen.

Globkow hob die Hände.

»Nun denn, liebe Freunde, da wir jetzt wissen, dass es sich um einen fürchterlichen Unglücksfall handelt, bitte ich euch, geht zurück ins Lager.«

Karl wartete nicht ab, was Neuerburg mitzuteilen hatte. Er gab Gas und verschwand in der blauen Wolke, die aus seinem Auspuff quoll.

-3-

Am späten Nachmittag verstaute Karl das Motorrad in der großen Transportholzkiste der Amerikaner, die er in der Kaserne in Bitburg ergattert hatte. Um die Kiste herum befanden sich drei Stahlbänder, die er mit der Kiste vernietet hatte. Die Tür der Kiste war ebenfalls verstärkt und mit zwei massiven Schlössern gesichert. Vor dem Krieg hätte er die Maschine bedenkenlos nachts draußen auf dem Hof stehen lassen können. Heutzutage besaß ein Motorrad einen viel zu großen Wert, als dass man keine Sicherungsmaßnahmen ergreifen müsste. So langsam würde er jedoch Fahrten ins Blaue ein wenig einschränken müssen, seine Benzinvorräte gingen zur Neige. Nachschub gab es nicht einfach so.

Am kleinen Bahnhof in Kyllburg dauerte es eine Weile, bis er telefonieren konnte. Zuerst musste er den Bahnhofsvorsteher davon überzeugen, dass es sich wirklich um einen Notfall handelte. Nach einigem Hin und Her durfte er endlich das Bahntelefon benutzen. Danach dauerte es erneut, bis er in der Kommandantur jemanden am Rohr hatte, der genug Deutsch verstand, um zu erfassen, worum es ging. Die Franzosen gingen scheinbar davon aus, dass alle Deutschen französisch sprachen. Mit den paar Brocken, die Karl am Atlantikwall aufgeschnappt hatte, kam er jedenfalls nicht weiter. Am Ende erklärte der Mann ihm hörbar gelangweilt, es würde sich jemand um den Fall kümmern.

Weil er gelauscht hatte, wollte der Bahnhofsvorsteher dann ganz genau wissen, was es mit der Explosion auf sich hatte. Nach einer gefühlten Ewigkeit konnte Karl sich wieder auf den Heimweg machen. Entweder verging die Zeit bei der Bahn langsamer als anderswo oder die Franzosen reagierten schneller als gedacht. Jedenfalls standen bereits einige Militär-Lkw an der Unglücksstelle, als Karl zurückkehrte. Der Zugang zum Wald wurde nun durch einen Posten gesichert, der Karl weder verstehen noch durchlassen wollte. Frustriert fuhr er zur Schmiede zurück.

Er schloss die Schmiede ab und begab sich ins Haus, um mit seinen Eltern zu Abend zu essen. Werners Tod hatte sich mittlerweile bis zu ihnen herumgesprochen.

Karls Mutter Martha empfing ihn mit rot geweinten Augen. Werner war jahrelang ständig bei ihnen ein und aus gegangen, er war fast so etwas wie ein Familienmitglied gewesen. Karl schluckte den Kloß im Hals hinunter. Nachmittags waren alle Gefühle noch vom Schock überdeckt worden. Erst jetzt drang die ganze Tragweite des Geschehenen zu ihm durch. Werner war tot, gestorben unter höchst merkwürdigen Umständen.

Nach einem weitgehend stummen Essen nahm Karl seine Jacke vom Haken.

»Ich besuche Fräulein Schneebach, um zu hören, was es heute Mittag noch gegeben hat.«

Bei seinem Vater erntete er eine finstere Miene. »Was du nur immer mit der alten Jungfer hast.«

Aufgrund des seinerzeit ständigen Drängens der Lehrerin nach einer höheren Schulbildung für seinen Sohn war Bermes senior nicht gut auf sie zu sprechen.

Karl lächelte.

»Du musst dir keine Sorgen machen, ich werde das Fräulein garantiert nicht heiraten, obwohl sie mit ihrer Pension ja eine gute Partie wäre.«

Sein Vater murmelte unwirsch vor sich hin, seine Mutter schüttelte nur den Kopf.

Karl trat zur Tür hinaus. Der Weg ins Dorf führte über die gepflasterte Straße genau auf den Weberhof zu. Jakob Weber war nicht nur der Chef der Feuerwehr und der unmittelbare Nachbar der Familie Bermes, er besaß zudem einen der größten Bauernhöfe des Dorfes. Das Gebäude bestand wie bei vielen anderen Bauernhöfen dieser Gegend aus einer lang gestreckten Einheit aus Wohn- und Wirtschaftstrakt. Links kam das für die Eifel große Wohnhaus, direkt daran angebaut folgte der Stall, und als Abschluss gab es rechts die geräumige Scheune für Heu und Stroh. Vor dem Übergang zum Stall stand, seit Karl denken konnte, eine massive Holzbank. Es wunderte ihn nicht, Jakob dort mit überschlagenen Beinen sitzend vorzufinden. Von dieser Bank hatte man um diese Jahreszeit einen wunderbaren Blick auf den Sonnenuntergang hinter dem Disselbacher Forst und ebenso auf die Schmiede. Der kleine, gedrungene Mann mit der Glatze winkte ihm zu, mit der linken Hand klopfte er auf die freie Stelle neben sich.

»Guten Abend, Karl, Zeit für ein Schwätzchen?«

Karl wusste, dass die aus dicken Brettern gebaute Bank zwar unbequem aussah, man jedoch ausgesprochen gut darauf saß. Dass Jakob Gesprächsbedarf hatte, verstand Karl, er wollte aber zum Fräulein, bevor es dunkel wurde.

»Nein, tut mir leid, Jakob, ich muss zur Schule.«

»Ach so«, Jakob nickte wissend. »Es ist nie zu spät für etwas Nachhilfe, was?« Er grinste.

Karl lächelte zurück. »Genau, leider ist das Thema heute nicht besonders erfreulich.«

Jakob wurde ernst.

»Wie konnte das passieren, Karl? Es ist alles mehrfach geräumt worden letztes Jahr.«

»Jakob, sei mir nicht böse, wir unterhalten uns die Tage.«

Jakob hob erneut die Hand zum Gruß. »Bis die Tage.«

Karl wusste, dass ein solches Gespräch eher früher als später stattfinden würde, Jakob legte Wert darauf, stets gut informiert zu sein.

Sein Weg führte ihn quer durchs Dorf zur Schule. Überall standen die Leute vor der Tür oder saßen auf Bänken, das Vorgefallene beschäftigte die Disselbacher. Abgesehen von den gelegentlichen Zankereien mit Bewohnern des Lagers verlief das Dorfleben nach dem Krieg wieder in ruhigen Bahnen. Vor dem Krieg war es ab und an vorgekommen, dass sich ein Arbeiter im derzeit stillgelegten Steinbruch verletzte. Ein Disselbacher, der bei einer Sprengung ums Leben kam, bedeutete eine echte Sensation. Mehrmals musste Karl kurz anhalten, um zu berichten, was er über den Vorfall wusste. Dass es bei ihm Informationen aus erster Hand gab, wussten inzwischen alle.

Er machte zudem den Umweg zu Werners Haus im Unterdorf. Es war tatsächlich Werners eigener Bauernhof. Seine Mutter hatte die Geburt ihres Sohnes nicht überlebt, der Vater war darüber in tiefe Traurigkeit verfallen und heiratete nicht wieder. Deshalb gab es keine weiteren Geschwister. Der alte Schomer grübelte viel und litt, ganz im Gegensatz zu seinem Sohn, immer wieder unter Phasen lähmender Schwermut. Kurz nachdem Werner zur Wehrmacht eingezogen worden war, wurde die Einsamkeit zu viel für ihn. Er nahm sich einen Strick und hängte sich im Kuhstall auf. Der Bauernhof stand dann die letzten Kriegsjahre leer, das Vieh wurde verkauft. Die Nachbarn hielten alles so gut wie möglich in Schuss. Im Gegensatz zu Karl kehrte Werner bereits kurz nach Ende des Krieges ins Dorf zurück. Seitdem hatte er allein auf dem Hof gelebt.

Nach seiner eigenen Rückkehr im Frühling 1946 stattete Karl Werner regelmäßig Besuche ab. Der früher so übersprudelnde Werner blieb meistens so einsilbig, wie es sein Vater immer gewesen war. Die tiefe Freundschaft, die sie einst verband, hatte auf Erneuerung gewartet. Dieses Kapitel konnte er nun schließen.

Vor Werners Hof stand ein amerikanischer Jeep mit französischen Kennzeichen. Darin saßen zwei Soldaten, die Karl mit Handbewegungen zu verstehen gaben, er solle weitergehen. Immerhin achtete jemand auf das Eigentum Werners. Was jetzt wohl aus dem Bauernhof werden würde?

Aufgrund seiner Umwege und der vielen Gespräche dauerte es nicht die üblichen zehn Minuten, sondern fast eine Stunde, bis Karl vor der großen Holztür der Schule stand. Mit Schwung betätigte er den eisernen Klopfer. Über ihm wurde ein Fenster geöffnet, das Fräulein erschien.

»Na endlich! Ich weiß ja, dass die Straßen in Disselbach keine Namen tragen, den Weg zu mir solltest du allerdings kennen«, rief sie ziemlich unfreundlich von oben.

Karl war sich seiner Schuld bewusst, Geduld gehörte nicht zu den herausragenden Charaktereigenschaften der Lehrerin.

»Die Türen sind offen, komm rauf.«

Karl trat ein, er musste durch einen Vorraum, der am einzigen, großen Klassenzimmer vorbeiführte, hindurch. Durch eine offen stehende Tür warf er einen kurzen Blick auf die Bänke, in denen er mit Werner seine Schulzeit verbracht hatte. Die acht Jahre der Volksschule hatten Karl wenig gefordert. Werners Streiche sorgten wenigstens für Ablenkung. Nach der Schule waren

Werner und er nicht mehr ganz so eng gewesen. Selbst in einem überschaubaren Dorf wie Disselbach liefen die Lebenswege auseinander. Karl begann seine Ausbildung in der Schmiede. Werner arbeitete tagsüber, ohne Lehre, als Arbeiter im Steinbruch, abends half er seinem Vater bei der Landwirtschaft. Beide mussten sie Knochenarbeit verrichten. Freundschaften gestalteten sich schwierig, wenn man abends nur noch seine Ruhe haben wollte. Erst als sie gemeinsam zur Wehrmacht eingezogen wurden, vertiefte sich ihre Freundschaft kurzfristig wieder.

»Wo bleibst du denn, Karl?«, erklang es ungeduldig vom Treppenhaus her.

Die Tritte der Holztreppe knarzten so vertraut wie zu der Zeit, als Karl regelmäßig das Fräulein besuchte, um sich Bücher auszuleihen. Oben im ersten Stock stand die Tür zum Reich der Lehrerin offen, Karl trat ein. Vor ihm lag eine geräumige Wohnung, mit drei Zimmern plus Küche und Bad. Als die Schule 1910 gebaut worden war, dachte man bei der Planung wohl an einen männlichen Lehrer, der inklusive Familie in die Wohnung einziehen sollte. Das Fräulein war unverheiratet, wie es sich für weibliche Lehrkräfte gehörte.

Das Wohnzimmer befand sich gleich rechts. Da das Fräulein Karl seit seiner Rückkehr aus dem Krieg stets in der Schmiede besuchte, lag seine letzte Visite hier mindestens sechs Jahre zurück. Die Zeit hatte der Wohnung nichts anhaben können. Wie eh und je saß das Fräulein auf ihrem riesigen, mit rotem Samt bespannten Sofa hinter dem großen Esstisch, wie auf einem gigantischen Thron. Genau gegenüber an der Wand hing zwischen zwei Fenstern, die zum Schulhof gingen, ein gerahmtes Porträt von Kaiser Wilhelm mit Pickelhelm. Seine Majestät wirkte, wie gewohnt, schlecht gelaunt.

»Setz dich«, wurde Karl angewiesen.

Gehorsam zog er sich einen der drei Stühle heran, die am Tisch standen.

»Möchtest du etwas trinken?« Vor ihr stand eine Teetasse.

»Nein danke, ich komme gerade vom Abendessen.«

Der selbst gebraute Früchtetee des Fräuleins war gewöhnungsbedürftig.

»Das muss dann ein ausgesprochenes Festmahl gewesen sein. Haben wir etwa einen Feiertag, der mir entgangen ist?« Die Lehrerin war ungnädig gestimmt.

»Ich musste auf dem Weg hierher einigen Nachbarn erklären, was passiert ist.«

Das Fräulein runzelte die Stirn. »Ach so, ja, die Leute. Neugier ist eine wichtige, sie kann aber auch eine lästige menschliche Eigenschaft sein.«

Karl versuchte vergeblich, ein ernstes Gesicht zu machen. Abgesehen von Jakob war Fräulein Schneebach die neugierigste Person, die er kannte.

»Warum grinst du so?«, kam prompt die Frage.

»Nur so. Mich würde interessieren, was geschehen ist, nachdem ich zum Bahnhof gefahren bin?«

Das Fräulein nippte an der Tasse.

»Eigentlich nicht mehr viel. Herr Globkow und Valentin Neuerburg haben sich redlich bemüht, ihre jeweiligen Schäfchen zur Umkehr zu bewegen. Hier in Disselbach ist es ja bereits ein diskussionswürdiges Ereignis, wenn eine Katze tot vom Baum fällt. So ein Unglück wie dieses hat da selbstverständlich eine ganz andere Dimension. In der Folge gab es ein großes Gezanke, wer das Recht hat, sich im Wald aufzuhalten, und wer nicht ... wie gesagt, die Leute. Es sind erstaunlich schnell einige Lkw aus der Kaserne in Bitburg aufgetaucht, die Soldaten haben dann dafür gesorgt, dass die Stelle großzügig geräumt wurde. Es ist mir gelungen, aus einem der Offiziere herauszubekommen, dass morgen ein Vertreter der deutschen Polizei aus Trier kommen soll, um sich den Fall anzusehen. Bis dahin darf niemand zur Explosionsstelle. Damit nicht noch jemand auf eine Mine tritt. Warum ein Luxemburger nicht Deutsch mit mir spricht, verstehe ich nicht. Besatzung hin oder her«, ereiferte sich das Fräulein.

Karl fuhr ihr in die Parade. »Das war keine Mine!«

Sie sah ihn verdutzt an.

»Wie bitte, wie kommst du denn darauf? Werner wird den Krater nicht selbst gegraben haben, und er wurde ganz sicher nicht von einem Bären so zugerichtet.«

Karl hob erklärend die Hände. »Nicht alles, was explodiert, ist eine Mine.«

»Na, eine Bombe wird es kaum gewesen sein. Abgesehen von der Tieffliegerbombe, die im Herbst 44 die Schreinerei getroffen hat, ist Disselbach nicht bombardiert worden.«

»Ich spreche nicht von einer Bombe. Für mich ist das eine gezielte Sprengung mit Sprengstoff gewesen.«

Fräulein Schneebachs Augenbrauen zogen sich zusammen, er hatte ihre ungeteilte Aufmerksamkeit. »Wie meinst du das?«

Karl erklärte der Lehrerin die Zusammenhänge, die ihm vor einigen Stunden im Wald aufgefallen waren.

Nachdem er geendet hatte, nahm das Fräulein die Tasse in die Hände. Ihr Blick ruhte eine Weile auf der Flüssigkeit.

»Verstehe ich das richtig, du glaubst, da hat jemand absichtlich etwas im Wald angebracht?«

Karl betrachtete seine Fingernägel.

»Die normalen Minen der Wehrmacht bilden keine Krater. Die waren dazu gebaut, dass sie nach dem Kontakt hochgeschleudert wurden. Krater entstehen da keine.«

»Was für eine Barbarei.« Die Lehrerin schüttelte den Kopf.

»Mag sein. Es war Krieg, der Auftrag für Soldaten ist recht simpel: Töte möglichst viele Feinde und versuche dabei, nicht selbst getötet zu werden.«

Fräulein Schneebach stellte die Tasse wieder ab. Sie sah Karl einige Sekunden an, ehe sie sagte: »Ich bin immer stolz darauf gewesen, eine Preußin zu sein. Dieser Stolz beruhte für mich auf der Toleranz, mit der das alte Preußen verfolgte Menschen behandelt und vielen davon Schutz gewährt hat. Die Militärgläubigkeit des Kaiserreichs habe ich hingenommen, weil das bei uns zu Hause selbstverständlich gewesen ist. Mein Großvater war 1871 in Frankreich dabei, mein Vater war Richter und selbstverständlich Reserveoffizier. Ich hatte zwei ältere und einen jüngeren Bruder. Alle drei sind im ersten großen Krieg gefallen. In meiner Lebenszeit hat es nun bereits zwei Weltkriege gegeben, dabei bin ich noch gar nicht so alt. Eines habe ich mittlerweile verstanden, alle Toleranz kann niemals das Übel des Militarismus aufwiegen.«

Karl zuckte mit den Schultern.

»Sie werden sich erinnern, Fräulein Schneebach, uns – mir, Werner und den anderen – wurde in der Schule ständig etwas von Deutschlands Schmach nach dem großen Krieg erzählt. Für uns ist es selbstverständlich gewesen, gegen eine Welt von Feinden anzutreten, um das zu ändern.«

Fräulein Schneebach trommelte eine Weile mit den Fingern auf dem Tisch, ehe sie antwortete.

»Das ist leider so, und ich wäre froh, ich könnte das, was ich damals gesagt habe, zurücknehmen. Im Nachhinein hat man gut reden, wenn man erkennen muss, zu was simple Worte führen können. Das Vaterland ist mir immer wichtig gewesen, mit den Nazis hatte ich allerdings nie etwas zu schaffen.«

»Ich mache Ihnen keine Vorwürfe, Fräulein Schneebach. Wir alle haben schön mitgemacht bei dem, was uns befohlen wurde. Das sehe ich eigentlich als das größte Problem an.«

Es folgte eine weitere Runde Fingertrommeln.

»Trotzdem sehe ich meine persönliche Schuld. Weißt du, wie viele meiner ehemaligen Schüler im Krieg geblieben sind?«

»Nein.«

»Zweiundzwanzig, wenn man Werner hinzuzählt, sogar dreiundzwanzig.«

Karl wusste darauf keine sinnvolle Antwort. Allein aus seinem Jahrgang 1923 waren vier Jungs gefallen, mit Werner nun fünf.

»Fräulein Schneebach, wenn es darum geht, Absolution zu erhalten, müssten Sie sich an den Pfarrer wenden.«

»Der!«, kam es als Antwort.

Die Lehrerin und Dorfpfarrer Winkel führten, seit der Priester Mitte der Dreißigerjahre in Disselbach sein Amt angetreten hatte, einen privaten Kleinkrieg.

»Wie gesagt, ich glaube nicht, dass es ein Unfall gewesen ist.«

»Wie bitte?« Die Lehrerin brauchte etwas, um ihm wieder folgen zu können. »Was genau möchtest du mir damit sagen?«

Karl überlegte einen Augenblick, ehe er sagte: »Das ist jetzt nur eine Vermutung: Die Explosion könnte mit Werners Zeit als Soldat zusammenhängen.«

Fräulein Schneebach schüttelte den Kopf. »Warum, Werner ist doch bereits seit über einem Jahr zurück?«

Karl beugte sich zur Lehrerin, er stützte sich auf seine Unterarme.

»Wie Sie sich vielleicht erinnern, wurden Werner und ich gemeinsam mit den anderen aus dem Dorf 1941 gemustert.«

Das Fräulein nickte bestätigend.

»Werner und ich wurden Fallschirmjäger.«

Das Fräulein sah ihn ratlos an.

»Das musst du mir verzeihen, solche Bezeichnungen sagen mir nichts. Von meinem Vater kenne ich nur Infanterie, Kavallerie und Artillerie. Soldat ist für mich Soldat.«

»Damit haben Sie grundsätzlich recht. Ich möchte Sie mit zu viel Details verschonen. Jedenfalls war Werner der geborene Soldat. Ich nicht, Befehl und Gehorsam kann ich nicht viel abgewinnen. Wir waren gerade mit der Sprungausbildung fertig und warteten darauf, an die Front zu kommen. Eines schönen Sonntags wurden einige von uns zum Kompaniechef gerufen.«

Die Lehrerin warf dem Kaiser einen Blick zu, Seine Majestät blickte weiter grimmig aus der Uniform.

»Der Hauptmann war auf der Suche nach brauchbaren Freiwilligen für spezielle Aufgaben, wie das Legen von Sprengfallen und Hinterhalten. Werner war sofort Feuer und Flamme. Ich ließ mich von ihm mitreißen. Wir meldeten uns also freiwillig und wurden im Frühjahr 1942 zu entsprechenden Ausbildungseinheiten versetzt. Für uns bedeutete das, dass zum üblichen Drill Prüfungen und Mutproben hinzukamen. So sollte getestet werden, wie belastbar wir Rekruten waren.«

Karl kratzte sich am Kinn, wenig angenehme Erinnerungen an diese Zeit geisterten in seinem Kopf herum. Er versuchte, sich kurzzufassen.

»Nun, stundenlang in eiskaltem Wasser zu stehen, um einen Hinterhalt zu legen, finde ich nicht so toll. Oder man wird in der Wildnis ausgesetzt und muss schauen, wie man zurückfindet. Ekel vor rohem Fleisch oder vor Insekten verliert man erstaunlich schnell, wenn man Hunger hat. Werner gefielen solche Dinge. Es war wie früher, als er nur Unfug im Kopf hatte und kaum ruhig sitzen konnte.«

»Hm«, murmelte das Fräulein, »Werner hatte gleich ganze Hummelkolonien im Hintern.«

»Jedenfalls war Werner sofort in seinem Element. Er war in allem richtig gut, was mit Schießen, Sprengstoff oder dem Töten ohne Waffe zu tun hatte. Ich nicht.«

Die Augenbrauen der Lehrerin fuhren nach oben.

»Es war Krieg, Fräulein Schneebach, wir haben das gemacht, was uns gesagt wurde. Ohne Werner hätte ich sowieso nicht durchgehalten. Wir lernten, wie man einen perfekten Hinterhalt vorbereitet, wie man sich mehrerer Gegner zugleich erwehrt und dabei alles, wirklich alles, benutzt, was zur Verfügung steht, um den Feind auszuschalten. Unser Ausbildungsziel war es, den Feind so effektiv und nachhaltig wie möglich zu vernichten.«

Die Lehrerin schlug die Hand vor den Mund. »Ihr armen Kinder!«

»Nein, Fräulein Schneebach, wir sind keine Kinder mehr gewesen, das wurde uns von den Ausbildern sehr gründlich ausgetrieben. Werner konnte, wenn er wollte, wie ein Geist sein. Bei mir kamen die Ausbilder zu der Überzeugung, ich sei eher für kompliziertere Aufgaben wie den Funkverkehr geeignet. Es war inzwischen Herbst 1942 geworden. Die Russen hatten Stalingrad eingekesselt, die gesamte Ostfront brannte lichterloh. Teile unseres Regiments wurden an die Front verlegt, um Löcher zu stopfen. Zu diesem Zeitpunkt steckte ich zum Glück in der Spezialausbildung zum Funker in der Nähe von Berlin. Ich erhielt einige Wochen später einen Brief von Werner aus Russland. Darin klang es so, als wäre er endgültig in seinem Element angekommen. Danach habe ich den ganzen Krieg über nichts mehr von ihm gehört.

»Das bedeutet, ihr seid nicht mehr in der gleichen Einheit gewesen?«

»Nein, als Fallschirmjäger gehörte man zur Luftwaffe. Wegen meiner glänzend bestandenen Funk- und Verschlüsselungskurse behielt mich die Luftwaffe zum Glück bei der Luftüberwachung. Die kämpfende Truppe blieb mir erspart. Nach einigen Weiterbildungen landete ich in einem großen Überwachungsbunker am Atlantik. Dort haben mich die Amis im Sommer 1944 ganz einfach eingesammelt. Danach war ich eineinhalb Jahre in Gefangenschaft.«

Die Augen des Fräuleins musterten ihn von oben bis unten, schließlich meinte sie: »Was soll das jetzt mit der Explosion zu tun haben?«

»Als ich im Frühjahr aus der Gefangenschaft zurückgekommen bin, war Werner ja bereits hier in Disselbach. In den letzten Monaten habe ich versucht, mit ihm zu sprechen, das ist wirklich schwierig gewesen. Wenn ich ihn zu seinen Erlebnissen im Krieg vorsichtig befragt habe, hat er komplett zugemacht.«

Karl schluckte, sein Mund war trocken.

»Aha, und nun vermutest du, Werners Tod könnte etwas mit seinen Erlebnissen im Krieg zu tun haben? Ich dachte, ihr hättet euch aus den Augen verloren.«

Karl hob die Hände.

»Es ist nur eine Theorie, aber während unserer Ausbildung musste ich lernen, dass Werner ein sehr gefährlicher Mann ist. Er ist zum Kämpfen geboren. Männer wie er machen sich gerne Feinde. Der Sprengstoff ist ein klarer Hinweis auf den Krieg.«

Das Fräulein betrachtete erneut gedankenverloren das Bild des Kaisers.

»Hm, ein potenzieller Feind müsste Werner ja zuerst gefunden haben, um dann diese Falle zu bauen und ihn hineinlocken zu können. Ist das nicht ein viel zu großer Aufwand?«

Genau diese Fragen beschäftigten und frustrierten Karl. Seine Überlegungen waren nicht komplett schlüssig. »Mir ist noch etwas aufgefallen.«

»Was denn?«

»Werner hatte nur eine Socke an, die andere lag zerfetzt im Krater.«

Diese Information verwirrte die Lehrerin sichtlich.

»Das verstehe ich nicht, kann man denn bei einer Explosion nicht die Socken verlieren?«

»Vermutlich schon. Die Socke durch den geschlossenen Schuh zu verlieren ist allerdings ziemlich seltsam, der saß ganz normal am Fuß. Die Explosion ist in ungefähr einem Meter Höhe erfolgt. Werners Beine und Füße waren kaum verletzt, trotzdem lag die Socke im Krater.«

»Vielleicht hatte er sich eine Blase gelaufen und trug die Socke in der Hand?«, schlug das Fräulein vor.

Karl schüttelte den Kopf. »Möglich ist alles, es bleibt eine seltsame Sache.«

Fräulein Schneebach betrachtete ihn skeptisch.

»Könnte es sein, dass du dich da in etwas hineinsteigerst? Für mich gibt es bei deinen Vermutungen sehr viele offene Gleichungen. Morgen kommt die Polizei. Vielleicht solltest du die ihre Arbeit machen lassen.«

Das Fräulein verschränkte die Arme vor der Brust. Das bedeutete bei ihr normalerweise, dass es in dieser Angelegenheit nichts mehr zu diskutieren gab.

»Ich bin nur eine einfache Volksschullehrerin und habe keine direkten Erfahrungen mit dem Wahnsinn, zu dem der Krieg die Menschen treibt. Ich kann nur wiederholen, wir müssen warten, bis die Polizei da gewesen ist. So wie ich das verstanden habe, soll es sich um deutsche Polizei handeln. Die werden ja wohl ein Interesse daran haben, herauszufinden, was passiert ist.«

»Das hoffe ich.« Karl erhob sich von seinem Stuhl. »Der Tag ist lang gewesen, wir werden sehen, was morgen geschieht.«

Das Fräulein erhob sich ebenfalls, sie ergriff seine rechte Hand.

»Karl! Man kann ziemlich alt werden und lernt immer noch dazu. Insbesondere, zu was die Menschen alles fähig sind.«

»Sie machen sich keine Vorstellungen.« Karl wandte sich zur Tür. »Gute Nacht, Fräulein Schneebach.«

Draußen vor der Schule sah Karl zum Wald, der mittlerweile in der zunehmenden Dämmerung dunkel am Horizont lag. Was war dort geschehen, warum hatte Werner so grausam sterben müssen?

DIENSTAG, 13.08.1946

TAG 2

-4-

Karl begann den Morgen mit der Routine, die er sich beim Militär angewöhnt hatte. Das bedeutete, er wusch und rasierte sich nicht nur, er putzte sich auch die Zähne. Vor seiner Zeit bei der Wehrmacht hatte ihn niemand dazu angehalten. Er war der Einzige in der Familie, der den kleinen Raum hinter der Küche für die Zahnpflege nutzte. In diesem Raum stand der große, holzbefeuerte Kessel, in dem seine Mutter die Wäsche wusch. Gleich neben dem fest installierten Waschbrett zum Einweichen und Schrubben der Kleidungsstücke war ein steinernes Waschbecken in die Wand eingelassen. Dort hatten in seiner Kindheit immer ausgeleierte Zahnbürsten gestanden, es nutzte sie nur niemand regelmäßig.

In vielen Eifeldörfern übernahmen es die Dorfschmiede, kranke Zähne zu ziehen. Da Karls Vater es nicht mochte, anderen im Mund herumzufuhrwerken, hatte Valentin sich vor Jahren dieser Aufgabe angenommen. Eine Behandlung der kranken Zähne gab es bei ihm allerdings nicht. Seine Methode bestand darin, die

Leidenden mit einer Flasche Schnaps, die man aus seinem Sortiment kaufen musste, außer Gefecht zu setzen. Anschließend rückte er den mehr oder weniger weggetretenen Patienten mit einer verchromten Zange zu Leibe, die er eigens in einem Spezialkatalog für zahnärztlichen Bedarf bestellt hatte. Zum Glück besaß Karl gute Zähne, und es war ihm sehr daran gelegen, dass dies so blieb. Auf eine nähere Bekanntschaft mit Valentins Zange konnte er verzichten.

Karl hatte im Frühjahr dafür gesorgt, dass es ein neues WC auf dem Hof gab. Weil die Haupteinkünfte der Familie aus der Schmiede kamen, betrieben Karls Eltern nur etwas Landwirtschaft im Nebenerwerb. Aufgrund der schwierigen Nachkriegslage gab es im Moment nur eine altersschwache Milchkuh im Stall. Der sogenannte Abtritt befand sich in einem kleinen Häuschen, in unmittelbarer Nähe zum Misthaufen. Bei der Aktion, als sein Vater das Motorrad hatte organisieren können, wechselte ebenfalls eine Keramik-Kloschüssel samt Klappsitz aus dem Waldlager in den Besitz der Schmiede. Diese hatte Karl nach seiner Rückkehr anstelle der alten Holzkiste mit Loch in das Klohäuschen am Misthaufen installiert. Abgerundet wurde die Aktion durch etwas Kalkputz für die Wände. Auf den ersten Blick war das Resultat ein modern aussehendes, helles WC. Es blieb jedoch ein Plumpsklo neben dem Misthaufen. Damit war Karl nicht zufrieden. Der Umstand, dass man nachts Pinkeltöpfe benutzen musste, wollte man nicht im Dunkeln über den Hof stolpern, gefiel ihm nicht. Er trug sich mit Plänen, die Waschküche zu erweitern, weil dort fließendes Wasser vorhanden war. So schnell es die Finanzen hergaben, wollte er diesen Umbau angehen und ein Wasserklosett einbauen. Er war fest entschlossen, die Moderne auf dem Hof und ebenso in der Schmiede einziehen zu lassen.

Nachdem er mit seiner Morgentoilette fertig war, frühstückte er mit seinen Eltern. Wie üblich redete sein Vater morgens nicht viel. Josef Bermes brauchte immer ein wenig Anlaufzeit, um überhaupt gesprächig zu werden. Seitdem seine Gesundheit nicht mehr mitspielte, dauerte es noch länger als früher.

Nach dem Frühstück machte Karl sich an seine Aufgaben in der Werkstatt. Er hatte Jakob Weber versprochen, seine gebrochene Pflugschar zu schweißen. Eigentlich hatte er bereits am Tag zuvor damit fertig sein wollen. Bis Werners Unfall dazwischenkam.

Karl war es gewohnt, immer nur dann zum Einsatz zu kommen, wenn die Bauern selbst nicht mehr weiterwussten. Die Einwohner Disselbachs waren allesamt Selbstversorger, wie Karls Eltern auch. Große Reichtümer besaß kaum jemand.

Eine Ausnahme war Jakob Weber mit seinem großen Hof. Obwohl man in seinem Fall eher sagen musste, dass er den Hof lediglich bewirtschaftete. Er mochte offiziell der Bauer sein, das Kommando führte Christine, eine Tante von Jakobs Frau. In Disselbach und den anderen Dörfern der Umgebung gab es solche eigenartigen Konstellationen öfter. Um Geld für die Aussteuer zu sparen, wurden in manch größeren Bauernfamilien die Töchter nicht verheiratet. Stattdessen blieben sie als billige Arbeitskräfte, ähnlich wie Mägde, auf dem Hof. Meistens ergaben sich diese Frauen in ihr Schicksal und fristeten ein bescheidenes Leben zwischen Kirchenbesuchen und harter Arbeit. Manchmal kam es aber auch anders. Christine war viel zu selbstbewusst und eigenständig, um sich mit einem Leben als Magd abzufinden. Über die Jahre erkämpfte sie sich zuerst das Kommando über ihren Bruder, Jakobs Schwiegervater. Später erweiterte sie ihre Herrschaft auf Jakob und seine Familie. Man brauchte nur »Tante Christine« oder »die Tante« zu erwähnen, und jeder zog vorsorglich den Kopf ein. Zu diesem Machtanspruch gesellte sich Christines legendärer Geiz. Karl ging daher davon aus, dass es einiger Diskussionen bedurfte, um an sein Geld für die Reparatur der Pflugschar zu gelangen. Geld besaß derzeit ohnehin praktisch keinen Wert. Die Reichsmark gab es zwar nach wie vor als Zahlungsmittel, nur wollte die niemand haben. Bezahlt wurde eher in Naturalien wie Eiern, Fleisch oder Kartoffeln. Noch viel lieber wurden Zigaretten oder Konserven von den Franzosen genommen. Dazu brauchte man allerdings gute Beziehungen, die den meisten fehlten.

Karl war während seiner Zeit bei der Luftwaffe einige Male versetzt worden und hatte so Berlin sowie andere größere und kleinere Städte kennengelernt. Deshalb wusste er, dass das Leben in der Eifel um einiges hinter dem herhinkte, was man als modernes Leben bezeichnen konnte. Und das unabhängig von den Auswirkungen des Krieges. Derzeit musste man sich mit dem begnügen, was überhaupt organisiert werden konnte. Dies würde jedoch garantiert nicht so bleiben. Karl hoffte auf die Zukunft.

Aktuell plagten ihn allerdings so profane Probleme wie ein unzuverlässiges Stromnetz und der Mangel an so ziemlich allem, was man für die Arbeit benötigte. Selbst mit den Kohlen für seine Esse musste er sehr sparsam umgehen, weil es Kohle nur auf Bezugsschein gab. Wie die meisten Menschen im Nachkriegsdeutschland lernten die Leute in der Eifel notgedrungen, noch effektiver zu wirtschaften, als sie es ohnehin gewöhnt waren.

Karl besaß zwar ein Elektro- sowie ein Gasschweißgerät, es gab aber nirgendwo die benötigten Schweißelektroden einzuhandeln, geschweige denn zu kaufen. Eine Füllung der Gasflaschen war ebenso wenig möglich. Also blieb ihm nichts anderes übrig, als den Pflug Jakobs nach guter alter Väter Sitte im Feuerschweißverfahren zu reparieren. Dafür musste das Feuer besonders heiß brennen, was wiederum viele Kohlen verbrauchte. Das Arbeiten gestaltete sich im Augenblick sehr kompliziert.

Karl hämmerte auf die fast weißglühende, teigige Masse des heißen Stahls ein, um die Bruchstücke des Pflugs miteinander zu verbinden. Er war ganz in seine Arbeit versunken und bemerkte zunächst nicht, dass er Besuch bekommen hatte. Erst beim Herumschwenken der heißen Pflugschar mit dem Deckenkran von der Esse in das große Wasserbecken hätte er diesen Jemand fast erschlagen. Erschrocken sprang Valentin Neuerburg zur Seite, als das Eisen ins Wasserbecken gesenkt wurde. Es brodelte und zischte, schwefelige Dampfwolken stiegen auf.

»Kannst du nicht aufpassen, das ist ja lebensgefährlich!«, herrschte der Bürgermeister ihn an.

»Du stehst mir im Weg, Valentin. Ich kann mich nicht erinnern, dich eingeladen zu haben.«

Der Bürgermeister mochte das notwendige Übel sein, das alles am Laufen hielt. Dies bedeutete aber auch, dass er überall seine Nase hineinsteckte. Karl hebelte den Pflug wieder aus dem Wasser und legte ihn absichtlich knapp vor Neuerburg zu Boden. Dabei schwappte etwas Wasser über dessen Schuhe.

»Pass doch auf, verdammt!«

Der Ortsbürgermeister hüpfte herum, so als versuchte Karl, seine Füße mit glühendem Stahl zu treffen.

»Wo gehobelt wird, da fallen Späne, und wo geschmiedet wird, ist es heiß und dreckig. Meinetwegen darfst du gerne wieder gehen, wenn es dir hier nicht passt.«

Neuerburg trat vorsichtshalber zwei Schritte zurück. Er inspizierte die Aufschläge seiner grauen Hose, die aber nichts vom Wasser abbekommen hatte.

»Valentin, was willst du von mir?«

»Es ist wegen Werner.«

Karl drehte sich ganz zu seinem Besucher. Neuerburgs Interesse an Werner beruhte sicher nicht auf überbordender Trauer.

»Was soll mit ihm sein? Werner ist tot.«

»Das weiß ich. Heute soll doch die Polizei kommen.«

Daher wehte also der Wind. »Und?«

»Deutsche Polizei?«

»So wie ich Fräulein Schneebach verstanden habe, ja.«

»Das Fräulein? Wer auch sonst, ständig muss die sich in alles einmischen. Egal, es gibt im Moment eigentlich gar keine richtige Polizei in Deutschland. Das ist alles nur vorläufig und provisorisch, da kommen garantiert Franzosen mit. Die lassen nie im Leben einfach so deutsche Beamte etwas allein aufklären. Wie du vielleicht weißt, habe ich zu den französischen Behörden meine Beziehungen.«

Das war kein großes Geheimnis. Karl fand es erstaunlich, wie gut der Bürgermeister mit Waren der Franzosen für seinen Kramladen versorgt wurde. Über der Tür des Ladens hing immer noch das vergilbte Schild *Kolonialwaren*, das sein Vater vor dem Ersten Weltkrieg großspurig dort angebracht hatte. Es gab im Augenblick in dem kleinen Laden nicht mehr das Angebot an Waren wie vor dem Krieg, aber Neuerburg kannte eigene Wege, um weiter Geschäfte abwickeln zu können. Ihn störte es nicht, vor den Franzosen zu Kreuze zu kriechen, solange er einen Vorteil daraus ziehen konnte. Karl wollte ihm zu nichts verpflichtet sein, deshalb fragte er Valentin nicht nach den benötigten Schweißelektroden. Er hatte zu oft erlebt, wie der Vater des Bürgermeisters von Karls Vater Gefälligkeiten eingefordert hatte, weil der bei ihm in der Kreide stand.

Karl wischte sich mit dem Unterarm den Schweiß von der Stirn. Seine Hände waren immer zu schmutzig, um damit im Gesicht zu wischen.

»Es ist mir ziemlich egal, wer da mit wem kommt. Ich hoffe nur, die machen ihre Arbeit. Werner verdient es, dass sich jemand um die Umstände seines Todes kümmert.«

Neuerburg nestelte am Klöppel des ramponierten Schraubstocks herum, der links an die massive Werkbank angeschraubt war.

»Welche Umstände denn? Er ist auf eine Mine getreten. Peng, fertig aus.«

»Wenn du das sagst, Valentin.«

»Was denn sonst, da ist ein großer Krater gewesen.«

Karl behielt seine Informationen über Minen für sich, weil er Valentin nicht traute.

»Werner ist ziemlich verschlossen gewesen, nachdem er letztes Jahr aus dem Krieg gekommen ist.«

Neuerburg bewegte den Klöppel schnell hoch und runter, eine fast obszöne Bewegung.

»Von allen, die nach dem Krieg zurückgekehrt sind, ist er der Einzige gewesen, der nicht in Gefangenschaft war. Ist das nicht seltsam?«

Dieser Umstand hatte Karl ebenfalls ein wenig gewundert. Er drehte das Gebläse der Esse herunter und schob die Kohlen an den Rand, damit sie nicht unnötig ausglühten. Neuerburg wartete einen Moment, ehe er weitersprach.

»Er wollte mir nicht einmal sagen, wo er eingesetzt worden ist.«

Der Bürgermeister sah Karl neugierig an, so als könnte der dieses Verhalten erklären oder tiefergehende Informationen liefern.

»Das soll es geben, Valentin, der Krieg war keine kleine Spazierfahrt zur Sommerfrische an der Kyll.«

Neuerburg drehte den Schraubstock mit aller Kraft zu. Er sah Karl nicht in die Augen.

»Als er letztes Jahr Mitte Mai hier aufgetaucht ist, sind noch die Amerikaner hier gewesen. Er hat einen großen Bogen um alles gemacht, was amerikanisch ausgesehen hat.«

»Valentin, wenn Werner dir etwas über seine Zeit als Soldat hätte erzählen wollen, hätte er das bestimmt getan.«

Neuerburg ließ endlich von dem Schraubstock ab.

»Ich will dir ja nur sagen, es wäre gut, wenn du denen von der Polizei das Richtige erzählst.«

Valentin strich sich über die Vorderseite seines etwas in die Jahre gekommenen Anzugs. Er verschränkte die Hände.

»Werner ist auf eine Mine getreten, so etwas passiert und ist sehr tragisch. Egal was wir sagen, Werner wird davon nicht wieder lebendig.«

Karl steckte die Hände unbewusst in die Hosentaschen.

»Valentin, ich verstehe nicht so richtig, was du von mir willst. Fräulein Schneebach und ich sind als Erste am Unglücksort gewesen, weil wir mit dem Motorrad fahren konnten. Das war purer Zufall. Als wir angekommen sind, war Werner tot.«

»Globkow hat mir erzählt, du hättest etwas im Sprengkrater gefunden?«

Eigentlich hätte Karl gedacht, dieser Globkow und Neuerburg betrachteten einander als Rivalen und redeten nur das Allernötigste miteinander. Abgesehen von den regelmäßigen Streitereien über verschwundene Wäsche oder fehlendes Gemüse aus den Gärten gab es wenige Anknüpfungspunkte zwischen Dorf und Lager.

»Ich habe ein Stück Stoff gefunden«, teilte Karl ihm unverbindlich und wahrheitsgemäß mit.

»Und?«

»Was meinst du mit ›und‹? Es war ein zerfetztes Stück Stoff. Vermutlich von der Explosion.«

»Wirst du das der Polizei sagen?«

»Das sehe ich, wenn ich mit denen spreche. Was interessiert dich so sehr daran?«

»Mich? Nichts! Ich möchte dir nur sagen, das Letzte, was wir jetzt brauchen können, ist eine Horde Franzosen, die das Dorf auf den Kopf stellen.«

Karl sah Neuerburg einige Sekunden in die Augen, der Bürgermeister hielt diesmal problemlos stand.

»Valentin, glaubst du etwa, ich würde uns mit Absicht in die Scheiße reiten?«

»Nein, natürlich nicht. Ich will nur, dass du vorsichtig mit dem bist, was du sagst.«

»Da mach dir mal keine Sorgen, ich bin immer mit allem, was ich tue, sehr vorsichtig.«

Karl wandte sich wieder seiner Arbeit zu. Die Schweißstelle musste mit der Feile geglättet werden. Neuerburg stand unschlüssig an der Werkbank.

»Ist noch etwas, Valentin? Ich habe zu tun. Falls die Polizei tatsächlich auftaucht, komme ich wieder zu nichts.«

Der Bürgermeister machte einen Schritt in Richtung des Ausgangs. Er hielt inne und betrachtete seine Schuhe, als er fragte: »Du weißt nicht zufälligerweise etwas von Mitbringseln Werners aus dem Krieg?«

Karl legte die Feile zurück auf die Werkbank. Was sollte das nun wieder bedeuten?

»Welche Mitbringsel? Was meinst du damit?«

»Vergiss das, es ist nur so ein Gedanke gewesen.« Neuerburg wedelte abwehrend mit den Händen.

»Valentin, ich habe deine Andeutungen satt. Entweder wir reden jetzt Klartext oder du lässt mich in Ruhe meine Arbeit machen.«

Der Ortsbürgermeister sah so aus, als wollte er etwas sagen, zuckte dann jedoch nur mit den Schultern.

»Gut, Valentin. Ich mache jetzt weiter, einen schönen Tag noch.«

Der Bürgermeister nickte kurz, er ging zum Tor. Dort drehte er sich erneut zu Karl um. »Sei vorsichtig damit, was du der Polizei erzählst.« Eilig verschwand er um die Ecke.

Karl sah ihm nach. Neuerburg wollte eindeutig etwas nicht aussprechen, das ihn umtrieb. Und von welchen Mitbringseln hatte er fantasiert? Die Liste der Rätsel rund um Werners Tod wurde länger.

Den Rest des Morgens verbrachte Karl damit, den Pflug in einen brauchbaren Zustand zurückzuversetzen. Er wusste, dass das Fräulein seine Arbeit als Schmied für Verschwendung von Talent hielt. Dabei liebte er das, was er tat. Er fand es faszinierend, welche Formen oder Funktionen sich Eisen und Stahl mithilfe von Feuer und Muskelkraft abringen ließen. Wenn er konzentriert arbeitete, konnte er sich komplett in seiner Arbeit verlieren. Es geschah immer wieder, dass er überhaupt nicht bemerkte, wie schnell die Zeit verflog, wenn er etwa Stahlrosen zur Verzierung für ein Gartentor schmiedete. In solchen Momenten befand er sich in seiner Welt. Seine Hände arbeiteten wie von selbst, er konnte seine Gedanken fliegen lassen. In diesen Augenblicken war er vollkommen mit sich selbst im Reinen.

Das Mittagessen verbrachte er wieder bei seinen Eltern in der Wohnstube des Hauses, wo der Esstisch stand. Es gab Mehlklöße mit gerösteten Zwiebeln, eins von Karls Leibgerichten. Überhaupt bemühte sich seine Mutter, ihren einzigen überlebenden Sohn zu verwöhnen, so gut es ihr möglich war.

Auf der Fensterbank lag Wilhelm zwo, der Kater der Familie, und blinzelte Karl träge an. Er begann sich gemächlich die rechte Pfote zu lecken. Die Fensterbank war im Sommer der bevorzugte Thron des großen Katers. In der kalten Jahreszeit residierte er neben dem gusseisernen Ofen in der Ecke der Stube. Wilhelm zwo besaß ein leuchtend rotes Fell, nur die Pfoten waren weiß. Den Namen hatte Karl ihm vor dem Krieg verpasst, als er den Kater aus einem Wurf von Jakobs Katze Minka rettete. Christine wollte alle überflüssigen Kätzchen eigentlich ertränken. Auf den Namen kam Karl wegen der Fotografie des Kaisers, das beim Fräulein im Wohnzimmer hing. Eigentlich hätte er das Tier auch gleich Kaiser nennen können. Karl fragte sich manchmal, ob sich Wilhelm zwo der Herkunft seines Namens bewusst war, so selbstherrlich wie er sich verhielt. Außer von Martha Bermes und Karls verstorbenem Bruder Manfred ließ er sich von niemandem anfassen. Wenn es Seine Majestät dünkte, strich er Karl oder seinem Vater um die Beine; wollte man ihn streicheln, hatte das meist blutige Kratzer auf der Hand zur Folge.

Nachdem das Geschirr abgeräumt und seine Mutter in der Küche mit dem Abwasch beschäftigt war, hielt Josef Bermes seinen Sohn an der Schulter fest, als der aufstehen wollte. Er griff nach seiner Tonpfeife, die auf einem extra dafür angebrachten Bord neben der Bank gelagert wurde. Zuerst kratzte er den Kopf etwas aus, bevor er die Pfeife mit Tabak aus dem Beutel füllte, der neben ihm auf der Bank bereitlag. Für Josef Bermes war es ein Ritual, nach dem Mittag- und Abendessen seine Pfeifchen zu schmauchen. Jedenfalls, wenn Tabak verfügbar war, egal welcher. Nach dem ersten Zug sagte er: »Valentin ist hier gewesen.«

Karl sah seinen Vater erstaunt an. Die Skepsis, die er selbst gegenüber dem Bürgermeister hegte, stammte zu einem guten Teil von ihm. So etwas wie einen Freundschaftsbesuch zwischen seinem Vater und Valentin gab es schlichtweg nicht.

»Ach nein, bei mir in der Schmiede ist er auch gewesen.«

»Das hat er mir erzählt. Ich brauche dir nicht zu sagen, dass man im Umgang mit Neuerburg sehr vorsichtig sein muss?«

Karl schüttelte den Kopf. »Nein, Vater, brauchst du nicht. Ich weiß, Valentin denkt zuerst immer an sich, ehe er an irgendetwas anderes denkt.«

»Wie meistens hat er ordentlich um den heißen Brei herumgeredet. Er wollte mich aushorchen. Warum könnte das so sein, gibt es etwas, das ich wissen sollte?«

Karls Vater sah ihn unter seinen buschigen Augenbrauen scharf an. Er mochte alt und nicht mehr ganz gesund sein, das änderte nichts daran, dass er Zeit seines Lebens ein sehr aufmerksamer Beobachter gewesen war.

Ursprünglich sollte Karls Bruder Manfred die Schmiede übernehmen. Auf ihm hatten die größten Erwartungen seines Vaters gelastet. Von Karl wurde nur erwartet, ebenfalls die Schmiedetradition fortzuführen, ansonsten blieben ihm früher wesentlich größere Freiheiten. Das änderte sich nach seiner Rückkehr aus dem Krieg. Er hatte sofort akzeptiert, dass er nun der Erbe der Schmiede war, er hieß aber nicht Manfred und wollte seine eigenen Wege gehen. Gleich nachdem Karl die

Verantwortung für die Arbeit in der Werkstatt übernommen hatte, folgte eine kurze Phase des Streits. Es dauerte einige Wochen, bis Bermes senior verstand, dass er Karl nicht ständig bei der Arbeit über die Schulter schauen konnte. Dabei half, dass sein Körper nicht mehr mitspielte.

Mittlerweile gab es die Übereinkunft zwischen ihnen, dass der alte Bermes dem jungen nur dann zur Hand ging, wenn er dazu aufgefordert wurde. Seitdem sie sich tagsüber mehr oder weniger aus dem Weg gingen, vertrugen sie sich wieder so gut wie früher. Mit wem, abgesehen vom Fräulein, sollte er über die Umstände des Unglücks sprechen, wenn nicht mit seinem Vater?

»Werner ist durch eine Explosion gestorben, das ist schlimm, es macht aber keinen richtigen Sinn. Eine so kräftige Sprengladung wie die, die Werner erledigt hat, kann im letzten Jahr niemals übersehen worden sein.«

Sein Vater sah ihn eindringlich an. »So etwas habe ich mir schon gedacht.«

»Valentin hat mir ebenfalls eigenartige Fragen zu Werner gestellt.«

Sein Vater lehnte sich so weit zurück, dass die alte geschnitzte Holzbank protestierend knarzte. Der Pfeifenkopf leuchtete auf.

»Ich glaube, ich habe dir nicht erzählt, dass Werner im letzten Herbst öfter bei mir zu Besuch gewesen ist.«

»Was?«

Sein Vater strich sich mit der linken Hand über das Gesicht.

»Zuerst ist er gekommen, um sich zurückzumelden und um sich nach dir zu erkundigen. Danach ist er hier gewesen, um mit jemandem sprechen zu können. Sein Vater ist ja nicht mehr da.«

Josef Bermes' Verhältnis zu Werner war in ihrer Kindheit kaum weniger gut gewesen als das zu Karl selbst. Er wuchs über die Jahre in die Rolle des Ersatzvaters hinein, wenn dessen eigener Vater mal wieder tagelang grübelte und kaum ansprechbar war. Werner musste es schon sehr bunt treiben, bevor Karls Vater laut wurde.

»Was hat er dir denn erzählt?«

»So gesehen nicht sonderlich viel. Vom Krieg hat er in merkwürdigen Andeutungen gesprochen. Er muss viel Schlimmes gesehen haben, ich habe nicht groß nachgefragt. Ich dachte, wir hätten Zeit, irgendwann wäre er bereit, darüber zu sprechen. Nun, es ist anders gekommen.«

Josef Bermes betrachtete traurig die diversen Kerben in der Holzplatte des Tisches. Karl und seine Brüder hatten über die Jahre alle ihre Spuren darin hinterlassen. Genau wie Werner, wenn er bei ihnen mitgegessen hatte. Karl wartete, bis sein Vater wieder aufsah und weitersprach.

»Der Krieg hat ihn sehr stark umgetrieben. In erster Linie wollte er mit mir über Gerechtigkeit sprechen.«

»Gerechtigkeit?«, fragte Karl verblüfft.

»Ja. So richtig bin ich mir nicht im Klaren darüber, was er mir sagen wollte oder wie ich ihm helfen sollte. Er sprach davon, dass er im Krieg Dinge getan habe, die er keinem Priester beichten könne. Wenn ich ihn richtig verstanden habe, hat er trotzdem auf seine Weise Buße getan, indem er Übeltäter zur Verantwortung gezogen hat.«

Angesichts von Karls Erstaunen hob sein Vater nur hilflos die Schultern.

»Frag nicht, es sind wirklich ziemlich merkwürdige Gespräche gewesen, er hat mehr angedeutet als gesagt. Was ich dir jetzt erzähle, habe ich mir seit gestern größtenteils zusammengereimt, um mehr Sinn in das hineinzubekommen, was er gesagt hat. Der Pfarrer hätte ihm bestimmt eher helfen können, der kennt sich mit Halbwahrheiten und Lebenslügen besser aus. Ich musste ihm versprechen, niemandem von unseren Gesprächen zu erzählen. Wie gesagt, ich dachte, mit der Zeit würde mehr Licht ins Dunkel seiner Geheimnisse kommen. Nun ist er tot, mein Versprechen gilt nicht mehr.«

Karl und sein Vater sahen sich sekundenlang stumm an. Dann sagte sein Vater: »Könnte es sein, dass diese seltsamen Gespräche irgendetwas mit Werners Unglück zu tun haben?«

Karl zeichnete seinerseits Figuren auf der Tischplatte.

»Es ist durch und durch merkwürdig, dass ausgerechnet Werner in die Luft gesprengt worden ist. Er ist in solchen Dingen viel zu erfahren gewesen.«

Sein Vater schwieg, mit Militär konnte er nicht viel anfangen. Nach einer Weile meinte er: »Willst du damit sagen, es könnte sein, dass es kein Unfall war und Werner umgebracht wurde?«

Karl atmete durch.

»Ich weiß es nicht, Vater. Ich müsste mir die Stelle im Wald genauer ansehen können. Da sind aber die Luxemburger und sperren alles ab. Wenn die abziehen, ist wahrscheinlich jede Spur unbrauchbar.«

Sein Vater sah auf, der Stiel der Pfeife zeigte auf Karl. »Du solltest eine wichtige Sache bedenken.«

»Welche?«

»Das, was du vermutest, bedeutet dann, jemand müsste eine Bombe gelegt haben.«

Damit brachte sein Vater die Quintessenz dessen auf den Punkt, was Karl selbst umtrieb. Er nickte.

»Genau diese Dinge gehen mir seit gestern nicht mehr aus dem Kopf!«

Sein Vater beugte sich zu ihm, er griff nach seiner rechten Hand, um sie zu drücken. Er hatte Karl lange nicht mehr so intensiv angesehen.

»Dann solltest du ab jetzt sehr vorsichtig sein mit dem, was du sagst und tust. Deine Mutter würde es nicht verkraften, wenn dir etwas geschieht, und ich auch nicht. Uns fehlen bereits zwei Söhne.«

Die Augen des alten Schmieds schimmerten feucht, eine weitere neue Erfahrung für Karl. Er erwiderte das Drücken und erhob sich.

»Ich weiß, Vater. Glaub mir, ich will mein Bestes tun.«

Josef Bermes nickte nur stumm, von der Pfeife stieg etwas Rauch auf.

-5-

Nach dem Essen wollte Karl an Jakobs Pflug weiterarbeiten. Mit der Fertigstellung kam er nicht sonderlich weit. Wenige Minuten, nachdem er die Feile zur Hand genommen hatte, fuhr ein Auto auf dem Hof vor. Karl schaute erst gar nicht nach, niemand in Disselbach besaß ein fahrtüchtiges Auto. Es konnte sich nur um Militär oder jemanden von der Polizei handeln. Es stellte sich heraus, dass beides zutraf. Ein Soldat in Uniform mit umgeschnallter Pistole trat durch das offene Scheunentor in die Schmiede. Mit starkem französischem Akzent fragte er: »Karl Bermes?«

Karl legte die Feile zur Seite und nickte. Der Soldat winkte mit der Hand in Richtung des großen, dunkelblauen Citroën, der vor dem Tor stand. »Allez!«

So viel Französisch verstand Karl. Er rieb die Hände und wies auf das Waschbecken an der Wand, der Soldat nickte zustimmend. Karl wusch sich und klatschte sich eine Ladung Wasser ins Gesicht. Nachdem er sich abgetrocknet hatte, folgte er dem Mann nach draußen. Sorgfältig schloss er das Tor hinter sich ab.

An das Auto angelehnt warteten zwei Männer in Zivil, beide rauchten. Auf der Beifahrerseite stand ein großer, kräftiger Mann. Unter der Krempe seines Huts hervor betrachtete er Karl mit zusammengekniffenen blauen Augen. Wangen und Kinn waren mit groben, schlecht verheilten Narben bedeckt, was ihm ein grimmiges Aussehen gab. Es sah so aus, als wäre irgendetwas nicht weit von seinem Gesicht entfernt explodiert. Der andere auf der Fahrerseite trug eine Schiebermütze, die schräg auf dem Kopf saß. Sein Gesicht war schmal, seine Nase spitz. Mit ebenfalls starkem Akzent fragte er: »Karl Bermes?«

Wieder nickte Karl. Der Soldat öffnete die hintere Tür der Fahrerseite.

»Einsteigen, bitte«, sagte der Mützenträger.

Immerhin wurde er gebeten. Der Große sagte nichts, er rauchte die Zigarette mit zwei schnellen Zügen zu Ende, bevor er einstieg. Karl kletterte in die geöffnete Tür, er fand sich neben dem Großen mit den Narben wieder.

»Wo geht es hin?«, wollte er von ihm wissen, da er einen deutschen Polizisten neben sich vermutete. Tatsächlich antwortete der unfreundlich, mit rheinischem Akzent: »Erst einmal zur Schule. Dieses Fräulein Schneebach wartet dort auf uns. Dann sehen wir weiter.«

Das Letzte klang wie eine Drohung. Karl lehnte sich zurück, er sparte sich weitere Fragen oder Kommentare.

Der Soldat nahm hinter dem Lenkrad Platz, der Mützenträger stieg vorne rechts ein, die kurze Fahrt zur Schule ging los. Niemand sagte etwas, bis der Wagen am Schulhof zum Stehen kam. Wieder wurde ihm die Tür von dem Soldaten geöffnet, Karl stieg aus. Am Fenster über der Eingangstür zur Schule erschien die Lehrerin.

Karl ging um die Front des Autos herum zu den beiden Zivilisten. Der Große nahm den Hut ab.

»Karl Bermes?«, wurde er nun zum dritten Mal gefragt, immerhin ohne französischen Akzent.

»Daran hat sich seit eben nichts geändert.«

Der Große neigte sich leicht nach vorne.

»Warum bin ich immer mit den Witzbolden gestraft? Ich bin Kriminalsekretär Peters von der provisorischen Polizeidienststelle Trier. Das hier ist Commandant Favre von der französischen Dienststelle.«

Karl nickte beiden zu, das gebot die Höflichkeit. »Was kann ich für Sie tun?«

»Keine dummen Sprüche wären ein akzeptabler Anfang.« Peters grinste schief, was seinem flächigen, vernarbten Gesicht einen harmlosen Ausdruck verlieh. Die blauen Augen lächelten allerdings nicht.

»Zuerst noch einige Erklärungen zur weiteren Vorgehensweise. Der Commandant versteht zwar ziemlich gut Deutsch, spricht es aber nicht so gut.«

»Bonne journée, guten Tag.« Favre verbeugte sich, sein Lächeln wirkte echt.

»Deshalb werde ich unser Gespräch führen, der Commandant hört nur zu. Wenn es für ihn etwas zu fragen gibt, wird er fragen. Verstanden?«

Karl nickte.

»Haben Sie das verstanden, Herr Bermes?«, wiederholte Peters sehr energisch.

Karl fühlte sich an seine Zeit bei der Wehrmacht erinnert. Dieser Kriminalsekretär war es eindeutig gewohnt, Befehle zu geben.

»Ja, das habe ich verstanden.«

»Gut. Wir sind an der Schule, damit wir bei Bedarf mit der Lehrerin sprechen können. Wir haben mit ihr vereinbart, dass wir uns für unsere Unterhaltung in den Schulsaal setzen dürfen.«

»Haben Sie mit Fräulein Schneebach bereits über das Unglück gesprochen?«

»Ich stelle hier die Fragen«, versetzte Peters patzig.

Der war hundertprozentig beim Militär gewesen, Karl kannte diesen Tonfall zur Genüge.

Der Franzose wies zur Schule. »Kommen Sie bitte.«

Karl folgte Favre, Peters bildete das Schlusslicht, so als hätten die beiden Angst, Karl könnte sonst ausbüxen. In der Schule wandte Favre sich zielstrebig nach rechts zum Schulsaal. Die Bankreihen stiegen von vorne nach hinten in der Höhe an, um dem Heranwachsen der verschiedenen Jahrgänge der Klassen 1 bis 8 Rechnung zu tragen. Favre schloss die Tür hinter sich. Karl hockte sich in eine der hinteren Bänke. Selbst dort bereitete es ihm Probleme, seine langen Beine in eine halbwegs bequeme Sitzhaltung zu falten. Favre nahm auf dem Stuhl hinter dem Pult Platz, auf dem das Fräulein immer saß, wenn alle Schüler beschäftigt waren und sie nur die Übersicht behalten wollte. Peters hockte sich auf eines der Pulte eine Reihe vor Karl. Das Holz bog sich unter seinem Gewicht. Er zündete sich eine Zigarette an. Das würde Fräulein Schneebach nicht gefallen.

Peters sah zu Favre, der nickte. Womit die Rangfolge für Karl endgültig geklärt war. Der Deutsche zog an der Zigarette, den Qualm atmete er durch die Nase aus. Das hätte früher im Religionsunterricht ein prima Schaubild für Pfarrer Winkel abgegeben, um Teufel und Dämonen plastisch darzustellen.

»Ihr Name ist Karl Bermes, Sie arbeiten in der Schmiede Ihres Vaters?«

Karl nickte.

Peters beugte sich zu ihm. »Wir haben nichts an den Ohren.«

»Beides ist zutreffend«, sagte Karl widerwillig.

»Sie haben gestern Nachmittag, gemeinsam mit der Volksschullehrerin Schneebach, die Leiche von Werner Schomer im Wald gefunden?«

Peters wies grob auf die Fensterreihe zur Kirche. Da er die Gegend nicht kannte, zeigte er damit genau in die falsche Richtung.

»So ist es.«

»Wie ist es dazu gekommen?« Peters stieß eine weitere Rauchwolke aus.

Karl war sich sicher, dass die beiden bereits alles Relevante von der Lehrerin oder von Neuerburg wussten. Nun sollte vermutlich geprüft werden, ob es Ungereimtheiten zwischen den jeweiligen Berichten gab. Um keine unnötigen Missverständnisse zu erzeugen, erzählte er wahrheitsgemäß vom Besuch der Lehrerin in der Schmiede, der Explosion sowie der anschließenden Fahrt zum Unglücksort. Als er geendet hatte, tauschten die Polizisten wieder Blicke. Favre hob kaum merklich die linke Augenbraue.

»Sie haben im Krieg gedient?«, wollte Peters wissen.

»Ja, bei der Luftwaffe«, sagte Karl unbestimmt.

»Was ist dort Ihre Funktion gewesen?«

»Ich war Funker.«

»Wo?«

»Frankreich, Atlantikwall.«

Die Augenbrauen des Polizisten hoben sich kurz. »Dienstrang?«

»Unteroffizier.«

»Sonst nichts?«

Was sollte diese Fragerei nach seiner Zeit bei der Wehrmacht? Dass Peters oder der Franzose seine Personalakte kannten, war mehr als unwahrscheinlich. Früher mochte die deutsche Bürokratie sehr effizient gewesen sein. Heutzutage herrschte überall Chaos. Selbst einfache Dinge wie ein Ausweis bedeuteten einen unglaublichen Aufwand, weil man deutsche und französische Dienststellen benötigte. Viele Akten der ehemaligen deutschen Militärverwaltung befanden sich in anderen Besatzungszonen. Wieder entschied er sich für die Wahrheit.

»Meine Grundausbildung war bei der Luftwaffe, in einem Fallschirmjägerregiment.«

Peters spitzte anerkennend die Lippen.

»Fallschirmjäger, soso. Warum sind Sie denn dann als Funker bei der Luftwaffe gelandet?

»Meine Vorgesetzten kamen zu der Einsicht, dass ich dafür besser geeignet war. Warum wollen Sie das wissen? Ich habe Werner gefunden, sonst nichts.«

Peters hob die flache Hand vor Karls Nase. Erneut sagte er sehr energisch: »Ich stelle hier die Fragen. Sie kannten Werner Schomer?«

»Wir sind gemeinsam zur Schule gegangen, dann kennt man sich wohl ziemlich gut.«

Genau genommen hatte Karl seine Schulzeit exakt an der Stelle neben Werner beendet, wo er jetzt wie ein armer Sünder vor dem Polizisten hockte. Damals hatte er in der Bank mehr Platz gehabt.

»Werner Schomer ist ebenfalls bei der Luftwaffe gewesen?«

»Wir waren zusammen in der Grundausbildung, danach haben wir uns aus den Augen verloren. Ich habe ihn erst hier in Disselbach wiedergesehen.«

»Danach habe ich Sie nicht gefragt, ich möchte wissen, was Ihr alter Freund bei der Wehrmacht gemacht hat«, bellte Peters im Kasernenhofton.

Karl entschied sich dafür, den Ahnungslosen zu spielen.

»Es ist, wie ich gesagt habe, wir haben uns im Krieg aus den Augen verloren. Ich bin erst vor fünf Monaten aus der Gefangenschaft entlassen worden. Hier im Dorf hatte ich danach nicht viel mit Werner zu tun.«

»Und das soll ich Ihnen glauben?«

Reichte die Wahrheit etwa nicht aus?

Peters zündete sich eine weitere Zigarette an der alten an. Er schaltete wieder einen Gang herunter.

»Sie sind gestern also mit der Lehrerin zum Explosionsort gefahren?«

»Jawohl.«

»Warum ist die Lehrerin bei Ihnen gewesen?«

Karl war irritiert, stellten Polizisten immer so merkwürdige Fragen?

»Sie ist bei mir zu Besuch gewesen. Wir verstehen uns gut, ich bin einer ihrer Lieblingsschüler gewesen.«

»Ein Streber also?« Das Grinsen des Kriminalsekretärs wirkte diesmal hämisch.

Karl zuckte nur mit den Schultern. Langsam wurde ihm dieses Verhör zu blöd.

»Warum ist Herr Schomer Ihrer Meinung nach in die Luft gejagt worden?«, wechselte Peters unvermittelt das Thema.

»Was, wie meinen Sie das? Es ist ein Unfall mit einer Mine gewesen.«

Peters' Stimmlage änderte sich komplett. Nun klang er wie ein verständnisvoller Onkel: »Na, kommen Sie, verkaufen Sie mich nicht für dumm. Ich war selbst lange Soldat. Das ist nie im Leben eine Standardpersonenmine der Wehrmacht gewesen.«

Bei diesem Peters musste er achtgeben, was er sagte. Karl spielte weiter den Ahnungslosen.

»Den größten Teil des Krieges habe ich an einem Funkgerät gesessen, da hat man mit Sprengstoff nicht viel zu tun.«

Der Kriminalsekretär qualmte stumm vor sich hin. Weitere Blicke wurden mit Favre gewechselt. Peters' Stimme legte wieder an Schärfe zu.

»Immerhin haben Sie eine infanteristische Kampfausbildung erhalten. Fallschirmjäger sind nicht dafür bekannt gewesen, halbe Sachen zu machen.«

»Bei den Fallschirmern war es wichtiger zu lernen, wie man aus Flugzeugen springt, ohne sich die Knochen zu brechen. Gleich nach der Grundausbildung wurde ich zur Luftüberwachung versetzt, weil ich dafür besser geeignet war.«

»Wenn das alles keine merkwürdigen Zufälle sind, heiße ich Tünnes. Da gibt es zwei alte Freunde, die sogar zusammen in der Grundausbildung gewesen sind. Kaum sind beide aus der Gefangenschaft zurück, stirbt einer der guten Freunde, Werner Schomer, unter mysteriösen Umständen.«

Verblüfft lehnte Karl sich zurück, verdächtigte Peters ihn tatsächlich, Werner ermordet zu haben? Er schüttelte den Kopf.

»Was soll dieser Unsinn? Zur Zeit der Explosion habe ich in der Schmiede gearbeitet, Fräulein Schneebach kann das bezeugen.«

Peters lachte laut auf.

»Ein Schlaumeier, der mit seiner Lehrerin kuschelt.« Er beugte sich nach vorne, um Karl besser fixieren zu können. »Sprengsätze muss man nicht vor Ort auslösen. Das wissen Sie genauso gut wie ich.«

»Woher sollte ich gewusst haben, wann Werner sich wo genau im Wald befindet?«

»Vielleicht haben Sie ihn ja an diese Stelle gelockt?«

»Wie soll ich das denn aus der Schmiede heraus gemacht haben? Das wird mir alles zu dumm hier.« Karl versuchte sich aus der Bank zu schälen.

»Sitzen bleiben!«, brüllte Peters. Energisch sprang er von der Schulbank auf die Füße. Es wirkte, als wollte er Karl am Kragen packen.

Gebremst wurde der Kriminalsekretär von einem Fingerschnippen des Franzosen. Ohne das Gesicht zu verziehen, schüttelte er mit dem Kopf. Der Unterkiefer des großen Mannes bewegte sich unwillig hin und her. Mit gesenkter Stimme und bemüht neutral fragte er weiter: »Sie haben an der Explosionsstelle etwas gefunden?«

Diese Information konnte er von mehreren Personen haben. Leugnen nutzte also nichts.

»Ich habe eine zerfetzte Socke gefunden.«

Weil die Socke eine der Ungereimtheiten war, die er eigentlich durchaus mit der Polizei besprechen wollte, hatte Karl das Stück Stoff nach dem Mittagessen in die Brusttasche seiner Arbeitsjacke gesteckt. Die zog er nun hervor. »Die hier.«

Er hielt die Socke Peters hin. Der griff sofort zu. Interessiert musterte er die zerrissenen und angeschmorten Ränder.

»Das konfisziere ich, es handelt sich um ein Beweisstück. Ist Ihnen nicht bewusst, dass man solche Dinge am Tatort lassen muss? Es gab einmal eine Zeit, da hätten Sie sich dafür strafbar gemacht.«

Karl reckte dem Polizisten den Kopf entgegen. Es reichte ihm, er hatte keine Lust mehr, sich von diesem Kommisskopf weiter drangsalieren zu lassen.

»Vor gar nicht allzu langer Zeit hat man sich in Deutschland mit so ziemlich allem strafbar gemacht und hatte dann Leute wie Sie am Hals.«

Favre kicherte leise, das Gesicht des Kriminalsekretärs wurde dunkler, an der Schläfe pochte eine Ader. Ehe er losbrüllen konnte, schnippte Favre erneut und sagte einige Sätze auf Französisch. Trotz seiner Jahre an der Atlantikküste verstand Karl nichts von den schnell gesprochenen Worten. Was auch immer der Commandant dem Deutschen sagte, es schien Peters nicht zu gefallen. Frustriert sog er an seiner Zigarette, mit finsterem Blick grübelte er vor sich hin. In wesentlich ruhigerem Tonfall fragte er dann: »Was war Ihr erster Eindruck, als Sie die Explosionsstelle erreicht haben?«

Karl berichtete exakt, was er gesehen hatte. Seine eigenen Überlegungen hinsichtlich der merkwürdigen Umstände von Werners Tod behielt er lieber für sich.

»Ein Krater, sagen Sie«, hakte Peters nach.

»Ja.«

Damit verriet er kein großes Geheimnis, der Krater musste selbst dem begriffsstutzigsten Beobachter auf Anhieb auffallen. Peters atmete tief durch, Rauch drang aus der Nase. Er machte den Eindruck, als müsste er etwas Unangenehmes herunterschlucken.

»Und die Socke lag in diesem Krater?«

»Ja.«

»Werner Schomer hatte beide Schuhe, aber nur eine Socke an? Wie erklären Sie sich das?«

Die Stimme des Polizisten schraubte sich erneut in die Höhe. Alte Gewohnheiten ließen sich nicht so leicht ablegen. Damit sprach der Polizist das an, was Karl gestern sofort aufgefallen war. Da der Commandant sich räusperte und Peters mit einem finsteren Blick bedachte, sagte Karl so unschuldig, wie es ihm möglich war: »Woher soll ich das wissen, Herr Kriminalsekretär? Sie sind von der Polizei. Erklären Sie mir das.«

Peters starrte Karl so intensiv an, dass er fast schielte. Erneut saugte er heftig an seiner Zigarette, der Qualm quoll aus seiner Nase. Karl hätte es nicht gewundert, wenn er mit seinen Ohren Rauchzeichen gegeben hätte. Es war offensichtlich, dass er vom Franzosen zurückgepfiffen wurde. Nicht weniger deutlich sah man, dass Peters dieses Verhör viel lieber mit anderen Methoden geführt hätte. Ganz nach alter Väter Sitte, mit wesentlich mehr Druck. Vor dem Commandant ging das jedoch nicht.

»Sonst haben Sie nichts gesehen?«, fragte der Polizist beherrschter.

»Nein, es sind gestern schnell viele Leute aus dem Lager und dem Dorf zur Unfallstelle gekommen. Unser Bürgermeister hat mich nach Kyllburg zum Bahnhof geschickt, um die Behörden zu informieren.«

»Von diesen vielen Leuten hat sich niemand verdächtig benommen?«

»Darauf habe ich nicht geachtet. Es hat mir niemand gesagt, dass ich mich nach Verdächtigen umsehen soll. Ich war ein wenig aufgeregt wegen Werner.«

Peters' Gesicht verfinsterte sich erneut, er öffnete den Mund für weitere Fragen, Favre erhob sich.

»Bien, sehr gut. Danke für Ihre Hilfe, Herr Bermes. Ich denke, wir sind fertig.«

Er sprach zwar mit französischem Akzent, es wirkte aber nicht, als müsste er die Worte suchen. Peters sah man an, dass für ihn die Sache keineswegs erledigt war. Er konnte nun allerdings nicht weiterbohren, weil der Franzose eindeutig die Marschrichtung im Schulsaal vorgab.

Karl bemühte sich, endlich aus der zu engen Schulbank herauszukommen. Der Commandant öffnete die Tür zum Vorraum. Das leicht nach vorne gebeugte, lauschende Fräulein Schneebach stolperte ihm entgegen. Favre musste sie auffangen, damit sie nicht auf der Nase landete. Die Lehrerin entschuldigte sich in stockendem Französisch. Der Commandant antwortete höflich und so langsam, dass Karl ein wenig davon verstehen konnte, was er sagte. Peters nutzte die Gelegenheit, dass sein Vorgesetzter abgelenkt war. Er trat nahe an Karl heran.

»Du kannst mit viel erzählen, Herr Streber Oberschlau. Ich rieche faule Geschichten, und die hier stinkt besonders.«

Obwohl der Polizist ihm regelrecht auf die Pelle rückte, wich Karl nicht zurück.

»Was wollen Sie von mir? Das ist keine Geschichte, es ist die Wahrheit. Ich bin nur zufälligerweise mit dem Fräulein als Erster vor Ort gewesen.«

Peters schüttelte den Kopf, sein Zeigefinger erschien vor Karls Nase.

»Im Krieg bin ich Hauptmann bei der Feldpolizei gewesen. Diese Art von Verwüstungen bekommt man nur mit Sprengstoff oder geballten Ladungen hin. Mein Bauchgefühl trügt mich selten, und dieses

Gefühl sagt mir, du weißt ganz genau, dass ich recht habe. Herr Unteroffizier von der Luftwaffe.«

Ein Kettenhund also. Kein Wunder, dass Peters diesen Ton an den Tag legte. Karl blieb ruhig. Abgesehen von seinem ähnlichen Verdacht hinsichtlich der Sprengung hatte er ein vollkommen reines Gewissen.

»Warum wollen Sie mir unbedingt etwas unterstellen? Mit Werners Tod habe ich absolut nichts zu tun. Da schwöre ich jeden Eid drauf. Die Untersuchung der Umstände ist Ihre Sache.« Karl machte eine Pause. »Oder es ist vielmehr die der Franzosen, wenn ich das richtig sehe, Herr Kriminalsekretär Franzosenlakai.«

Peters funkelte Karl so finster an, als wollte er ihn auf der Stelle standrechtlich erschießen lassen. Zum Glück war der Krieg vorbei. Er schluckte Karls Unverschämtheit ohne Kommentar.

»Pah, Favre. Der gute Commandant möchte so schnell es möglich ist zurück nach Metz. Dem geht das hier alles komplett am Arsch vorbei. Ein weiterer toter Deutscher ist für den kein großer Verlust. Vermutlich schreibt der nachher seinen Bericht, alles wird als Unfall zu den Akten gelegt, und aus die Maus.«

Peters näherte sich Karl so weit, dass sich ihre Nasenspitzen fast berührten. Sein Atem stank nach unzähligen Zigarettenschachteln.

»Mir reicht das aber nicht. Dieser Schomer ist umgebracht worden, das ist so sicher, wie sie den dicken Hermann in Nürnberg an den Galgen bringen. Ob es dir gefällt oder nicht, ich habe die Absicht herauszufinden, was hier geschehen ist.«

Karl trat trotz Peters' beeindruckender Präsenz nicht zur Seite. Der Polizist war es vermutlich nicht gewohnt, auf Widerstand zu stoßen. Schließlich machte er zwei Schritte rückwärts. Karl hob seinerseits den Zeigefinger.

»Werner ist mein bester Freund gewesen. Falls Sie recht haben sollten, werde ich Ihnen gerne helfen, herauszufinden, was da geschehen ist. Aber: Ich! Habe! Nichts! Mit! Seinem! Tod! Zu! Tun!«

Die letzten Worte sagte Karl mit allem Nachdruck. Bei der Wehrmacht hatte er das Kommandieren selbst gelernt. Peters' Mundwinkel wanderten langsam in die Höhe.

»Schau an, der Hund kann bellen. Die Frage ist, hat er vielleicht seinen alten Schulfreund gebissen? Das letzte Wort ist in dieser Angelegenheit noch nicht gesprochen!«

»Herr Sekretär?« Favre rief von der Tür her. »Allons, wir müssen fahren nach Trier. Mein Termin mit dem Colonel.«

Die abfällige Anrede »Sekretär« führte dazu, dass sich Peters' Stirn in tiefe Falten legte.

»Ich komme wieder, das ist ein Versprechen«, sagte er zu Karl, bevor er sich ohne Gruß umdrehte, um dem Commandant nach draußen zum wartenden Auto zu folgen.

Karl durchquerte den Schulsaal. In der geöffneten Eingangstür der Schule stand Fräulein Schneebach. Ihre Hände verschränkten sich hinter dem Rücken. Hinter ihr holperte das Auto eben vom Pflaster vor dem Schulhof. Als Karl sich neben sie stellte, drehte sie sich zu ihm.

»Wie sieht es aus, konntest du den Herrschaften bei ihren Fragen weiterhelfen?«

»Keine Ahnung. Der Franzose hat so gut wie nichts gesagt. Die Befragung des Kriminalsekretärs lief auf eine Weise, als wäre ich verdächtig, etwas mit Werners Tod zu tun zu haben.«

Das Fräulein sah von unten zu ihm auf.

»In diesem Geschäft gehört Misstrauen zur Grundausstattung. Ein guter Polizist versucht alle, die eventuell mit einem ungeklärten Tötungsdelikt in Verbindung stehen, nervös zu machen. Nervöse Leute machen Fehler oder verwickeln sich in Widersprüche. Lass dich nicht aus der Ruhe bringen, du hast dir nichts vorzuwerfen.«

»Das ist mir klar. Ich habe allerdings keine Lust darauf, dass mir ein Polizist das Leben schwer macht, nur weil der Erfolge vorzeigen muss.«

»Hm, ich konnte kurz mit Monsieur Favre sprechen. Für das Abitur brauchte ich Französisch. Wir haben tatsächlich so etwas wie eine Konversation zustande gebracht.«

Sie sah Karl verschmitzt an.

»Für mich klang es nicht so, als glaubte Monsieur Favre, dass du etwas mit dem Tod von Werner zu tun hast. Wenn ich das richtig verstanden habe. Als ich Französisch gelernt habe, trug ich noch Zöpfe.«

»Dieser Peters hat das bereits angedeutet. Der ist jedenfalls kein Idiot. Er interpretiert die Begleitumstände der Explosion ähnlich wie ich.«

Das Fräulein wippte auf den Fußballen.

»Dann solltet ihr euer Wissen vielleicht zusammenführen. Egal was dieser Franzose unternimmt oder auch nicht unternimmt, wir müssen herausfinden, wer Werner auf dem Gewissen haben könnte. Wer, wenn nicht ein Polizist sollte uns dabei behilflich sein?«

Karl trat aus der Tür hinaus auf den Schulhof.

»Da haben Sie recht. Aber Peters ist ein Kettenhund gewesen.«

»Ein was?« Fräulein Schneebach sah ihn verständnislos an.

»Er war Militärpolizist im Krieg.«

»Na und? Was sollte das daran ändern, dass Werners Tod viele Fragen aufwirft? Im Gegenteil, als Militärpolizist ist er doch quasi vom Fach, es ist besser als ein Verkehrspolizist.«

Karl drehte sich zur Lehrerin um.

»Bei den offenen Fragen sind wir uns einig. Die Militärpolizei ist allerdings nicht gerade für ihre feinfühlige Herangehensweise an Probleme bekannt gewesen. Die waren unter anderem für das Vollstrecken von Todesurteilen zuständig. Bei jedem Soldaten oder ehemaligem Soldaten hält sich das Vertrauen zu Kettenhunden in Grenzen.«

Das Fräulein betrachtete Karl, nach einer Weile sagte sie: »Von solchen Details habe ich keine Ahnung. Ich bin nur eine einfache Volksschullehrerin. Der Franzose hat noch etwas sehr Wichtiges erwähnt, und das habe ich auf jeden Fall richtig verstanden, weil er es auf Deutsch gesagt hat.«

Das Fräulein machte eine bedeutungsschwangere Kunstpause. Obwohl sie garantiert sehr gerne gebeten worden wäre, wartete Karl einfach ab, bis sie weitersprach.

»Es wird keine weitergehenden Untersuchungen oder eine Obduktion geben. Für Favre ist der Fall klar. Werner ist infolge eines Unfalls gestorben. Seine Leiche, oder besser das, was von ihm übrig ist, wird so schnell es geht hierher nach Disselbach überführt. Das bedeutet, der Kriminalsekretär kann dich nicht länger verdächtigen, es gibt keinen Fall mehr.«

Fräulein Schneebach klang so, als hätte sie Favre von dieser Version ganz allein überzeugt. Karl gönnte ihr den Augenblick. Es wunderte ihn nur, dass Favre dies so ohne Weiteres der Lehrerin mitteilte. Der Kriminalsekretär lag wohl mit seiner Interpretation richtig, dass dieser Commandant nicht von merkwürdigen Todesfällen in der Eifel ausgebremst werden wollte.

»Warten wir einfach ab, was sich in den nächsten Tagen entwickelt.« Das Fräulein tippte sich an die Nase. »Es gibt da eine weitere wichtige Frage zu klären.«

»Was meinen Sie? Mir reicht das, was ich aktuell schon nicht weiß.«

»Es geht nicht um Werners Unfall, sondern um die unmittelbaren Folgen davon. Wenn sein Leichnam hierhergebracht wird, wer kümmert sich um die Beerdigung? Soweit es mir bekannt ist, hat er im Dorf keine Verwandten, die das übernehmen könnten.«

Damit sprach das Fräulein in der Tat einen gewichtigen offenen Punkt an.

»Das stimmt, seine Mutter stammte aus Heiligkreuz bei Trier. Ob es da lebende Verwandte gibt, weiß ich nicht.«

»Wer kümmert sich dann?«

Karl kratzte sich am Kopf.

»Ich spreche mit meinen Eltern. Gehen Sie einfach davon aus, dass wir alles tun werden, was für die Beerdigung nötig ist.«

Fräulein Schneebach fasste ihn am Arm.

»Das wäre sehr freundlich von euch. Werner hat ein ordentliches, christliches Begräbnis verdient. Was auch immer im Wald geschehen sein mag. Es muss alles seine Ordnung haben, selbst wenn die Zeiten schwer sind.«

»Machen Sie sich darum keine Sorgen.«

Karl sah zum Wald. Der Besuch der Polizei war anders verlaufen als gedacht. Unterstützung brauchte er von dieser Seite wohl nicht mehr zu erwarten. Er konnte nicht ausschließen, dass es an ihm hängen blieb, Nachforschungen zu Werners Tod anzustellen. Zur Lehrerin sagte er: »Ich würde gerne herausfinden, was wirklich geschehen ist.«

»Was du nicht sagst. Du weißt, ich liebe Sherlock-Holmes-Geschichten. Hier haben wir es sozusagen mit dem ›Die geheimnisvolle Bombe im Wald‹-Fall zu tun.« Das Fräulein betrachtete ihn nachdenklich.

»Auf alles Militärische kann ich sehr gut verzichten, damit habe ich genug Zeit vergeudet.«

Die Lehrerin zog ihre Hand zurück und nickte.

»Explosionen, Tote, Militärpolizei – und das in Disselbach. Ich dachte immer, hier wäre es meine größte Herausforderung, den Pfarrer in der Spur zu halten.«

Sie ging zurück ins Schulgebäude. Über die Schulter sagte sie: »Du kannst mich jederzeit um Rat fragen, Karl. Es sind Ferien, ich habe Zeit.«

Karl nickte ihr zu und machte sich auf den Weg zur Schmiede.

-6-

Der Rest des Nachmittags flog dahin. Karl beendete die Arbeit an Jakobs Pflugschar. Nachdem die letzten scharfkantigen Stellen an der Oberseite geglättet waren, baute er das Stück Stahl wieder in den Pflugwagen ein. Vor dem Krieg waren auf Landwirtschaftsmessen die ersten Ackerschlepper von Lanz oder Deutz vorgestellt worden. Hier in Disselbach konnte sich niemand so etwas leisten. Vielleicht wäre es ohne Krieg anders gekommen, aber die Dinge waren nun einmal, wie sie waren. Deshalb wurde zum Pflügen nach alter Väter Sitte ein stählerner Wagen benutzt, an den je nach Ausführung zwei oder drei Pflugscharen montiert waren. Vorne wurden zwei Zugochsen oder Kühe angeschirrt, hinten lief ein solcher Wagen auf zwei Rädern. Direkt darüber befanden sich die Haltestangen für den Bauern, der hinter dem Pflug herstapfte. Das nun reparierte Exemplar hatte Karls Großvater irgendwann vor dem Ersten Weltkrieg angefertigt.

Da Jakob Webers Bauernhof auf der anderen Seite der Straße lag, hatte Karl es für die Auslieferung nicht weit. Er griff sich die beiden Haltestangen und hob den vorderen Teil mit den Pflugscharen etwas an, um damit nicht über den Boden zu schleifen. Klappernd rollte der Wagen über die unebene Straße.

Im kleinen Kräutergarten des Hofes stand Jakobs Schwiegervater, August Meier, mit einem Spaten über der Schulter. Der alte Mann betrachtete verwirrt das Blumenbeet zu seinen Füßen.

»August.« Karl nickte ihm zu.

»Ich kann die Medaille nicht finden.«

»Was, welche Medaille?« Karl wunderte sich, dass sich im Kräutergarten von Maria Weber eine Medaille befinden sollte.

»Die Medaille des Bischofs.« August rammte den Spaten in die Blumen. Er sah zu Karl. »Ach Karl, was machst du denn hier?«

»Ich wollte zu Jakob. Ist alles gut bei dir?«

»Jaja, Jakob ist im Stall.« August wies mit dem Daumen nach hinten in die entsprechende Richtung. »Wenn ich nur die verflixte Medaille finden könnte. Der Bischof wird bestimmt sehr enttäuscht sein.«

Karl zögerte einen Moment. Weil Jakobs Schwiegervater jedoch mit kräftigen Spatenstichen zu graben begann, ließ er ihn einfach gewähren.

Beim Eintreten durch die zweigeteilte Stalltür schlug ihm der saftige, scharfe Geruch von Dung und Urin entgegen. Karl war lange nicht mehr in einem Kuhstall gewesen, er musste durch den Mund atmen. Fliegen stoben vom Hinterteil der Kuh auf, die der Tür am nächsten stand.

Er fand Jakob bei den Vorbereitungen für das abendliche Melken. Weil er zu Beginn des Krieges bereits über vierzig gewesen war und einen größeren Bauernhof besaß, blieb er von einer Einberufung verschont. Drei seiner Söhne mussten dafür ihren Dienst für Führer, Volk und Vaterland ableisten. Alle drei kehrten wohlbehalten aus dem Krieg zurück. Keiner anderen Familie im Dorf war gleiches Glück beschieden. Christine Meier, Jakobs Schwiegertante und die Herrscherin des Hofes, führte die Rückkehr ihrer Großneffen auf ihre unablässigen Gebete sowie ihre allgemein guten Beziehungen zum Allmächtigen zurück. Sie wurde nicht müde, das jedem im Dorf kundzutun.

Der niedrige Kuhstall konnte zur Not dreißig Milchkühe beherbergen. Nach dem Krieg, bei der komplizierten Versorgungslage in der Eifel, stellten die acht Kühe, die sich im Stall verloren, bereits wieder eine imposante Herde dar. Von weiter hinten glotzten ihn zwei massige Ochsen wiederkäuend an. Die Ochsen stellten derzeit einen der wichtigsten Aktivposten des Weberhofes dar. Ohne Ochsen kein Pflügen, Eggen oder sonstiges Bearbeiten des Bodens. Und auch kein Transport irgendwelcher Güter. Vor dem Krieg besaß Jakob vier Pferde für diese Aufgabe. Die wurden bereits vor Jahren von der Wehrmacht einkassiert. Übrig blieben die Ochsen Theo und Leo. Nicht alle Disselbacher Bauern konnten ihre eigenen Ochsen über den Krieg und die Zeit danach retten. Deshalb kamen Theo und Leo auch ständig auf fremden Äckern zum Einsatz.

Neben Jakob lag sein Hofhund Rolfi. Auf den ersten Blick flößte der massige Rottweiler Respekt ein. Aber so wie sein Herrchen ein Gemütsmensch war, so war Rolfi ein Gemütshund. Karl hegte den Verdacht, dass die Ängstlichkeit des Hundes damit zusammenhing, dass er unter der Fuchtel von Christines Stock aufgewachsen war. Was die Revierhoheit der Schmiede und des Weberhofes anging, hatte Wilhelm zwo ganz klar das Kommando. Bei Meinungsverschiedenheiten zwischen Hund und Kater holte Rolfi sich regelmäßig eine blutige Nase. Als Wachhund taugte er nicht viel, allerdings gab es zum Bewachen sowieso Tante Christine.

Jakob hängte den Melkeimer an einen dafür vorgesehenen Haken an der Wand. Er wischte sich die Hände an der Hose ab und begrüßte Karl.

»Ist alles wieder ganz?«

»Das hoffe ich. Ich musste den Pflug feuerverschweißen, weil ich keine Elektroden für mein Schweißgerät bekommen kann.«

»Du wirst das schon richtig gemacht haben.« Jakob klopfte Karl auf die Schulter, wofür er fast auf die Zehenspitzen gehen musste. »Kann ich dir etwas zu trinken anbieten?«

»Gerne.«

Karl verspürte tatsächlich Durst. Nach dem kleinen Ausflug mit den Polizisten und dem Gespräch beim Fräulein hatte er sich beeilt, um Jakobs Pflug fertigzubekommen.

»Ich würde dir ja gerne Viez anbieten. Leider ist Christine durch den Krieg noch geiziger geworden als vorher, sie sitzt regelrecht auf ihrem Viez. Sie bemerkt die kleinste Veränderung im Fass.«

Jakob sah verlegen zu Boden. Jeder in Disselbach wusste, dass Jakobs Handlungsspielraum von Christine sehr stark eingezäunt wurde. Bei manchen Dingen wusste er dieses Hindernis zu umschiffen, bei anderen nicht. Wenn die Tante selbst etwas mochte oder es als ihr persönliches Eigentum betrachtete, waren alle Argumente, die Jakob anbrachte, irrelevant.

»Das macht nichts.«

Die meisten Leute in Disselbach tranken neben Wasser Viez, den vergorenen Apfelwein der Eifel, der aus dem Streuobst der Bäume auf den Kuhweiden hergestellt wurde, pur oder mit Wasser verdünnt. Karl schmeckte das herb-saure Zeug grundsätzlich nicht.

»Etwas Wasser wäre genug.«

Er ging zu einer Fensternische, dort standen ein Krug sowie einige Becher aus blauem Steinzeug. Zwei Becher füllte er mit dem Wasser aus dem Krug. Karl stürzte sein Wasser sogleich hinunter.

»Noch mehr?«, wollte Jakob wissen, Karl nickte, er hatte tatsächlich mehr Durst, als er gedacht hatte.

Nach dem zweiten Becher verschwand der pelzige Belag auf der Zunge. Jakob trank einen kleineren Schluck und stellte seinen Becher zurück.

»Du hattest Besuch von der Polizei?

»Ja, ein Franzose und ein Deutscher«, erklärte Karl.

»Was wollten die wissen? Ich hatte noch nie mit der Polizei zu tun.«

Genau wie Karl, und das galt vermutlich für die allermeisten Leute in der Eifel. Das Leben in ihrer abgelegenen Gegend verlief in ruhigen, gleichmäßigen Bahnen. Hier geschah in der Regel nicht viel Außergewöhnliches und schon gleich gar nichts, was die Polizei auf den Plan hätte rufen können.

»Es ging darum, was mir aufgefallen ist, als ich Werner gefunden habe.«

Als nächster Nachbar hatte Karl als kleines Kind viel Zeit mit Jakobs Söhnen verbracht. Karl vertraute Jakob wie kaum jemand anderem im Dorf. Jakob mochte ein ruhiger Zeitgenosse sein, aber er war einer der am besten informierten Männer des Dorfes. Das hing mit seinen eigenen guten Verbindungen als Feuerwehrhauptmann zusammen. Hinzu kam, dass Christine das Zentrum des geheimen Informationsnetzes bildete, das sämtliche Klatschtanten des Dorfes miteinander verband. Es gab kaum etwas, das Jakob entging. Deshalb hielt Karl sich bei ihm lieber bedeckt, was seine eigenen Vermutungen anging. Die unterschwelligen Verdächtigungen des Kriminalsekretärs genügten Karl. In einem Dorf wie Disselbach köchelte die Gerüchteküche ständig auf mittlerer Flamme, er wollte da kein weiteres brennbares Material hinzugeben.

Jakob schüttelte betrübt den Kopf.

»Es ist wirklich ein Elend, dass Werner so etwas passieren musste. Er hat früher zwar Christine ständig seine Streiche gespielt, aber so etwas hat er nicht verdient.«

Karl wusste sehr genau, wovon Jakob sprach, bei den meisten Streichen war er dabei gewesen. Als Werners Freund ließ sich das nicht vermeiden. Mit Lernen oder Schule konnte Werner nicht viel anfangen. Dafür besaß er eine ausufernde Fantasie, wenn es darum ging, etwa Christines Stock so anzusägen, dass sie es nicht bemerkte, bevor sie sich darauf stützte.

»Vor zwei Wochen habe ich gleich neben Werner selbst Holz gemacht. Als Laie würde ich sagen, in diesem Bereich des Waldes sind die Franzosen im letzten Jahr mit ziemlicher Sicherheit gewesen, und die haben da sogar Munition gefunden, komisch.«

Karl betrachtete den Trinkbecher in seiner Hand. Er blieb bei seiner Linie und sagte nichts. Jakob kratzte sich an der Glatze.

»Ihr jungen Leute habt eine schwere Zeit gehabt im Krieg.«

Weil diese Feststellung eher wie eine Frage geklungen hatte, nickte Karl unverbindlich.

»Ich selbst bin ja am Ende im ersten großen Krieg eingezogen worden. Zum Glück bin ich nur kurz an der Front gewesen. Da ist nicht mehr viel passiert, außer dass wir ständig den Matsch aus den Schützengräben schaufeln mussten, damit der uns nicht in die Stiefel lief. Du und Werner, ihr seid über drei Jahre im Krieg gewesen?«

Wieder nickte Karl.

»Genau genommen waren es bei mir nur zwei Jahre, weil ich im Sommer 44 in Kriegsgefangenschaft gekommen bin. Werner war bis zum Schluss an der Front.«

Jakob goss ihnen weiteres Wasser ein.

»Früher konnte Werner ja eine Kuh totschwätzen. Nach seiner Rückkehr letztes Jahr im Frühjahr wollte ich mit ihm über den Krieg reden. Meine Jungs sind noch nicht zurück gewesen, und man ist halt neugierig. Er hat die Zähne kaum auseinanderbekommen.«

Jakob kratzte sich erneut an der Glatze. Karl wusste darauf nichts zu erwidern. Jakob sah zu Boden, so als wäre ihm etwas unangenehm.

»Nachdem der Munitionsschuppen letztes Jahr im Herbst explodiert ist, haben die Franzosen dort und im Wald einen ziemlichen Zirkus veranstaltet. Es wurden mehrere Lkw mit Munition, Blindgängern und Metallschrott abtransportiert. Wie gesagt, ich kenne diese Ecke des Waldes ziemlich gut.«

Jakob sah Karl schräg von unten an. Man sah, dass ihm etwas auf der Seele lag.

»Jakob, worauf möchtest du hinaus?«

»Man soll ja nicht schlecht von den Toten reden, und es wäre eine Sünde, falsche Verdächtigungen gegen jemanden zu erheben.«

Wieder eine Pause. Karl wartete ab, bis Jakob weitersprach. Jakob trank Wasser, ehe er mit sichtlichem Unbehagen sagte: »Könnte es sein, dass Werner nicht mehr weiterleben wollte und sich selbst in die Luft gesprengt hat? Ausgerechnet dir brauche ich nicht zu erzählen, wie sein Vater gewesen ist und was er getan hat.« Jakob sah Karl fragend an.

Vermutlich hätte Werner ohne Probleme alle Arten von Bomben oder Sprengsätzen zusammenbasteln können. Wer konnte wissen, was er im Jahr zuvor alles aus dem Krieg mit nach Hause gebracht hatte? Dass Werner sich selbst gerichtet haben sollte, war jedoch schlicht abwegig. Ganz abgesehen von den Ungereimtheiten rund um Werners Tod, die Karl aufgefallen waren. Deshalb schüttelte Karl den Kopf und sagte voller Überzeugung: »Werner war nicht der Typ, der sich umbringt. Er ist ein komplett anderer Mensch als sein Vater gewesen. Dass er sich selbst in die Luft gesprengt hat, halte ich für ausgeschlossen.«

Man sah Jakob die Erleichterung an, seinen Gedanken ausgesprochen zu haben.

»Gut, die Möglichkeit hat mich umgetrieben. Man macht sich halt so seine Gedanken. Ich hätte ihn ja öfter besuchen können.«

»Jakob, ich bin früher sein bester Freund gewesen, selbst mir gegenüber hat er sich benommen, als wäre ich ein Priester, dem er nichts beichten möchte. Ich glaube nicht, dass er dir sein Herz ausgeschüttet hätte, mach dir keine unnötigen Vorwürfe.«

Jakob kraulte Rolfi hinter dem rechten Ohr. »Ich bin nach dem Essen bei Valentin im Geschäft gewesen.«

»Was? Ach so.« Karl konnte ihm nicht ganz folgen.

»Als ich reingegangen bin, ist einer der Leute aus dem Lager rausgekommen. Eine dieser halb verhungerten Gestalten in einer alten Uniform.«

»Ja und?«

»Ich habe Valentin anschließend nach dem Mann gefragt. Normalerweise haben die Leute aus dem Lager kein Geld oder etwas von Wert, um sich bei Valentin einzudecken. Und was soll ich sagen, er hat so getan, als wäre der Mann gar nicht richtig bei ihm gewesen. Er hat mir etwas davon erzählt, dass der Kerl sich verlaufen hätte. In Disselbach verlaufen, ich bitte dich. Das ist, als würde man das Klohäuschen neben dem Misthaufen nicht finden. Valentin ist ein Großmaul, aber wenn es nicht darum geht, dich beim Handeln übers Ohr zu hauen, ist er schon immer ein schlechter Lügner gewesen.«

»Was möchtest du mir damit sagen, Jakob? Dass Valentin krumme Geschäfte mit Männern aus dem Lager am Laufen hat?«

»Ausgeschlossen ist das nicht. Man macht sich halt so seine Gedanken.«

Hinter Karl wurde die Tür zum Stall geöffnet.

»Die Medaille!«, verkündete August Meier lautstark. »Ich habe die Medaille des Bischofs gefunden. Gelobt sei Jesus Christus in der Höhe.«

Der alte Mann sah aus, als hätte er sich quer durch den Garten und wieder zurück gegraben. Vom Spaten, den er wie ein Kreuz mit der Rechten hochhielt, tropften Dreckbatzen. In der linken Hand präsentierte er ein verrostetes Teil eines Pferdegeschirrs.

»Der Bischof wäre bestimmt böse auf mich gewesen, wenn ich die Medaille nicht mehr gefunden hätte. Aber der Herr ist mit den Duldsamen.«

Karl sah sich ratsuchend nach Jakob um. Hinter ihm erklang das vertraute Tack, Tack, Tack eines Stocks. Obwohl Rolfi auf dem Boden lag, versuchte er sich noch kleiner zu machen. Man sah Christine nicht unbedingt an, welche Macht sie über den Hof und zum Teil auch im Dorf besaß. Die Tante war eine kleine, ausgemergelte Frau von fast siebzig Jahren. Praktisch seit Karl sie kannte, ging sie so krumm wie eine Hexe aus dem Märchen. Auf ihren Stock gestützt, betrachtete sie mit zusammengezogenen Augenbrauen die drei Männer vor sich. Dieser Blick reichte aus, dass sich niemand bewegte.

»Was steht ihr hier unnütz herum, habt ihr nichts zu tun?«

Ihr Bruder hielt ihr freudestrahlend das rostige Etwas hin.

»Sehen Sie doch, gute Frau, das ist die Medaille des Bischofs, halleluja!«

Karl konnte sich das Kichern nicht verkneifen. Die Tante nahm ihn ins Visier.

»Pass bloß auf, dass ich dir kein Halleluja verpasse.« Sie drohte ihm mit dem Stock. Karl wusste, dass man Christine in einem solchen Fall sehr ernst nehmen musste.

»Halleluja«, echote es von August Meier. »Der Bischof braucht nicht mehr zu schimpfen, ich habe die Medaille gefunden.«

Christine wandte sich zu ihrem Bruder. So scharf ihre Stimme eben die Luft im Stall durchschnitten hatte, so sanft sprach sie jetzt.

»Komm, August, es ist Zeit für das Abendessen.«

»Ach, Christine, was machst du denn hier im Stall?«

Sie nahm den alten Mann am Arm, zu Karl sagte sie: »Wehe, du erzählst hiervon etwas im Dorf.«

Gerne hätte sie erneut mit dem Stock gedroht. Das ging aber nicht, sie musste sich darauf abstützen, um ihren Bruder aus dem Stall zu geleiten.

Karl sah Jakob fragend an. »Was war das denn?«

Jakob zuckte mit den Schultern. »August hat vor fast sechzig Jahren bei der Firmung vom Weihbischof eine billige Medaille aus Blech geschenkt bekommen, weil er irgendwelche Psalmen auswendig aufsagen konnte. So etwas wie eben passiert neuerdings öfter. Wir wissen nicht, woran es liegt, August wird wohl langsam alt, und sein Kopf spielt nicht mehr mit. Das Gute daran ist, dass Christine dadurch abgelenkt wird.«

»Aha.«

Weil es Karl ein wenig unangenehm war, August so gesehen zu haben, ging er nicht weiter darauf ein.

Jakob sah Karl einige Sekunden stumm an, um dann das Thema zu wechseln. »Wie soll ich dich bezahlen?«

Darüber hatten sie vorgestern gar nicht gesprochen, als Jakob die gebrochene Pflugschar bei Karl ablieferte. Er erwartete nicht viel.

»Ich wäre da flexibel.«

Karl musste sich nach seiner Rückkehr daran gewöhnen, so ziemlich alles Brauch- oder Essbare als Bezahlung anzunehmen. Prompt folgte ein entsprechendes Angebot von Jakob.

»Wie wäre es mit geräuchertem Schinken?«

»Du hast tatsächlich Schinken?« Karl lief spontan die Spucke im Mund zusammen.

Jakob schmunzelte.

»Das dürfen weder die Behörden noch Christine wissen. Aber bei jeder angemeldeten Schlachtung zweige ich etwas für mich, Maria und die Jungen ab. Es gibt ein Versteck, das nur wir kennen. Christine würde den Schinken eher verschimmeln lassen, als ihn zu essen. Also, wärst du mit einem Stück Schinken einverstanden? Es dürften so fünf Pfund sein.«

Was für eine Frage! Karls Eltern hielten derzeit außer der Kuh nur ein paar Hühner sowie ein Dutzend Kaninchen für den Sonntagsbraten alle paar Wochen oder eher Monate. Die beiden Schweine hatten den Krieg nicht überlebt, und somit gab es keine Lieferanten für Schinken. Theoretisch stand Schinken wie so vieles andere auf der Lebensmittelkarte. Wer den Weg nach Bitburg auf sich nahm, um solche Waren einzufordern, wurde immer nur auf später vertröstet.

»Da sage ich nicht Nein.«

Jakob wandte sich nach links zu einer niedrigen Tür. Sie führte zu einem großen Gewölbekeller unterhalb der Scheune. Weil er Jakob wegen des Verstecks nicht in Verlegenheit bringen wollte, wartete er im Stall.

Als Kinder waren er und Werner hin und wieder mit Albert, Jakobs Ältestem, auf den Bauernhöfen der Nachbarschaft herumgestrolcht. Albert war seinerzeit von allen Schulfreunden am ehesten der Dritte in ihrem Bunde gewesen. Leider kam er mit der impulsiven Art und den schrägen Ideen Werners nicht so gut klar, weshalb es immer wieder Streit zwischen den beiden gab. Aus diesem Grund wurde ihre Freundschaft nie so eng wie die zwischen Karl und Werner. Den großen Keller kannte Karl deshalb, weil Albert dort ebenfalls seine Geheimnisse vor Christine verbarg.

Es dauerte nicht lange, bis Jakob wieder in der Tür erschien. Unter dem rechten Arm klemmte ein beachtliches Stück schön marmorierten Schinkens. Rolfi hob den Kopf, seine Nase zuckte. Karl musste zweimal schlucken, um die Zunge freizubekommen, die spontan beschlossen hatte, mit dem Gaumen zu verwachsen. Jakob registrierte das und lächelte.

»Hast du ein Taschenmesser dabei?«

Natürlich hatte er. In der Schmiede gab es immer wieder irgendetwas zurechtzuschnitzen oder anzuspitzen. Wie sein Vater vor ihm führte Karl stets ein großes Klappmesser mit sich. Ein Griff in die Hosentasche brachte das Messer zum Vorschein.

»Ohne Sackmesser geht ein echter Eifler nicht aus dem Haus, was?«, meinte Jakob.

Er hielt Karl den Schinken entgegen. Rolfi schmatzte von unten, er hatte sich leise angeschlichen und sah nun bettelnd hoch. Bevor Karl sich eine Scheibe abschnitt, bewegte er zuerst die Nase entlang der Schnittkante des Fleischs. Mit geschlossenen Augen sog er den kräftigen Duft von Fett, Rauch und Gewürzen ein. Ehe ihm, ähnlich wie Rolfi, die Spucke aus dem Mundwinkel lief, schnitt er sich schnell ein ordentliches Stück ab. Rolfi erhielt ebenfalls einen kleinen Schnipsel vom Rand.

Karl kaute nicht, er lutschte den Schinken, um möglichst lange etwas davon zu haben. Das salzige Stück schmolz nach und nach in seinem Mund dahin. Er öffnete die Augen wieder, er hatte gar nicht bemerkt, dass er sie geschlossen hatte.

Jakob beobachtete ihn stolz. »Der ist echt gut, oder?«

Karl nickte mit vollem Mund.

»Das Rezept für das Würzen und das langsame Räuchern habe ich von Christine. Das muss man ihr lassen, von Schinken versteht sie etwas.«

Wahrheiten musste man gelassen aussprechen. Karl kostete den Geschmack bis zum Letzten aus. Er war versucht, sich eine weitere Scheibe abzuschneiden. Dafür war der Schinken aber viel zu kostbar, er musste an seine Eltern denken.

»Wirklich köstlich, es stellt sich nur die Frage, wie bekomme ich den Schinken nach Hause, ohne dass jemand etwas bemerkt?«

»Daran habe ich gedacht.«

Jakob holte einen alten Kartoffelsack hinter dem Rücken hervor, wo er im Gürtel gesteckt hatte. »Pack ihn hier hinein und wickle das Leinen so oft drum, wie es geht. Dann sollte niemand draufkommen, was da drin ist.«

Karl nahm den Sack entgegen, er machte es exakt so, wie Jakob es ihm vorgeschlagen hatte.

»Danke, Jakob, mit einer solchen Bezahlung habe ich nicht gerechnet.«

Jakob lächelte. »Das freut mich, ich habe zu danken, dass du meinen Pflug repariert hast. Hoffentlich kommen bald bessere Zeiten und man fühlt sich nicht mehr wie ein Verbrecher, nur weil man ein wenig Schinken im Keller hat.«

»Das wäre wirklich schön.«

Karl klemmte sich den Sack unter den linken Arm.

»Viele Grüße an Maria und deine Jungen. Meine Eltern werden nicht schlecht staunen.«

Jakob hob die rechte Hand, Rolfi stand neben ihm und blickte dem Schatz im Sack traurig hinterher. Karl nickte knapp und machte sich auf den kurzen Weg zurück in die Schmiede. Weit kam er nicht. Valentin Neuerburg stand wie eine getreue Schildwache auf der Straße zur Schmiede. Er tat gar nicht erst so, als wäre er zufällig dort.

»Was hat die Polizei gesagt?«, fragte er geradeheraus.

»Sie haben gesagt, du wärst ein schlechter Mensch und ich soll mich vor dir in Acht nehmen. Außerdem sollst du die Leute nicht mit blöden Fragen löchern.«

»Was, wie soll ich das denn verstehen?«

»So, wie ich es gesagt habe, Valentin.«

Neuerburg schüttelte den Kopf.

»Heute Morgen habe ich kurz mit dem deutschen Polizisten gesprochen, Peters, glaube ich, hieß er. Der hat garantiert keinen solchen Blödsinn gesagt«, ereiferte sich der Bürgermeister.

»Valentin, ich hatte einen anstrengenden Tag. Sag, was du zu sagen hast.«

»Was soll ich zu sagen haben? Ich wollte nur wissen, wie es mit der Polizei gelaufen ist.«

»Wie es wahrscheinlich immer mit der Polizei läuft. Man bekommt Fragen gestellt, auf die man keine Antwort hat.«

Neuerburg hob die Nase ein wenig und schnupperte. »Was riecht denn hier geräuchert?«

»Das wird wohl der Sack mit dem Werkzeug sein. Den hatte ich über Jakobs Pflug gelegt. In der Schmiede liegen immer alte Säcke für solche Gelegenheiten bereit. Nach einer Weile riechen die wie ein ganzes Lagerhaus Räucherschinken. Leider schmecken sie nicht so gut.«

»Soso.« Neuerburg beäugte das Paket unter Karls Arm von der Seite. Vermutlich hätte er am liebsten einen Blick in das Bündel geworfen, traute sich aber nicht, aus Angst, sich lächerlich zu machen.

»Der Polizist fragte mich, ob Werner Feinde im Dorf gehabt hat.«

»Und? Was hast du ihm gesagt?«

»Natürlich habe ich niemanden genannt.«

Karl machte einen Schritt auf den Bürgermeister zu. »Wirklich, du hast nicht zufälligerweise meinen Namen fallen lassen?«

Neuerburg hob abwehrend die Hände.

»Nein, natürlich nicht. Ich habe es dir heute Morgen zu erklären versucht. Mir geht es darum, Schaden vom Dorf abzuwenden.

»Was auch sonst.« Karl konnte den Sarkasmus in seiner Stimme nicht verhindern.

»Wie soll ich das denn verstehen?«

»Das kannst du verstehen, wie du möchtest, Valentin.« Karl wollte weiter zur Schmiede. Der Bürgermeister verstellte ihm den Weg.

»Das ist alles kein Spaß, Karl. Die Leute aus dem Lager bringen genug Unruhe ins Dorf. Wir können keine weiteren Probleme gebrauchen.«

»Das ist mir klar, Valentin. Und jetzt geh zur Seite, ich möchte Feierabend machen.«

Neuerburg sah Karl an, er machte keine Anstalten, zur Seite zu gehen.

»Pass auf, mit wem du dich anlegst.«

Sollte das etwa eine Drohung sein? Karl war irritiert.

»Valentin, ich hatte heute Morgen schon das Gefühl, du möchtest mir etwas sagen. Jetzt wäre eine prima Gelegenheit dafür.«

Neuerburg trat von einem Fuß auf den anderen. Seine Augen wanderten in der Gegend umher, ohne dass er Karl anschauen konnte.

»Ich habe dir nichts zu sagen, außer, sei vorsichtig«, kam es schließlich vom Ortsbürgermeister. Er trat einen Schritt zurück; ohne zu grüßen, drehte er sich um und ließ Karl stehen.

Der sah Neuerburg nachdenklich hinterher. Wenn es nicht so weit hergeholt wäre, hätte man meinen können, der Bürgermeister hätte selbst mit dem Tod Werners zu tun. Für so etwas fehlte ihm allerdings definitiv der Mumm.

MITTWOCH, 14.08.1946

TAG 3

-7-

Am nächsten Morgen stand Karl wie gewohnt um acht Uhr in der Schmiede. Ein richtiger Auftrag lag derzeit nicht an. Es gab theoretisch das Fenstergitter, das er im Auftrag von Pfarrer Winkel für das Fenster zur Sakristei anfertigen sollte. Vor einigen Wochen hatte es durch dieses Fenster einen Einbruch in die Sakristei gegeben. Deshalb wollte der Pfarrer auf Nummer sicher gehen. Da der Priester ebenfalls knapp bei Kasse war, konnte das warten. Die vorbereiteten Stäbe für das Gitter standen an der Seite der Werkbank bereit. Auch in diesem Fall fehlten ihm ohnehin die Schweißelektroden, um vernünftig weiterarbeiten zu können.

Am Vorabend hatte er die Esse Esse sein lassen. Der Schinken war wichtiger gewesen. Wie erwartet, freuten sich seine Eltern über die unverhoffte Entlohnung Karls. Seine Mutter schnitt dünne Scheiben vom Schinken ab. Zusammen mit einigen Zwiebeln, Kartoffeln und Eiern bereitete sie ein Abendessen wie lange nicht mehr. Mit vollem Bauch ging er früh ins Bett, anders als am Abend davor schlief er sofort ein.

Kurz vor dem Aufwachen träumte er von Werner. Der hatte mit ihm gesprochen, um ihn auf wichtige Einzelheiten zu dem Unglück hinzuweisen. Nachdem er wach war, erging es Karl leider wie meistens mit seinen Träumen. Er war sich sicher, im Traum gab es eine Lösung für ein anstehendes Problem oder wichtige Zusammenhänge klärten sich. Nur, wenn er wach wurde, konnte er sich nicht mehr an die Details erinnern. Er wurde das Gefühl nicht los, im Traum kurz vor einer Erklärung für alle offenen Fragen zu Werners Unfall gewesen zu sein. Wie leider so oft blieb ihm nur dieses zutiefst unbefriedigende Gefühl der Ungewissheit, ohne dass er sich erinnern konnte, was der Inhalt des Gesprächs gewesen sein mochte. Noch beim Frühstück versuchte er den Gedanken zu fassen, ohne Erfolg. Die Nachfrage seines Vaters, warum er so still sei, wimmelte er ab. Wenn jemand morgens den Frühstückstisch anschwieg, dann ja wohl sein Vater.

Halbherzig fegte er die Asche aus der Esse und räumte die Werkbank ein wenig auf. Er konnte sich stets auf sein Gedächtnis verlassen, er wusste immer ganz genau, wo er Dinge ablegte oder wo sich welches Werkzeug befand. Warum also Zeit damit verschwenden, alles immer wieder ordentlich aufzuräumen und zu sortieren? Sein Vater hielt ihm früher ständig Vorträge darüber, wie eine ordentliche Werkstatt auszusehen habe. Während seiner Lehre und bis in die Zeit hinein, als sein Vater noch ständig in der Schmiede präsent gewesen war, bemühte Karl sich, alles brav an den gleichen Ort zu räumen. Dabei verwirrte ihn eine aufgeräumte Werkbank mehr als das totale Chaos, das bei ihm oft herrschte. Als sein Vater sich aus der Werkstatt zurückgezogen hatte, konnte Karl endlich schalten und walten, wie er wollte. Seitdem fanden sich problemlos sämtliche Gerätschaften, die er gerade benötigte. Zugegebenermaßen manchmal an erstaunlichen Orten.

Nachdem die Werkbank nicht mehr ganz so aussah, als hätte eine Horde betrunkener Russen darauf nach Wodka gesucht, ging Karl in den Aufenthaltsraum, um Kaffee aufzusetzen. Die Kaffeebohnen besorgte er sich bei einem der luxemburgischen Soldaten in der Kaserne in Bitburg. Die Quelle des Kaffees war sein kleines Geheimnis. Das Fräulein versuchte immer wieder die Herkunft seines guten Kaffees zu erfahren, aber Karl hielt sich bedeckt. Allein schon, weil die Lehrerin so neugierig war.

Er kannte Pierre von der Wehrmacht her. Nach der Besetzung 1940 und der zwangsweisen Eingliederung ins Reich wurden die jungen Männer Luxemburgs, genau wie Karl und Werner, zur Wehrmacht eingezogen. In beiden Fällen fragte niemand, ob sie wollten oder nicht. Pierre stammte aus der Grenzstadt Echternach. Ebenso wie Karl verschlug es ihn zur Luftwaffe. Der gemeinsame moselfränkische Dialekt brachte sie in Frankreich zusammen. Als Luxemburger sprach Pierre dazu passabel Französisch, was an der Atlantikküste hilfreich gewesen war. Bei den Kontakten zu den Einheimischen brauchte Karl nicht die wenigen Brocken Französisch zu bemühen, die er aufgeschnappt hatte. Pierre sorgte dafür, dass es hin und wieder frische Waren von den benachbarten Bauern gab.

Pierre bestand stets ausdrücklich darauf, ein Luxemburger und kein Deutscher zu sein. Die anderen Kameraden amüsierten sich darüber, weil außer Karl sowieso keiner von ihnen eine Ahnung hatte, wo Luxemburg lag. Die Tatsache, dass man ihn in die Wehrmacht gezwungen hatte, betrachtete Pierre als großes Unrecht.

Karl und Pierre gerieten gemeinsam in Gefangenschaft. Noch während des Krieges trat Pierre aus dem Gefangenenlager heraus einer Einheit der Engländer bei. Dort wurden Luxemburger, Belgier und Holländer aufgenommen, die bereit waren, gegen Deutschland zu kämpfen. Nach dem Krieg wechselte er zur regulären Luxemburger Armee. Karl war ihm vor einigen Wochen zufällig in Bitburg über den Weg gelaufen. Dass ausgerechnet die winzige luxemburgische Armee die Besatzung in Bitburg von den Franzosen übernommen hatte, empfand Karl als echten Treppenwitz der Geschichte. Diese Tatsache hätte man vor dem Krieg noch nicht einmal für einen gelungenen Witz gehalten: Luxemburg besetzte Deutschland, wenn auch nur einen Teil der Eifel. Die Welt war komplett aus den Fugen.

Immerhin gelangte Karl auf diese Weise an Kaffee und gelegentlich sogar an Schokolade. Dabei musste Pierre vorsichtig sein, die Erinnerung an den Krieg sowie die fünfjährige Besatzung Luxemburgs durch die Wehrmacht war für die meisten seiner Kameraden noch zu frisch. In der Ardennenoffensive wurden große Teile des Nordens Luxemburgs arg in Mitleidenschaft gezogen. Eine Fraternisierung mit den Einheimischen wurde nicht gerne gesehen. Dennoch versorgte Pierre Karl mit dem, was möglich war, um der alten Zeiten willen.

Karl goss sich eine Tasse frischen Kaffee ein. Er liebte diese erste Tasse am Morgen, sie half ihm, wach zu werden. Erst danach befand er sich in der Lage, seine Gedanken zu sortieren. Zu seinem Ritual gehörte es, dass er sich auf den wackeligen Stuhl neben dem Kanonenofen setzte, um die Spinnweben zu betrachten, die sich hinter der Tür spannten. Karl liebte Spinnen wegen ihrer Webkunst und ihrer Geduld, auf ein Opfer zu warten. Er konnte nicht verstehen, warum seine Mutter immer so ein Gezeter veranstaltete, wenn sich ein großes schwarzes Exemplar im Haus blicken ließ. Wenn er zugegen war, beförderte er das Tier immer mit einem Kehrblech nach draußen. Martha Bermes nutzte eher die Fliegenklatsche. Was für eine Verschwendung. Die Fliegen, die von den Spinnen gefangen wurden, brauchte man nicht selbst zu jagen.

Wilhelm zwo spähte auf seinem morgendlichen Kontrollgang kurz in den Kabuff. Weil es nicht viel zu sehen gab, zog er mit erhobenem Schwanz wieder von dannen.

Aus dem kleinen Blechregal neben dem Ofen griff Karl sich die Kaffeemühle, um sich eine weitere Portion für den Tag zu mahlen. Die Kaffeebohnen versteckte er in einer Stahlkiste, die ebenfalls ihren Weg aus dem Lager im Wald zu seiner Schmiede gefunden hatte. Auf der Oberseite ließ sich noch in Schablonenschrift lesen, dass sie für *zehn 3,7-cm-Panzerabwehrgranaten* gedacht gewesen war. Ähnlich wie bei der massiven Kiste für sein Motorrad hatte er dafür gesorgt, dass niemand die Stahlkiste einfach so mitnehmen konnte. Zwei dicke Stahlnieten verbanden die Kiste mit dem Steinboden der Kammer.

Gewohnheitsmäßig kurbelte Karl vor sich hin, aufmerksam lauschte er dem Knirschen und Knistern im

Inneren der Mühle. Der Duft, der beim Mahlen entstand, gefiel ihm fast noch besser als der des aufgebrühten Kaffees selbst. Seine Gedanken wanderten zu der Zeit vor dem Krieg. Das Leben in der Eifel war sehr einfach gewesen. Kaffee gab es höchstens einmal zu Weihnachten oder an anderen hohen kirchlichen Feiertagen. Für Karl und seine Brüder gab es selbst hergestellten Tee aus Kamille oder Pfefferminzblättern, für den sie die Umgebung absuchen mussten, ansonsten Wasser, frische Milch aus dem Stall oder Himbeersirup. Den Kaffee lernte er erst beim Militär kennen und schätzen.

Karl kurbelte an der letzten Ladung Bohnen, als die Tür zur Schmiede geöffnet wurde. Der Zugang zur Schmiede bestand eigentlich aus dem großen zweiflügeligen Scheunentor. Im rechten Flügel befand sich eine normale Tür für den einfachen Personenzutritt. Weil seine Arbeit meistens mit einigem Lärm einherging, wollte er vorgewarnt werden, wenn das große Tor geschlossen war und er Besuch erhielt. Deshalb hatte er eine leere Blechdose mit einem Stück dünnem Federstahl über der Eingangstür im Scheunentor angebracht. Diese schepperte nun. Karl nahm den restlichen gemahlenen Kaffee aus der Schublade der Mühle, vorsichtig füllte er das Pulver in die Dose mit der Aufschrift *Kaffee*. Die Dose ließ sich mit einem Schnappverschluss dicht verschließen. Ein weiteres Überbleibsel der Wehrmacht aus dem Lager. Er packte sie in die alte Granatenkiste. Weil er nicht wusste, wer da zu Besuch erschien, schloss er die Kiste ab.

Karl öffnete die Tür vom Kabuff zur Werkstatt in dem Moment, als Fräulein Schneebach anklopfen wollte.

»Oh.« Sie blinzelte ihn erschrocken an.

»Ihnen auch einen guten Morgen, Fräulein Schneebach.« Karl grinste.

»Guten Morgen, Karl.«

»Ich habe Kaffee zubereitet, möchten Sie einen haben?« Er zeigte zum Kanonenofen.

»Scheint tagsüber die Sonne und nachts der Mond?« Manchmal konnte das Fräulein ihre Lehrerinnenstimme nicht abstellen.

»Darüber denke ich gar nicht erst nach. Natürlich war das eine blöde Frage. Einen Augenblick.«

Karl ging zur Kanne und versorgte das Fräulein mit ihrem Getränk. Dankbar umfasste sie die Tasse mit beiden Händen. Da sich in dem engen Kabuff keine weitere Sitzgelegenheit befand, begaben sich die beiden in die Schmiede, wo das Fräulein ihren gewohnten Platz auf dem Stuhl neben der Werkbank einnahm. Eine Weile sagte niemand etwas, es waren nur die schlürfenden Geräusche zu hören, wenn Karl oder die Lehrerin einen Schluck Kaffee nahmen. Schließlich war es Karl, der sprach: »Valentin Neuerburg hat mir gestern gleich zweimal merkwürdige Fragen wegen des Unfalls gestellt. Ich kann mir nicht helfen, aber es wirkt auf mich, als wüsste er mehr über die Explosion, als er sagt.«

Fräulein Schneebach pustete in ihre Tasse.

»Unser Bürgermeister ist an sehr vielen Dingen interessiert, besonders an solchen, die ihn eigentlich nichts angehen. Nur so behält man die Kontrolle über alles. Ich kann mir allerdings beim besten Willen nicht vorstellen, dass er etwas mit Bomben oder mit

Verschwörungen gegen junge Männer zu tun haben könnte. Das wäre sehr weit hergeholt, und Valentin fehlen für so etwas der Mut und die Fantasie.«

»Ich habe ja nicht gesagt, er sei direkt in die Sache verwickelt. Mir kommt es bei seinen Fragen nur so vor, dass er eigene Informationen hat und herauszufinden versucht, was ich wissen könnte.«

Die Lehrerin ließ ihren Blick in der unordentlichen Werkstatt herumwandern. Karl wusste, dass der Anblick sie schmerzte.

»Vielleicht solltest du da nicht zu viel hineininterpretieren. Valentin ist abgesehen von seinen sonstigen Eigenschaften sehr von seiner Wichtigkeit überzeugt. Es liegt ihm viel daran, im Dorf der zu sein, der sagt, in welche Richtung alles zu laufen hat. Ob das dann tatsächlich so ist, steht auf einem anderen Blatt.«

Karl setzte sich wie meistens ihr gegenüber auf den Amboss.

»Setz dich nicht auf das kalte Eisen, davon bekommst du Hämorrhoiden«, maßregelte ihn das Fräulein. Einer ihrer Standardsprüche, den Karl wie üblich ignorierte.

»Ist Ihnen über Nacht etwas eingefallen, wenn Sie mich so früh am Morgen besuchen?«

»Jetzt werde deiner alten Lehrerin gegenüber nicht unverschämt.«

Sie bedachte ihn mit einem finsteren Blick, der sich aber sofort wieder aufhellte.

»Ich habe über alles, was du mir vorgestern erzählt hast, und den Besuch der Polizei gestern nachgedacht.«

Karl sah sie erwartungsvoll an.

»Könnte es sein, dass Werner Experimente mit Sprengstoff gemacht hat, um in Übung zu bleiben?« Ein fragender Blick der Lehrerin.

Karl runzelte die Stirn.

»Hm, eine Sprengfalle baut man nur, wenn man einen Grund dazu hat, wie etwa eine feindliche Armee, die anrückt. Das ist hoffentlich vorbei. Selbst wenn es im Dorf einige gibt, die sich an den Leuten im Lager stören, wird ja wohl niemand auf die Idee gekommen sein, Werner zu engagieren, um das Problem nach und nach mit Sprengfallen aus der Welt zu schaffen. Dass Werner gebastelt hat und dabei etwas schiefgegangen ist, könnte sein, ich halte es aber für ziemlich abwegig.«

Fräulein Schneebach inspizierte nun die vom jahrelangen Ruß des Kohlefeuers geschwärzte Decke der Schmiede. Ihr Blick blieb an einem großen Spinnennetz über dem milchigen Fenster hängen.

»In Disselbach fällt mir beim besten Willen niemand ein, der dermaßen mit Werner über Kreuz gelegen haben könnte, dass er ihn umbringen wollte. Wie siehst du das?«

Karl schüttelte den Kopf, das hielt er ebenfalls für kompletten Unfug.

»In diesem Fall bleibt für mich nur eine halbwegs sinnvolle Erklärung übrig.« Das Fräulein legte eine dramaturgische Pause ein, Karl ließ ihr den Augenblick.

»Bei einem Anschlag kann dann eigentlich nur jemand aus dem Lager dahinterstecken. Jemand von dort muss etwas vergraben oder deponiert haben, das Werner getötet hat. Das ist für mich die einzig logische Erklärung.« Das Fräulein machte einen sehr selbstzufriedenen Eindruck. So hatte sie immer gewirkt, wenn sie einem ihrer Schüler einen falschen Rechenweg hatte nachweisen können.

Darüber, wer als Drahtzieher des Anschlags infrage kam und wo er möglicherweise zu finden war, hatte Karl eben beim Mahlen des Kaffees nachgedacht. Die Überlegungen des Fräuleins gingen in die gleiche Richtung wie seine eigenen. Fakt war, in Disselbach wusste mit Sicherheit niemand, wie man mit einem Sprengsatz umging. Zu guter Letzt blieb als logische Konsequenz nur das Lager als Quelle für einen Bombenleger übrig.

In den zwölf unterschiedlich großen Baracken gab es früher Schlafunterkünfte sowie Essräume, Küchen und Sanitäranlagen. Als nach und nach die Flüchtlinge eintrafen, unterteilte die Besatzungsmacht, um Ordnung in das sich anbahnende Chaos zu bringen, die großen Schlafsäle mit Sperrholz. Diese Maßnahme diente dazu, Familien so etwas wie Privatsphäre zu ermöglichen.

Wie gut das funktionierte, wusste Karl nicht, dafür war er noch nicht lange genug zurück in Disselbach. Bei seinen wenigen Besuchen dort hatte er nicht weiter auf die Umstände vor Ort geachtet.

Die Kontakte zwischen Dorf und Lager blieben spärlich. Die Disselbacher versuchten, ihre ungebetenen Gäste so gut es ging zu ignorieren. Die Fluktuation im Lager machte alles noch viel unübersichtlicher. Es gab dort ständig viele Männer in alten Wehrmachtsuniformen. Wer wollte da wissen, wer zu was fähig war? Um für sich selbst neue Denkansätze zu finden, fragte er das Fräulein: »Aus welchem Grund sollte jemand aus dem Lager Sprengfallen in den Wald legen?«

Fräulein Schneebach hob die Schultern.

»Bin ich das Orakel von Delphi? Es ist nur so ein Gedanke, für mich allerdings der einzig vernünftige.«

Karl sah seine alte Lehrerin nachdenklich an. Es konnte bestimmt nichts schaden, ihr mit ihren eigenen Waffen zu Leibe zu rücken.

»Man hat schnell etwas in die Welt gesetzt, das sich nicht beweisen lässt.«

»Nun höre sich einer das an, etwas in die Welt setzen, sprich nicht so geschwollen mit mir!«

Das Fräulein warf die Arme in die Höhe. Hilfesuchend sah sie nach oben zu dem großen Spinnennetz, so als ob dessen Bewohnerin ihr beistehen könnte. Karl verkniff sich das Grinsen.

»Ist dir eventuell der Gedanke gekommen, dass wir derzeit weder eine funktionierende Staatsmacht noch ein ordentliches Rechtssystem haben? Was wäre zum Beispiel, wenn dein Kriminalist keine Ruhe gibt und dich als Täter präsentiert, nur um sich zu profilieren, egal was der Franzose denkt? Du hast selbst gesagt, die Militärpolizei ist nicht zimperlich gewesen.«

Auch das ging Karl seit seinem Gespräch mit dem Polizisten im Kopf herum. Beschwichtigend hob er die Hände, er wollte das Fräulein etwas weiter kitzeln.

»Eigentlich sind mir ja vorgestern nur diese Ungereimtheiten aufgefallen.«

Die Lehrerin betrachtete ihn aus zusammengekniffenen Augen, die Finger ihrer rechten Hand klopften auf der Werkbank.

»Was bezweckst du denn nun wieder mit dieser Unschuldsnummer? Erst erzählst du mir wilde Räubergeschichten, die sich ein Karl May nicht besser hätte ausdenken können. Danach möchtest du unbedingt herausfinden, wer deinen Freund auf dem Gewissen hat. Am Ende tust du nun so, als ginge dich das alles nichts an. Was soll dieser Blödsinn?«

Karl zuckte mit den Schultern, so kamen sie nicht weiter. Fräulein Schneebach tippte nun mit dem Zeigefinger auf der Stelle.

»Karl, es sind Ferien. Deshalb habe ich ausreichend Zeit zum Nachdenken und Handeln. Dieser Monsieur Favre mag keine Lust haben, sich mit der Sache auseinanderzusetzen, ich schon. Dieses Geheimnis der Bombe im Wald treibt mich um. Dich kenne ich nun wirklich lange und gut genug, du wirst sowieso keine Ruhe geben, bis du weißt, was geschehen ist. Also, was unternehmen wir?«

Erneutes Schulterzucken, nur nichts überstürzen. Die Lehrerin wurde ungeduldig.

»Herrgott, jetzt tu nicht so abgeklärt. Möchtest du meine Hilfe oder nicht?«

»Natürlich, Fräulein Schneebach.«

»Na also. Was ist dein Plan?«

Karl sah seine alte Lehrerin amüsiert an. Seit vorgestern wollten ständig alle Leute etwas von ihm oder erwarteten, dass er verstand, was hier gespielt wurde. Dabei türmte sich vor ihm ein genauso hoher Berg an Rätseln auf wie vor allen anderen.

»Was für ein Plan? Ich stochere selbst nur mit der Stange im Nebel herum.«

»Leider habe ich kein Nebelhorn zur Hand. Dir sind doch die Details wie die Socke oder das ominöse Blechteil aufgefallen. Das wären beides Ansätze für weitere Untersuchungen.«

»Wir hatten vorgestern überhaupt keine Zeit, um weiter ernsthaft nach Spuren zu suchen.«

»Dann sollten wir das schleunigst ändern.«

»Wie meinen Sie das denn?«

Fräulein Schneebach schüttelte den Kopf, ihr Gesicht verzog sich so, als hätte sie ein Glas besonders sauren Viez getrunken. Karl kannte diese Geste von früher sehr gut. So reagierte sie immer dann, wenn ihr in der Schule ein verstocktes Kind gegenüberstand oder wenn sie eine ausgesucht dumme Antwort erhalten hatte.

»Denk nach, Karl. Wenn der Commandant den Fall als erledigt ansieht, dann gibt es keinen Grund mehr, den Explosionsort zu bewachen.«

»Ja und?« Karl brauchte diesmal tatsächlich etwas länger, um die Zusammenhänge zu kapieren, sehr zum Unwillen der Lehrerin.

»Du meine Güte, was ist denn heute Morgen los mit dir? Hat jemand anders früher deine Klassenarbeiten geschrieben und ich habe dir zu Unrecht die guten Noten gegeben? Ist etwa Werner das heimliche Genie gewesen? Für mich ist die Situation ganz einfach: kein Fall, keine Bewachung. Es würde mich sehr wundern, wenn weiter Soldaten im Wald herumstehen.«

Der Groschen fiel mit lautem Klappern in Karls Hinterkopf. »Damit könnten Sie recht haben.«

»Natürlich könnte ich damit recht haben!« Sie verdrehte die Augen. »Und was glaubst du, wie wir das herausfinden?«

»Wie, Fräulein Schneebach?«

Karl war sich sicher, die Antwort zu kennen, wollte dem Fräulein jedoch den Vortritt lassen.

»Ganz einfach. Wir setzen uns auf deine Knattermaschine und fahren in den Wald.«

»Sie meinen das Motorrad?«

Es folgte nur ein Blick mit hochgezogenen Augenbrauen.

»Schon gut, einen Augenblick.«

Karl sammelte die beiden leeren Kaffeetassen ein. Er stellte sie, ohne abzuspülen, auf das Regal im Nebenraum. Gemeinsam mit dem Fräulein ging er danach zur großen Holzkiste. Die Schlüssel für alle seine Kisten trug er stets bei sich. Schließlich stand die BMW in all ihrer roten Pracht im Hof.

»Was machen wir, wenn es doch Wachen gibt?«

»Karl, hast du dir heute Morgen irgendwo den Schädel angeschlagen? Dann fahren wir eben einfach weiter und machen eine kleine Rundfahrt um das Dorf.«

Karl nickte nur. Wie zwei Tage zuvor kletterte die Lehrerin auf den Hintersitz. Diesmal etwas geschickter als beim ersten Mal. Er nahm ebenfalls Platz und startete den Motor.

»Alles klar bei Ihnen, Fräulein Schneebach?«, fragte er über die Schulter nach hinten.

Die Lehrerin umfasste seine Hüfte. »Fahr los, es muss nicht ganz so schnell sein wie beim letzten Mal, wir wissen ja diesmal, was uns erwartet.«

Karl gab Gas. Das Fräulein quiekte beim ersten Satz des Motorrads nach vorne erneut erschrocken auf, klammerte sich dann nur umso fester an ihn. Die Fahrt dauerte unwesentlich länger. Zuerst blieb Karl auf der Straße, bog dann vor dem Wald auf den Weg ab, der am Rand der Bäume entlangführte. Tatsächlich. Von dem Lkw, dem Karl zwei Tage zuvor begegnet war, fanden sich lediglich Reifenspuren im weichen Waldboden. Er schaltete das Getriebe in die Untersetzung, um ganz langsam an den Bäumen vorbeifahren zu können.

Die Explosionsstelle breitete sich auf den ersten Blick unverändert vor ihnen aus. Nachdem er das Motorrad geparkt hatte, stieg Karl ab und half der Lehrerin beim Absteigen.

»So macht das viel mehr Spaß, wenn es nicht ganz so arg schüttelt«, kommentierte sie die Fahrt.

Karl machte sich sofort daran, den Krater und die zerfetzten Büsche zu untersuchen. Es hatte jemand aufgeräumt. Kurz nach der Explosion waren überall Metallstücke und Fleischfetzen in verschiedenen Größen zu erkennen gewesen. Davon sah man nun nichts mehr. Und natürlich war das Teil, das ihn am meisten interessiert hätte, verschwunden. Das Blechstück steckte nicht mehr in dem Baum, wo Karl es gesehen hatte. Es gab lediglich die Einkerbung, die es im Stamm hinterlassen hatte. Karl bewegte sich langsam und methodisch über die Lichtung. Es gab keine brauchbaren Spuren mehr. Im Gegenteil, der Untergrund war von Stiefelabdrücken übersäht. Frustriert blies er die Backen auf. Das Fräulein erschien neben ihm.

»Und?«

»Leider nichts. Es hat jemand gründlich aufgeräumt. Hier wurde garantiert alles mit Metalldetektoren abgesucht.«

»Wundert dich das etwa? Favre und seine Leute können es sich kaum leisten, etwas zu übersehen. Eine weitere Explosion wäre ganz und gar nicht gut für das Renommee des Monsieurs.«

Wie so oft lag sie damit vermutlich richtig. Das trug leider nicht dazu bei, Karls Frustration zu mildern.

»Wie sollen wir jetzt weiter vorgehen?«

»Karl, Karl, Karl. Benutze endlich deinen Verstand. Worüber haben wir uns eben unterhalten?«

Obwohl zwischen ihm und seiner alten Lehrerin inzwischen fast so etwas wie eine Freundschaft bestand, kam es immer wieder vor, dass sie in ihr altes Lehrerin-Schüler-Verhältnis verfielen. Also fragte er artig: »Worüber denn, Fräulein Schneebach?«

»Das Lager, Karl.«

»Sie möchten jetzt ins Lager?«

»Warum denn nicht, zum Kuckuck? Soviel ich weiß, braucht man dafür keine gesonderte Erlaubnis oder einen Passierschein. Vergiss nicht, wir sind hier die Eingeborenen.«

»Wie stellen Sie sich das vor? Wir fahren da hinein und fragen den Erstbesten, der uns begegnet, ob er uns etwas über die Explosion erzählen kann?«

»Unsinn, natürlich müssen wir sehr umsichtig vorgehen. Wir werden Herrn Globkow einen Besuch abstatten.«

Es klang wie die selbstverständlichste Sache der Welt. Ohne dass Karl weiter nachfragen musste, erhielt er eine Erklärung.

»Nachdem die Franzosen Herrn Globkow zum provisorischen Leiter des Lagers ernannt haben, hat er mich im letzten Herbst in der Schule besucht. Es befinden sich ständig Kinder im Lager. Selbst wenn die meisten Familien nicht lange bleiben, man kann die Kinder nicht einfach so verwahrlosen und ohne Schulbildung lassen.«

Sie sah Karl anklagend an.

»Nein, natürlich nicht«, wiegelte der ab.

»Herr Globkow sieht das genauso, deshalb hat er sich ja darum gekümmert. Gemeinsam haben wir dafür gesorgt, dass die Kinder im schulpflichtigen Alter zu mir in die Dorfschule kommen, solange sie sich im Lager aufhalten. Die Anzahl der Schüler sowie die Zuverlässigkeit ihrer Besuche schwanken ständig. Zuletzt hatte ich neunzehn Kinder aus dem Lager, um die ich mich kümmern muss. Eigentlich ist die Schule viel zu klein für die zusätzlichen Köpfe. Ich wüsste allerdings nicht, wen ich damit belästigen sollte. Wir werden wohl bis auf Weiteres miteinander klarkommen müssen.«

Die Lehrerin hatte bisher sehr ernst ausgesehen, nun schmunzelte sie. »Es gibt da einen durchaus kuriosen Effekt.«

»Aha, und welchen?«

»Die Kinder aus dem Osten sprechen in der Regel gutes Hochdeutsch, im Gegensatz zu den Disselbacher Kindern. Euer Dialekt hat ja mit Hochdeutsch im besten Fall nur grobe Berührungspunkte.«

Karls Mundwinkel zuckten nach oben. Aus eigener Erfahrung wusste er: Das Fräulein legte großen Wert darauf, dass ihre Schüler ein sauberes Hochdeutsch sprachen. Mit eher mäßigem Erfolg. Sie klatschte in die Hände.

»Wie dem auch sei, wegen der Kinder gibt es für mich immer wieder etwas mit Herrn Globkow zu besprechen. Ein kleiner Höflichkeitsbesuch bei ihm ist also nichts Ungewöhnliches.«

Dass Kinder aus dem Wald zur Schule gingen, hatte Karl mitbekommen, die Hintergründe kannte er nicht.

»Wie kommt es, dass dieser Globkow Chef des Lagers wurde?«, wollte er wissen. Fräulein Schneebach sah automatisch in die Richtung des Lagers.

»Herr Globkow kommt aus Breslau in Schlesien. Vor dem Krieg, oder besser vor der Nazizeit, war er dort Verwaltungsbeamter und Kommunalpolitiker, allerdings bei den Sozis. Früher bin ich keine Freundin der sozialdemokratischen Partei gewesen, das darfst du mir glauben. Das ist leider eine weitere Dünkel-Tradition, die ich von meiner Familie übernommen habe, ohne es wirklich zu verstehen. Später musste ich einsehen, wenn es aufrichtige und mutige Gegner der Nazis gegeben hat, dann sind es die Mitglieder der SPD gewesen. Herr Globkow ist im ersten großen Krieg 1917 schwer verwundet worden, seine Lunge ist geschädigt, außerdem fehlen ihm mehrere Rippen. Deshalb brauchte er den Irrsinn des zweiten großen Krieges nicht mitzumachen. Wegen seines früheren politischen Engagements musste er den größten Teil der Nazizeit und des Krieges in einer Munitionsfabrik arbeiten. Als die Russen den Angriff auf Schlesien begannen, ist ihm gemeinsam mit seiner Frau und der Tochter die Flucht gelungen.«

Das Fräulein wandte sich wieder Karl zu. Sie machte eine ausholende Geste mit der rechten Hand, über die Wiesen vor dem Wald zum Dorf hin.

»Ihr langer Weg quer durch Deutschland hat sie hierher nach Disselbach verschlagen. Seit zehn Monaten leben sie nun bereits im Lager. Weil er den Franzosen seine alten SPD-Parteibücher vorzeigen konnte, haben die ihn zum Vorsteher ernannt. Herr Globkow ist ein sehr netter Mann, nun werden wir ihm einen Freundschaftsbesuch abstatten.«

»Meinetwegen. Glauben Sie, dass er uns helfen kann?«

»Das werden wir sehen. Herr Globkow ist der Lagervorsteher, wer, wenn nicht er, sollte dort den Überblick haben?«

Die Lehrerin marschierte zum Motorrad.

»Los, Karl, starte deine Rappelkiste, wir besuchen Herrn Globkow!«

-8-

Wieder kletterten sie nacheinander auf die BMW. Die Fahrt zum Lager dauerte nur wenige Minuten. Sie brauchten nur dem Weg zurück zur Straße zu folgen. Nach weiteren gut hundert Metern lag zu ihrer Linken der Eingang zum alten Reichsarbeitsdienstlager.

Karl war vor dem Krieg wesentlich öfter dort gewesen als nach seiner Rückkehr. Vor dem Krieg wurde das Lager fast drei Jahre bewirtschaftet. Die Beziehungen zum Dorf gestalteten sich seinerzeit sehr positiv, weil die Männer mit ihren schweren Gerätschaften den Bauern bei der Feldarbeit oder beim Fällen von Bäumen halfen. Oder ihnen regelmäßig Schnaps oder Viez abkauften. Zwei Mädchen aus dem Dorf heirateten sogar Arbeitsmänner und folgten ihnen in deren Heimatorte. Und der Disselbacher Schreiner war ein ehemaliger Arbeitsdienstmann, den die Liebe in die Eifel verschlagen hatte.

Von einem guten Verhältnis zwischen Dorf und Lager konnte man derzeit beim besten Willen nicht mehr sprechen. Die aktuellen Bewohner waren lästige Fremdkörper für die Disselbacher. Vielleicht sähe es anders aus, wären der Mangel und die allgemeine Not nicht auf allen Seiten so groß. Niemand hatte etwas abzugeben, weil es meist für das eigene Überleben gerade so reichte. Die Flüchtlinge wurden von der Besatzungsmacht mit Essbarem und allem anderen Lebensnotwendigen ohne Bezahlung versorgt. Dies passte vielen Dörflern nicht, mussten sie sich ihren Lebensunterhalt doch selbst hart erarbeiten. »Polacken« oder »Zigeuner« lauteten noch die freundlicheren Bezeichnungen. Die Leute aus dem Osten hatten den höchsten Preis für den Größenwahn Hitlers bezahlt, einfach nur aus dem Grund, dass sie dort gewohnt hatten, wo die Russen im Winter 44/45 auftauchten. Niemand von ihnen lebte freiwillig in diesem Provisorium im Disselbacher Forst, Rückfahrkarten gab es keine.

Aber genauso wenig trugen die Einheimischen die Schuld an diesem Umstand. Die Flüchtlinge waren für sie Fremde mit eigenen Dialekten und Bräuchen, die sie mit ihren Ansprüchen überforderten. Der menschlichen Natur war das Fremde leider stets suspekt, und in Zeiten der Not musste jeder zuerst nach sich und seinen Angehörigen schauen.

Am Eingang hielt Karl kurz an, weil er nicht wusste, wo der Lagervorsteher wohnte. »Wohin?«

»Immer geradeaus, der Straße nach. Um diese Zeit dürfte sich Herr Globkow in der ehemaligen Kommandeursbaracke befinden. Da wohnt er mit seiner Familie.«

Wie immer und überall in Deutschland hatte grundsätzlich alles seine Ordnung, zumindest war das früher so gewesen. Vom Eingang des Lagers führte ein gerader Weg auf zwei stirnseitige Gebäude zu. Das rechte war die größte Baracke von allen. Von einem früheren Besuch wusste Karl, dass es sich um die zentrale Küche mit angeschlossenem Speisesaal handelte. Unmittelbar daneben duckte sich als Kontrast dazu das kleinste Gebäude der Anlage. Wegen der zentralen Lage und Übersicht über die links und rechts aufgereihten Baracken hatte dort seinerzeit der Chef der Dienstmänner mitsamt einer kleinen Verwaltung residiert. Karl steuerte direkt darauf zu.

Bei dem schönen Wetter befanden sich die meisten Leute im Freien vor den Gebäuden. Frauen wuschen Wäsche, Kinder spielten Fangen. Ältere Männer und Frauen saßen in jedem sich bietenden Schatten. Manche beschäftigten sich mit irgendwelchen Handarbeiten, andere blickten einfach nur stumm geradeaus. Vor der Kommandeursbaracke hielt Karl an. Niemand kümmerte sich um sie, als sie abgestiegen waren.

»Wie geht es jetzt weiter?«, wollte Karl wissen.

Fräulein Schneebach straffte ihre knapp ein Meter sechzig und richtete die Kleidung, ohne Kommentar marschierte sie an ihm vorbei. Karl sicherte das Motorrad und drehte den Sprithahn ab. Benzin würde ihm in der Öffentlichkeit wohl niemand stehlen, aber sicher war sicher. Er beeilte sich, der Lehrerin zu folgen, die bereits in der schief in den Angeln hängenden Tür verschwunden war.

Als Kinder hätten sie sich seinerzeit niemals in dieses Heiligtum des Lagers getraut. Irgendwie erwartete Karl im Inneren die Art von Geschäftigkeit, die er von seiner Zeit bei der Wehrmacht von Kommandostellen her kannte. Es gab jedoch weder die fleißig vor sich hin tippenden Sekretärinnen noch die obligatorischen, schlecht gelaunten Schreibstubenhengste. Ebenso wenig wie die wichtig umhereilenden Boten und Kuriere. Es gab nur einen großen, fast leeren Raum, der rechts und links von Wänden mit je einer Tür in der Mitte begrenzt wurde. Gegenüber dem Eingang standen zwei Schreibtische, rechts gab es einen Tisch aus Blech und Rohrgestänge mit vier windschiefen, unterschiedlichen Stühlen. In der Ecke neben dem Tisch kauerte ein zerbeulter Herd, von dem die Emaille abblätterte. Darauf stand eine Kanne, deren Deckel leise vor sich hin klapperte.

Bei näherem Hinsehen war die Bezeichnung Schreibtisch eher als wohlgemeinter Sammelbegriff zu verstehen. Herr Globkow hockte auf einem Holzstuhl hinter einem Konstrukt, das dem Aussehen nach von jemandem mit zwei linken Händen aus alten Holzkisten und groben Brettern zusammengezimmert worden war. Das andere Gebilde war wohl einmal ein Esstisch gewesen, bei dem die beiden linken Beine nun aus halbwegs geraden Ästen bestanden. Daran saß eine junge Frau, die ihnen neugierig entgegensah. Der Lagerleiter beugte sich über irgendwelche Papiere. Das Fräulein blieb mitten im Raum stehen. Karl stellte sich hinter sie. Einige Sekunden geschah nichts, Globkow widmete seine ganze Aufmerksamkeit der Lektüre und beachtete sie nicht.

»Vater?«, sagte schließlich die junge Frau. Keine Reaktion.

»Vater?«, folgte es etwas lauter. Entschuldigend meinte sie zur Lehrerin: »Guten Tag, Fräulein Schneebach. Sie müssen entschuldigen, mein Vater hört seit dem Ersten Weltkrieg nicht mehr so gut.«

»Ich weiß, Fräulein Globkow, lassen Sie mich nur machen.«

Energisch trat das Fräulein mit dem Fuß auf die ausgetretenen Dielen der Baracke. Die davon ausgehenden Vibrationen halfen, Herr Globkow sah auf.

»Oh! Fräulein Schneebach. Womit habe ich die Ehre?«

Der Mann sprach sehr laut. Karl kannte das von seinem Vater. Das lebenslange Arbeiten am Amboss mit dem klirrenden Stahl hatte bei ihm ebenfalls dazu geführt, dass er nicht mehr sonderlich gut hörte. Dafür redete er umso lauter.

»Guten Tag, Herr Globkow.«

Fräulein Schneebach nutzte die Stimmlage, bei der Generationen von Disselbacher Schülern sofort in ihren Bewegungen erstarrt waren. Sie trat näher an seinen Tisch heran, um nicht ganz so laut schreien zu müssen.

»Ich bin mit unserem Dorfschmied Karl Bermes hier.«

Karl nickte ihm zu. In Globkows Gesicht leuchtete die Erinnerung auf.

»Ach ja, Sie waren bei der Explosionsstelle. Was kann ich für Sie tun?«

Fräulein Schneebach beugte sich etwas nach vorne.

»Leider ist dies kein Höflichkeitsbesuch. Karl und ich sind ja vorgestern als Erste an der Unglücksstelle eingetroffen.«

Globkow nickte stumm.

»Wir sind eben erneut dort gewesen. Wie es aussieht, sind die Wachen abgezogen worden?«

»Ja, soviel ich weiß, sind die gestern Nachmittag abgefahren. Vorher waren zwei Herren von der Polizei hier, ein Franzose und ein Deutscher.«

»Die kennen wir, wir hatten ebenfalls das Vergnügen.«

»Oh, wo sind nur meine Manieren hingekommen? Kann ich Ihnen vielleicht etwas zu trinken anbieten?«

Fräulein Schneebach sah zu Karl, der zuckte mit den Schultern. Sie hatten vor kaum einer Stunde Kaffee getrunken. In diesem Fall handelte es sich bei der Frage aber wohl eher um eine Floskel der Höflichkeit. Karl nickte dem Vorsteher zu, er wollte den Mann nicht vor den Kopf stoßen. Globkow sah zu der jungen Frau. »Paulchen, haben wir noch Tee?«

Ihre Wangen erglühten.

»Du sollst mich nicht Paulchen nennen, wenn andere Leute dabei sind.«

»Ach ja, Entschuldigung. Kennen Sie meine Tochter Pauline?«, fragte Globkow.

Das zweite Fräulein im Raum erhob sich, mit leicht gesenktem Kopf. Karl nutzte die Gelegenheit, sie von Kopf bis Fuß zu mustern. Das schmale Gesicht unter dem vollen dunkelblonden Haar lief in ein spitzes Kinn aus. Graue Augen erwiderten kurz seinen Blick über die schmale, gerade Nase hinweg, ehe sie zu Boden sahen. Die leicht aufgeworfenen Lippen leuchteten erstaunlich rot, ohne dass es Anzeichen von Lippenstift gab. Sie war hochgewachsen, und die gertenschlanke Statur betonte ihre Körpergröße. Karl hielt es für möglich, ihre Taille mit beiden Händen umfassen zu können. Er hätte es sehr gerne versucht. Ihr Alter schätzte Karl auf vielleicht zwanzig Jahre. Was er sah, gefiel ihm sehr.

»Nein, ich hatte das Vergnügen noch nicht.«

»Dann müssen wir die Vorstellung schleunigst erledigen. Pauline, das ist Herr Bermes, der Dorfschmied von Disselbach. Herr Bermes, ich darf Ihnen meine Tochter Pauline vorstellen?«

Karl verbeugte sich leicht und sagte: »Es ist mir eine Ehre.« Selten hatte er etwas mit mehr Überzeugung gesagt.

Paulines Wangen leuchteten in Rottönen, die Karl nicht für menschenmöglich gehalten hätte. Ihr »Guten Tag, Herr Bermes« war kaum zu verstehen, obwohl sie bisher in einer Lautstärke gesprochen hatte wie Fräulein Schneebach vor der Meute im Schulsaal.

»Damit wären die Formalitäten erledigt.« Globkow lächelte. »Paulchen, haben wir nun etwas Tee oder nicht?«

»Vater!« Ihre Stirn legte sich in Falten.

»Ach ja, Entschuldigung. Haben wir noch Tee, Pauline?«

Die junge Frau nickte.

»Dann sei so gut und gieße uns etwas davon ein. Fräulein Schneebach, Herr Bermes, wenn ich bitten darf.« Globkow wies zum Blechtisch.

Pauline Globkow machte sich an der Kanne auf dem Herd zu schaffen, sie nahm einige Blechtassen von der Ablage, die als Rückwand Teil des Herdes war. Ihr Vater erhob sich, um zum Tisch zu gehen. Karl und die Lehrerin folgten ihm. Etwas umständlich zog Globkow einen Stuhl für das Fräulein hervor. Karl wartete nicht, sondern nahm sich selbst eine der angejahrten Sitzgelegenheiten. Nachdem an jeder der vier Seiten des Tisches eine Tasse mit Kamillentee stand, nahm die junge Frau ebenfalls Platz. Es entstand eine Gesprächspause, die mit ausgiebigem Teeschlürfen überbrückt wurde. Karl musterte Pauline so unauffällig wie möglich aus den Augenwinkeln.

Schließlich sagte Globkow: »Nun, bitte noch einmal von Anfang an. Sie sind wegen des Unfalls vorgestern hier?«

Fräulein Schneebach nickte.

»Ja. Weil die Wachen abgezogen wurden, sind wir heute Morgen erneut hingefahren. Wir hätten uns für weitere Spuren der Explosion interessiert. Wie es scheint, wurde alles aufgeräumt.«

Globkow sah Karl an, dann die Lehrerin.

»Das wird wohl so sein, dazu kann ich nicht viel sagen. Nachdem ich vorgestern gleich nach Ihnen dort eingetroffen bin, hatte ich nichts mehr mit der Sache zu tun. Aus dem Lager wurde niemand verletzt. So wie ich die Polizei verstanden habe, handelt es sich sowieso um einen Unglücksfall. Nicht auszudenken, wenn einige unserer Kinder dort gespielt hätten. Nicht auszudenken.« Globkow schüttelte den Kopf.

»Was wollten die Polizisten denn gestern von Ihnen wissen?«, fragte Karl.

Globkow betrachtete ihn ausgiebig. »So wie ich das verstanden habe, ist die Polizei zuerst im Dorf gewesen und kam danach zu uns.«

»Und?«

Karl erhielt für seine unfreundliche Art zu fragen unter dem Tisch einen saftigen Tritt vom Fräulein. Globkow bemerkte es, er musterte die Lehrerin, bevor er erneut Karl in den Blick nahm.

»Nun. Ehrlich gesagt, dieser Kriminalist Peters wollte wissen, ob ich einen Karl Bermes kenne. Das konnte ich gestern mit gutem Gewissen verneinen. Heute wäre das schwieriger.«

Karl musste seine Tasse fester umklammern, damit man ihm die aufkommende Nervosität nicht anmerkte. Pauline sah ihn unverhohlen neugierig an.

»Er hat nach mir gefragt?«

»So ist es. Er sagte, für ihn gebe es ungeklärte Aspekte in diesem Fall. Was könnte er mit ungeklärten Aspekten gemeint haben?«

»Herr Globkow«, schaltete sich das Fräulein ein. »Ich kann Ihnen versichern, weder ich noch Karl haben irgendetwas mit dem Vorfall zu tun. Zufälligerweise bin ich bei Karl in der Schmiede zu Besuch gewesen, als die Explosion erfolgte. Weil Karl ein Motorrad besitzt, waren wir schlicht am schnellsten vor Ort.«

Globkow lehnte sich entspannt zurück, Karl hielt das angesichts der Bewegungen in seinem Stuhl für keine gute Idee.

»Das verstehen Sie falsch, ich verdächtige niemanden, ich wiederhole nur das, was die Polizei gesagt hat. Der Franzose sagte am Ende der Befragung, es würde keine weiteren Nachforschungen geben. Deshalb wundert mich Ihr Besuch ein wenig.«

Fräulein Schneebach trommelte mit den Fingern auf dem Tisch. Der Reihe nach sah sie Karl, Pauline und dann den Lagervorsteher an. »Das wurde mir vom Commandant ebenfalls mitgeteilt.«

Es folgten einige Sekunden ausgiebigen Trommelns. Die Lehrerin sah Karl an, ehe sie weitersprach: »Worum es uns geht, ist ein wenig heikel, Herr Globkow. Wissen Sie eventuell etwas darüber, ob sich jemand aus dem Lager an der Unfallstelle zu schaffen gemacht hat?«

»Nicht dass ich wüsste.«

Globkows Stimme war wesentlich lauter als ohnehin schon, und sie klang verärgert. »Diese Frage hätte ich ausgerechnet von Ihnen nicht erwartet, Fräulein Schneebach. Immer müssen die Leute aus dem Lager als Schuldige für die kleinste Kleinigkeit herhalten, wenn im Dorf etwas geschieht.«

Das Fräulein hob beschwichtigend die Hände.

»Herr Globkow! Wir kennen uns mittlerweile bereits eine ganze Weile. Es würde mir nicht im Traum einfallen, Ihnen Vorwürfe zu machen. Die Leute im Dorf hingegen brauchen jemanden, dem sie die allgemein schlechte Lage in die Schuhe schieben können. Das ist leider so. Homo homini lupus.«

Globkow nickte wissend, Karl und Pauline sahen sich etwas ratlos an. Das Fräulein erklärte: »Auf Deutsch sagt man: ›Der Mensch ist des Menschen Wolf‹.«

Globkow brummte etwas Unverständliches vor sich hin.

»Ich verstehe nicht so richtig, was Sie eigentlich von uns wollen, Fräulein Schneebach?«, schaltete sich Pauline ein.

Die Lehrerin spitzte die Lippen, sie sah Globkow in die Augen. Sie brauchte die Stimme nicht weiter zu erheben, um energisch zu klingen.

»Ich kann es nicht leiden, wie eine Katze um die halb tote Maus herumzuschleichen. Von meinen Schülern erwarte ich stets offene und ehrliche Antworten. Deshalb frage ich Sie geradeheraus: Halten Sie es für möglich, dass jemand aus dem Lager etwas mit der Explosion und dem Tod von Werner Schomer zu tun hat?«

Diesmal folgte eine wesentlich längere Gesprächspause als zuvor. Globkow und seine Tochter tauschten Blicke aus. Die junge Frau sah zu Karl, dann schnell wieder weg. Karl hätte gerne nachgehakt, er blieb aber geduldig, weil Fräulein Schneebach ebenfalls wartete. Schließlich sagte Globkow: »Fräulein Schneebach, weil wir uns tatsächlich bereits eine Weile kennen und ich Sie schätze, sehe ich Ihnen die Ungeheuerlichkeit dieser Frage nach.«

Erneute Blicke zwischen Vater und Tochter.

»Leider muss ich zugeben, dass ich Ihnen keine ehrliche Antwort geben kann. Wissen Sie, wie viele Menschen aktuell bei uns hausen? Wohnen kann man das hier ja nicht nennen.«

Karl und das Fräulein schüttelten synchron den Kopf. Globkow lachte freudlos auf.

»Nun, ich weiß es auch nicht. Ganz theoretisch gesprochen bin ich verpflichtet, jeden Ankommenden zu registrieren. Die Daten soll ich der Kreisverwaltung melden. Bei der Kreisverwaltung ist aber niemand so richtig zuständig oder interessiert. Ich führe zwar entsprechende Listen, weil die Kommandantur in Bitburg das ebenfalls verlangt. Da es keinen großen Sinn macht, habe ich es aufgegeben, die Zahlen jeden Tag zu aktualisieren. Es gibt einen Stamm von etwa zwanzig Familien, die sich bei uns mehr schlecht als recht eingelebt haben. Da habe ich konkrete Zahlen, es kommen mit den Säuglingen hundertsechsundzwanzig Personen zusammen. Dazu gibt es einige Paare, die sich auf der Flucht gefunden haben. Nach Trauscheinen frage ich gar nicht erst. Nicht zu vergessen die etwa zwanzig allein reisenden Frauen, die sich in einer der Baracken eingerichtet haben. Abschließend gibt es da eine unübersichtliche Anzahl an Männern. Die meisten sind vermutlich ehemalige Soldaten. Viele tragen ihre alten Uniformen, weil sie sonst nichts besitzen. Männer in Zivil gibt es ebenfalls. Weil deren Verhalten meistens eindeutig militärisch ist, gehe ich davon aus, dass es ebenfalls ehemalige Soldaten sind. Die in Zivil konnten sich eben nur entsprechende Kleidung organisieren. Auf welche Art auch immer. Die Anzahl der Bewohner schwankt, alles in allem dürften sich ständig zwischen hundertachtzig und zweihundertzwanzig Personen im Lager befinden. Plus/minus. Manche bleiben für Tage oder Wochen, weil sie keine Heimat mehr haben oder weil sie sich ganz einfach ausruhen wollen. Andere sind nur stundenweise hier, weil sie auf der Suche nach Angehörigen sind, diese hier aber nicht finden. Den Franzosen gefällt dieses Kommen und Gehen ebenso wenig wie mir. Ich wüsste allerdings nicht, was ich dagegen unternehmen sollte, wir können niemanden festbinden. Alle Versuche, den Überblick zu behalten, laufen ins Leere. Das ist leider so.«

Das Fräulein wiegte den Kopf.

»Mir sind die Umstände bekannt, Herr Globkow, und Sie wissen, wie wenig auch mir das gefällt. Wir sind einfach nur auf der Suche nach Erklärungen für das, was Werner zugestoßen ist.«

Globkow lachte auf. »Wer ist nach diesem Krieg nicht auf der Suche nach Erklärungen für dies und das?«

Er beugte sich zu der Lehrerin, sein rechter Zeigefinger tippte auf die Tischplatte.

»Ich wüsste zum Beispiel gerne, warum ich unser Heim in Breslau aufgeben musste. Obwohl ich mich bereits vor zwanzig Jahren den Nazis entgegengestellt habe, bin ich mit meiner Familie geflohen. Ich möchte gar nicht erst darüber nachdenken, was sonst mit meiner Frau und meiner Tochter geschehen wäre. Eine wilde Horde siegestrunkener Soldaten ist eine Pest. Und die Kommunisten sind sowieso nicht viel besser als die Nazis, die Farben und die Parolen sind nur anders. Es tut mir leid, Fräulein Schneebach. So gerne ich Ihnen weiterhelfen würde, ich befürchte, ich bin dazu nicht in der Lage.«

Es klopfte an der Eingangstür.

»Herein!«, schmetterte Globkow.

Eine ältere Frau trat mit demütig gesenktem Kopf ein. »Herr Globkow, es gibt Streit wegen des Brotes, das heute Morgen geliefert wurde«, rief sie krächzend in den Raum.

Der Lagervorsteher atmete tief durch, zu Fräulein Schneebach gewandt sagte er: »Sie entschuldigen, die Pflicht ruft. Ich befürchte, es gibt für uns wichtigere Dinge zu tun, als Nachforschungen wegen eines Unglücks anzustellen, das uns nicht betrifft. Ich wünsche Ihnen einen guten Tag, wir sehen uns bestimmt bald wieder.«

Er nickte Karl zu. »Herr Bermes.«

Karl erwiderte die Geste. Globkow verließ mit der Frau den Raum. Die Lehrerin wandte sich an Karl, sie seufzte genervt auf.

»Herr Globkow gibt sich wirklich alle Mühe. Bis auf Weiteres haben wir keine ordentliche Verwaltung in Deutschland, wie wir es früher gekannt haben. Die Franzosen sorgen für kaum mehr, als dass die Leute hier nicht verhungern. Leute wie Herr Globkow sind nicht zu beneiden.«

Karl hatte das Gefühl, beobachtet zu werden. Als er sich nach rechts drehte, sah er Pauline Globkow in die Augen. Karl spürte, wie diesmal seine eigenen Ohren warm wurden. Sie sah aus, als beschäftigte sie etwas.

»Ja?«, versuchte Karl sein Glück.

Pauline schlug die Augen nieder, um ihn gleich wieder anzusehen. »Es gibt da etwas.«

»Ja?«, wiederholte Karl.

Paulines Augen fixierten das Fräulein, als sie sagte: »Vor zwei Wochen ist ein Mann hier aufgetaucht, der eigenartige Fragen gestellt hat.«

»Soso. Was meinen Sie mit eigenartig?«, fragte die Lehrerin, bevor Karl dazu kam. Pauline wandte sich wieder Karl zu.

»Er war auf der Suche nach jemandem, der als Soldat auf dem Balkan im Einsatz gewesen ist. Er fragte meinen Vater danach, aber woher sollte der so etwas wissen? Wir können uns nicht die Lebensgeschichten von allen anhören, die hier durchkommen. Und die Leute aus Disselbach kennen wir sowieso nicht. Suchen Sie nach so etwas? Übrigens ist er gelegentlich ins Dorf gegangen. Einmal hat ihn euer Bürgermeister zurück ins Lager begleitet.«

Karl wurde es heiß und kalt, konnte das tatsächlich eine echte Spur sein?

»Wie hat er ausgesehen, hat er sonst noch jemanden ausgehorcht?«, fragte er aufgeregt.

Pauline sah ihm intensiv in die Augen. »Er hatte eine Glatze und trug Zivil, aber wenn das kein Soldat gewesen ist, heiße ich von Globkow.«

Karl sah zum Fräulein, die hob die Augenbrauen. Sie hatte das Trommeln eingestellt, ihre Finger schwebten über dem Blech der Tischplatte.

Pauline sah die beiden unsicher an. »Kann dieser Mann etwas mit dem Unfall zu tun haben?«

Karl brauchte einen Moment für eine Antwort, der Blick der jungen Frau hielt ihn gefangen.

»Ich würde gerne mit diesem Mann sprechen. Wo kann ich ihn finden?«

»Das dürfte ein Problem sein, mehr als drei Tage ist er sicher nicht geblieben. So etwas geschieht hier ständig. Leute kommen, Leute verschwinden.«

»Ist er allein gewesen?«, fragte das Fräulein.

»Das kann ich wirklich nicht sagen. Er ist in einer der Baracken für die Männer untergekommen. Besonders bei denen herrscht ein ständiger Wechsel. Allein diese Woche sind drei neue gekommen. Ob er dort mit jemandem Kontakt hatte oder einen der anderen gekannt hat, weiß ich nicht. Mein Vater möchte nicht, dass ich mich da in der Nähe aufhalte.«

Über die Wangen der jungen Frau wanderten erneut diverse Rottöne.

»Der Polizei habe ich gestern davon nichts erzählt. Wir haben genug Probleme, ich wollte keine Aufmerksamkeit erregen. Ist das falsch gewesen?«

Sie sah von Karl zum Fräulein und wieder zurück.

Karl spitzte die Lippen. »Das muss nichts bedeuten. Wenn der Mann bereits wieder weg ist, wo soll man ihn suchen?«

Er wollte Pauline Globkow kein schlechtes Gewissen machen. Die schien erleichtert. Das Fräulein sah ihn nachdenklich an, sagte aber nichts.

»Bei den Männern gibt es immer wieder welche, die mir Angst machen. Derjenige, der die Fragen gestellt hat, ist einer von ihnen gewesen. Früher habe ich so etwas nur in Romanen gelesen. Hier im Lager habe ich gelernt, was damit gemeint ist, wenn es heißt: ›Er hatte den Tod in seinen Augen‹.« Pauline erschauerte. »Von den Menschen, die ich hier kenne und die bereits länger im Lager leben, hat garantiert niemand mit dem Unfall zu tun.«

Karl betrachtete Pauline stumm, die diesmal seinem Blick standhielt, ohne zu erröten. Die Information über einen neugierigen Fremden kam unverhofft, half ihnen aber zunächst nicht weiter, wenn der mysteriöse Fragensteller sich nicht mehr im Lager aufhielt. Dabei sprang ihn der Zusammenhang regelrecht an. Ob Werner auf dem Balkan eingesetzt worden war, wusste Karl nicht, ausgeschlossen war es definitiv nicht.

Fräulein Schneebach unterbrach seine Gedankengänge, sie sah zu ihrer goldenen Armbanduhr.

»Das hätte ich fast vergessen, zwölf Uhr ist bereits durch. Ausgerechnet heute hat sich der Pfarrer für dreizehn Uhr bei mir angemeldet. Er möchte eine Wallfahrt zur Mariensäule nach Kyllburg mit mir besprechen, die zu Beginn des neuen Schuljahres stattfinden soll.«

Man sah ihr an, wie wenig sie diese Aussicht begeisterte. Da der Priester jedoch für den Religionsunterricht zuständig war, mussten sie sich irgendwie zusammenraufen. Das Fräulein erhob sich, sie nickte Pauline zu. »Fräulein Globkow.«

Ein zweites Nicken galt Karl als Aufforderung, seine vier Buchstaben ebenfalls in die Höhe zu bewegen. Das Fräulein strebte zur Ausgangstür. Pauline und Karl folgten ihr. Draußen sah das Fräulein sich um.

»Hm, ich hätte mich gerne von Ihrem Vater verabschiedet, ich sehe ihn leider nirgends.«

Sie spähte an den Reihen der Baracken entlang. Wie bei ihrer Ankunft herrschte reges Treiben. Neugierige Blicke musterten nun die Tochter des Lagervorstehers mit ihrem Besuch.

»Ich werde ihm Grüße von Ihnen ausrichten«, sagte Pauline.

»Das ist sehr nett. Komm, Karl, vor dem Besuch seiner Durchgeistigkeit würde ich gerne eine Kleinigkeit essen.« Die Lehrerin marschierte zielstrebig zu dem abgestellten Motorrad.

Karl drehte sich zu der jungen Frau.

»Vielen Dank für Ihre Informationen, Fräulein Globkow.«

Paulines Lächeln ließ ihr Gesicht erblühen, Karl hatte noch nie so etwas Faszinierendes gesehen. Sie reichte ihm die Hand.

»Es war nett, Sie kennengelernt zu haben, Herr Bermes.«

Ein metallisches Funkeln an ihrem Hals erregte seine Aufmerksamkeit. Pauline trug an einer Kette einen runden, goldenen Anhänger von vielleicht drei Zentimeter Durchmesser. Aus der Ferne betrachtet, wirkte er wie eines der Heiligenmedaillons, wie sie viele der älteren Frauen des Dorfes als Talisman trugen. Es war sogar eine Figur zu erkennen. Die junge Frau bemerkte seinen Blick.

»Das ist die heilige Hedwig von Schlesien.«

»Ach ja.«

Pauline hob verblüfft die Augenbrauen. »Sie kennen die heilige Hedwig?«

»Nein, aber ich habe eine Tante Hedwig.«

Hatte er eigentlich nicht. Karl verstand nicht, wie er solchen Unfug von sich geben konnte. Seine Augen bewegten sich vom Schmuckstück weiter nach unten, den Ausschnitt ihres Kleides entlang. Pauline legte die rechte Hand über den Anhänger und verdeckte damit zugleich die nackte Haut am Hals. Karl konnte das Seufzen unterdrücken, das an seinem Hals anklopfte. Er zwang sich, ihr ins Gesicht zu schauen. Er schüttelte ihre Hand wie in Trance. »Ganz meinerseits.« Er versank erneut in ihren Augen, weder fähig, den Blick abzuwenden, noch den Griff um ihre Hand zu lockern. Pauline wollte etwas sagen, das Fräulein kam ihr zuvor.

»Du kannst sie jetzt loslassen, Karl, Fräulein Globkow wird bestimmt nicht umfallen. Wir müssen uns auf den Weg machen.«

Karl öffnete die Hand, verlegen standen sie sich gegenüber. Er wunderte sich über sich selbst, als er sagte: »Es wäre schön, wenn wir uns wiedersehen könnten.«

Sie sagte nichts. Erneut folgte ein kurzer Blick in seine Augen, ihre Wangen glichen reifem Obst. Appetitlich gerötet und unglaublich verheißungsvoll. Karl fühlte sich ganz eigenartig.

»So, Karl, wir sollten Fräulein Globkow nicht weiter von ihrer Arbeit abhalten«, funkte die Lehrerin wieder dazwischen.

Karl überlegte, ob er Pauline ein konkretes Treffen vorschlagen sollte, entschied sich jedoch vorerst dagegen. Zum einen würde sie nicht davonlaufen, zum anderen traute er sich schlicht nicht.

»Auf Wiedersehen«, brachte er schließlich hervor.

»Auf Wiedersehen.« Sie lächelte, drehte sich um und verschwand wieder in der Baracke. Er sah ihr nach. So sehr er sich bemühte, es gelang ihm nicht, durch die Tür hindurchzusehen.

»Hallo Karl, falls es dir nicht aufgefallen sein sollte, Fräulein Globkow ist weg.«

Karl schüttelte leicht den Kopf, um den Bann zu brechen. Stumm folgte er der Lehrerin die paar Schritte zu seiner Maschine. Fräulein Schneebach betrachtete ihn amüsiert.

»Man könnte denken, die junge Dame wäre das einzige Ziel deiner Bemühungen hier im Lager gewesen.«

»Ach was, natürlich nicht. Ihre Hinweise sind aber sehr interessant, finden Sie nicht?« Er bückte sich zum Benzinhahn, er hatte absolut keine Lust, die Lehrerin anzusehen.

»Doch, doch, sehr interessant sogar. Ich habe dich selten interessierter gesehen.« Sie schmunzelte.

»Ach was!« Karl wollte keine vernünftige Antwort einfallen. Fräulein Schneebach winkte ungeduldig.

»Nun komm endlich, wir müssen uns auf den Weg machen. Ich möchte dem Pfarrer keine Gelegenheit geben, mir Unpünktlichkeit vorwerfen zu können.«

Diesmal kletterte das Fräulein geübt auf den Beifahrersitz. Karl startete die Maschine, sie fuhren zum Lager hinaus. Interessierte Blicke folgten ihnen.

-9-

Karl setzte das Fräulein an der Schule ab.

»Ich kann dich doch fahren lassen, ohne dass du gegen die nächstbeste Mauer knallst, in deinem Zustand?«, sagte das Fräulein, als der Erdboden sie wieder hatte.

Karl blinzelte. »Welcher Zustand?«

»Vergiss es, ich melde mich bei dir.«

Karl nickte zerstreut. Pauline Globkow ging ihm nicht mehr aus dem Kopf. Er machte sich auf den Heimweg.

Seine Eltern waren fast fertig mit dem Essen, als er zu Hause ankam.

»Der Pfarrer ist hier gewesen«, teilte ihm sein Vater mit, kaum dass Karl Platz genommen hatte. Wie es schien, hatte der Pfarrer seinen unternehmungslustigen Tag.

Karl schaltete sofort. »Wegen Werner?«

»Genau.« Sein Vater schob sich einen Löffel Gemüseeintopf in den Mund.

Karl konnte sich vorstellen, was das bedeutete. In Disselbach, wie in vielen anderen Dörfern der Umgebung, gab es niemand Speziellen, der für das Ausheben der Gräber zuständig war. Diesen Dienst übernahmen jeweils die jungen Männer oder die Bauern aus der Nachbarschaft eines Verstorbenen. Der Hof von Werner lag etwas außerhalb am anderen Ende des Dorfes. Es gab nicht viele direkte Nachbarn, und die Auswahl an kräftigen Männern für das Graben hatte sich in den letzten Jahren stark dezimiert. Bermes senior kaute fertig, ehe er erklärte: »Es ist ein Bote aus Bitburg beim Pfarrer gewesen. Sie haben sich darauf geeinigt, die Überreste Werners morgen zur Kirche zur bringen. Die französischen Behörden haben für einen Sarg gesorgt. Der Pfarrer möchte alles so schnell wie möglich erledigt haben. Der Bote sagte, weil es in Bitburg keine Kühlmöglichkeit gegeben hat, riecht es bei dem Wetter ein wenig streng. Deshalb muss es schnell gehen. Heute Abend ist das Totengebet und morgen Mittag die Beerdigung.«

Karl hatte zum letzten Mal bei Kriegsbeginn an einer Beerdigung im Dorf teilgenommen. Normalerweise wurden die Toten in ihren Häusern aufgebahrt und in der Regel nach drei Tagen, mit abendlichen Gebeten in der Kirche, beerdigt. Ähnlich wie für das Ausheben des Grabes rekrutierten sich die Sargträger traditionell aus der Nachbarschaft des Verstorbenen. Den Sarg eines Nachbarn zu Grabe zu tragen war ein Ehrendienst, den man übernahm, weil es der Tradition entsprach. Es gab allerdings angenehmere Aufgaben.

Wilhelm zwo sprang auf die Bank neben seinen Vater. Mit schräg gelegtem Kopf betrachtete er den Suppenteller.

»Verschwinde!«

Josef Bermes akzeptierte den Kater als brauchbaren Mäusefänger, ansonsten hatten die beiden nicht viel füreinander übrig. Zumal Wilhelm zwo die Gewohnheit hatte, sich blitzartig Happen vom Teller zu schnappen. Diesmal klopfte er nur ungnädig mit dem Schwanz, bevor er wieder von der Bank hüpfte.

Sein Vater kaute am nächsten Löffel Eintopf. Mit vollem Mund meinte er: »Wilhelm und Franz haben morgen früh keine Zeit. Deshalb soll das Grab heute Nachmittag ausgehoben werden. Der Pfarrer meinte, es wäre schön, wenn du helfen könntest. Zu dritt solltet ihr schnell fertig sein.«

Eine solch indirekte Bitte des Pfarrers stellte eine klare Aufforderung zur Umsetzung dar. Es sollte nur freundlicher klingen. Wilhelm Lentes und Franz Michels waren echte Nachbarn von Werner. Genau genommen waren es die verfügbaren Nachbarn, denen man zutrauen konnte, ein ordnungsgemäßes Grab auszuheben, ohne dabei einen Herzkasper zu erleiden.

»Ich habe dem Pfarrer gesagt, du seist um zwei Uhr mit Schaufel und Hacke auf dem Friedhof.«

Karl löffelte seinen Eintopf und nickte nur.

»Außerdem habe ich dem Pfarrer versprochen, du würdest den Schnaps mitbringen. Du kannst dir eine Flasche aus dem Keller nehmen.«

Der Schnaps. Daran hätte Karl nicht gedacht. Allerdings hatte ihm bisher noch nie die Aufgabe oblegen, eine Beerdigung zu organisieren. Das Ausheben eines Grabes auf dem Friedhof konnte, je nach Lage des Grabes, zu unschönen Funden führen. Deshalb wurde den Helfern normalerweise von der Familie der Verstorbenen eine Schnapsflasche übergeben. Der Schnaps diente zur allgemeinen Ablenkung und zum Betäuben der Geruchsnerven. Weil Werners Familie nicht mehr existierte, übernahm Karls Vater diese Aufgabe.

»Hat sich heute Morgen etwas Neues ergeben? Ich habe gesehen, dass du mit der alten Jungfer weggefahren bist.«

Karls Vater nutzte jede Gelegenheit, ihm die Lehrerin madigzumachen.

»Wir sind zum neuen Teich gefahren für ein Picknick. Wir haben uns prächtig amüsiert. Eigentlich wollten wir baden gehen, ich hatte aber keine Schwimmhose dabei. Mit Fräulein Schneebach kann man viel Spaß haben.«

Sein Vater verzog nur den Mund.

»Nein, wir sind zum Wald gefahren. Die Franzosen haben alles weggeräumt.«

Den Besuch im Lager erwähnte Karl nicht. Sein Vater war einer der vehementesten Gegner der vielen Flüchtlinge. Er wollte nicht einsehen, warum alle diese Menschen aus dem Osten ausgerechnet in Disselbach unterkommen sollten. Seiner Meinung nach war es die Aufgabe der Franzosen, die Fremden irgendwohin anders zu verfrachten. Egal wo, nur möglichst weit weg vom Dorf. Am besten gleich zurück in ihre Heimat.

»Das ist gut so, Karl. Wenn Werner morgen unter der Erde ist, können wir wieder zur gewohnten Ordnung zurückkehren. Die letzten Jahre waren schlimm genug. Wir müssen schauen, dass alles wieder normal wird.«

Es mochte seinem Vater nicht gefallen, aber Karl befürchtete, diese Normalität würde länger auf sich warten lassen, als es ihm lieb war.

Josef Bermes war mit dem Essen fertig und schob den Teller von sich. Er verschränkte die Arme, sein Blick wanderte zum Kreuz, das über der Eingangstür zur Stube hing. Dem Jesus daran fehlte ein Arm. Vor vielen Jahren, nachdem Karl ihm aus einem der Bücher von Fräulein Schneebach vorgelesen hatte, wollte Werner Ritter spielen. Aus einem alten Besenstiel bastelte er zwei Schwerter, mit denen er und Karl sich maßen. Ein unachtsamer Streich Werners fegte das Kreuz von der Wand, der linke Arm des Jesus brach ab und verschwand auf unerklärliche Weise auf Nimmerwiedersehen. Das war eine der wenigen Gelegenheiten, bei denen Karls Vater Werner den Hosenboden strammzog. Weil dem Kreuz sonst nichts fehlte, wurde es wieder wie zuvor platziert. Der Jesus wurde für gut genug befunden, seinen Dienst als Schutz gegen alles Böse mit nur einem Arm zu versehen.

»Ich habe Werner sehr gemocht. Mit ihm war Stimmung in der Bude und es gab immer etwas zu lachen. Wir haben gestern darüber gesprochen, er war nach dem Krieg nicht mehr der, den wir gekannt haben. Vielleicht ist es besser so. Besser, ein Ende mit Schrecken, als ein so trübes Leben zu führen wie sein Vater.«

Der Josef Bermes in der Ausgabe vor dem Krieg hätte niemals so gesprochen. Zu wundern brauchte Karl sich allerdings nicht. Bei wem hatten die letzten sechs Jahre Wahnsinn keine Spuren hinterlassen?

Weil sein Vater weiter stumm das lädierte Kreuz musterte, verzog sich Karl in die Schmiede. Das Gesicht der jungen Frau tauchte vor ihm auf. Erst jetzt wurden ihm die unzähligen Sommersprossen bewusst, die ihre Nase sprenkelten. Ihre Augen waren grau oder doch eher grün? Er war sich nicht mehr sicher. Beim nächsten Treffen musste er da unbedingt genauer hinschauen. An den Rest ihres schlanken Körpers erinnerte er sich sehr genau.

Karl wusste, was Frauen anging, war er nicht der große Draufgänger. Bei den wenigen Tanzveranstaltungen in Disselbach vor dem Krieg, wie zum Beispiel der Johanniskirmes im Juni, versuchte er eher unbeholfen, den Mädchen näherzukommen. So sehr er sich bemühte, irgendwie sprach er nicht deren Sprache. Ganz davon abgesehen liefen in der katholischen Eifel die Annäherungsversuche oft nur auf flüchtige Berührungen und Küsse beim Tanzen hinaus. Eine feste Freundin oder potenzielle Verlobte hatte er nicht gefunden. Karl galt bei den Mädchen ohnehin als etwas sonderbar. Ihn trieben zu viele unterschiedliche Interessen um. Zudem wurde er ständig mit den vielen Büchern von Fräulein Schneebach versorgt. Im Dorf wurde das als mindestens ungewöhnlich angesehen. Seine realen Erfahrungen mit dem anderen Geschlecht bezogen sich auf die regelmäßigen Besuche in den Wehrmachtsbordellen während des Krieges. Karl wusste deshalb zwar sehr genau, was mit der körperlichen Liebe gemeint war, mit irgendwelchen romantischen Gefühlen hatte das aber bisher so viel zu tun gehabt wie sein Schmiedehammer mit einem Kochlöffel.

Romantik war nicht unbedingt Karls starke Seite. Ganz im Gegenteil zu Werner, der früher ständig irgendwelche größeren und kleineren Liebschaften in den Nachbardörfern am Laufen gehabt hatte. Deshalb machte er sich wegen Pauline keine allzu großen Hoffnungen. Sie geisterte dennoch weiter in seinem Kopf herum. Wenn er sich nur daran erinnern könnte, welche Augenfarbe sie hatte.

Von ihrem Aussehen wechselte er zu dem, was sie gesagt hatte. Leider befand sich der neugierige Fremde nicht mehr im Lager, sonst wäre der eine mögliche Erklärung für die offenen Punkte, die Karl seit vorgestern umtrieben.

Unter den Büchern, mit denen Fräulein Schneebach ihn früher versorgte, befanden sich einige Sherlock-Holmes-Geschichten, die sie sehr liebte. Nur, wie sollte er Werners Tod mit den verschnörkelten, hochkomplizierten Fällen eines Sherlock Holmes in Einklang bringen? In der Realität, fern des englischen Gentlemans, stellte sich der Sachverhalt sehr viel einfacher dar: Werner war in eine Sprengfalle geraten.

Bumm! Aus!

Keine Schnörkel. Nur, warum der Aufwand?

Würde es am Ende so sein, wie sein Vater gesagt hatte? Am nächsten Tag stand Werners Beerdigung an, danach gingen alle wieder ihren üblichen Geschäften nach? Apropos Beerdigung, es wurde Zeit, sich auf den Weg zum Friedhof zu machen.

Karl nahm den Umweg durch den Keller des Hauses, wo sich die Vorratskammer befand. Im großen Gewölbekeller blieb es das ganze Jahr über gleichmäßig kühl. Am Ende der langen Regalreihe mit den Einmachgläsern seiner Mutter standen mehrere Flaschen klarer Obstschnaps. Sein Nachbar August Meier besaß das Schnapsbrennrecht im Dorf. Nach dessen Tod würde Jakob es als Hofeigentümer erben, so weit die Theorie. Ähnlich wie beim Viez hütete Christine Meier die Schnapsbestände jedoch ebenfalls wie den Hort der Nibelungen.

Die Familie Bermes besaß einige Streuobstwiesen. Im Herbst lieferten sie die Ernte in großen Säcken bei Jakob ab, damit daraus der saure Viez gekeltert und eben Schnaps gebrannt werden konnte. Das Geschäft lief in der Regel so ab, dass die Lieferanten, wie etwa Karls Eltern, ihre Bezahlung in Form eines Fünfzig-Liter-Fasses Viez sowie fünf Schnapsflaschen erhielten. Im Krieg kam dieses System etwas zum Erliegen, weil die Behörden besonders am Schnaps für die Wehrmacht interessiert waren. Da jedoch nicht ständig Kontrolleure über die Dörfer ziehen konnten, lief der Austausch auf geringerem Niveau unter der Hand die Kriegsjahre über weiter. Dies führte allerdings dazu, dass derzeit nur vier Flaschen Schnaps im Regal im elterlichen Keller lagerten. Immerhin stand der Herbst vor der Tür. Jakob würde dieses Jahr sicher wieder für Nachschub sorgen, weil die Obstbäume voller Äpfel und Birnen hingen.

Karl nahm sich die letzte der kleineren Dreiviertelliterflaschen, sie sollten ja nur zu dritt sein, und Karl wollte ein Besäufnis vermeiden.

Mit der Flasche in der Tasche seiner Arbeitsjacke kehrte Karl zur Schmiede zurück. Dort nahm er sich Schippe und Kreuzhacke aus dem dafür vorgesehenen schmalen Stahlschrank neben der Esse. Mit den Werkzeugen über der rechten Schulter marschierte er quer durchs Dorf zum Friedhof, der sich etwas außerhalb, am gegenüberliegenden Ende des Dorfes, befand.

In seiner Kindheit lag der Friedhof noch unmittelbar an der Kirche. Weil es dort aber keinen Platz mehr für weitere Leichname gab, wurde die letzte Ruhestätte vor acht Jahren an den Dorfrand verlegt. Die Männer des Arbeitsdienstes errichteten seinerzeit die hohe Mauer, die sich um den Friedhof zog. Allzu viele Gräber gab es dort noch nicht, die meisten Familien pflegten die vorhandenen an der Kirche weiter. Die neuen Grabstätten blieben auch deshalb überschaubar, weil die Toten des Krieges ihre letzte Ruhe nicht in Disselbach gefunden hatten. Es gab Pläne für ein Kriegerdenkmal, ähnlich wie das für die Gefallenen des ersten großen Krieges. Es fand sich jedoch leider kein großzügiger Spender im Dorf. Die Gemeinde sah sich ebenfalls nicht in der Lage, die Kosten für ein solches Denkmal aufzubringen. Deshalb würde dieses Projekt bis auf Weiteres auf die Umsetzung warten müssen.

Seine Mitstreiter warteten bereits auf ihn. Wilhelm Lentes kannte er gut, dessen Sohn Eberhard gehörte vor vielen Jahren zu Werners und seinem erweiterten Freundeskreis. Als die Totenglocke 1940 während des Frankreichfeldzugs für Eberhard läutete, tat sie dies zum ersten Mal für einen Soldaten aus Disselbach, als Menetekel für die vielen Gefallenen des Dorfes, die folgen sollten. Bei Franz Michels handelte es sich um den Schwager von Valentin Neuerburg, der bei ihm im Steinbruch als Vorarbeiter gearbeitet hatte, bevor der im Krieg geschlossen wurde. Er war einer der Junggesellen, die man gefühlt jeden Tag in der Dorfwirtschaft bei Jupp antraf. Seine Augen leuchteten auf, als Karl die Flasche aus der Tasche zog.

»Da kommt der richtige Mann mit dem richtigen Hilfsmittel.«

Karl reichte ihm die Flasche. Ein ordentlicher Anteil des Inhalts verschwand in Franz' Kehle. Danach gönnte sich auch Wilhelm sein Quantum. Die deutlich geleerte Flasche wurde an einen der benachbarten Grabsteine angelehnt.

Karl legte seine Spitzhacke daneben. Er zog die Jacke aus und krempelte die Ärmel hoch. Die Sonne brannte auf sie herab. Mit der Schaufel bewaffnet, nahm er Aufstellung an dem großen Doppelgrab, das der Familie Schomer gehörte.

»Wisst ihr, wo Werners Vater liegt?«

Bei der Beerdigung von Werners Vater saß Karl in seinem Bunker in Frankreich. Deshalb wusste er nicht, ob der Sarg rechts oder links lag. Dabei handelte es sich um eine wichtige Information, denn Werners Vater war erst vor drei Jahren beerdigt worden. Karl wollte es vermeiden, ohne Not auf dessen Überreste zu stoßen. Wilhelm und Franz sahen sich an.

»Rechts, glaube ich«, sagte Wilhelm, er klang nicht sehr überzeugt.

»Bist du sicher? Ich erinnere mich an Werners Mutter. Seinerzeit habe ich geholfen, ihr Grab an der Kirche auszuheben. Das ist zwar über zwanzig Jahre her, aber ich erinnere mich noch gut an Gisela. Die ist echt eine Nummer gewesen mit der Figur und ihren schwarzen Locken. Eine Schande, dass sie bei Werners Geburt gestorben ist.« Franz betrachtete versonnen den Grabstein, obwohl ihr Name gar nicht darauf verewigt war. Er wollte nach der Flasche greifen, Karl hielt ihn davon ab.

»Erst die Arbeit, dann das Vergnügen. Versuchen wir unser Glück also links.«

Er packte die Schaufel fester. Mit dem Blatt stach er die Umrisse des Grabes grob in das weiche Erdreich an der Oberfläche. Danach schaufelte er die lockere Blumenerde nach und nach auf einen Haufen hinter dem Gedenkstein der Familie Schomer. Die eigentliche Arbeit würde weiter unten kommen. Unter der Schicht Mutterboden bestand die Erde, wie überall in Disselbach, aus einer zähen, lehmigen Masse. Je tiefer man darin grub, umso mehr Steine widersetzten sich den Bemühungen. Karl konzentrierte sich dermaßen auf seine Arbeit, dass er zunächst nicht bemerkte, wie jemand hinter ihn trat.

Erst als Wilhelm und Franz nacheinander nickten und Begrüßungsfloskeln murmelten, sah er auf. Hinter ihm stand ein Mann in abgewetzter Wehrmachtsuniform, mit einer fleckigen Feldmütze auf dem Kopf.

»Guten Tag zusammen«, sagte er munter.

»Guten Tag«, antwortete Karl.

Der Mann mochte in etwa seine Größe und früher auch seine Statur besessen haben. Wie bei den meisten ehemaligen Soldaten schlotterte die Uniform mittlerweile wie ein Lappen an seinem Körper. Die Wangen in dem breiten Gesicht wirkten hohl. Trotzdem machte er keinen schwächlichen Eindruck. Die blauen Augen wanderten von Franz zu Wilhelm, um schließlich an Karl hängen zu bleiben.

»Ist jemand gestorben?«, wollte er wissen.

Karl nickte.

»Ist das Grab für den, der sich vorgestern in die Luft gejagt hat?«

Karl sagte nichts, dafür antwortete Franz: »Genau. Werner. Die arme Sau ist auf eine Mine getreten. Man glaubt es nicht, ein Jahr nach dem Krieg.«

»Jaja, tragisch.« Der Mann wirkte nicht, als interessierte ihn das wirklich.

»Woher wissen Sie davon?«, fragte Karl so neutral es ihm möglich war.

Der Fremde zuckte mit den Schultern. »Ich bin gestern im Lager in eurem Wald angekommen. Da brodelt die Gerüchteküche wegen des Vorfalls.«

»Soso. Was erzählt man sich da denn so?«

»Ich habe verschiedene Versionen gehört«, sagte der Fremde unbestimmt. »Ihr habt diesen Werner gekannt?«

Die Frage klang so harmlos, als erkundigte er sich nach dem Wetter.

»Ich wüsste nicht, was dich das angeht, was willst du hier?« Karl hingegen hörte sich selbst schroffer antworten als beabsichtigt.

Der Fremde hob eine Augenbraue. »Besonders gastfreundlich seid ihr hier nicht eben.«

Ehe Karl etwas erwidern konnte, hatte Franz die Schnapsflasche in den Fingern.

»Nichts für ungut. Werner, der Tote, ist ein guter Freund von unserem Karl hier gewesen.«

Er hielt dem Fremden die Flasche hin. Der zögerte einen Augenblick, weil er Karl musterte, dann nahm er den Schnaps.

»Danke.« Er zog den Korken heraus und nahm einen kleinen Schluck.

»Ah, Schnaps könnt ihr in der Eifel brennen, das muss man euch lassen. Ich heiße übrigens Holm.« Er gab die Flasche an Franz zurück, ohne Karl aus den Augen zu lassen.

»Franz«, kam es als Antwort. Der nutzte die Gelegenheit, ebenfalls einen Schluck aus der Pulle zu nehmen. Das war vermutlich genau die Absicht hinter seinem Angebot gewesen. Wilhelm ließ sich nicht lumpen. Die halbleere Flasche wurde wieder am Grabstein abgestellt.

»Holm, was ist das denn für ein komischer Name?«, wollte Franz wissen.

»Ich komme aus dem Mecklenburgischen.«

»Aha. Du warst in Gefangenschaft?«, fragte nun Wilhelm.

Der Fremde nickte. »Jetzt aber nicht mehr.«

Karl sagte nichts, er packte wieder die Schaufel und grub weiter. Langsam wurde die Erde dichter. Es wurde Zeit, den Boden mit der Spitzhacke aufzulockern.

Holm stand etwas unschlüssig bei Franz. »Braucht ihr Hilfe?«

Karl schüttelte den Kopf. »Wir kommen klar.«

»Was glaubt ihr denn, was da vorgestern geschehen ist?«

Karl wischte sich die Stirn mit dem Unterarm und stützte sich auf der Schaufel ab.

»Ich sage es dir noch einmal, ich wüsste nicht, was dich das alles angeht, Holm aus dem Mecklenburgischen.«

Franz warf ihm erstaunte Seitenblicke zu. Es kam selten vor, dass Karl so unfreundlich reagierte. Der Fremde machte eine wellenförmige Bewegung mit den Fingern.

»Kein Grund, sich aufzuregen. Ich wollte niemandem zu nahe treten. Es ist halt nur komisch, wenn jemand einfach so bei einer Explosion stirbt, die sich niemand richtig erklären kann.«

»Manchmal geschehen Dinge, die sich keiner erklären kann.« Karl lieferte sich ein Blickduell mit dem Fremden. Der Fremde sah als Erster weg.

»Wenn ich nicht helfen kann, gehe ich wohl besser wieder meiner Wege und besichtige euer nettes kleines Dorf.«

Karl nickte nur.

»Na dann, vielleicht sieht man sich die Tage wieder. Es ist ja alles ziemlich überschaubar hier.«

»Auf Wiedersehen.«

Karl sah dem Fremden nach, der gemächlich in Richtung des Dorfes davonschlenderte.

»Was hat dich denn gebissen?«, fragte Wilhelm.

Karl warf ihm die Schaufel zu, um sich die Kreuzhacke zu greifen.

»Jetzt fang du nicht auch noch an, blöde Fragen zu stellen. Wenn wir heute fertig werden wollen, haben wir einiges an Arbeit vor uns.« Er schwang die Hacke, dass die Dreckbrocken nur so flogen.

Franz und Wilhelm wechselten Blicke. Wilhelm begann die gelockerte Erde auf den Haufen zu schippen. Kopfschüttelnd sah Franz den beiden zu.

Gut zwei Stunden später war das Loch im Boden so tief, dass nur noch Karls dunkler Haarschopf herausschaute. Es hatte nur eine kurze Unterbrechung der Arbeit gegeben, als Karl mit der Hacke beinahe eine Ecke des Sarges von Werners Vater zertrümmert hätte. Die Kiste lag tatsächlich rechts, allerdings weiter zur Mitte hin als erwartet. Karl musste seine Planung ein wenig korrigieren, damit sie die Stabilität des Sarges nicht gefährdeten. Ansonsten kamen sie ohne weitere Probleme voran. Der neue Friedhof besaß einen großen Vorteil, man stieß in der Tiefe nicht auf die grinsenden Schädel längst vergessener Vorfahren.

Franz besorgte von zu Hause eine Holzleiter, damit sie abwechselnd in die immer tiefer werdende Grube ein- und aussteigen konnten. Irgendwann spazierte Holm erneut an ihnen vorbei. Er pfiff »Lili Marleen«, sagte aber nichts.

Schließlich standen die drei am Rand des Grabes. Ihre Hosen und Jacken waren von der gelb-roten Erde verschmiert. Franz kickte einen Stein hinein.

»Das dürfte tief genug sein. Werner würde so ein schönes Grab bestimmt gefallen.«

Aus ihm sprach der größte Teil der mittlerweile leeren Flasche. Wilhelm brummte. »Du redest manchmal einen Scheiß. Kein Wunder, dass du keine Frau abbekommen hast.«

»Wer sagt denn, dass ich eine haben wollte?« Franz grinste breit. »Wenn ich mir deine Traudel ansehe, ist es sowieso besser, keine Frau zu haben als so einen Besen. Ich würde ja sagen, sie hat Haare auf den Zähnen, wenn sie noch Zähne hätte.«

Wilhelm entgegnete etwas, Karl achtete nicht auf das Gezanke der beiden. Er hatte den größten Teil der Arbeit erledigt. Obwohl er körperliche Arbeit gewohnt war, schmerzte ihm der Rücken.

»Wer außer uns hilft morgen, den Sarg zu tragen?«, unterbrach er die Streithähne.

Wilhelm sah herum, seine Faust schwebte drohend vor Franz' Nase. »Was?«

»Ich habe gefragt, wer der vierte Mann als Sargträger sein wird?«

»Ach so, Valentin wollte unbedingt helfen.«

Schon wieder der Bürgermeister. Wollte er sich aus nächster Nähe davon überzeugen, dass Werner tatsächlich unter der Erde verschwand, um die ganze Affäre endlich zu den Akten legen zu können?

»Na, meinetwegen. Wir sehen uns morgen.«

Karl schulterte wieder Schaufel und Hacke. Seinen Abschiedsgruß bekamen Wilhelm und Franz nicht mehr mit, weil sie sich wieder über Wilhelms Frau stritten.

Karl machte auf dem Heimweg einen kleinen Umweg zu Werners ehemaligem Hof. Wie zu erwarten, war der Jeep der Besatzer abgezogen worden. Karl blieb vor der Front des Hauses stehen. Werners Familie hatte früher einmal zu den wohlhabenden Bauern des Dorfes gehört. Gleich hinter dem Wohnhaus erstreckten sich, zum neuen Steinbruch hin, Felder und Wiesen, die ebenfalls den Schomers gehört hatten. Die Jahre des Leerstands waren den Gebäuden nicht gut bekommen. Wie viele andere Häuser des Dorfes wurde der Schomerhof nur mit aufgelöstem, gebranntem Kalk geweißt. Davon war nicht mehr viel übrig, an einigen Stellen bröckelte bereits der Putz von den Wänden.

Einen Augenblick war Karl versucht, nachzusehen, ob der Hausschlüssel, genau wie früher, in der Vertiefung hinter dem rechten Fensterladen neben der Tür versteckt lag. Er widerstand dem Impuls.

Zu Hause verstaute er das Werkzeug wieder da, wo er es hergenommen hatte. An der gusseisernen Wasserpumpe im Hof säuberte er Hände und Gesicht vom Dreck. Er zog die Jacke aus und nutzte die Innenseite, um sich das Gesicht abzutrocknen. Als er wieder klar sehen konnte, nahm er eine Bewegung auf der Straße vor dem gepflasterten Hof wahr. Er blinzelte, um die letzten Schleier über den Augen zu vertreiben. Dieser Holm schlenderte, immer noch »Lili Marleen« pfeifend, auf der Straße an ihm vorbei. Er lüftete die ausgefranste Schirmmütze, als Gruß beugte er sich leicht nach vorne.

Karl reagierte nicht, er sah dem Fremden nach, bis er um die Ecke der Schmiede verschwunden war.

»Kennst du den?«

Karl hatte gar nicht bemerkt, dass seine Mutter neben ihn getreten war.

»Nein, wieso?«

»Der Mann ist vor einer guten Stunde schon einmal hier vorbeigegangen. Er hat sich bei deinem Vater nach dir und Werner erkundigt.«

Karl fuhr herum. »Was hat Vater ihm gesagt?«

»Das musst du ihn selbst fragen. Gib mir die Jacke und sieh zu, dass du aus der Hose kommst. Ich muss die Sachen im Waschkessel einweichen, ehe der Dreck eintrocknet.«

Karl widerstand dem Impuls, dem Fremden zu folgen, um ihn zur Rede zu stellen. Stattdessen trabte er gehorsam hinter seiner Mutter her ins Haus. Die merkwürdigen Zufälle wurden nicht weniger.

-10-

Beim Abendessen befragte Karl seinen Vater nach Holm aus dem Mecklenburgischen. Der Fremde hatte offenbar lediglich wissen wollen, warum Karl als Erster am Unglücksort eingetroffen war. Bedachte man seine Aussage, er sei erst gestern im Lager eingetroffen, handelte es sich für einen Unbeteiligten um ein erstaunliches Maß an Neugier nach Details. Karl wollte gerade vom Esstisch aufstehen, als es an der Tür klopfte. Die Küche lag gleich am Hausflur, weshalb seine Mutter nachschaute.

»Karl, kommst du mal, hier ist Besuch für dich.«

Sein Vater sah ihn überrascht an. Normalerweise erschien am Abend niemand mehr. Karl schob seinen Stuhl zurück.

Im Flur kam ihm seine Mutter mit einem verblüfften Gesichtsausdruck entgegen. Ein Lächeln schlich sich auf ihre Lippen, als sie ihn ansah. Karl hob fragend die Augenbrauen.

»Da ist Besuch für dich«, wiederholte sie lediglich und ging an ihm vorbei in die Stube. Es wirkte, als hätte sie dringend etwas mit ihrem Mann zu besprechen.

Beim Öffnen der angelehnten Tür verstand er ihre Reaktion. Vor ihm stand Pauline Globkow. Sie drehte ihm den Rücken zu und betrachtete die Hoffläche mit der Schmiede im Hintergrund. An die Hauswand angelehnt stand ein altes, rostiges Damenfahrrad.

»Guten Abend, Fräulein Globkow, was verschafft mir die Ehre?«

Erschrocken fuhr sie herum. »Oh, Herr Bermes, guten Abend.«

Die Bewegung brachte sie ins Gegenlicht der langsam versinkenden Sonne. Durch ihr dünnes Sommerkleid schimmerte ihre Figur. Pauline bemerkte seine Blicke, sie trat näher an das Fahrrad heran. Der Effekt verschwand.

»Es ist mir etwas unangenehm, ich glaube, ich brauche Ihre Hilfe.« Sie sah zu Boden.

»Wenn ich kann, helfe ich gerne. Worum geht es denn?«

Pauline zeigte zum Fahrrad.

»Mein Vater hat mich zu Fräulein Schneebach geschickt. Als ich zurückfahren wollte, war die Luft aus dem vorderen Reifen raus.«

Jetzt erkannte Karl den Plattfuß.

»Sie sind doch Schmied. Können Sie einen Fahrradreifen reparieren? Sonst müsste ich das Fahrrad den ganzen Weg ins Lager zurückschieben.«

Karl bückte sich zu dem Reifen, um daran herumzudrücken. Komplett platt.

»Das müsste ich mir in der Werkstatt ansehen. Dort habe ich das nötige Flickzeug.« Er zeigte in die entsprechende Richtung. Pauline nickte.

Karl bemerkte, dass er Hausschuhe trug. »Einen Moment bitte.«

Er trat zurück in den Flur. Die Tür ließ er halb offen stehen. Pauline sollte nicht glauben, er sperre sie aus.

In der Stube empfingen ihn seine Eltern wie ein sehr offizielles und sehr neugieriges Empfangskomitee nebeneinander auf dem alten Sofa in der Ecke neben dem Ofen.

»Wer ist denn deine Besucherin?«, fragte sein Vater betont harmlos und erstaunlich leise.

»Kann es sein, dass ich die junge Dame schon mal gesehen habe? Irgendwie kommt sie mir bekannt vor«, ergänzte seine Mutter.

»Das erkläre ich euch später.« Karl streifte die Hausschuhe ab und griff sich seine Arbeitsschuhe aus dem Wandschrank hinter der Tür. Seine Eltern sahen ihm dabei zu, unzufrieden, weil er ihnen nichts erzählen wollte.

Im Handumdrehen stand er wieder draußen im Hof. Er war erleichtert, Pauline dort vorzufinden, wo er sie zurückgelassen hatte. Er nahm das Fahrrad am Lenker, begleitet von Pauline schob er es zur Schmiede. Die junge Frau sah sich weiter neugierig um, sagte aber nichts.

In der Schmiede lehnte Karl das Rad an die Werkbank. Das Flickzeug für Luftschläuche sowie seine große Luftpumpe befanden sich in der Motorradkiste. Er machte sich am Schloss zu schaffen, während Pauline die Werkstatt genauer in Augenschein nahm. Zum ersten Mal in seinem Leben war Karl die allgemeine Unordnung im Raum peinlich. Bei anderen Kunden, inklusive dem Fräulein, machte er sich darum nie Gedanken.

Mit der Flickzeugkiste kam er zurück zur Werkbank.

»Das ist Ihre Werkstatt?«, fragte Pauline, während ihre Augen über die Esse und den großen Amboss davor wanderten.

»Ja und nein. Die Schmiede gehört meinem Vater. Seine Gesundheit spielt nicht mehr so richtig mit. Deshalb kümmere ich mich hier um die Arbeit. Ich möchte so schnell wie möglich die Meisterprüfung ablegen.«

Pauline nickte nur wissend. Karl entnahm der Kiste die üblichen Utensilien, die er für eine Schlauchreparatur benötigte. Dann nahm er die große Handpumpe aus der Motorradkiste. Eine der nächsten Anschaffungen, die auf Karls Modernisierungsliste standen, war ein Kompressor. Derzeit musste er sich bei den Reifen für sein Motorrad ebenfalls mit der Handpumpe begnügen. Das Ding hatte bereits zur Ausrüstung seines Großvaters gehört. Er stellte die Pumpe neben dem Fahrrad ab, um zu schauen, welchen Adapter er für das Ventil benötigte. Erstaunt stellte er fest, dass der Schraubverschluss des Ventils lose saß.

»Ist es etwas Schlimmes?«, fragte Pauline. Sie klang nicht sonderlich besorgt.

»Ich glaube nicht.«

Karl verschraubte die Kappe wieder fest mit dem Grundkörper. Der Aufsatz seiner Pumpe passte sofort, er verriegelte das Gegenstück. Mit geübten Griffen brachte er die Pumpe in Position und zog den Stößel heraus.

»Es könnte sein, dass wir das Problem schnell erledigt haben«, teilte er Pauline mit.

Mit kräftigen Bewegungen begann er zu pumpen. Die junge Frau beobachtete ihn dabei sehr aufmerksam.

Es dauerte kaum eine Minute, bis der Reifen seine runde Form wieder angenommen hatte. Karl bückte sich zum Ventil und entriegelte den Adapter. Außer dem kurzen Zischen beim Abziehen hörte man nichts. Er drückte auf das Gummi des Reifens, auch da fühlte sich alles so an, wie man es erwarten konnte. Es sah ganz so aus, als wäre es nur das gelockerte Ventil gewesen.

»Hatten Sie das Fahrrad an der Schule draußen stehen?«

Pauline sah ihn verwirrt an, es dauerte etwas, bis sie antwortete: »Nein, warum? Mein Vater hat mir eingeschärft, es nie aus den Augen zu lassen. Das ist im Lager das einzige Fahrrad, das wir für alle haben. Wir können es uns nicht leisten, dass damit etwas passiert.«

»Weil das Ventil geöffnet worden ist. Das geschieht normalerweise nicht von selbst. Ist da vielleicht jemand dran gewesen?« Bei einem Fahrrad aus dem Lager war es nicht ausgeschlossen, dass ihr jemand einen Streich spielen wollte.

Wie am Morgen schoss das Blut in Paulines Wangen, und wie am Morgen fand Karl das sehr sehenswert.

»Ach, hm, ich weiß auch nicht«, stammelte sie. »Aber vielen Dank. Was bin ich Ihnen schuldig?«

Karl winkte ab. »Nichts. Es ist ja nichts kaputt gewesen.« Er begann damit, die Flickzeugkiste wieder einzuräumen.

»Aber ich habe doch Ihre Zeit beansprucht.«

Karl verschloss die Kiste. Er musste schlucken. Urplötzlich fühlte sich sein Mund so an, als hätte er damit das Grab ausgehoben und es hätte danach nichts mehr zu trinken gegeben. Er musste ein wenig Anlauf nehmen, um sagen zu können: »Sie dürfen gerne öfter meine Zeit in Anspruch nehmen.«

Pauline warf ihm einen unergründlichen Blick zu. Um ihre Lippen spielte ein Lächeln.

»Vielleicht komme ich auf das Angebot zurück. Jetzt muss ich zurück ins Lager, es wird bereits dunkel. Meine Eltern fragen sich bestimmt, wo ich bleibe.«

Karl verstaute Flickzeug und Pumpe in der Motorradkiste. Er spürte seinen Pulsschlag am Hals, als er fragte: »Würde es Ihnen etwas ausmachen, wenn ich Sie zum Lager begleite?«

Das Lächeln wurde breiter. »Wenn es nicht zu viele Umstände macht, würde mich das sehr freuen.«

Es machte keine Umstände, absolut nicht. Karl verschloss die Motorradkiste.

Draußen stand seine Mutter an der Fensterbank des Küchenfensters, wo sie wie zufällig die Blumen goss. Weil sie das bereits vor dem Abendessen getan hatte, tropfte das Wasser von der Fensterbank auf das Pflaster. Wilhelm zwo lief durch ihre Beine. Der Kater entdeckte Pauline, zielstrebig lief er mit erhobenem Schwanz auf sie zu. Wie er es manchmal auch bei Karl tat, strich er an den nackten Schienbeinen der jungen Frau entlang. Er sah neugierig hoch zu ihr. Pauline bückte sich. Karl wollte noch »Nicht!« rufen. Doch Wilhelm zwo ließ sich ohne den üblichen Abwehrschlag mit der Pfote streicheln.

»Du bist aber ein Hübscher«, sagte Pauline, ihre Hand glitt über den Rücken des Katers. Wilhelm zwo machte einen Buckel, um sich ihr entgegenzustrecken, ein tiefes Schnurren drang aus seiner Kehle. Mit dem Kopf rieb er sich an Paulines Knie. Das tat er selbst bei seiner Mutter nur selten.

Etwas unschlüssig sah Karl von oben auf die beiden herab, von dieser Perspektive aus konnte er den schlanken Nacken Paulines betrachten, er musste schlucken. Wilhelm zwo hob die Szene auf, indem er zu Martha Bermes zurücklief, die mit offenem Mund am Haus stand. Das Verhalten des Katers erstaunte sie noch mehr als Karl. Dem war klar, dass seine Mutter einiges dafür gegeben hätte, sich mit der unbekannten jungen Frau unterhalten zu können. Er winkte ihr zu und machte sich mit Pauline auf den Weg.

Es dämmerte bereits kräftig. Im Dorf begegnete ihnen niemand mehr. Karl machte sich jedoch keine großen Illusionen – sein Spaziergang mit Pauline würde im Dorf die Runde machen.

Es hätte da die eine oder andere Frage gegeben, hätte Karl gewusst, wie er anfangen sollte. Zum Glück hatte Pauline weniger Probleme damit, ihn anzusprechen.

»Was haben Sie im Krieg gemacht?«

»Ich bin bei der Luftwaffe gewesen.«

»Sie sind geflogen?«, wollte sie aufgeregt wissen.

»Nein, ich war nur Funker.« Sollte er ihr etwas von seiner Fallschirmausbildung erzählen?

»Aha, und wo?« Es klang fast enttäuscht.

»In Frankreich.«

Karl verspürte keine Lust, seine Militärzeit weiter zu vertiefen. Die letzten Tage hatten ihn weit genug in die Vergangenheit zurückkatapultiert.

»Und Sie?«, traute er sich zu fragen. »Was haben Sie in der alten Heimat gemacht?«

Pauline sah ihn von der Seite an.

»Ich habe nach der Mittleren Reife eine kaufmännische Ausbildung in einer Haushaltswarenfabrik gemacht. Im Krieg ist es schwierig gewesen, das zu machen, was man wollte.«

»Ach, was waren denn Ihre eigentlichen Pläne?«

Sie gingen eine Weile stumm nebeneinanderher, ehe sie antwortete: »Mich haben Hotels interessiert, da gibt es die Möglichkeit, etwas von der Welt zu sehen. Leider war Krieg, als ich aus der Schule kam. Die Umstände bei uns zu Hause waren schwierig, und Hotels brauchte zu der Zeit auch niemand.«

Karl wartete, aber es folgte keine weitere Erklärung. Die Informationen der Lehrerin über Paulines Vater fielen ihm ein. Bedeutete der Verweis auf die schwierigen Umstände, dass Globkow senior mit den Nazis über Kreuz gelegen hatte? In einem Hotel war Karl noch nie gewesen. Er hielt es aber für möglich, dass es bei der Arbeitssuche nicht hilfreich gewesen war, wenn der Vater bei den Machthabern als politisch unzuverlässig galt.

»Die schlimmen Zeiten sind ja jetzt vorbei. Vielleicht ergeben sich in der Zukunft neue Möglichkeiten.« Ein wenig Optimismus konnte nichts schaden.

»Neue Möglichkeiten?«, platzte es aus Pauline heraus. »Wir sind schon froh, wenn wir uns jeden Tag satt essen können. Wir würden gerne Hühner oder Kaninchen halten, wenn wir wüssten, woher wir sie bekommen sollen. Aus dem Dorf gibt niemand etwas ab. Im letzten Winter haben wir in den zugigen Baracken gefroren wie die Spatzen, weil viel zu wenig Holz und Kohle geliefert wurde. Neue Möglichkeiten, pah.«

»Immerhin sind Sie hier in Sicherheit und können langsam wieder auf die Beine kommen.«

Karl wollte außer solchen Allgemeinplätzen nichts Sinnvolles einfallen.

»Das sagt sich gut, wenn man ein eigenes Dach über dem Kopf hat. Wir konnten so gut wie nichts retten, als wir im Winter 45 geflüchtet sind.« Pauline klang bitter.

»Das tut mir leid«, stammelte Karl. Mit der Wut, die bei ihr durchdrang, hatte er nicht gerechnet.

»Das braucht Ihnen nicht leidzutun, Sie können ja nichts dafür.« Die junge Frau wurde lauter. »Wir können aber auch nichts dafür, dass Deutschland den Krieg verloren hat. Ich glaube nicht, dass wir mehr Schuld daran tragen als Sie. Wieso sind dann ausgerechnet wir die Leidtragenden, können Sie mir das sagen?«

Karl gingen alle möglichen Argumente durch den Kopf, es fand sich leider nichts Brauchbares für diese Situation.

»Und warum werden wir von den Leuten aus dem Dorf so unfreundlich behandelt? Wir sind keine ›Rucksackdeutschen‹ oder ›Beutegermanen‹, merken Sie sich das.«

Sie sah ihn streitlustig an, Karl hob abwehrend die Hände. Pauline war noch nicht fertig.

»Wir haben niemandem etwas getan. Sie können mir glauben, jeder von uns wäre viel lieber nicht hier in dieser ungastlichen Gegend. Es fragt und hilft uns aber niemand.«

»Nun, äh, das tut mir wirklich leid.«

Vor Karls geistigem Auge drehten tröstende und schlagfertige Antworten wilde Pirouetten, er konnte keine davon fassen. Bei Pauline sah das anders aus. Sie blieb stehen, ihr Gesicht leuchtete ihm in der zunehmenden Dunkelheit entgegen.

»Ich habe doch gesagt, es braucht Ihnen nicht leidzutun. Wenn Sie für diese Misere verantwortlich wären, hätte ich Ihnen schon längst die Meinung gesagt. Das ist ja das Elend, niemand ist in der Lage, uns einen Ausweg aufzuzeigen, wir vegetieren nur vor uns hin.«

Wegen der Dämmerung konnte Karl ihre Miene nicht richtig sehen. Ihre Stimme klang, als wäre Pauline den Tränen nahe. Er hielt lieber den Mund. Werner hätte bestimmt einen tröstenden Spruch parat gehabt.

Energisch packte sie den Lenker des Fahrrads und stürmte los, Karl bemühte sich, wieder mit ihr Schritt zu halten. Stumm gingen sie nebeneinanderher. Wie brachte man eine unglückliche junge Frau auf andere Gedanken?

Als sie das Lager erreichten, war es fast komplett dunkel. Die meisten Leute befanden sich in ihren Unterkünften, hinter provisorischen Vorhängen und Fensterladen konnte man gelegentlich das Licht von Laternen erkennen. Ihr Weg führte sie wie bereits am Morgen geradeaus zur Baracke des ehemaligen Lagerkommandanten.

Vor Paulines provisorischem Zuhause blieben sie stehen.

»Vielen Dank.« Sie klang versöhnlicher, trotz der Dunkelheit erkannte er ihr Lächeln am Aufschimmern ihrer

Zähne. »Auch dafür, dass Sie mir zugehört haben. Das macht normalerweise niemand, und meine Eltern kennen die Litanei.«

»Das habe ich wirklich sehr gerne getan, Fräulein Globkow. Sie können jederzeit zu mir kommen, wenn Sie Probleme mit dem Fahrrad haben.« Karl schluckte trocken, ehe er sagte: »Oder mit etwas anderem. Es wird sich alles irgendwie regeln lassen.«

»Vielleicht komme ich darauf zurück.« Pauline lächelte auf eine Weise, die Karls Knie weich werden ließ. Sie streckte ihm die Hand entgegen. »Gute Nacht, Herr Bermes, und vielen Dank.«

»Gute Nacht, Fräulein Globkow.«

Diesmal achtete Karl darauf, den Händedruck kurz zu halten.

DONNERSTAG, 15.08.1946

TAG 4

-11-

Am nächsten Morgen erwachte Karl gut gelaunt trotz des unerfreulichen Termins am Nachmittag. Er hatte gegen Morgen von Pauline geträumt. Leider erinnerte er sich auch an diesen Traum nicht mehr so richtig, er war aber definitiv sehr angenehm gewesen.

Am Abend zuvor war er bei der Heimkehr gleich in die Schmiede gegangen. Dort rumorte er so lange herum, bis er sich sicher war, dass seine Eltern im Bett lagen. Auf diese Weise gelang es ihm, blöden Fragen aus dem Weg zu gehen. Zumindest vorläufig.

Das änderte sich beim Frühstück. Zunächst warfen sich seine Eltern nur bedeutungsschwangere Blicke zu. Bis sein Vater dann meinte: »Du kennst die Tochter des Lagervorstehers?«

Karl kaute erst den Bissen Marmeladenbrot zu Ende. Er wechselte mit Wilhelm zwo auf der Fensterbank einen Blick, ehe er sagte: »Wie man es nimmt.«

»Wie man es nimmt, nun höre sich einer diesen Schlauschwätzer an. Die Lehrerin hat keinen guten Einfluss auf dich. Das Mädchen ist gestern Abend hier gewesen. Ich mag nicht mehr gut hören, meine Augen sind aber tadellos.

»Ihr Fahrrad hatte einen Platten, und ich habe es geflickt.«

»Das ist alles?«, wollte Martha Bermes wissen.

»Was denn noch? Als ich gestern Morgen mit Fräulein Schneebach im Lager gewesen bin, haben wir kurz mit diesem Globkow und seiner Tochter zu tun gehabt. Deshalb wusste sie, dass ich hier der Schmied bin und Fahrräder reparieren kann.«

»Ein Zufall also?«

Seiner Mutter stand es ins Gesicht geschrieben, dass sie eine andere Erklärung erwartet hatte. Karl würde im September vierundzwanzig Jahre alt werden. Klammerte man den Krieg aus, waren aus der Sicht seiner Eltern eine Hochzeit und die Gründung einer Familie längst überfällig. Nicht nur wegen der allgemeinen Weltlage und seiner unfreiwilligen Rolle darin hatte er sich darum überhaupt keine Gedanken gemacht. Für seine Eltern handelte es sich bei Pauline genau genommen um die erste junge Frau überhaupt, die bei ihnen an der Haustür klopfte. Kein Wunder, dass seine Mutter unruhig wurde. Seit seiner Rückkehr ließ sie keine Gelegenheit aus, auf den Überschuss an jungen Frauen im Dorf hinzuweisen. Kriegsbedingt fehlten im Dorf in mehreren Jahrgängen viele junge Männer, wie überall. Immer wieder versuchte sie, ihm etwa Eva Balten wegen ihres sanften Wesens und des reichen Erbonkels in Amerika schmackhaft zu machen. Oder sie schwärmte wegen der blonden Haare und ihres geraden Wuchses sowie des großen Familienanteils am Disselbacher

Forst von Rosi Etges. Beide waren hübsch, keine Frage, aber Karl fand weder an Eva noch an Rosi etwas, das in ihm auch nur ansatzweise romantische Gefühle ausgelöst hätte.

»Immerhin bist du genug abgelenkt gewesen, um gestern Abend das Totengebet zu verpassen.« Diesmal klang seine Mutter vorwurfsvoll.

Einen Augenblick stach Karl das schlechte Gewissen. Er war tatsächlich zu sehr von Pauline abgelenkt gewesen, um an das Totengebet zu denken. Beim Aufpumpen des Fahrrads hatten die Kirchenglocken gebimmelt, dies brachte er jedoch nicht mit Werner in Verbindung. Das Schuldgefühl verflog schnell wieder. Der Sinn des Vor-sich-hin-Murmelns bei den Totengebeten vor der Beerdigung hatte sich ihm bereits als Kind nicht erschlossen. Warum musste man Gott mit nachträglichen Gebeten davon überzeugen, der oder die Verstorbene sei ein guter Mensch gewesen? Sollte der Allmächtige mit den Gebeten bestochen werden, damit er zumindest eine Hintertür zum Paradies offen ließ, bis die Verhältnisse endgültig geklärt waren? Nach seiner Interpretation des Religionsunterrichts bei Pfarrer Winkel sollte die Abrechnung am Jüngsten Tag nur anhand der Taten eines Menschen erfolgen. Was nutzten da nachträgliche Gebete?

»Ich tue meinen Teil dafür, Werner ein ordentliches Begräbnis zu geben.«

Zu seiner Erleichterung schien dieses Thema für seinen Vater wichtiger zu sein.

»Einen Leichenschmaus wird es nicht geben. Ich hatte es dem Pfarrer angeboten, aber wir könnten nur ein karges Mahl bieten. Für Jupp ist ein Beerdigungsessen in der Wirtschaft zu kurzfristig, und er hat sowieso nicht genug Lebensmittel. Es ist eine Schande, die Zeiten sind eine Schande. Deshalb haben wir uns darauf geeinigt, wer möchte, kann sich bei Jupp treffen und noch ein Glas auf Werner heben. Auf eigene Kosten.«

Karl hielt das für eine ausgesprochen gute Idee. Die Jahre in der Armee und in der Gefangenschaft hatten dazu geführt, dass er sich in der eng verflochtenen Welt Disselbachs noch nicht wieder richtig angekommen fühlte. Er war seit seiner Rückkehr damit beschäftigt, all die klar definierten und ganz besonders die vielen unausgesprochenen, aber selbstverständlichen und wichtigen Regeln eines kleinen katholischen Dorfes in der Eifel wieder zu verinnerlichen.

Der Rest des Vormittags verlief ruhig und ohne weitere Vorkommnisse. Karl überlegte, ob er der Lehrerin einen Besuch abstatten sollte, um die Informationen und Ereignisse des vorherigen Tages zu besprechen. Er entschied sich dagegen. Erst musste Werner unter die Erde gebracht werden, danach konnten sie sich der Manöverkritik widmen.

Das Totenamt war für vierzehn Uhr angesetzt. Gemäß den Informationen seines Vaters sollte der Sarg direkt zum Friedhof gebracht werden.

Karl zog seinen guten Sonntagsanzug an, der von vor dem Krieg stammte. Er hätte es nicht gedacht, aber es sah so aus, als wäre er seitdem weitergewachsen. Die Hosenbeine schwebten zu hoch über den Knöcheln, Ähnliches galt für die Jackenärmel. Außerdem zwickte die Jacke unangenehm in den Schultern. Bei nächster Gelegenheit oder besser, wenn er genügend Geld gespart haben sollte, musste er nach Bitburg fahren. Es wurde Zeit für einen neuen Anzug.

Um dreizehn Uhr dreißig erklang das erste Läuten von der Kirche her. Gefolgt von den Eltern, trat Karl aus dem Haus. Sein Vater sperrte die Tür zu, vor dem Krieg wäre ihm das nicht eingefallen. Seit dem Einbruch in der Sakristei schlossen viele Disselbacher ihre Häuser abends oder beim Verlassen lieber ab.

Ihr Weg führte sie über die Hauptstraße an der Schule vorbei, bis sie das Gotteshaus erreichten. Aus allen Häusern rechts und links strömten schwarz gekleidete Leute. Schnell bildeten sich unregelmäßige Prozessionen, die auf die Kirche zustrebten. Gesprochen wurde wegen des Anlasses nicht, man nickte sich nur ernst zu. Wie in allen Dörfern der Eifel wurde es als Selbstverständlichkeit angesehen, dass aus jedem Haushalt mindestens eine Person an einem Begräbnis teilnahm. Die besonderen Umstände von Werners Tod führten dazu, dass so ziemlich alles, was in Disselbach noch halbwegs laufen konnte, aus purer Neugier teilnehmen wollte.

An der Kirche verschwand seine Mutter sofort in der doppelflügeligen Eingangspforte. Sein Vater gesellte sich zu den Honoratioren des Dorfes, die sich um Valentin Neuerburg versammelten.

Karl wurde von dem Militär-Lkw abgelenkt, mit dem Werners Sarg gebracht worden war. Normalerweise wäre der örtliche Schreiner, Robert Sternzellner, für diese Aufgabe zuständig gewesen. Robert stand neben seinem Vater und betrachtete den Lkw skeptisch. Die Franzosen hatten ihm die Arbeit, und damit die Verdienstmöglichkeit, abgenommen. Es handelte sich um einen Opel Blitz, der von der Wehrmacht in französischen Besitz gewechselt war. Rechts davon standen zwei Soldaten mit Zigaretten in der Hand, die sich leise auf Französisch unterhielten. Links lehnte sich jemand, ebenfalls mit einer Zigarette im Mundwinkel, an das Führerhaus, auf den Karl gut hätte verzichten können. Kriminalsekretär Peters bedachte ihn, unter der Krempe seines Huts, mit einem spöttischen Blick, bevor er den Zigarettenrauch durch die Nase ausstieß und auf ihn zukam.

»Sieh an, der Herr Unteroffizier.«

Karl nickte nur unverbindlich. Neugierige Blicke der Disselbacher sammelten sich auf ihnen.

»Das ist ja jetzt alles ziemlich hurtig gegangen. Dein Freund wurde noch nicht einmal von einem Arzt begutachtet. Ich vermute, das dürfte im Sinne des Herrn Unteroffizier sein?«

»Geht das jetzt wieder los? So wie ich unseren Bürgermeister verstanden habe, ist alles erledigt. Es gab einen unglücklichen Unfall. Und nur für den Fall, dass Ihnen das niemand gesagt hat, dies ist Werners Beerdigung.«

Wie aufs Stichwort erschien Valentin Neuerburg. Dem Polizisten gegenüber nahm er stramm Haltung an.

»Herr Kriminalsekretär, was verschafft uns die Ehre?« Der Dienstrang klang wie ein hoher militärischer Titel, Valentin deutete eine Verbeugung an. Peters musterte den Bürgermeister mit zusammengekniffenen Augen.

»Ortsbürgermeister Neuerburg, richtig?«

»Jawohl, Herr Kriminalsekretär.« Valentin reckte das Kinn.

»Sie sind hier im Ort für einen ordnungsgemäßen Ablauf dieser Beerdigung verantwortlich?« Schnarrend ließ Peters den Hauptmann heraushängen.

»Jawohl, Herr Kriminalsekretär.«

»Es gibt keine verdächtigen Subjekte?«

Valentin blickte zur Kirche, vor der Tür hatte sich ein kleiner Rückstau gebildet.

»Natürlich nicht, Herr Kriminalsekretär.«

»Die Trauergemeinde ist versammelt, und die Sargträger haben saubere Fingernägel?«

Der Bürgermeister sah unsicher zu Karl; dessen Fingernägel taugten auf keinen Fall für eine Musterung.

»Äh, melde, das weiß ich nicht, Herr Kriminalsekretär.«

Der Polizist verschränkte die Arme hinter dem Rücken. Er wippte auf den Fußspitzen, als er kommandierte: »Ich sehe, Sie haben hier alles im Griff. Gut der Mann, abtreten und weitermachen!«

Peters ließ Valentin einfach stehen, er nahm Karl zur Seite.

»Ich habe es dir bereits vorgestern gesagt, was der Commandant in seine Akten schreibt und was ich denke, sind zwei Paar Schuhe.«

Karl schüttelte nur den Kopf. Der Bürgermeister drängelte sich erneut dazwischen.

»Möchte der Herr Kriminalsekretär uns die Ehre erweisen und am Totenamt teilnehmen?«

Peters sah Neuerburg an. So wie er den Bürgermeister betrachtete, hätte man meinen können, der Kriminalsekretär habe soeben einen neuen Lieblingsverdächtigen gefunden. Im gleichen Befehlston wie zuvor sagte er: »Er möchte, Herr Ortsbürgermeister.«

Wieder wurde Haltung angenommen.

»Jawohl. Dann bitte ich den Herrn Kriminalsekretär, mir zu folgen.«

Peters warf Karl einen langen Blick mit hochgezogener linker Augenbraue zu, ehe er sich in Bewegung setzte.

»Man könnte meinen, unserem guten Valentin ist es entgangen, dass die Zeit der unterwürfigen Zackigkeit vorbei ist.«

Die Lehrerin stand hinter Karl. Er drehte sich um.

»Hallo, Fräulein Schneebach, das ist keine evangelische Beerdigung.«

»Spar dir den Schlaumeier. Ich erweise stets jedem die letzte Ehre, selbst den Leuten, die ich nicht leiden konnte. Außerdem darf ich euer katholisches Brimborium regelmäßig bei den Schulmessen über mich ergehen lassen. Wenn ich das eben richtig mitbekommen habe, könnte der Tag noch recht interessant für dich werden.«

»Hm, Kamerad Peters ist bestimmt nicht hier, damit er Valentin herumkommandieren kann. Aber es wird Zeit, wir müssen in die Kirche.«

»Falls es nachher für dich möglich wäre, würde ich gerne mit dir sprechen.«

Karl nickte, zunächst gab es allerdings andere Prioritäten.

Das Fräulein ließ sich zurückfallen. In der geräumigen Disselbacher Dorfkirche gab es eine klare Ordnung. Von der Eingangstür aus teilte ein gerader Weg direkt zum Altar die Kirchenbänke in der Mitte, wie Moses einst das Rote Meer. Rechts fanden sich die Männer ein, links die Frauen. Diese Unterteilung besaß weitere Verfeinerungen. Die wohlhabenderen Dorfbewohner saßen weiter vorne, die weniger Begüterten jeweils Reihe für Reihe nach hinten angeordnet. Als Dorfschmiede saßen Karl und sein Vater stets in der zweiten Reihe, so wie seine Mutter, die jedoch auf der Frauenseite.

Als evangelische Frau gab es für das Fräulein eigentlich gar keinen Platz. Der Makel der falschen Religion wurde durch ihren Status als Volksschullehrerin kompensiert. Deshalb befand sich ihr reservierter Sitzplatz im Prinzip vorne links auf der Frauenseite. Fräulein Schneebach hatte jedoch von Anfang an auf dieses Privileg verzichtet. Stattdessen erstieg sie bei ihren Besuchen in der Kirche stets die Holztreppe, die zur Empore mit der Orgel führte. Von dort aus hatte sie neben dem Küster und Organisten Eusebius Schmitz, der von allen nur Eus genannt wurde, stets einen wunderbaren Überblick über das Geschehen zu ihren Füßen. Eus hatte von Geburt an ein verkürztes rechtes Bein. Deshalb musste man immer etwas Geduld aufbringen, folgte man ihm, so wie jetzt, die Treppe zur Empore hinauf. Wegen der erhöhten Position ergab sich über die vielen Jahre ihrer Tätigkeit als Lehrerin bei jedem Besuch die Gelegenheit, einige ihrer speziellen Kandidaten unter den Schülern im Blick zu haben. Wie zum Beispiel denjenigen, den sie heute zu Grabe trugen.

Sie hatte sich eben auf den Hocker gesetzt, der wie immer für sie bereitstand, als eine weitere Person die knarzenden Stufen der Treppe erklomm. Kriminalsekretär Peters erschien mit dem Hut in der Hand, reserviert nickte er dem Küster sowie dem Fräulein zu.

An der Tür zur Sakristei erklang eine helle Glocke. Das gedämpfte Murmeln in der übervollen Kirche erstarb vollends. Mit vier Messdienern als geordnete Vorhut erschien Pfarrer Winkel im Altarraum. Egon, ein schmächtiges Kerlchen aus der sechsten Klasse von Fräulein Schneebach und der Sohn von Eus, mühte sich am Blasebalg der Orgel ab. Schwungvoll griff der Küster in die Tasten.

Karl ließ den Gottesdienst über sich ergehen, wie er das seit seiner Rückkehr so ziemlich jeden Sonntag tat. Bis zum Krieg hatte er sich als gläubigen Katholiken betrachtet. Einfach weil ihm das, seit er laufen konnte, als Selbstverständlichkeit beigebracht worden war. Nun machte er das Kreuzzeichen, wo es nötig war, und leierte gewohnheitsmäßig das herunter, was heruntergeleiert werden musste. Die Erlebnisse in der Wehrmacht und der Gefangenschaft danach hatten bei ihm zu einer gewissen Grundskepsis gegenüber den Botschaften der Religion geführt. Hatte nicht auf seinem Koppelschloss *Gott mit uns* gestanden? Karl fand es wenig einleuchtend, dass Gott es gut finden sollte, dass die Wehrmacht sich halb Europa untertan machen wollte. Ganz zu schweigen von den schier unglaublichen Verbrechen an den Juden, die mehr und mehr Thema in den Zeitungen der Alliierten waren, mit denen das Fräulein ihn versorgte.

Zu dieser Skepsis gesellte sich ein regelrecht komischer Unterton, als Pfarrer Winkel in seiner Predigt Werner als gutmütiges und leuchtendes Mitglied der Gemeinde beschrieb. Unmittelbar hinter dem Fräulein hatte der Priester auf Werners Liste für gemeine Streiche gestanden. Wenn Karl für jede Kopfnuss oder Backpfeife, die der Priester Werner verpasst hatte, eine Mark bekäme, würden sich alle seine finanziellen Sorgen für eine Weile erledigen. Wobei ihm derzeit mit Zigaretten besser gedient wäre.

Schließlich kam der Pfarrer zum Ende. Er verschwand wieder in der Sakristei. Die Leute schoben sich langsam zum Ausgang. Karl, Wilhelm, Franz und Valentin Neuerburg gingen ebenfalls zum Eingang der Sakristei. Sie warfen sich gewichtige Blicke zu, niemand sagte etwas. Der Pfarrer erschien wieder samt seiner Schar Ministranten. Karl und die anderen Träger schlossen sich ihnen an. Auf dem Kirchplatz wurde den Hauptakteuren der Aufführung Platz gemacht.

Beim Opel Blitz hing die Ladeklappe nach unten. Die beiden Soldaten standen auf der Ladefläche und spähten dem Priester erwartungsvoll entgegen. Es folgten weitere Gebete sowie ein ausgiebiges Segnen des Sarges mit Weihwasser. Der Priester trat zur Seite, mit einem Kopfnicken gab er Neuerburg das Zeichen, zur Tat zu schreiten.

Karl nahm links Aufstellung, ihm gegenüber fand sich Wilhelm ein, weil der nur wenig kleiner als Karl war. Vorsichtig zogen die beiden den Holzsarg aus grob gehobelten Brettern von der Ladefläche. Franz und sein Schwager übernahmen das hintere Ende. Da der Sarg keine Griffe besaß, mussten ihn die vier Träger auf die Schultern nehmen. Es dauerte ein wenig, bis alle vier ihre jeweilige Ecke sicher im Griff hatten. Pfarrer Winkel sah Karl neugierig an, der schloss und öffnete die Augen.

Der Priester begann mit seiner hohen Stimme zu singen, die Schar der Gläubigen fiel mehr oder weniger talentiert ein. Karl besaß weder das Talent noch die benötigte Atemluft, um mitzusingen. Dabei handelte es sich bei dem Sarg um keine sonderlich ausgeprägte Last. Bei der Explosion war ein nicht unerheblicher Teil Werners in den Büschen verteilt worden. Karl glaubte nicht, dass die Soldaten alle Fetzen fein säuberlich eingesammelt und ordnungsgemäß in den Sarg gepackt hatten. Das Aufräumen der biologischen Überreste oblag den natürlichen Bewohnern des Waldes. Im Gänseschritt marschierten sie dem inbrünstig singenden Priester hinterher.

Früher wäre es ein kurzer Weg um die Kirche herum gewesen. Wegen der Verlagerung des Friedhofs brauchten sie über zwanzig Minuten, um ans Ziel zu gelangen. Der Schweiß lief Karl in Strömen den Rücken hinunter. Die Augustsonne brannte erbarmungslos auf seinen dunklen, kneifenden Anzug.

Die Vorbereitung des Grabes, nachdem es ausgehoben war, lag in der Verantwortung des Küsters. Den ausgehobenen Erdhaufen bedeckte nun eine graue Plane aus Zeltstoff. Zwei Kanthölzer überbrückten das Loch in der Erde, um den Sarg aufzunehmen. Zwei grobe Stricke lagen über dem Loch im Boden jeweils neben den Kanthölzern bereit.

Karl und seine Mitstreiter bewegten sich mit großer Sorgfalt am Rand des Grabes entlang. Ebenso vorsichtig ließen sie anschließend ihre Last auf die Hölzer ab. Alle vier Träger griffen sich ihre Strickenden. Eus entfernte die Kanthölzer, langsam wurde der Sarg in die Erde gelassen. Die Sargträger nahmen am Kopf des Grabes Aufstellung, um den Priester seine finalen Gebete und Segnungen durchführen zu lassen.

Karl besaß ausreichend Erfahrungen mit Beerdigungen. Als Ministrant war er oft Teil dieser Zeremonie gewesen. Nach der Schulentlassung mit vierzehn galt er als alt genug, die Familie bei dem Ehrendienst des Sargträgers zu vertreten. Deshalb fiel ihm etwas auf, als er so dastand und die versammelte Trauergemeinde betrachtete: Niemand weinte. Es gab keine Familie oder engen Verwandten mehr. Karl selbst verspürte eine tiefe Traurigkeit, Werner war der beste Freund seiner Kindertage gewesen. Für Tränen reichte es jedoch auch bei ihm nicht aus.

Nach einem Vaterunser und einem letzten Schwenker des Weihwasserwedels endete die Arbeit des Pfarrers. Es begann das lange Defilieren der Trauergemeinde, um jeweils selbst Weihwasser in Kreuzform auf den Sarg in der Grube zu träufeln. Die Sargträger stellten sich etwas abseits und warteten. Von ihnen segnete einzig Valentin Neuerburg den Sarg und machte sich dann mit den anderen Disselbachern auf den Weg zurück ins Dorf. Seinen Dienst betrachtete er als erledigt, Karl, Franz und Wilhelm mussten das Grab zuschaufeln. Hinter dem Grabstein lagen dafür extra bodenlange Lederschürzen bereit. Diese dienten als Überzug, damit sich die Totengräber ihre gute Trauerkleidung nicht ruinierten.

Der Friedhof leerte sich zusehends. Als eine der Letzten segnete Fräulein Schneebach Werners Sarg. Sie nickte Karl kurz zu, bevor sie in Richtung Dorf davonging. Übrig blieben die drei Sargträger, der Küster sowie der Polizist. Peters hatte vor der Mauer des Friedhofs gewartet, um ungestört seine Rauchzeichen abgeben zu können. Er wartete so lange, bis alle anderen am offenen Grab gewesen waren, ehe er sich wieder blicken ließ. Karl versuchte ihn so gut es ging zu ignorieren. Das führte allerdings zu nichts, weil der Kriminalsekretär sich zu ihnen gesellte.

»Hier bei euch auf den Dörfern wird das alles so richtig schön nach alter Väter Sitte durchgezogen«, sagte er zu niemand Bestimmtem.

Franz und Wilhelm sahen sich an, sie wussten weder, was sie von dieser Aussage halten sollten, noch, mit wem sie es da überhaupt zu tun hatten.

Als Karl antwortete: »Was wollen Sie, Herr Kriminalsekretär? Wie Sie sehen, haben wir zu tun«, wurden ihre Gesichter wachsamer.

Peters spähte in das Loch zu seinen Füßen. »Die Franzosen haben den billigsten Sarg besorgt, den es gab. Der wird seinen Dienst bestimmt trotzdem tun, es ist ja nicht viel drin.«

Er sah Karl an, der dabei war, sich eine der Lederschürzen umzubinden. »Ihr könnt ruhig anfangen. Stellt euch einfach vor, ich wäre überhaupt nicht da.«

Er trat einige Schritte zur Seite, um nicht zu stören. Karl hätte ihn am liebsten zum Teufel gejagt, er wusste nur nicht, mit welcher Begründung. Also fügte er sich in die Umstände.

Es dauerte mehr als eine halbe Stunde, um das Grab wieder zu füllen. Währenddessen schlenderte Peters über den neuen Friedhof, ausgiebig betrachtete er die vorhandenen Grabsteine. Er wirkte wie ein Forscher auf der Suche nach geheimen Botschaften, die die Steine vielleicht für ihn bereithielten. Karl verstand den Sinn dieses Verhaltens, der Polizist wartete auf ihn.

Schließlich bildete das Erdreich einen kleinen Hügel, auf dem Eus die wenigen abgelegten Blumen einigermaßen ansehnlich drapierte. Für einen Kranz war die Zeit zu kurz gewesen. Karl bezweifelte sowieso, dass jemand, außer vielleicht sein Vater, einen Kranz besorgt hätte.

Die Schaufeln und Schürzen gingen wieder in den Besitz des Küsters über. Franz und Wilhelm sahen Karl fragend an. Er gab ihnen ein Zeichen mit der Hand, seine Arbeit war für den Nachmittag noch nicht ganz getan. Die beiden verstanden und machten sich ohne Karl auf den Weg zur Wirtschaft, um ihren Anteil am Umtrunk nicht zu verpassen. Eus packte die Schutzumhänge zu der Plane auf den Handkarren, den er für solche Dienste besaß. Mit einem Gruß an Karl humpelte er Franz und Wilhelm hinterher.

Karl wartete am Grab, bis Peters Erkundigungen über alle hier beerdigten Toten Disselbachs eingezogen hatte. Als er zu Karl zurückkehrte, blies er gerade den Zigarettenrauch durch die Nase.

»Euer Friedhof ist ziemlich überschaubar.«

»Das hier ist der neue, der alte liegt direkt hinter der Kirche. Da ist kein Platz mehr gewesen. Die meisten Gräber befinden sich dort.«

Peters blickte zum Dorf, wo der dicke, quadratische Kirchturm alles überragte.

»Aha. Voll wird der hier sowieso von selbst. Und was kommt jetzt, das große Besäufnis, mit lustigen Anekdoten über den toten Kameraden?«

Karl sagte nichts, er wischte mit dem Ärmel des Anzugs über die Stirn. Danach zog er die Jacke aus, um sie sich über die Schulter zu legen. Ohne Peters zu beachten, machte er sich auf den Weg ins Dorf. Der Polizist hielt mühelos mit ihm Schritt.

»Hallo Herr Unteroffizier, du redest wohl nicht mit jedem?«

Karl blieb stehen, das Verhalten des Polizisten zerrte an seinen Nerven.

»Was möchten Sie von mir, Herr Kriminalsekretär? Werner ist unter der Erde, also was noch? Ist die Untersuchung jetzt abgeschlossen, wie unser Bürgermeister gesagt hat, oder nicht?«

»Euer Bürgermeister ist ein Knallkopf. Wenn ich es ihm eben befohlen hätte, er wäre garantiert auf der Stelle auf und ab gehüpft.«

Peters steckte sich eine Zigarette in den Mundwinkel, er klopfte eine weitere aus der Packung und hielt sie ihm hin. Obwohl Karl selbst nicht rauchte, nahm er sich einen Glimmstängel und klemmte sich ihn hinter das rechte Ohr. Sein Vater würde sich darüber freuen. In seine Pfeife passten alle Arten von Tabak.

»Herr Unteroffizier, ich habe es dir eben gesagt, ich bin nicht immer einer Meinung mit Commandant Favre. Deshalb gehe ich gerne eigene Wege.«

Seine Zigarette brannte, Peters sah erst zurück zum Friedhof, dann wandte er sich wieder an Karl.

»Dein lieber Freund Werner ist nie im Leben bei einem dummen Unfall gestorben.«

Karl schüttelte unwillig den Kopf.

»Ich wäre Ihnen wirklich dankbar, wenn Sie mich nicht mehr mit meinem alten Dienstrang ansprechen würden, der Krieg ist über ein Jahr vorbei.«

»Wie du meinst, Herr Bermes.«

Das »Herr« betonte er übertrieben mit einem langen, rollenden R.

»Das ändert nichts daran, dass ich bei dir das Gefühl nicht loswerde, du weißt viel mehr, als du sagst.«

Karl hatte die Schnauze voll, er wollte einfach weitergehen. Peters hielt ihn am Arm fest.

»Jetzt mal nicht so schnell mit den jungen Pferden. Unsere Unterhaltungen sind bis hierher vielleicht ein wenig unglücklich verlaufen.«

Karl lachte auf. Er stieß den Polizisten vor die Brust, damit der ihn losließ. Dessen Zigarette flog funkenstiebend zu Boden. Entgeistert blinzelte Peters ihn an.

Karl grollte: »Unglücklich? Was soll ich davon halten, dass Sie mich am liebsten an die nächste Wand stellen wollen? Im Krieg konnten Sie so etwas vielleicht nach Belieben tun. Bei mir sind Sie da an der falschen Adresse.«

Er war beständig lauter geworden. Mit rechts zeigte er auf den Polizisten. Peters musste an Karls Gesicht erkennen, dass er kurz davorstand, sich eine Backpfeife einzuhandeln. Er hob beschwichtigend die Hände.

»Na gut, Herr Bermes. Dann höre mir bitte jetzt sehr genau zu: Ich entschuldige mich dafür, dass ich dich verdächtigt habe.«

Karl sah den Polizisten verdutzt an, es klang ehrlich. War das eine schlaue Polizeifalle, in die er gelockt werden sollte, um sich zu verplappern? Peters klappte nacheinander die Finger der rechten Hand ein, nur der Zeigefinger blieb stehen, als er sagte: »Vorschlag: Fangen wir einfach noch einmal von vorne an. Was hältst du davon, wenn wir unsere gemeinsamen Erkenntnisse in einen Topf werfen, kräftig umrühren und schauen, was für eine Art Eintopf dabei herauskommt?«

Karl schüttelte den Kopf, schweigend ging er weiter.

Peters beeilte sich, um schräg vor ihm zu bleiben, nun gestikulierte er.

»Zum Donnerkeil, hör mir zu! Ich habe ausgiebig über diesen Fall nachgedacht. Mal abgesehen davon, dass es sowieso keinen echten Fall gibt, habe ich mittlerweile starke Zweifel daran, dass du da die Finger drin gehabt hast.«

Karl blieb erneut stehen. »Wie komme ich zu dieser Ehre?«

Peters kramte in seiner Jackentasche. Das Blechstück mit dem abgerissenen Draht erschien in seiner Hand. Er hielt es hoch, damit Karl es betrachten konnte.

»Was ist das?«, fragte der emotionslos.

»Sag du es mir, du bist der Schmied von uns beiden.« Peters zwinkerte ihm zu.

»Und Sie sind der schlaue Polizist, dann können Sie mir bestimmt erklären, was es mit dem Blech auf sich hat.«

Weil Karl das Teil nicht nehmen wollte, obwohl er es ihm fast aufzwang, steckte Peters das Blech wieder weg.

»Beweisen kann ich es nicht, für mich sieht es allerdings ganz wie der Auslöser der geballten Ladung aus, die deinen Freund Werner zu seinen Vorfahren auf eurem Friedhof an der Kirche befördert hat.«

»Wenn Sie es sagen. Bin ich nun verdächtig, weil ich Schmied bin und mit Metall umgehen kann?«

»Jetzt spiel hier nicht die beleidigte Leberwurst, ich habe mich bereits entschuldigt. Das tue ich nicht so oft, weil ich mich selten irre, wenn mir jemand verdächtig vorkommt.«

Karl sah ihn mit zusammengezogenen Augenbrauen an.

Peters gab erneut die Dampfmaschine. Es dauerte einige Sekunden, bis er sagte: »Na gut, dann eben anders, Herr ehemaliger Unteroffizier Bermes. Selbst wenn du, aus welchem Grund auch immer, deinem lieben Freund Werner das Licht hättest ausblasen wollen: Ich kann mir nicht vorstellen, dass eine geballte Ladung deine Waffe der Wahl wäre. Es ist erstens heutzutage nicht mehr so einfach, an so etwas heranzukommen, und zweitens ist das viel zu auffällig. Wenn du Werner Schomer tatsächlich hättest ermorden wollen, wärst du garantiert sehr viel raffinierter vorgegangen, blöd bist du nämlich nicht. Ich glaube nicht mehr, dass du etwas mit dem Tod von Werner Schomer zu tun hast. War das jetzt deutlich genug?«

Trotz der Erleichterung, die Karl wegen dieser Aussage erfüllte, antwortete er pampig: »Darf ich Ihnen jetzt dankbar sein, oder was?«

Peters blies die Backen auf. Dann grinste er.

»Wenn du so aus der Wäsche schaust wie eben, kann man echt Angst vor dir bekommen.«

»Lecken Sie mich am Arsch.«

Karl wollte weitergehen. Diesmal war es Peters, der ihm einen leichten Stüber vor die Brust versetzte. Das Grinsen wurde von einem sehr grimmigen Gesichtsausdruck abgelöst.

»Es wäre besser für dich, wenn du nicht noch einmal versuchst, mich zu schubsen. Glaube mir, ich bin in der Lage, mich zu verteidigen.«

Die beiden funkelten sich sekundenlang finster an, bis sich Peters' Mundwinkel hoben.

»Du bist ein sturer Sack. Gut, das bin ich auch.« Er sah die Straße entlang ins Dorf. »Dann pass mal auf, ich will dir eine Geschichte erzählen.«

Karl überlegte, ob er den Polizisten einfach stehen lassen sollte, jetzt, wo er anscheinend kein Verdächtiger mehr war. Die Neugier ließ ihn jedoch zuhören. Bei Peters folgte die nächste Zigarette.

»Ich bin nicht immer das Schoßhündchen der Franzosen gewesen.«

Karl zuckte mit den Schultern, das hatte er auch nicht erwartet. Peters grinste und sprach weiter.

»Vor dem Krieg war ich Kriminalkommissar in Köln. Das wird man nicht einfach so, wenn man nur einen ganz normalen Volksschulabschluss hat. Gleich nach dem Ersten Weltkrieg bin ich in den einfachen Dienst der Schutzpolizei eingetreten. Es hat mich viel Mühe gekostet, aber ich bin kein simpler Schutzmann geblieben, weil ich sehr fleißig und nicht auf den Kopf gefallen bin, genau wie du.«

Peters zwinkerte ihm zu.

»Jede Schulung und Weiterbildung, die sich angeboten haben, habe ich mitgemacht. Dadurch geht das Privatleben flöten, aber man kommt weiter. Vorgesetzte wurden auf mich aufmerksam. Mitte der Zwanziger bin ich zur Kriminalpolizei gewechselt. Fast zeitgleich, als die Nazis das Kommando übernahmen, bin ich zum Kriminalkommissar befördert worden. Dummerweise konnte ich mit dem nationalen Geschwätz der kackbraunen Kollegen nichts anfangen.«

Peters schüttelte den Kopf, ganz so, als könnte er das selbst nicht glauben.

»Zur Polizei bin ich gegangen, weil mir Recht und Ordnung wichtig sind, nicht irgendwelche Weltanschauungen oder Rassenunfug. Mir wurde mehrmals nahegelegt, in die Partei einzutreten. Wenn mir aber etwas nicht in den Kram passt, kann ich ziemlich beratungsresistent sein. Außerdem war ich tatsächlich so dämlich zu glauben, Qualität würde sich durchsetzen. Wenn es mich nicht selbst beträfe, könnte ich über die Idiotie dieser Idee lachen. Glaub mir, Herr Bermes, was das berufliche Weiterkommen angeht, ist es nicht immer die Qualität, die sich durchsetzt. Da kommen in der Regel zuerst Ehrgeiz, Klüngel und Opportunismus zum Zug und dann länger nichts mehr.«

Peters betrachtete die glühende Spitze seiner Zigarette.

»Ende der Dreißiger wurde ich im Erkennungsdienst geparkt, wo ich nach der Meinung meiner gesinnungstreuen Vorgesetzten keinen großen Schaden anrichten konnte. Da bin ich bis 1940 geblieben, im Herbst sind die ersten Heldenklauaktionen losgegangen. Jeder, der nicht bei drei auf den Bäumen war, wurde umgehend bei der Wehrmacht einsortiert. Eigentlich hatte ich seit dem ersten Krieg genug vom lustigen Soldatenleben. Ich wurde vor die Wahl gestellt. Ich durfte entweder, mehr oder weniger freiwillig, als Hauptmann bei der Feldpolizei anfangen. Oder ich konnte als Schütze Arsch im letzten Glied das Handwerk des Soldaten von der Pike auf lernen. Nun, du als Unteroffizier der Luftwaffe, wie hättest du dich entschieden?«

Karl zuckte mit den Schultern, das klang alles nachvollziehbar. Nur, was ging ihn das an?

»Ein Gutes hat es, Feldpolizist zu sein. Man ist normalerweise immer ein, zwei Schritte hinter der Front unterwegs. Wir sind zuerst dazu da gewesen, die einzufangen, denen die Veranstaltungen ganz weit vorne nicht so richtig zugesagt haben. Dazu kommt man in der Welt herum. 1941 war ich auf dem Balkan und in Griechenland, ist schön da. Im gleichen Jahr bin ich bei dem kleinen Betriebsausflug nach Russland mit dabei gewesen. Es mag zynisch klingen, aber zum Glück hat mein Polizeibataillon im Winter bei der Partisanenbekämpfung, irgendwo in den Sümpfen, ziemlich was auf die Mütze bekommen. Zur Auffrischung wurden wir nach Frankreich verlegt. Wie es der Zufall so will, spreche ich ordentlich Französisch. Der Bäckermeister in der Straße in Aachen, in der ich aufgewachsen bin, hatte eine Belgierin aus dem französischen Teil des Landes geheiratet. Madame Florentine freute sich, dass ich mich als Steppke für ihre Sprache interessierte, und hat mir Unterricht gegeben. Das hat mir dann geholfen, einen Posten in Frankreich zu ergattern, als der Rest meiner Kameraden in den russischen Winter zurückfahren musste. Viele sind von denen nicht übrig geblieben.«

Peters' Blick wurde nachdenklich. Der Polizist konnte den Hauptmann extrem gut durchklingen lassen, wenn er das wollte. Seine Erzählung klang jedoch nicht so, als bereitete ihm das viel Spaß. Er sprach weiter.

»Die letzten zwei Jahre des Krieges bin ich in Frankreich unterwegs gewesen, um die Moral der Truppe aufrechtzuerhalten. Wie gesagt, linientreue Politik und der Rassenmist interessierten mich nicht. Ich habe meinen Dienst geleistet, ohne über die Stränge zu schlagen, wie so mancher meiner Kameraden. Wahrscheinlich ist das einer der Gründe, warum niemand auf die Idee gekommen ist, mich in vier Dienstjahren zu befördern. Im Winter 45 haben mich die Franzosen im Elsass geschnappt. Was im Nachhinein wieder mein Glück gewesen ist, ich konnte mich mit den Monsieurs verständigen. Und wie das Leben manchmal so spielt, mit dem Tross meiner Einheit ist meine Personalakte ebenfalls bei den Franzosen gelandet. Die ist dann dem wackeren Commandant Favre in die Finger gefallen. Es hat ihm gefallen, dass ich da von meinen Vorgesetzten als eher unzuverlässiger politischer Kamerad beschrieben wurde und nicht in der Partei gewesen bin. So kam es, dass ich zum Handlanger Favres geworden bin.«

Peters grinste Karl an. Dabei wirkte er fast wie Werner vor vielen Jahren, wenn er wieder etwas ausgeheckt hatte.

»Nach dem Krieg war es für Favre kein Problem, mich in die provisorische deutsche Polizeitruppe zu übernehmen, weil mein Persilschein weißer als weiß gewesen ist. Kriminalsekretär bin ich bereits vor über zwanzig Jahren gewesen. Nun, ich will nicht klagen, fürs Erste bin ich ganz ordentlich versorgt, das kann man derzeit nicht von jedem behaupten. Als Polizisten von der traurigen Gestalt sind wir das letzte Jahr gemeinsam durch den Südwesten gezogen. Vor vier Monaten sind wir schlussendlich in Trier gelandet. Das ist zwar ordentlich kaputt geschossen und zerbombt, aber mir gefällt es an der Mosel. Und euer Teil der Eifel liegt abgelegen, das ist bei der aktuellen Weltlage nicht das Schlechteste. Favre hat das Herumstrolchen satt, er möchte zurück zu

Frau und Kindern nach Metz. Deshalb hat er keine Lust mehr, sich mit so schrägen Geschichten wie der von deinem geplatzten Freund zu beschäftigen. Je weniger offene Fälle auf seinem Schreibtisch liegen, umso schneller geht es heimwärts zu Madame.«

Peters blickte zurück zum Friedhof. »Und nun möchtest du bestimmt wissen, warum ich hier meine Lebensbeichte vor dir ablege?«

Karl tat ihm den Gefallen und nickte.

»Das freut mich, wenigstens einer, der sich für mich interessiert.«

Peters grinste über beide Ohren, um gleich wieder sehr grimmig auszusehen.

»Ich bin mir nicht sicher, ob du alles richtig verstanden hast, was ich dir zu erklären versuche.«

Karl sagte nichts, er wartete in der Tat noch auf das, worauf dieser Vortrag hinauslaufen sollte. Peters nestelte eine weitere Zigarette aus der Packung.

»Herr Bermes, wir kennen uns eigentlich nicht, aber mein Instinkt sagt mir, bei dir lohnt es sich, etwas Zeit zu investieren.«

Auch auf den fragenden Gesichtsausdruck des Polizisten antwortete Karl nicht.

»Also, meine Ausbildung zum Polizisten fand vor über zwanzig Jahren in der Republik statt. Die preußische Polizei galt damals als Schutztruppe der Republik. Und das, was ich da an Grundlagen gelernt habe, finde ich immer noch gut. Es gibt leider zu viele nervige Subjekte, die der Meinung sind, ihre persönlichen Interessen stünden über allem anderen. Solchen Nasen muss man gelegentlich ihre Grenzen aufzeigen. Mir persönlich geht es darum, für Gerechtigkeit zu sorgen. Das sollte auf vernünftigen Gesetzen beruhen. Recht, oder genauer gesagt die Rechtsprechung, kann etwas vollkommen anderes sein.«

Peters musterte Karl aus zusammengekniffenen Augen.

»Zwölf Jahre lang habe nicht nur ich leider sehr intensiv lernen müssen, wie leicht es war, unser Justizsystem auf die verquere Meinung eines Mannes und seiner willigen Vollstrecker auszurichten. Das, was da im Namen von Führer, Volk und Vaterland an Recht gesprochen wurde, ist mir ziemlich oft gegen den Strich gegangen. Zu meiner Schande muss ich gestehen, ich habe im Krieg mitgemacht. Nun wird es höchste Zeit, mit all der Willkür Schluss zu machen. Ich weiß nicht, ob ihr es hier am Arsch der Welt mitbekommen habt, die Franzosen sind dabei, in ihrer Besatzungszone neue Länder zu gründen.«

Karl nickte, Fräulein Schneebach hielt ihn politisch ganz gut auf dem Laufenden.

»Dann lass dir eines gesagt sein: Die Besatzung wird nicht ewig dauern, die alten Nazis werden verschwinden oder in Deckung gehen und sich so anpassen, dass sie nicht mehr auffallen. Es gilt in Deutschland einen neuen Staat zu erbauen, der wieder auf dem Prinzip von nachvollziehbaren Gesetzen mit unabhängigen Gerichten steht.«

Peters sah Karl sehr intensiv an.

»Verstehst du, was das bedeutet? Gewaltenteilung war die letzten Jahre kein großes Thema in Deutschland. Ich bin mir nicht sicher, ob jemand aus deiner Generation davon überhaupt schon einmal etwas gehört hat.«

Der grundsätzliche Trotz gegenüber dem Polizisten führte in Karls Kopf weiter das Kommando. Er befand sich aber in Rückzugsgefechten. Deshalb rang er sich ein »Ja« ab. Das war eine Vorstellung, der er durchaus sehr viel abgewinnen konnte.

Peters fixierte ihn weiter, er nickte sanft mit dem Kopf.

»Schön, glauben wir das einfach mal. Wir werden Leute brauchen, die das und die möglichen Konsequenzen daraus sehr genau verstehen. Meine Absicht ist es, ein Teil dieser neuen Ordnung zu werden. Weil ich inzwischen bereits fast anderthalb Jahre der getreue Knappe Favres bin, stehen die Chancen gar nicht so schlecht, dass mir das gelingt.«

Karl verlagerte das Gewicht von einem Bein auf das andere. Alles, was Peters sagte, klang für ihn vernünftig. Der Polizist sprach weiter, ehe Karl den Mund öffnen konnte.

»Ich erzähle dir das alles, weil ich so fest wie selten zuvor von etwas davon überzeugt bin, dass Werner Schomer mit Absicht in die Luft gesprengt worden ist. Es passt mir nicht, dass dies einfach so unter den Teppich gekehrt werden soll! Auch wenn das hier eigentlich nicht mein Revier ist. Zumindest noch nicht.«

Es folgte eine kurze Raucherpause.

»Dir habe ich ja mehrfach auf den Kopf zugesagt, du denkst in ähnliche Richtungen. Wenn du nicht zumindest starke Zweifel an einem Unfall hast, bin ich der vegetarische Suppenkoch des Führers gewesen. Ich gebe dir jetzt die Gelegenheit, deine Überlegungen mit mir zu teilen.«

Karl sah seinerseits Peters in die Augen, Zigarettenqualm verdeckte kurzfristig die Sicht. Schließlich sagte er: »Natürlich haben Sie recht. Werner ist garantiert auf nichts getreten, das übersehen worden ist. Es ist eine geballte Ladung gewesen.«

»Aha?«

»Ihr Blech ist mir im Wald aufgefallen, das war mit ziemlicher Sicherheit der Auslöser der Ladung. Ich wollte mir den Krater und die Sträucher genauer ansehen, leider sind zu schnell zu viele Leute aufgetaucht.«

»Aha?«

»Die Socke.«

Peters nickte nur aufmunternd.

»Die ergibt gar keinen Sinn. Warum hatte Werner die Schuhe an, aber die linke Socke nicht?«

»Aha?«

»Nichts weiter Aha. Mehr weiß ich schlicht und ergreifend nicht. Ich kann keine vernünftige Erklärung abliefern, warum Werner in eine Falle geraten sein soll.«

Peters betrachtete ihn die ganze Zeit mit starrem Blick.

»Weißt du was, Herr Bermes, ich bilde mir viel darauf ein, Lüge von Wahrheit unterscheiden zu können. Das hat mir zu der Zeit, als die Wahrheit nicht unbedingt das Wichtigste bei der Lösung eines Falls gewesen ist, hin und wieder geholfen, Unschuldige vor dem Erschießungskommando zu retten.«

»Aha«, sagte nun Karl in sarkastischem Tonfall. Es wäre ihm neu, dass ein Kettenhund zu differenzierten Untersuchungen geneigt hätte.

»Genau, Herr Bermes. Das kannst du mir glauben oder du lässt es bleiben. Weil ich diese Gabe besitze, bin ich mir sicher, du bist in die seltsame Geschichte mit deinem alten Freund nur zufällig hineingestolpert.«

Peters hob eine Augenbraue, Karls Erleichterung war ihm wohl anzusehen.

»Nur die Ruhe, du kannst mir später auf Knien danken. Derzeit interessiert mich viel mehr: Gibt es weitere Details, die du beisteuern kannst, um herauszufinden, was hier tatsächlich geschehen ist?«

Karl kratzte sich am Kopf. Peters sah auf seine Armbanduhr, er setzte sich in Bewegung.

»Wir können uns auch beim Gehen unterhalten. Ich muss zu meiner Fahrgelegenheit zurück. Den Lkw muss ich wieder abliefern, bevor der Zahlmeister der Kaserne in Trier Dienstschluss hat.«

Sie gingen einige Schritte stumm nebeneinanderher. Schließlich fragte Karl: »Haben Sie bereits an das Reichsarbeitsdienstlager gedacht?«

Peters sah zum Wald, der auf der Hügelkuppe über dem Dorf zu erkennen war.

»Natürlich habe ich das. Ein Taubenschlag ist wesentlich einfacher zu kontrollieren. So wie ich das verstanden habe, blicken die Franzosen selbst nicht durch, wer da alles ein und aus geht. Wegen der vielen Fremden ist es keine große kriminalistische Leistung, bei der Suche nach Verdächtigen auf das Lager zu kommen. Oder hast du einen konkreten Ansatz?«

Pauline erschien vor Karls innerem Auge. Er würde den Globkows vermutlich keinen Gefallen tun, brächte er ihren Namen ins Spiel.

»Nein, es ist nur die einzig logische Erklärung für die Umstände von Werners Tod.«

»Hm, da können wir uns so einig sein, dass es quietscht, und darauf Brüderschaft trinken. Das Problem ist, der Fall Schomer liegt da hinter uns in einer Holzkiste zwei Meter tief vergraben. Ich hatte den Commandant auf das Lager hingewiesen. Was soll ich sagen, Favre wollte davon nichts hören. Das ist einer der Gründe, warum der Tod deines Freundes zügig zum Unfall erklärt wurde. Es ist dem Commandant ganz einfach zu viel Arbeit, in einem solchen Durcheinander wie einem Flüchtlingslager mit der Suche zu beginnen. Wie gesagt, ein toter Deutscher mehr oder weniger ist den Franzosen egal. Ich bin nicht viel mehr als ein Grüß-August, mir sind leider die Hände gebunden. So gerne ich das möchte, ich kann nicht viel unternehmen.«

Karl überlegte kurz, ehe er vorschlug: »Das Verhältnis zwischen uns und den Leuten im Lager ist schwierig, um es freundlich auszudrücken. Aber ich könnte im Lager nach Arbeit suchen, weil ich hier der Schmied bin. Vielleicht bekomme ich so etwas heraus.«

Peters schnaubte. Das hatte zur Folge, dass der frisch eingeatmete Qualm zur Abwechslung nicht durch die Nase entwich.

»Die Idee ist nicht schlecht, aktiv kann ich im Augenblick leider nicht viel zur Unterstützung beisteuern. Alle Ressourcen, die wir benötigen, erhalten ich und meine wenigen deutschen Kollegen von den Franzosen. Für die gibt es keinen ungeklärten Todesfall Werner Schomer. Die deutsche Polizei ist ein Provisorium, mein Titel ist ein Provisorium, ich bin ein Provisorium. Am 30. August wird es ein neues Land geben. Ein neues Land wird eine neue Polizei brauchen. Ich möchte ein Teil davon sein, derzeit kann ich allerdings nicht sagen, ob und wie mir das gelingt. Auch das hilft uns jetzt konkret nicht weiter.«

Sie gingen wieder stumm nebeneinanderher. Die Kirche sowie der daneben geparkte Opel Blitz kamen in Sichtweite.

»Du hast hier kein Telefon zur Verfügung, oder?«, fragte Peters.

»Nein, vor dem Krieg gab es in unserer Poststelle das einzige Telefon im Dorf. Die Leitung ist aber immer noch tot. Um die Franzosen nach der Sprengung zu informieren, musste ich zum Kyllburger Bahnhof fahren.«

»Tja, was den Stand der Technik angeht, könnte man meinen, man wäre hier am Nordpol.«

Karl grinste. »Warten Sie den Winter ab.«

Über das Gesicht des Polizisten huschte ebenfalls ein Lächeln.

»Leider wüsste ich nicht, wie ich Favre erklären sollte, dass ich ein Auto bräuchte, um hier das ein oder andere überprüfen zu können. Der Commandant mag es nicht, wenn man seine Entscheidungen infrage stellt.«

Peters' Blick hellte sich auf. »Augenblick, du bist doch Funker gewesen, du hast nicht zufälligerweise ein Funkgerät zur Hand?«

Karl besaß tatsächlich ein Funkgerät. Bei der Plünderung des Lagers hatte ein Funkgerät der Wehrmacht zur Beute seines Vaters gehört. Um das Gerät für den Feind unbrauchbar zu machen, hatte jemand einen Schuss darauf abgegeben. Der Schaden hielt sich in Grenzen, einige Röhren und Transistoren waren zerfetzt. Allerdings gab es nirgendwo Ersatzteile zu organisieren oder zu kaufen. Selbst Pierre konnte ihm da nicht weiterhelfen. Karl erklärte Peters die Zusammenhänge.

»Schau an, Herr Bermes, du hast nicht zufälligerweise auch noch irgendwo einen Panzer versteckt? Egal, wenn du mir eine Liste der benötigten Teile schreibst, kann ich schauen, was ich organisieren kann. Bis dahin bleibt dir nichts anderes übrig, als wieder zu diesem Bahnhof zu fahren, falls sich etwas ergibt.«

Peters hielt inne, um einige Sekunden nachdenklich vor sich hin zu nicken.

»Genauso machen wir das, du überlegst dir, was du brauchst, und rufst mich an. Verlange einfach Kriminalsekretär Peters in Trier, falls jemand rumzickt. So bleiben wir in Kontakt und ich auf dem Laufenden. Ich möchte wissen, was hier geschehen ist.«

Sie hatten den Lkw erreicht. Die Soldaten sahen Peters vorwurfsvoll an. Vermutlich hatte der die veranschlagte Zeit für den Ausflug gehörig überzogen. Der Polizist drehte sich zu Karl.

»Herr Bermes, nichts für ungut. Mir ist länger kein Fall mehr untergekommen, der mich so ärgert wie dieser. So wenig mir das passt, im Augenblick wüsste ich nicht, wie ich unserem gemeinsamen Verdacht konkret nachgehen könnte. Auf eines kannst du dich allerdings verlassen, ich werde diese Geschichte nicht vergessen. Manchmal muss man nur etwas Geduld mitbringen.«

Peters hielt Karl die Hand hin, der zögerte einen Augenblick, ehe er sie ergriff.

»Es ist mir ein Vergnügen, Sie kennengelernt zu haben, Herr Bermes. Und ich bin wirklich froh, dass wir die Unklarheiten zwischen uns ausräumen konnten.«

Sie schüttelten sich kurz und energisch die Hände.

»Ganz meinerseits«, entgegnete Karl.

Wieder erschien das Grinsen auf Peters' Gesicht, das ihm diesen harmlosen Ausdruck verlieh. Er fasste in die Jackentasche und hielt Karl ein halbes Päckchen Zigaretten hin.

»Hier, nimm. Ich sitze da an der Quelle. Damit kannst du bestimmt mehr anfangen als mit einem feuchten Händedruck.«

Karl griff zu, die Zigaretten waren schlicht zu wertvoll, um hier falschen Stolz zu demonstrieren.

»Danke.«

Peters drehte den Kopf etwas zur Seite und betrachtete Karl.

»Irgendwie werde ich das Gefühl nicht los, dass wir in Zukunft öfter miteinander zu tun haben werden. Die Welt ist voll von merkwürdigen Geschichten und Begegnungen.«

Abrupt drehte er sich weg, er wandte sich an die Soldaten und kommandierte: »Allez!«

Karl blickte nachdenklich zu den alten Grabsteinen, die hinter dem geschmiedeten Tor zum Friedhof zu erkennen waren. Das Tor stammte von seinem Großvater. Er wusste nicht so richtig, was er von dieser Wendung halten sollte. Anders als nach ihrem ersten Gespräch erwartet, entpuppte sich dieser Kriminalsekretär Peters nicht als der typische Kettenhund, im Gegenteil. Nun sah es allerdings danach aus, dass ihm das nicht weiterhelfen würde, weil die Verantwortung für solche Kriminalfälle in französischer Hand lag und Favre mit Werner fertig war. Die Überreste seines Freundes lagen in einer Kiste unter der Erde. Das galt vermutlich nicht für den, der ihn auf dem Gewissen hatte. War es möglich, dass diese Tat ungesühnt blieb?

-12-

Karl überlegte kurz, ob er hingehen sollte oder nicht, entschied sich am Ende dann aber doch für einen Besuch von Jupps Wirtschaft. Für das Gasthaus in Disselbach gab es keinen speziellen Namen oder großspurigen Titel. Bei seinen Versetzungen quer durch Deutschland hatte Karl festgestellt, dass Kneipen oder Gasthäuser in den Städten immer einen Namen hatten. Es gab fast überall Gasthäuser Zur Post, Zum Ratskeller oder Zum Adler. Im Dorf ging man zu Jupp, und jeder wusste Bescheid. Es sagte auch niemand Kneipe – Jupp besaß eine Wirtschaft. Es war so ähnlich wie bei dem Pfarrhaus. Wie in allen umliegenden Dörfern wohnte auch in Disselbach der Priester im Herrenhaus. In der Eifel waren die Pfarrer seit Jahrhunderten die Herren in den Dörfern. In allen Fragen der Moral oder bei Streitigkeiten war es fast immer der Priester, der das entscheidende Machtwort sprach.

Bei Jupp hatten sich die meisten Trauergäste bereits wieder verabschiedet. Das Fräulein erwartete Karl erst gar nicht dort, weil die jeden Gasthausbesuch und das Trinken von Alkohol generell strikt ablehnte. An der Theke versammelte sich, rund um Franz, der übliche harte Kern an Gästen, die jede sich bietende Gelegenheit nutzten, sich die Kehlen zu befeuchten.

Weil es derzeit keinen Nachschub an Bier aus der Bitburger Brauerei gab, ließ Karl sich von Jupp zu einem mit Wasser verdünnten Glas Viez überreden. Er setzte sich zu Jakob in eine der Eckbänke des dunklen Schankraums. Sein Nachbar würde garantiert nicht zu den Letzten gehören, die in der Nacht aus der Kneipe torkelten, da stand Christine vor.

»Was wollte der Polizist von dir?«

Karl hielt sich lieber bedeckt. Jakob neigte zu sehr dazu, als wandelndes, inoffizielles Anschlagbrett Neuigkeiten unter die Leute zu bringen.

»Wir haben nur über die Umstände der Explosion gesprochen. Die Sache ist von Amts wegen abgeschlossen.«

»Das ist gut, es hat genug Unruhe ins Dorf gebracht. Die Toten soll man in Frieden ruhen lassen.«

Sie prosteten sich zu, trotz der Verdünnung des Viez verzog Karl das Gesicht. Jupps Viez besaß wesentlich mehr Säure als jener, der das Fass im Keller seines Vaters füllte.

»Das zieht einem echt die Schuhe aus, was?«, meinte Jakob. »Was gäbe ich für ein frisches Bitburger.«

Er nahm einen weiteren Schluck, Karl ließ sein Glas stehen. Jakob beugte sich zu ihm.

»Man hört, du hättest Besuch aus dem Lager gehabt.«

Durch lange Übung in Ausreden gegenüber seiner Schwiegertante gab es kaum jemanden, der es meisterlicher schaffte, unschuldig aus der Wäsche zu schauen als Jakob.

»Wer behauptet denn so etwas?«

Eigentlich eine unnötige Frage. In Disselbach hatten sogar die Misthaufen Augen.

»Ach, was die Leute so reden. Ist denn etwas dran?« Seine Neugier konnte Jakob kaum verbergen.

»Ich habe gestern das Fahrrad der Tochter des Lagervorstehers geflickt. Danach habe ich sie zum Wald begleitet, weil es dunkel geworden ist. Das war alles.«

»Ach so, ja, stimmt, du bist ja weit und breit für dein Talent beim Reparieren von Fahrrädern bekannt.«

Jakobs Glas war leer, Karl schob ihm seines hin. »Danke. Vielleicht kannst du das Fahrrad des Mädels demnächst reparieren, ohne es in den Wald schieben zu müssen.«

Karl konnte Jakob nicht ganz folgen. »Wie meinst du das denn?«

»Man hört so das eine oder andere Gerücht.«

»Jakob!«

»Jaja, schon gut. Valentin hat durchblicken lassen, es gibt keine Verwandten mehr, die Werners Haus erben könnten.«

»Ach, schau an. Ich dachte, in der Nähe von Trier gäbe es jemanden.«

»Falsch gedacht, wie es scheint, sind die alle gestorben. Jedenfalls steht der Hof leer, und die Franzosen sind ständig auf der Suche nach Wohnraum. Deshalb ist es sehr wahrscheinlich, dass das Haus über kurz oder lang jemandem aus dem Lager zugewiesen wird. Und da ist anscheinend dieser Globkow im Gespräch, weil er da der Chef ist und seine Arbeit im Lager ganz ordentlich macht.«

»Das können die einfach so entscheiden?«

Jakob kicherte vor sich hin. »Wer soll sie denn davon abhalten? Im Moment haben die Franzosen das Sagen, frag mal Valentin.«

Dagegen ließ sich nicht viel einwenden.

»Das ist natürlich nur ein Gerücht. Ein Fahrrad würde auf jeden Fall hineinpassen.« Jakob griente. Er trank den Rest von Karls Glas aus.

»Ach, übrigens. Du hast es vielleicht nicht mitbekommen, weil du Sargträger gewesen bist. Bei Werners Beerdigung ist einer aus dem Lager dabei gewesen. Den habe ich gestern Abend mit deinem Vater sprechen sehen.«

»Holm?«

»Was, wer? Keine Ahnung, wie der heißt. Jedenfalls habe ich den bei der Beerdigung gesehen. Das ist doch komisch, oder? Wenn einer aus dem Lager stirbt, geht außer Eus, dem Pfarrer und den Messdienern von uns keiner zur Beerdigung. Glaubst du, der kannte Werner?«

Den Umgang mit den Verstorbenen des Lagers hatte Karl in den Monaten nach seiner Rückkehr kennengelernt. Die Toten des Lagers mussten irgendwohin. Als Lösung wurde auf dem neuen Friedhof extra eine separate Ecke mit einem halbhohen Zaun abgetrennt, zumindest für die Katholischen. Die Evangelischen wurden nach Kyllburg gebracht, dort gab es sogar eine kleine evangelische Kirche.

Wegen Holms merkwürdiger Neugier am Tag zuvor glaubte Karl keine Sekunde an einen Zufall.

»Hallo, Karl?« Jakob sah ihn neugierig an. Karl war so in Gedanken versunken, dass er seinen Tischnachbarn vergessen hatte.

»Vielleicht wollte er nur sehen, wie bei uns Beerdigungen abgehalten werden«, wiegelte er ab.

Jakob betrachtete ihn skeptisch. »Das könnte natürlich sein.« Er legte demonstrativ die Stirn in Falten. »Es könnte ebenfalls sein, dass er bei sich zu Hause Bestatter ist und sich gedacht hat, die Gelegenheit für eine Weiterbildung ist günstig.«

Er machte Anstalten, aufzustehen.

»Wie auch immer, ich muss dann nach Hause, das liebe Vieh, du weißt schon.«

Karl hegte den Verdacht, dass das Vieh den Namen Christine trug. Jakob verabschiedete sich mit einem Winken.

Eigentlich wollte Karl selbst auch den Heimweg antreten. Valentin Neuerburg vereitelte dies, indem er sich auf Jakobs freien Platz setzte. Innerlich seufzte Karl auf, ließ sich aber nichts anmerken.

»Valentin.«

»Karl. Haben sich bei Kriminalsekretär Peters neue Erkenntnisse ergeben?«

Karl beugte sich nach vorne. Mit finsterem Gesicht sah er nach rechts und links.

»Ja, er hat mir im Vertrauen gesagt, er ist einer Schmugglerbande hier in Disselbach auf der Spur und er vermutet, du bist der Kopf dieser Bande. Also sei vorsichtig bei dem, was du tust.« Mit verschränkten Armen lehnte er sich zurück.

»Das ist nicht lustig, Karl. Hat er etwas wegen Werner gesagt oder komische Fragen gestellt?« Die Dringlichkeit in Valentins Stimme irritierte Karl.

»Was soll er denn deiner Meinung nach gefragt haben? Du hast mir selbst erzählt, der Fall sei abgeschlossen.«

»Wer weiß, was Polizisten so umtreibt. Verdächtigt er dich noch? Oder glaubt er, bei dem Unfall sei etwas nicht mit rechten Dingen zugegangen?«

Karl betrachtete erstaunt das nervöse Gebaren des Bürgermeisters. Nach dem Gespräch mit Peters war er langsam auf dem Weg gewesen, seine eigenen kriminalistischen Ambitionen gleich neben Werner zu beerdigen. Die Neugier des Bürgermeisters ließ ihn im übertragenen Sinne mit der Schaufel innehalten.

»Warum interessiert dich das so dermaßen, Valentin?«

»Ich trage die Verantwortung für die Ordnung im Dorf. Ich möchte nur, dass alles seine Richtigkeit hat.«

Karl sah den Bürgermeister skeptisch an.

»Ich kann dich beruhigen, der Kriminalsekretär sieht sich außerstande, in dieser Sache weiterzuermitteln. Seine französischen Vorgesetzten haben den Fall zu den Akten gelegt.«

Der Bürgermeister sah weiter misstrauisch aus. »Und das soll ich glauben?«

»Valentin, glauben gehört in die Kirche. Der Pfarrer wird dir sicher gerne zuhören. Ich habe keine Zeit dafür.«

»Du bist dir sicher, dass der Kriminalsekretär wirklich keinen Verdacht mehr hegt?«

Wie bereits mehrfach in den letzten Tagen wunderte Karl sich darüber, welche Kapriolen Neuerburg schlug. Für ihn sollte nach der Beerdigung Werners doch alles gut sein, oder etwa nicht?

»Valentin, bei deiner Neugier könnte man glatt auf den Gedanken kommen, du hättest etwas mit Werners Tod zu tun.«

»Was, ich? Natürlich nicht. Als Ortsbürgermeister muss ich nur alle Zweifel ausräumen, damit die Polizei uns in Ruhe lässt.«

Die Finger Neuerburgs vollführten einen eigenartigen Tanz auf dem rechten Bein. So sah für Karl die plastische Darstellung eines schlechten Gewissens aus. Irgendetwas stimmte nicht mit dem Bürgermeister.

»Weißt du was, Valentin? Ich habe für heute genug. Einen schönen Abend noch.«

Karl ließ den verdatterten Bürgermeister einfach sitzen. Er hatte keine Lust mehr auf weitere Gespräche und wollte zum Nachdenken in seine Werkstatt.

-13-

Sehr weit kam er allerdings nicht. Jupps Wirtschaft lag unweit der Schule; kaum war Karl auf die Straße getreten, vernahm er die Stimme des Fräuleins. Sie winkte ihm vom Fenster über dem Schuleingang aus zu.

»Hallo Karl, na endlich! Warte, ich komme runter.«

Für das Fräulein musste Karl sich selbstverständlich Zeit nehmen. Er ging zum Schulhof. Verblüffend schnell stand die Lehrerin vor ihm.

»Das hat ja zum Glück nicht so lange gedauert, ich habe dich eben in die Wirtschaft gehen sehen. Und? Erzähl!«

Karl seufzte. In knappen Worten schilderte er die Ereignisse des Vortages und berichtete über das Gespräch mit dem Polizisten.

»Es wird also keine weiteren offiziellen Untersuchungen geben, und was wirklich geschehen ist, kommt nie ans Tageslicht?«

»Die Antwort lautet vermutlich Ja. Dieser Peters wirkt eigentlich nicht, als ob er einfach so klein beigibt.

Im amtlichen Auftrag kann er aber wohl nichts mehr tun.«

Fräulein Schneebach sah missmutig zu ihm auf.

»Hm, ehrlich gesagt passt mir das überhaupt nicht. Ich hatte mich gerade so schön in den Sachverhalt hineingedacht.« Das Fräulein verschränkte die Arme vor der Brust. »Das ist doch auch alles eine Frage der Gerechtigkeit Werner gegenüber.«

»Das sehe ich nicht anders. Nur bin ich leider kein Polizist. Wir müssen uns vielleicht damit abfinden, dass die Umstände von Werners Tod niemanden mehr interessieren.«

Fräulein Schneebach zog die Augenbrauen zusammen.

»Und was ist mit diesem Holm, den du eben kurz erwähnt hast?«

»Den müssen wir im Auge behalten. Nur wüsste ich nicht, was genau ich da tun soll.«

»Ich muss schon sagen, das sind nicht die Antworten, die ich erwartet habe.« Die Lehrerin klang zutiefst frustriert, sie musterte Karl. Der hob die Schultern.

»Es tut mir leid, Fräulein Schneebach, so ist im Moment die Lage.«

Etwas anderes fiel ihm ein.

»Ach ja, ich hätte eine Frage. Ist Pauline Globkow gestern Abend bei Ihnen gewesen?«

Die Lehrerin sah ihn erstaunt an.

»Warum sollte sie das? Für Nachhilfe ist sie zu alt. Ihr Vater kommt gelegentlich bei mir in der Schule vorbei. Normalerweise spaziere ich zum Wald, wenn ich etwas mit ihm zu besprechen habe. Mit seiner Tochter habe ich eher selten zu tun. Warum fragst du?«

»Nur so, es ist nicht so wichtig«, murmelte Karl, seine Ohren wurden warm.

Das Fräulein hob eine Augenbraue, sie schmunzelte.

»Soso, und Valentin Neuerburg erfindet mit dem, was er auf seinen Angebotsschildern so schreibt, die deutsche Sprache neu.«

Karl hob die Hände, er besaß nicht mehr die Nerven für Plänkeleien mit der Lehrerin.

»Seien Sie mir bitte nicht böse, Fräulein Schneebach, der Tag ist lang gewesen, und ich möchte nach Hause.«

Das Fräulein legte den Kopf schräg.

»Entschuldige, du hast recht. Es sind drei aufregende und anstrengende Tage gewesen. Wahrscheinlich ist es gut, wenn sich jetzt erst einmal alles normalisiert.«

Karl sagte nur: »Wir werden sehen Fräulein Schneebach, gute Nacht.«

»Gute Nacht, Karl, ich werde dich besuchen.«

Die Lehrerin ging in die Schule zurück. Erleichtert machte Karl sich endgültig auf den Heimweg.

Zu Hause entledigte er sich zuerst des kneifenden Anzugs. Seine Eltern saßen in der Stube. Karl verspürte keine Lust auf weitere Fragen zu Pauline. Deshalb verzog er sich gewohnheitsmäßig in die Schmiede. Wie üblich hatte niemand aufgeräumt, das mit den Heinzelmännchen war eben nur ein Märchen. Er ging in den Kabuff, vom vielen Reden war sein Mund ganz trocken. Zudem verspürte er den Nachgeschmack des verdünnten Viez'. Eine Tasse Kaffee sollte da Abhilfe schaffen. Es war bereits Abend, dennoch setzte er Wasser auf.

Die Blechdose an der Eingangstür schepperte. Er sah in die Werkstatt. Holm aus dem Mecklenburgischen stand an der Werkbank und spielte mit einem großen Stahlzirkel, der dort gelegen hatte. Er bemerkte Karl.

»Guten Abend, da bist du ja, Schmied Karl, hatte ich mich eben doch nicht geirrt.«

»Was möchtest du von mir, ich habe Feierabend. Für Aufträge bin ich morgen wieder bereit.«

Holm ging an ihm vorbei. Unaufgefordert setzte er sich auf den Stuhl, der normalerweise für Fräulein Schneebach reserviert war. Den Zirkel legte er wie ein Stilett auf seinem Oberschenkel ab, die Spitze zeigte auf Karl. »Ich habe keine Aufträge zu vergeben. Ich wüsste sowieso nicht, wie ich die bezahlen sollte.«

»Dann weiß ich erst recht nicht, was du hier willst. Verschwinde, das ist meine Werkstatt.«

Der Fremde nahm den Zirkel vom Bein. Er öffnete ihn, um ihn auf einer der Spitzen auf den Steinfliesen des Fußbodens kreisen zu lassen.

»Lass das, davon wird der Zirkel stumpf.«

Holm legte das Gerät gehorsam auf die Werkbank zurück.

»Von deutscher Ordnung hast du noch nichts gehört, was? Bist du nicht in der Wehrmacht gewesen?«

Karl ballte unwillkürlich die Fäuste.

»Ich sage es jetzt noch genau ein Mal. Verschwinde, sonst helfe ich nach.«

»Immer mit der Ruhe, es gibt keinen Grund, unfreundlich zu sein. Ich bin nur auf der Suche nach etwas. Vielleicht kannst du mir dabei helfen.«

Holm stand auf, seine Hand wanderte über die Feilen, die in seiner Reichweite lagen. Karls Anspannung wuchs.

»Ich kann mir nicht vorstellen, dass ich dir bei irgendetwas helfen kann.«

Mit leicht gespreizten Beinen stand der Fremde nun Karl genau gegenüber, die Hände hingen locker an den Seiten des Oberkörpers herab. Von seiner Ausbildung beim Militär wusste Karl, dass man sich so hinstellte, wenn man mit einem Angriff rechnete oder angreifen wollte.

»Sagen wir mal so, ein Freund von dir hat sich etwas genommen, was einem Freund von mir gehört hat.« Holm griff nach einer spitzen Dreikantfeile.

Karl schnappte sich von einem massiven Holzstumpf einen kleinen Hammer für feinere Schmiedearbeiten.

Holm bewegte sich schneller, als Karl ihm das zugetraut hätte. Er ließ die Feile auf die Werkbank fallen, bückte sich, griff in seinen linken Stiefel und kam wieder hoch. In der rechten Hand befand sich urplötzlich ein grobes, zweischneidiges Messer, das aussah, als hätte er es einem Metzger gestohlen. Es war nicht lang, dafür streckte sich Karl eine spitze, angerostete Klinge entgegen.

»Nur die Ruhe, Schmiedemann. Den Hammer legst du schön wieder hin. Wir möchten doch nicht, dass jemand verletzt wird.«

Karl überlegte kurz, ihm den Hammer entgegenzuschleudern, entschied sich aber dagegen. Er wollte wissen, worum es hier eigentlich ging.

»Ich kann mir nicht vorstellen, wie ich dir helfen könnte. Steck das Messer weg.«

»Das werden wir sehen. Leg du den Hammer auf den Amboss.«

Widerstrebend tat Karl, was ihm gesagt wurde.

»Gut so, und jetzt Butter bei die Fische, wie wir im Norden sagen. Werner Schomer ist ein guter Freund von dir gewesen?«

»Wer sagt das?«

»Euer Bürgermeister ist zum Glück gesprächiger als du. Unter alten Kameraden versteht man sich.«

Karl bewegte sich zur Seite, um den Amboss zwischen sich und Holm zu bringen. Außerdem näherte er sich auf diese Weise der Tür, die nur angelehnt war.

»Na, na, Kamerad. Hiergeblieben und nicht auf dumme Gedanken kommen, wo wir gerade so schön plaudern. Das Ding hier ist ein Wurfmesser, und bis jetzt habe ich damit immer alles getroffen, was ich wollte.«

»Was willst du von mir?«, knurrte Karl.

»Als sein alter Freund kennst du doch bestimmt Werners kleine Verstecke und Geheimnisse?«

Karl registrierte, dass Holm den Namen von Werner so aussprach, als hätte er ihn gekannt.

»Wenn wir hier keine Stunden mit sinnlosem Geschwätz verbringen wollen, dann musst du präziser werden. Ich habe absolut keine Ahnung, wovon du sprichst.«

Holm wog das Messer in der Hand.

»Nun, der liebe Werner hat etwas gestohlen, das ich wiederhaben möchte. Wenn du kooperativ bist, kannst du vielleicht etwas abhaben. Aber zuerst wüsste ich gerne, wo dein Freund Werner steckt.«

Karl lachte hysterisch auf.

»Hast du sie noch alle, du hast selbst gesehen, wie wir gestern sein Grab ausgehoben haben. Und ich komme gerade von seiner Beerdigung.«

»So, glaubst du das?« Holm sah ihn zweifelnd an. »Hm, vielleicht weißt du weniger, als ich gedacht habe.«

Langsam wurde es Karl zu bunt. Das einzige Licht, das ihm aufging, war, dass Holm etwas mit der Explosion zu tun haben musste und dass er die Hintergründe kannte.

»Selbst wenn ich es wollte, ich kann dir nicht helfen. Werner ist nicht sehr gesprächig gewesen, seitdem ich aus der Gefangenschaft zurück bin.«

»Hm, mag sein. Eines weiß ich sicher, ihr habt heute nicht Werner beerdigt.«

»Was?« Karl verstand nicht, wozu dieser Unsinn gut sein sollte.

Holm wechselte das Messer in die linke Hand, um sich einen der Eisenstäbe des Fenstergitters für die Sakristei zu greifen. Damit vergrößerte er seine Reichweite erheblich.

»Mal sehen, ob dir nicht etwas einfällt, wenn ich dir das hier überbrate.« Er grinste. »Oder ich komme später wieder und statte deinen Eltern damit einen Besuch ab.«

Karl hatte genug. Er griff nach dem schweren Vorschlaghammer, der neben der Esse stand und für Holm vom Amboss verdeckt wurde. Holm machte einen Ausfallschritt nach vorne. Die Stange polterte zu Boden, das Wurfmesser wechselte zurück nach rechts, er holte aus. Zu mehr kam er nicht mehr.

Ein ungläubiges: »Wie jetzt?«, war alles, was er sagen konnte, als einer der angespitzten Stäbe des Sakristeigitters plötzlich vorne aus seiner Brust ragte. Sein Messer landete ebenfalls auf dem Boden. Mit erstauntem Gesichtsausdruck griff er nach dem blutigen Eisen unterhalb seines Kinns. Jemand hinter ihm rüttelte ihn mit dem Stab etwas hin und her und trieb diesen so weiter durch den Oberkörper. Holm stöhnte auf. Mit beiden Händen versuchte er, den Stab rückwärts aus seinem Körper zu schieben. Er brauchte sich nicht zu bemühen, der Spieß wurde unvermittelt zurückgerissen. Blut quoll in dunklen Strömen aus der Wunde in der Mitte seiner Brust. Einige Sekunden blieb er schwankend auf den Beinen stehen, er sah Karl anklagend an, so als hätte der ihn mit dem Stab aufgespießt. Dann verdrehte er die Augen, wie ein leerer Kohlensack fiel er in sich zusammen.

»Ich dachte schon, einmal Aufspießen reicht nicht.«

Karl öffnete die Augen so weit, dass sie schmerzten.

»Hallo Karl, schau nicht so. Am dritten Tage auferstanden von den Toten, wurde uns zu Ostern immer erzählt, das trifft es wohl am besten. Soviel ich weiß, bin ich allerdings nicht Jesus.«

Karl wusste nichts zu sagen. Vor ihm stand Werner Schomer!

-14-

Karl sah Werner sehr lange an. Immerhin schien der ein schlechtes Gewissen zu haben. Holm aus dem Mecklenburgischen lag zusammengekrümmt auf der rechten Seite, er zuckte und röchelte vor sich hin. Die Blutlache auf dem Steinboden breitete sich beständig aus. Werner gab ihm einen Tritt mit der Spitze seines rechten Stiefels.

»Ganz schön zäh, der Kamerad.«

Karl betrachtete Werner von oben bis unten. Er trug eine alte Wehrmachtsuniform, wie viele der Männer aus dem Lager. »Du lebst!«, stellte er trocken fest.

»Na, zum Glück, und auch zu deinem, möchte ich sagen.«

Er versetzte Holm einen weiteren Tritt. Der wimmerte auf, mit dem linken Bein trat er aus, danach rührte er sich nicht mehr.

»Es hätte nicht viel gefehlt, und ihr hättet heute Mittag tatsächlich meine Überreste zu den Würmern gebracht.«

Weil Karl nicht wusste, was er tun sollte, fragte er: »Möchtest du eine Tasse Kaffee?«

»Wenn du so nett fragst, klar, warum nicht?«

Werner beugte sich über Holm, um seinen Puls am Hals zu kontrollieren. Karl ging in den Nebenraum, mit der Kanne und einer zweiten Tasse kehrte er zurück. Er schenkte Werner ein. Schweigend schlürfte der sein Getränk. Die Anspannung löste sich in Karl, seine Hände zitterten.

»Echter Bohnenkaffee, nicht schlecht.« Werner sah Karl direkt in die Augen. »Du hast nicht zufälligerweise Fragen an mich?«

Karl stellte sich hinter den Amboss, er schüttelte den Kopf. Den Zwang, sich zu kneifen, konnte er unterdrücken, das war kein Traum. Werner stand ihm gegenüber, und zu seinen Füßen lag ein Toter.

»Natürlich habe ich Fragen an dich, du Blödmann. Zuerst muss ich mich vermutlich bei dir bedanken. Das hätte schlecht ausgehen können.«

»Das wäre schlecht für dich ausgegangen, das steht mal fest. Mit den Vögeln hier ist nicht gut Kirschen essen.«

Er versetzte dem Toten erneut einen Tritt. Dies führte dazu, dass der wegkippte und auf dem Bauch zu liegen kam.

»Bei den Pennern von der Luftwaffe musstest du das, was du an Selbstverteidigung einmal gelernt hast, vermutlich selten anwenden. Der Kamerad hier hatte garantiert jede Menge Erfahrung darin, andere um die Ecke zu bringen.«

Werner ging in die Knie, um sich das Gesicht des Toten genauer anzusehen.

»Kenne ich nicht. Weißt du, wer das ist?«

»Der ist aufgetaucht, als wir das Grab für dich ausgehoben haben. Er hat sich Holm genannt und stammt aus Mecklenburg.«

»Das kann Holm aus Mecklenburg sein, es kann aber genauso gut Seppel aus Knieritz an der Knatter sein. Namen sind Schall und Rauch.« Zufrieden sah Werner zu Karl hoch. »Eines ist jedenfalls sicher, der kitzelt niemanden mehr mit seinem Messer.«

Er untersuchte die Leiche mit geübten Griffen. Es fand sich nichts weiter außer dem Halfter für das Messer im Stiefel am linken Fußgelenk des Mannes. Werner schnallte es ab, das Messer verschwand darin.

»Na, das ist doch besser als nichts.« Routiniert band er sich das Halfter an den eigenen linken Fuß. »Du kannst dich bestimmt an Hauptfeldwebel Karb erinnern?«

»Nimm alles potenziell Tödliche mit, was deinen Weg kreuzt«, rezitierte Karl ihren Ausbilder für Nahkampf. Es hatte keinen härteren Hund als Karb gegeben. Werner war einer seiner Lieblinge gewesen, er selbst eher nicht. Der Hauptfeldwebel liebte es, ständig Weisheiten zu allem Möglichen zum Besten zu geben.

Werner lächelte. »Gut aufgepasst.«

Er trank seine Tasse in einem Zug leer. Anerkennend sah er Karl an.

»Der ist richtig gut, ich dachte, du hast nur irgend so einen gestreckten Muckefuck wie alle anderen. Hätte ich das gewusst, ich wäre öfter zu Besuch gekommen.«

»Die Bohnen bekomme ich von einem alten Luftwaffenkameraden, der bei den Luxemburgern in Bitburg Dienst schiebt. Davon hättest du tatsächlich früher bekommen können.«

»Jaja, mach mir nur ein schlechtes Gewissen. Du wirst gemerkt haben, ich bin nicht in der Stimmung für große Wiedersehensfeiern gewesen. Hast du noch was in der Kanne?«

Karl schenkte ihm den Rest des Kaffees ein, den Werner mit Genuss und in kleineren Schlucken trank. Abgesehen von einem Bluterguss und einer Beule an der Stirn sah er genauso aus wie vor zwei Wochen, als Karl ihn das letzte Mal aufgesucht hatte. Werner folgte seinem Blick, mit der Hand strich er über den Fleck auf der Stirn.

»Ein Freund des toten Holm hat mich da vor drei Tagen mit einem Stein erwischt. Er hat es bereut.«

Karl wurden die Zusammenhänge klarer.

»Verstehe ich das richtig, heute haben wir den in dein Grab gelegt, der die Sprengfalle gebaut hat?«

»Unser Karl, wie immer das hellste Köpfchen von allen.«

Karl schüttelte den Kopf. »Wie kommt es, dass du noch lebst?«

Werner gab die leere Tasse an Karl zurück.

»Na gut. Du wirst sowieso keine Ruhe geben, bis du wie üblich alles weißt. Machen wir es uns gemütlich.«

Er setzte sich auf den Stuhl des Fräuleins. Aus alter Gewohnheit nahm Karl auf dem Amboss Platz. Von Werner gab es wenigstens keine Kommentare zu Hämorrhoiden.

»Du hast es bestimmt mitbekommen, ich wollte eigentlich nur ganz harmlos Holz für den Winter machen.«

Karl nickte.

»Dass es eine Sprengfalle war, dürfte für dich kein großes Rätsel gewesen sein?«

»Nein.«

»War ja klar. Ich gehe davon aus, dass mir einige alte Kameraden bereits vor einer Weile auf die Spur gekommen sind. Die haben vermutlich nur auf eine günstige Gelegenheit gewartet. Mir fehlt die Übung, sonst hätte ich das bemerken müssen.«

»Immerhin bist du nicht in die Falle gegangen, sonst würdest du kaum hier sitzen und meinen Kaffee trinken.«

Werner schüttelte den Kopf und sah zu dem Toten.

»So einfach war das nicht. Die geballte Ladung ist nach allen Regeln der Kunst angelegt worden. Und ich bin wie ein Anfänger in die Falle getappt. Man glaubt es nicht, eigentlich müsste ich mein Ritterkreuz zurückgeben.«

»Aber?«

»Tja, aber. Es gibt irgendwie immer ein Aber.«

Werner schüttelte den Kopf.

»Wie sich herausgestellt hat, war die Falle nicht funktionstüchtig. Holms Freund war noch bei der Arbeit. Als er dachte, ich wäre von der Falle fixiert, wollte er den Rest seiner Kameraden rufen. Dann bin ich wegen eines blöden Eichhörnchens vom Auslöser gestolpert. Eines muss man dem Bombenbastler lassen, er hat tadellos reagiert und mir einen Stein an den Kopf geworfen.«

Werner tastete an der Beule an der Stirn herum.

»Was so ein echter Eifler Dickschädel ist, den haut ein simpler Stein nicht um, oder? Ich hatte mir zufälligerweise einen ordentlichen Ast besorgt. Damit habe ich dem Idioten eins über den Schädel gegeben. Hauptfeldwebel Karb?«

»Es ist egal, womit ihr den Gegner ausschaltet, Hauptsache, er steht nicht mehr auf.«

Werner wirkte einen Augenblick wie Fräulein Schneebach vor vielen Jahren, wenn Karl ein kleines Gedicht nach einmal Lesen behalten und aufsagen konnte.

»So ist es. Der Hauptfeldwebel hätte Pippi in die Augen bekommen, hätte er sehen können, wie sauber ich den Typen mit links ausgeschaltet habe. Ich dachte, ich hätte ihn erledigt. Dann ist er wieder zu sich gekommen. Die hatten sich so richtig Gedanken gemacht, wie sie mich ruhigstellen können. Den Wald haben sie ausgesucht, weil ich da unbedarft vor mich hin gesägt habe und um im Dorf nicht aufzufallen.«

»Wer sind die?«

»Immer mit der Ruhe und der Reihe nach. Als er wieder wach war, wollte der Kamerad zuerst nicht reden. Erst als ich sein Ohr mit meinem Rasiermesser etwas umgestaltet habe, wurde er gesprächiger. Die Sprengfalle war gute deutsche Wertarbeit, keine Ahnung, wo die das Material heutzutage herhatten. Sie ist nicht scharf gewesen, weil ich zu früh dran war. Außerdem wollten die mich mit der Falle nur unter Druck setzen. Die wussten, es ist besser, mich zu fixieren, als zu versuchen, mich einzufangen. Dann gab es eine Verkettung unglücklicher Umstände. So sagt man das wohl. Jedenfalls bin ich wie ein Trottel in die Falle gelatscht. Ich habe den Dödel zwar nicht gekannt, er wusste aber, wer ich bin. Der Kamerad ist rein zufällig vor einigen Wochen im Lager gelandet und hat mich bei der Arbeit im Wald erkannt. Schräge Zufälle gibt es.«

Werner schüttelte wieder den Kopf.

»Wieso hat der Mann dich erkannt?«

»Das ist eine längere Geschichte, dafür haben wir jetzt keine Zeit. Leider hat er versucht, sich zu befreien. Dabei bin ich mit dem Messer abgerutscht und habe die Schlagader am Hals erwischt.«

Werner starrte enttäuscht vor sich hin. Er erzählte das alles so, als hätte er nur eine Stubenfliege erschlagen. Und er hatte anscheinend seinen vorgetäuschten Tod benötigt, um wieder so gesprächig wie vor dem Krieg zu sein.

»Und was dann?«

»Na, was wohl? Was glaubst du, wessen Uniform ich hier trage? Ich hatte dem Bombenleger die Jacke ausgezogen, als er noch schlief. Deshalb wurde die nicht total eingesaut. Ich habe ihm dann den Rest seiner Uniform abgenommen und ihm meine Sachen angezogen. Zum Glück waren wir in etwa gleich groß. Sogar die Stiefel passten.«

»Die Socke«, entfuhr es Karl.

»Welche Socke?« Werner sah Karl irritiert an.

»Du hast vergessen, dem Toten die linke Socke anzuziehen.«

»Echt? Was soll das denn für einen Unterschied machen? Handelst du neuerdings mit Socken?«

Karl winkte ab. »Keinen echten, es ist mir nur aufgefallen.«

»Wie du meinst. Beim nächsten Mal achte ich auf die Socken, damit du eine ordentliche Leiche findest. Mir ist auch etwas an dem Toten aufgefallen. Unter seinem linken Arm hatte der Kamerad die Blutgruppe eintätowiert. Nicht, dass mich das gewundert hätte.«

Werner brauchte nicht zu erklären, was dies bedeutete. Die Angehörigen der SS und der Waffen-SS trugen ihre Blutgruppe als Tätowierung in der Innenseite des linken Oberarms.

»Ich verwette meinen Hintern, wenn wir bei dem hier nachsehen, finden wir eine weitere Tätowierung.« Er zeigte auf Holm.

»Jedenfalls habe ich dann dafür gesorgt, dass die geballte Ladung ordnungsgemäß funktioniert. Ich habe den Kameraden so an der Ladung befestigt, dass er die Arme verliert und vom Gesicht nicht viel übrig bleibt. Wegen besonderer Merkmale und so. Das hat doch einwandfrei funktioniert. Oder?«

Karl zuckte mit den Schultern.

»So genau habe ich nicht hingesehen. Ich wäre nicht auf die Idee gekommen, es könnte sich bei dem Toten um jemand anderen als dich handeln. Den Franzosen ist alles scheißegal gewesen. Bei einer ordentlichen Untersuchung wäre vielleicht die ein oder andere Merkwürdigkeit aufgefallen.«

»So wie die Socke, oder was? Dann muss ich am Ende unseren französischen Freunden dankbar sein, dass sie so schlampig waren?«

Werner schüttelte den Kopf.

»Kein Wunder, dass wir die 1940 in den paar Wochen erledigt haben. Ohne die Amis und ihr ganzes Material könnten wir heute noch gemütlich in Paris sitzen und Champagner schlürfen.«

Karl hielt nicht viel von solchen nostalgischen Anwandlungen. Mit Werners Erklärung schloss sich für ihn der Kreis seiner offenen Fragen und Zweifel. Allerdings nur, um sofort einen neuen zu eröffnen.

»Das bedeutet, du hast dich nach der Explosion versteckt?«

»Vor dir kann man einfach nichts geheim halten. Du bist ziemlich schnell mit Fräulein Schneebach aufgetaucht.«

Karl ging nicht auf die Frage ein.

»Na egal. Ihr wart mit der Leiche dermaßen beschäftigt, dass ihr euch die Umgebung nicht angesehen habt. Karb?«

»Kontrolliert immer zuerst die Umgebung eures Standorts. Der Feind kann schlauer sein als ihr«, gab Karl brav zur Antwort.

»Dass du schlauer bist als ich, bin ich ja gewohnt, du hast aber ganz einfach nicht aufgepasst. Als dann die Leute aus dem Lager dazugekommen sind, war es nicht mehr so schwer, sich aus dem Staub zu machen. Männer in alten Uniformen gibt es da genug. Ich musste nur etwas geduckt gehen.«

»Und wo bist du seitdem abgeblieben?«

»Im Steinbruch.«

»Im Steinbruch?«

»Wo soll ich denn sonst unterkommen? Nach Hause konnte ich nicht, weil da ziemlich zackig Soldaten aufgetaucht sind. Euch wollte ich nicht in Gefahr bringen. Das Verwaltungsgebäude steht im Moment leer.«

Im neuen Steinbruch in Richtung Gindorf wurden bis in den Krieg hinein die Bruchsteine für sämtliche Bauvorhaben des Dorfes und der Umgebung gebrochen und verarbeitet. Weil es Ende der Dreißigerjahre ständig neue staatliche Bauprojekte gab, war die Arbeit im Steinbruch etwas professioneller geworden. Valentins Vater besorgte sogar einen großen Bagger zum Transport der groben Steinbrocken in eine Zerkleinerungsmühle. Am Eingang zum Steinbruch entstand ein langer, flacher Bau, in dem Herbert Neuerburg als Chef des Steinbruchs residieren konnte. Der Bagger wurde irgendwann vom Krieg verschluckt. Herbert Neuerburg war vor drei Jahren an einem Schlaganfall gestorben. Der Steinbruch gehörte inzwischen dem Bürgermeister. Allerdings schlummerte die Anlage seit Jahren vor sich hin. Es handelte sich auch deshalb um ein brauchbares Versteck, weil sich sehr selten jemand aus dem Dorf dorthin verirrte. Werner hatte einige Jahre im Steinbruch gearbeitet und kannte das Gelände wie kein Zweiter.

»Wie hast du dich denn die drei Tage verpflegt?«

Werner sah ihn an, als hätte er in Zweifel gestellt, dass die Kyll in die Mosel floss.

»Meinst du das ernst? Es gibt echt erstaunlich viele Hasen um das Dorf herum. Du erinnerst dich bestimmt an die Quelle beim Steinbruch. Da findest du massig Schnecken und Frösche, um Abwechslung auf den Speiseplan zu bringen.«

Werner grinste, als Karl das Gesicht verzog.

»Was denn, unsere derzeitigen Herrn und Meister essen selbst Frösche und Schnecken, das weiß doch jeder. Eigentlich fehlt nur der Knoblauch. Wer bin ich, die Nase über Essgewohnheiten anderer Völker zu rümpfen. Im Steinbruch könnte ich es eine Weile aushalten.«

Karl suchte sich eine bequemere Sitzposition auf seinem Amboss. Die Art, wie Werner erzählte, klang, als hätte es die letzten acht Jahre nicht gegeben. Bei ihren letzten Treffen hatte Werner kaum mehr als das »Guten Tag« herausgebracht. Man hätte ihn für einen unbekümmerten jungen Mann halten können, läge zu seinen Füßen nicht eine frisch von ihm produzierte Leiche.

»Und wie sollte das dann weitergehen?«

»Ich habe abgewartet, was geschieht. Der Kamerad von der Sprengfalle hatte zwar keine Papiere bei sich, dafür hatte er zum Glück das hier in der Jackentasche.«

Werner griff in die linke Brusttasche seiner Uniformjacke. Zum Vorschein kam ein kleiner Zeiss-Feldstecher.

»Ich bin immer wieder ans Dorf rangeschlichen, um zu sehen, was sich so tut. Es ist sehr praktisch, dass der neue Friedhof am Rand des Dorfes liegt. Als ihr vorgestern mit dem Graben begonnen habt, konnte ich mir den Rest denken. Ich habe euch heute Mittag zugesehen. Es hat niemand um mich geweint, eine Schande ist das.« Werner schüttelte in gespielter Entrüstung den Kopf. »Wer war der Kerl, mit dem du vom Friedhof ins Dorf gegangen bist, ein Franzose?«

»Nein, jemand von der deutschen Polizei.«

»Oho, Polizei?«

»Ja, der ist früher Kettenhund gewesen. Ihm ist gleich aufgefallen, dass mit der Explosion etwas faul ist.«

»Glaubt der etwa, ich bin nicht tot?« Werner klang zum ersten Mal beunruhigt.

»Nein, es gab keine ernsthaften Untersuchungen, weil sein französischer Vorgesetzter keine Lust dazu hatte. Kriminalsekretär Peters hatte aber, genau wie ich, den Verdacht, dass da etwas nicht mit rechten Dingen zugegangen ist.

»Peters, soso. Kommt der wieder?«

»Eher nicht. Sein Chef hat deine Akte geschlossen. Obwohl die wahrscheinlich gar keine Akte über dich angelegt haben.«

»Da wäre ich mir nicht so sicher«, murmelte Werner.

»Was?«

»Vergiss es, ich kann also davon ausgehen, für die Polizei bin ich tot und begraben?«

»So sieht es aus.«

»Gut. Das macht vieles wesentlich einfacher. Als Nächstes müssen wir uns um den Kameraden hier kümmern.«

Karl sah zu Holm. Werner hatte ihm einfach so, wie man sonst einem Huhn für den Sonntagsbraten den Hals umdrehte, das Lebenslicht ausgeblasen. Diese Tatsache schien seinen Freund nicht zu berühren. Ihn schon. Mit einem lag Werner richtig, die Leiche konnte nicht hierbleiben.

»Gut, ich hätte da noch die ein oder andere Frage an dich.«

»Was du nicht sagst. Werners Märchenstunde kommt später, ich habe die Absicht, bis auf Weiteres unter den Lebenden zu weilen.«

Werner rollte Holm auf den Rücken. Dessen Augen starrten leblos an die Decke.

Karl wollte wissen: »Wie kam es, dass du eben genau im richtigen Augenblick hier gewesen bist?«

»Purer Zufall. Ich hatte mich hinten im Materiallager versteckt, weil ich gehofft hatte, dir eine nette kleine Überraschung bereiten zu können. Nach der Beerdigung war es ganz einfach an der Zeit, dich zu warnen, dass du eventuell Besuch bekommen könntest. Und siehe da, ich bin keine Sekunde zu früh zur Stelle gewesen.«

Werners Grinsen ließ ihn zehn Jahre jünger aussehen.

»Zur Not wäre ich morgen wiedergekommen. Dann bist zuerst du und danach Holm aufgetaucht. Ich habe euch ein wenig zugehört, dann bin ich dir selbstlos zu Hilfe geeilt.«

»Danke, du hast mir das Leben gerettet.«

»Keine Ursache, es wundert mich allerdings, dass Holm allein gewesen ist, das erhöht das Risiko unnötig. Es kann eigentlich nur so sein, dass er eine günstige Gelegenheit gesehen hat und auf eigene Rechnung unterwegs gewesen ist. Leider ist es eben wieder zu schnell gegangen. Ich hätte mich gerne ein wenig mit Holm unterhalten.«

»Eine günstige Gelegenheit?«

»Mann, Karl! Ich sagte doch, später. Ich erzähle dir alles, was du wissen musst, nur nicht heute.«

Werner war so gnädig und schloss die Augen des Toten.

»Das Lager ist wohl leider ein Nest. Wo zwei Arschlöcher herkommen, gibt es ganz sicher mehr von der Sorte.«

»Was hast du jetzt mit Holm vor? Wir können ihn wohl kaum auf unseren Misthaufen werfen«, fragte Karl.

Er wunderte sich über seine eigene Kaltschnäuzigkeit im Angesicht der Leiche.

Werner richtete sich auf, er sah Karl an. »Kann ich mich auf dich verlassen?«

Klang da etwa eine unterschwellige Drohung mit?

»Natürlich kannst du dich auf mich verlassen, was denn sonst? Das hier ist allerdings eine Schmiede und nicht Robert Sternzellners Sarglager. Was machen wir mit Holm aus dem Mecklenburgischen?«

Werner dehnte und streckte sich wie eine Katze. Er sah zum Fenster hinaus in den Hof und dann zu Karls Elternhaus.

»Du erinnerst dich an den Bunker im Steinbruch?«

Karl erinnerte sich. Die Bezeichnung Bunker war ein wenig irreführend. Genau genommen handelte es sich um ein Materialdepot, das vor gut zehn Jahren in einen nicht mehr benötigten Seitenstollen des Steinbruchs gesprengt worden war. Der Eingang zur so entstandenen Höhle war größtenteils wieder zugemauert und mit einer schweren Stahltür versehen worden, die er damals mit seinem Bruder Heinrich und seinem Vater eingebaut hatte. Zwei massive Schlösser sicherten die Tür oben und unten. Die Höhle diente als Lager für wertvollere Gerätschaften sowie das Dynamit, das gelegentlich benutzt wurde, um größere Steinbrocken zu lockern oder zu spalten. Außerdem lagerten Werner und seine Kollegen früher dort gerne ihr Bier sowie einige Flaschen Schnaps, weil es in der Höhle selbst im Hochsommer angenehm kühl blieb.

»Was ist mit dem Bunker?«

»Da können wir den Kameraden fürs Erste zwischenlagern, bis mir einfällt, wo wir ihn endgültig loswerden.«

»Die Tür dürfte verschlossen sein. Den Schlüssel hat Valentin, den können wir schlecht danach fragen.«

Werner sah ihn mit gerunzelter Stirn an. Das erinnerte eindeutig an Fräulein Schneebach.

»Natürlich könnte ich dir einen Dietrich ausleihen.«

Werner hielt nur die Hand auf. Karl reagierte nicht darauf, es galt noch zu viele lose Enden miteinander zu verbinden.

»Wenn ich das richtig sehe, haben wir nun zwei Tote, die es auf dich abgesehen hatten?«

»Mathe eins, setzen. Keine Ahnung, wer es da alles auf mich abgesehen hat. Leider sind die Feinde meistens zahlreicher, als einem das lieb ist.«

»Karb.«

»Das hat der nicht gesagt, das habe ich selbst gelernt. Es könnte allerdings von ihm sein. Der Kamerad, den ich in die Luft gejagt habe, muss deren Sprengstoffexperte gewesen sein. Das ist wichtig, es reduziert die Wahrscheinlichkeit neuer Bomben.«

»Wen meinst du mit ›deren‹?«

Das jungenhafte Grinsen zuckte erneut über Werners Gesicht.

»Wir haben jetzt keine Zeit, ich erkläre dir die Zusammenhänge später. Jedenfalls hat den Bombenleger niemand als vermisst gemeldet oder der Polizei etwas gesagt, so wie ich das sehe.«

Karl zögerte einen Augenblick, ehe er sagte: »Nein, von einer Verlustmeldung hätten wir garantiert erfahren. In so einem Fall könnten die Franzosen nicht einfach zur Tagesordnung übergehen.«

»Genau deshalb halten die den Mund. Diejenigen, die es auf mich abgesehen haben, wollen ganz sicher nicht auffallen. Kamerad Holm wird ja nun auch nicht mehr zur Abendsuppe erscheinen. Das wird ebenfalls niemand melden. Du erinnerst dich, dass ich dir von der Tätowierung erzählt habe?«

Karl sah Werner an, der verzog keine Miene.

»Das hatte ich verstanden. SS-Leute sind hinter dir her. Es stellt sich nur die Frage, warum?«

»Jetzt drängel mal nicht so, das ist eine längere Geschichte, und dafür ist es heute zu spät. Wir haben eine andere Aufgabe zu erledigen.« Er stupste Holm an.

Weil es im Raum zusehends dunkel wurde, stellte Karl ein dafür bereitstehendes Brett als Sichtschutz vor das Fenster zum Hof, ehe er eine Petroleumlampe entzündete. Das elektrische Deckenlicht ließ er aus. Zu viel Helligkeit war im Augenblick keine gute Idee. Er wandte sich wieder an Werner.

»Wie, stellst du dir vor, sollen wir Holm in den Steinbruch bekommen? Das sind bestimmt zwei Kilometer. Du packst seinen Oberkörper, ich die Beine, und dann marschieren wir los, als wäre es eine Übung wie einst bei Karb?«

»Natürlich nicht. Dein Vater hatte früher so eine einachsige Handkarre. Gibt es die noch?«

Karl wies zur Karre, die hochkant gestellt in einer Ecke der Werkstatt lagerte.

»Wunderbar.« Werner ging zu der Karre, um sie zu inspizieren. Als er davor stand, schüttelte er den Kopf.

»Karl, Karl, Karl, immer noch der alte Schlampert. Wie kann man seine Sachen nur so verkommen lassen? Wann hast du die Achse zuletzt geschmiert?«

Werner lag leider richtig. Die Kugellager des Karrens hatte sein Vater irgendwann im Krieg zuletzt abgeschmiert. Mittlerweile wurden Karls Ausflüge damit immer von einem schrillen Quietschen begleitet. Wagenschmiere gab es grundsätzlich genügend im Vorratsschrank neben dem Eingangstor, er dachte nur nicht daran. Er ging unaufgefordert zum Schrank. Mit dem Fetteimer und einer Fettpumpe in der Hand kehrte er zurück. Werner verzog den Mund.

»Das war ja klar. Wie oft hat dein Vater dir Vorträge über Wartung und Pflege der Werkzeuge gehalten? Wäre er Karb gewesen, du hättest bei den vielen Straf-Liegestützen Kuhlen im Boden hinterlassen.«

Karl sagte nichts, er verteilte großzügig Fett in den Radlagern und auf dem angerosteten Rundstahl, der als Achse diente.

»Zufrieden?«, fragte er, als er damit fertig war.

Werner nickte. »Geht doch. Ich erinnere mich an eine Kiste mit alten Klamotten, die er als Putzlappen benutzt hat?«

Karl stellte den Fetteimer zurück in den Schrank und öffnete den Deckel der Holzkiste daneben. Die Kiste war nur zur Hälfte mit zerschlissenen Kleidungsstücken und Unterwäsche gefüllt. Wegen des Krieges und seiner Folgen wurde Kleidung wesentlich länger getragen als früher, was zu einer Mangellage in der Putzlappenkiste führte. Werner stellte sich neben ihn, um in die Kiste spähen zu können.

»Das ist genau das, was wir brauchen. Die Lappen sollten ausreichen, die Räder des Wagens zu umwickeln, damit uns keiner hört.«

Im Vorratsschrank fand sich eine Rolle stabiler Packschnur. Karl kippte den Wagen auf die Räder, stumm machten sie sich daran, jeweils ein Rad mit Stoff zu umwickeln und zu verschnüren. Werner sah kurz zu Karl. Nun wirkte er so wie früher, wenn er wieder etwas ausgefressen hatte und möglichst harmlos aussehen wollte.

»Wie in alten Tagen, was?«

Karl sagte nichts. Ihn beschäftigten jede Menge Fragen zur wundersamen Auferstehung sowie den Umständen und Hintergründen des Anschlags auf Werner. Zunächst galt es jedoch, Holm aus der Werkstatt zu schaffen. So schlimm dessen Tod war, Karl wollte damit auf gar keinen Fall in Verbindung gebracht werden.

Die Arbeit kam zügig voran, beide Räder besaßen schnell ein buntes Kleid aus Stofffetzen. Werner zog den Karren zur Probe mehrmals vor und zurück. Das rostige Quietschen war verschwunden, es ließ sich nur ein leises Rumpeln auf den Bodenplatten vernehmen.

»So habe ich mir das vorgestellt.«

Werner kippte das Fensterbrett etwas nach hinten, um nach draußen sehen zu können.

»Es ist fast dunkel. Zum Glück ist Neumond. Komm, fass' mit an.«

Er trat hinter Holms Kopf, Karl packte die Beine. Mit einem »Hauruck« verfrachteten sie die Leiche in den Karren.

»Was willst du mit ihm machen? Ein paar Tage kann das mit dem Bunker funktionieren. Wir haben August, irgendwann fängt er an zu stinken. Valentin geht zwar derzeit nicht oft in seinen Steinbruch, den Geruch könnte aber jemand anders bemerken und ihm Bescheid geben.«

»Das lass mal meine Sorge sein, der Steinbruch ist groß. Im Moment kann ich nicht behaupten, ich hätte viel zu tun.«

Karl betrachtete den toten Holm. Werner bemerkte sein Starren.

»Was ist, der beißt nicht mehr.«

»Du hast eben einen Menschen getötet«, stellte Karl fest.

»Mein lieber Freund Karl, im Krieg habe ich sehr viel mehr Menschen getötet. Ich habe es seit Langem aufgegeben zu zählen.«

»Der Krieg ist vorbei.«

»Für dich vielleicht. Jetzt steh da nicht rum wie eine deiner Eisenstangen, wir müssen los. Wir haben einen längeren Weg im Dunkeln vor uns.«

Werner trat an die Tür, um nachzuschauen, ob draußen alles ruhig war. Karl betrachtete seinen alten Freund. Werner war immer ein Bruder Leichtfuß gewesen, der sämtliche Aspekte des Lebens nicht sonderlich ernstnahm. Das schien sich in den letzten Jahren auf das beiläufige Töten von Menschen erweitert zu haben. Im Endeffekt stellte es lediglich die konsequente Umsetzung der Vorgehensweisen dar, die von den Nazis im Krieg vorgegeben wurden und die sie selbst einst in ihrer Ausbildung gelernt hatten. Allerdings bestand ein großer Unterschied darin, diese Theorie zu kennen, und dem, unmittelbar miterleben zu müssen, wie kaltschnäuzig Werner Holm aufgespießt hatte.

»Es ist alles ruhig«, teilte Werner ihm von der Tür her mit.

Das wunderte Karl nicht. Es gab im Dorf keine Straßenbeleuchtung, wie es sie vor dem Krieg in größeren Ortschaften oder den Städten gegeben hatte. Bei Vollmond oder dichter Bewölkung konnte eine Nacht auf dem Land tatsächlich sehr finster sein. Deshalb gab es, wie eh und je, in jedem Haus meist mehrere Petroleumleuchten, falls man am späten Abend draußen etwas erledigen wollte.

Karl gab noch einen seiner Dietriche an Werner, bevor er vorsichtig die Eingangstür im Torflügel öffnete, die Blechdose hielt er fest. Die Karre war von der Breite auf diesen Durchlass abgestimmt. Werner rollte seine Last vorsichtig hindurch. Wilhelm zwo hatte vor der Tür gesessen und huschte davon, sonst blieb alles ruhig.

»Wenn wir das nächste Mal Leichen verschwinden lassen müssen, sollten wir besser vorher überlegen, wo wir das tun.« Werner klang unternehmungslustig.

»Es wird deiner Meinung nach ein nächstes Mal geben?«

»Davon müssen wir leider ausgehen.«

Gemeinsam schoben sie die Karre über den Hof. Das Fetten der Achse und das Umwickeln der Räder funktionierten. Es gab zwar Geräusche auf dem Kopfsteinpflaster, sie trugen jedoch nicht weit. Werner und Karl bewegten sich so schnell es ihnen möglich war, um aus dem Dorf hinauszugelangen. Immer wieder verharrten sie kurz, weil einer der beiden glaubte, etwas gehört zu haben. Zunächst schoben sie die Karre einen kleinen Umweg in Richtung des Waldes, dort gab es keine Häuser. Gut dreihundert Meter hinter Jakobs Bauernhof bogen sie in einen Feldweg ein, der parallel zum direkten Weg in den Steinbruch führte.

Die Sterne funkelten am nächtlichen Himmel, gaben aber wenig Licht ab.

»Es ist wie früher, Karl und Werner befinden sich auf einem Abenteuer im Land der Apachen oder jagen finstere Schurken in Kurdistan.«

Karl wusste, Werner grinste beim Sprechen. »Hm«, antwortete er.

Als Kinder hatten sie oft Karl-May-Geschichten nachgespielt. Die Bücher erhielt er vom Fräulein. Die dicken Schmöker musste er dann immer Werner vorlesen, weil der nicht die Geduld besaß, selbst zu lesen. Dafür hörte er mit umso größerer Begeisterung zu. Karl gewöhnte es sich schnell an, die Geschichten ein wenig an die landschaftlichen Gegebenheiten der Eifel und des Dorfes anzupassen. Wo es halbwegs sinnvoll erschien, ließ er ihre Namen in die Geschichten einfließen.

Ohne sich dessen bewusst zu sein, verbrachten sie damals eine selige und glückliche Zeit miteinander. Es gab zwar auch für die Kinder meistens viel auf dem Schomerhof oder im Umfeld der Schmiede zu tun. Dennoch fand sich immer genügend Zeit für kleine Ausflüge rund um das Dorf. Sie führten ein einfaches, aber unbeschwertes Leben.

Karl verlor in der Finsternis jedes Zeitgefühl. Er hätte nicht sagen können, wie lange sie brauchten, bis die ersten Abraumhügel des Steinbruchs als dunkle Schemen gegen die Sterne im Hintergrund auftauchten. »Berg Sinai« hatten sie den höchsten Hügel als Kinder getauft. Werner hatte sogar einmal damit begonnen, in zwei Steinplatten die Zehn Gebote einzumeißeln, bis es ihm zu anstrengend wurde. Der Religionsunterricht des Pfarrers zeigte Wirkung.

Keuchend, aber ohne Probleme erreichten sie die Tür des Bunkers im Seitenarm des Steinbruchs. Das Zirpen der Grillen setzte wieder ein, nachdem sie die Karre abgestellt hatten, um zu verschnaufen. Holm wurde neben der Tür abgelegt.

»Ab hier komme ich allein klar. Du machst dich jetzt besser auf den Heimweg, ehe dich deine Eltern vermissen.«

Karl drehte sich in der Dunkelheit dahin, wo Werner sprach. »Du schuldest mir einige Erklärungen.«

»Wenn es morgen Abend dunkel ist, komme ich zu dir, das dürfte am sichersten sein. Ich halte es für keine gute Idee, wenn du dich hier im Steinbruch herumtreibst und die Aufmerksamkeit hierher lenkst. Du musst davon ausgehen, dass du beobachtet wirst. Für mich wird in den nächsten Tagen ein Stellungswechsel fällig sein. Eines ist sicher, unser Gegner ist nicht blöd. Wenn Holm nicht zurückkommt, werden die sich ihre Gedanken machen, wo ich stecken könnte, und ihre Bemühungen vertiefen, mich zu finden. Ich sage es ungern, das könnte dich tiefer in alles mit hineinziehen.«

Karl hätte gerne eingehakt, um an weitere Informationen zu gelangen. Er sah aber ein, dass es für diesen Tag zu spät war. Stattdessen sagte er: »Werner?«

»Was ist noch?«

»Ich bin froh, dass du noch lebst.«

Werner legte ihm die Hand auf die Schulter. »Na, was glaubst du wohl, wie sehr ich mich erst freue.«

Für einen Augenblick kehrten die Tage ihrer Kindheit zurück. Sie waren die besten Freunde, die man sich denken konnte, nichts würde sie auseinanderbringen. Dieser Augenblick verging. Karl griff sich die Karre, allein machte er sich auf den Rückweg ins Dorf.

FREITAG, 16.08.1946

TAG 5

-15-

Am nächsten Morgen erwachte Karl mit dem Gefühl, überhaupt nicht geschlafen zu haben. Die Muskeln im Genick und im Schulterbereich schienen über Nacht ein Eigenleben entwickelt zu haben, das ihrer normalen Anordnung im Körper zuwiderlief. Träume, in denen Holm und Werner die Hauptrolle spielten, ließen ihn immer wieder hochschrecken. Wie üblich konnte er sich an die Details nicht erinnern.

Der große, runde Wecker auf seinem Nachttisch verriet ihm, dass er fast eine Stunde später dran war als sonst. Er beeilte sich mit der Morgentoilette. Er hatte am Abend daran gedacht, die Schmiede abzuschließen. Es bestand also keine Gefahr, dass etwa das Fräulein mit Gesprächsbedarf in der Werkstatt auftauchte und über den frischen Fleck stolperte oder dass Wilhelm zwo sich für das Blut interessierte. Sein Vater hatte akzeptiert, nur nach Aufforderung in der Schmiede zu erscheinen.

Wegen der Verspätung traf er seine Eltern nicht mehr in der Stube an. Die befanden sich auf dem kleinen

Kartoffelacker der Familie außerhalb des Dorfes. Die mittelfrühen Kartoffeln waren reif. Früher hätten Karl und seine Brüder der Mutter bei der Ernte geholfen. Heute war das eine der Arbeiten, die sein Vater trotz seiner Kreislaufprobleme übernehmen konnte.

Nach dem Frühstück, das aus einer trockenen Scheibe Brot bestand, ging Karl in die Schmiede, die Spuren der abendlichen Schlacht mussten beseitigt werden. Er mischte genügend Ruß aus der Esse unter das Wasser, bevor er das eingetrocknete Blut aufwischte. Den Eimer kippte er auf dem Misthaufen aus. Danach konnte man den Blutfleck auf den dunklen Fliesen nur noch erkennen, wenn man wusste, wo man suchen musste.

Als reine Vorsichtsmaßnahme räumte er die Stäbe für das Sakristeigitter in eine Ecke, wo man sie zumindest nicht gleich wieder als Waffe nutzen konnte. Etwas unschlüssig stand Karl vor der Werkbank. Vielleicht wäre es tatsächlich eine gute Idee, hier einmal aufzuräumen.

Seine Gedanken wanderten zum Abend zuvor. Die verloren geglaubte Vertrautheit zu Werner war seit gestern wieder da. Brauchte es Werners Geheimnisse und die damit verbundene Gefahr, um die Distanz zwischen ihnen zu überwinden?

Dieser Holm war garantiert kein unschuldiges Opfer gewesen. Der Krieg und die Geringschätzung des Lebens, die damit einhergegangen war, führten dazu, dass man sich daran gewöhnt hatte, über Leichen großzügig hinwegzusehen.

Nach etwas halbherzigem Hin- und Hergeschiebe entschied sich Karl dafür, die Werkbank am Nachmittag aufzuräumen. Zunächst verspürte er das Bedürfnis, sich mit Fräulein Schneebach auszutauschen. Natürlich konnte er ihr unmöglich all das schildern, was am Abend zuvor vorgefallen war. Ebenso wenig, wie er mit ihr über Werners Wiederkehr sprechen durfte. Er brauchte aber zumindest eine andere Perspektive.

Die Turmuhr der Kirche zeigte halb elf, als sich Karl auf den Weg machte. Normalerweise besuchte er die Lehrerin nicht so früh am Tag. Deshalb wusste er nicht so richtig, ob das Fräulein in den Ferien um diese Zeit bereits sortiert war. Nach seinem Klopfen an der Schultür dauerte es allerdings nur wenige Sekunden, bis sich das Fenster über ihm öffnete.

»Karl? Was machst du denn hier? Ist etwas vorgefallen?« Sie klang besorgt.

»Nein, nein, ich würde mich nur gerne mit Ihnen unterhalten. Haben Sie ein paar Minuten für mich?«

»Natürlich, komm rein, die Türen sind offen.«

Auf dem oberen Treppenabsatz stand ein Putzeimer mitsamt einem ausgefransten Wischmopp im Weg. Karl ging daran vorbei in die Wohnung. Im Wohnzimmer lagen die Stühle umgedreht auf dem Tisch. Fräulein Schneebach wartete neben dem großen Sofa.

»Du kommst mir wie gerufen. Ich dachte mir, es kann nichts schaden, ein wenig zu putzen. Allein bekomme ich das Sofa nicht vom Fleck.«

»Störe ich Sie?«

»Nein, nein. Steh nicht dumm herum wie ein Kalb, wenn es blitzt. Ich hole den Putzeimer. Währenddessen kannst du das Sofa rücken. Ich wische nur kurz durch, dann können wir reden.«

Sie ging zur Treppe. Karl bückte sich, das Sofa war so schwer, wie es aussah, und gebaut für die Ewigkeit. Er schob es so weit nach vorne, dass man dahinter gut wischen konnte. Einige Weberknechte flüchteten an der Fußleiste entlang zur Ecke, wo sie sich vermutlich in Sicherheit wähnten. Das Fräulein kam ihnen jedoch zuvor, der Mopp schlug klatschend zu.

»Wusste ich doch, es wurde Zeit.«

Routiniert reinigte das Fräulein den Dielenboden. Karl schob den Tisch mit den Stühlen jeweils aus dem Weg, damit auch dort geputzt werden konnte. Fräulein Schneebach öffnete die Fenster, damit die Feuchtigkeit schneller abziehen konnte.

Karl machte sich daran, den Ursprungszustand des Wohnzimmers wiederherzustellen. Als Sofa, Tisch und Stühle an die Stellen gerückt waren, die die kleinen Vertiefungen im Holz der Dielen vorgaben, fragte das Fräulein: »Möchtest du etwas trinken?«

»Etwas Wasser wäre nicht schlecht.«

Fräulein Schneebach zog mit Mopp und Putzeimer ab. Wenig später erschien sie mit einem Krug und zwei Gläsern aus der Küche.

»Vielen Dank für deine Hilfe.« Sie schenkte Karl frisches Wasser ein.

»Keine Ursache.«

Sie trank selbst einen großen Schluck, bevor sie den gewohnten Platz auf ihrem Thron einnahm.

»So, was kann ich für dich tun, Karl? Als Hellseher hast du dich meines Wissens bisher nicht hervorgetan.

Deshalb wirst du wohl kaum geahnt haben, dass ich deine Hilfe beim Möbelrücken brauchen konnte. Was hast du also auf dem Herzen?«

Karl sah zum Kaiser, ehe er sagte: »Gestern ergaben sich verschiedene Gespräche wegen Werner. Darüber habe ich mir so meine Gedanken gemacht«

Er musste sich konzentrieren, um sich nicht zu verplappern. Für die Lehrerin ruhte Werner bis auf Weiteres in Einzelteilen in seinem Sarg.

»Soso, er hat sich Gedanken gemacht. Da bist du nicht der Einzige. Dann lass mal hören.«

Karl sah der Lehrerin in die eisblauen Augen.

»Auf Werner ist ein Anschlag verübt worden.« Soweit die heiligen Worte, würde der Pfarrer sagen. Immerhin konnte er diese Behauptung nun aus voller Überzeugung vortragen.

»Hm?« Das Fräulein beherrschte seit Langem die Kunst, mit einem simplen »Hm« zugleich Skepsis und Neugier ausdrücken zu können. Damit brachte sie Generationen ihrer Schüler immer wieder aufs Neue aus dem Konzept.

»Was ist, wenn die Geschichte mit diesem einen Anschlag nicht vorbei ist? Im Lager könnte es weitere finstere Gestalten geben.«

Fräulein Schneebach sah ihn nur stumm an.

»Ich meine …«

»Du meinst nicht, du nimmst an. Ihr Eifler!«, korrigierte ihn die Lehrerin.

»Ich nehme an, die Geschichte könnte mit der Beerdigung nicht erledigt sein.« Mit einer kleinen Verzögerung fügte er an: »Ich meine, das könnte doch sein?«

Sie verdrehte die Augen. »Und was möchtest du dagegen unternehmen? Es wäre mir neu, dass dir die Besatzungsmacht irgendwelche Befugnisse verliehen hätte, mit denen du im Lager Untersuchungen anstellen kannst.«

Karl runzelte die Stirn, aus tiefster Überzeugung sagte er: »Dummerweise ist Werner mein bester Freund.« Für das »ist« hätte Karl sich auf die Zunge beißen können. »Was ist, wenn sich im Lager herumgesprochen hat, wie gut ich früher mit Werner befreundet war? Was wäre, wenn andere auf die Idee kommen, bei mir weitere Nachforschungen anzustellen?«

Der Gesichtsausdruck des Fräuleins wechselte von selbstgerechtem Wissen zu nachdenklicher Besorgnis.

»Daran habe ich bisher nicht gedacht. Du hast recht, du könntest dich auf dem Präsentierteller befinden. Aber warum sollte es noch etwas geben, weswegen du belästigt werden könntest?«

Sie kniff die Augen zusammen, sie musterte sehr aufmerksam sein Gesicht.

»Gibt es vielleicht etwas, das du mir bisher verschwiegen hast?«

Karl unterdrückte die Versuchung, an seinem Kragen zu nesteln. Das Fräulein besaß durch ihre lange Erfahrung mit den Schülern ein feines Gespür für Notlügen und Halbwahrheiten. Wie immer war es für Karl äußerst schwierig, die Fassade vor dem Fräulein aufrechtzuerhalten, wenn er es mit der Wahrheit nicht so genau nahm.

»Was sollte ich Ihnen denn verschweigen?«

»Zum Beispiel, dass du in den letzten Wochen über mehr Dinge mit Werner gesprochen hast, als du mir bisher gesagt hast?«

»Wie bitte? Da gibt es nichts.«

»Nein? Werner hat dir nicht zufälligerweise etwas über Geschehnisse aus dem Krieg erzählt, die dazu geführt haben könnten, dass er sterben musste?«

»Nein, hat er nicht.«

Erneut war Karl froh darüber, dass Werner ihm keine weiteren Hintergründe offenbart hatte. Die Lehrerin kannte ihn einfach zu gut.

Das Fräulein fixierte ihn einige Sekunden, bevor sie sagte: »Na gut, ich glaube dir. Aber was willst du eigentlich von mir, wenn du keine wie auch immer geartete Beichte ablegen möchtest?«

»Meine Befürchtung ist, dass die Gefahr nicht vorbei ist, und ich weiß nicht so richtig, was ich unternehmen soll, um diese Befürchtungen auszuräumen.«

Fräulein Schneebach trank zuerst einen Schluck Wasser, dann sah sie zum Kaiser. Der schien sie zu inspirieren.

»Kennst du die alte preußische Militärdoktrin?«

»Die was?«

Karl wusste nicht so richtig, worauf sie hinauswollte. Dass sie sich viel darauf einbildete, Preußin zu sein, war nun wirklich nicht neu.

»Eine solche Theorie ist natürlich immer lang und ausschweifend, damit sie furchtbar wichtig klingt. Auf den Punkt gebracht lautet sie: ›Angriff ist die beste Verteidigung‹.«

Das hatte Karl bereits gehört. Wenn er das allerdings richtig einsortierte, hatte diese Doktrin Deutschland in diesem Jahrhundert bereits zweimal direkt in eine Katastrophe geführt.

»Und das bedeutet Ihrer Meinung nach jetzt was für mich?«

Sie hielt erneut stumme Zwiesprache mit Seiner Majestät.

»Ich denke, wir sollten mit deinem Verdacht offensiv umgehen und dem Lager, oder besser Herrn Globkow, einen weiteren Freundschaftsbesuch abstatten.«

»Um herauszufinden, ob dort eventuell etwas gegen uns im Gange sein könnte?«

Das Fräulein klatschte in die Hände.

»Das ist der Karl, wie ich ihn kenne. Genau aus diesem Grund, wir sollten uns mit Herrn Globkow unterhalten. Vielleicht werden ihm Zusammenhänge im Lager besser klar, wenn du ihn auf deine Vermutungen ansprichst.«

Karl sah seinerseits zum Foto an der Wand gegenüber, ihm wurden vom Kaiser keine geheimen Botschaften mitgeteilt. Dann nickte er. Die Idee gefiel ihm auch deshalb gut, weil er so einen Grund hatte, Pauline wiederzusehen. Die Lehrerin stellte eine prima Tarnung dar, er wollte auf keinen Fall aufdringlich wirken.

»Gut, ich würde dann das Motorrad holen.«

»Mach du das, mein Tagwerk ist für heute getan. Ich hätte nichts gegen einen kleinen Ausflug einzuwenden.«

Karl trank sein Glas aus. »Ich bin gleich wieder da.«

Es dauerte genau genommen zwanzig Minuten, bis Karl mit der BMW im Schulhof stand. Das Wummern des Motors wurde von den Wänden des Schulhofs reflektiert. Er ließ die Lehrerin aufsteigen, dann machten sie sich auf den Weg in den Wald.

Wie zwei Tage zuvor empfing sie das Arbeitsdienstlager mit wuseliger Geschäftigkeit. Die Leute sahen ihnen hinterher, als sie den staubigen Weg zum Kopfende des Lagers entlangknatterten. Die Tür zur Baracke des Vorstehers stand offen, drinnen war niemand zu sehen. Karl drehte sich ratlos zum Fräulein um. Ehe sie etwas sagen konnte, tauchte Pauline von rechts hinter der Baracke auf.

»Habe ich doch richtig gehört.« Sie nickte der Lehrerin zu. Karl schenkte sie ein Lächeln, das ihm ein merkwürdiges Ziehen im Magen verursachte.

»Guten Tag«, entgegnete er etwas steif. Die Lehrerin übernahm, ganz Preußin, die Initiative.

»Guten Tag, Fräulein Globkow. Wir würden uns gerne mit Ihrem Vater unterhalten. Wo können wir ihn finden?«

Pauline wies mit dem Daumen nach hinten.

»Von dem komme ich. Der Versorgungs-Lkw aus Trier ist mit dem Petroleum eingetroffen. Die Kanister werden gerade in den Vorratsschuppen gebracht. Ich soll die Verwaltungskladde holen, damit alles ordentlich vermerkt werden kann.«

»Wir wollen Sie nicht von Ihren Pflichten abhalten.« Fräulein Schneebach trat etwas zur Seite. »Dürfen wir Sie begleiten?«

»Natürlich, einen Augenblick.«

Pauline beeilte sich, in der offenen Tür zu verschwinden. Nur Augenblicke später stand sie wieder vor ihnen.

»Kommen Sie, mein Vater wird sich bestimmt freuen, Sie zu sehen.« Sie lächelte Karl zu.

Weit brauchten sie nicht zu gehen. Gleich am Waldrand, hinter der Vorsteherbaracke, gab es mehrere kleinere Schuppen. Vor einem davon parkte ein Lkw französischer Bauart. Karl erkannte die Citroën-Winkel auf dem Kühlergrill. Einige Männer in alten Wehrmachtsuniformen waren dabei, Zwanzig-Liter-Kanister in einer Transportkette vom Lkw in einen der Schuppen zu verfrachten. Globkow stand mit zwei französischen Soldaten etwas abseits und überwachte die Aktion. Gleich daneben stand jemand, mit dem Karl nicht gerechnet hatte. Peters drehte ihm den Rücken zu, vor seinem Gesicht stieg Zigarettenqualm auf. Das Fräulein ging, gefolgt von Pauline, zu Globkow. Karl hingegen tippte dem Polizisten auf die Schulter.

»Herr Kriminalsekretär, wie kommen Sie denn hierher?«

Peters drehte sich erschrocken um, verblüfft sah er Karl an.

»Mit dem täglichen fliegenden Teppich von Trier nach Köln. Die gleiche dämliche Frage könnte ich dir stellen.«

»Wir«, Karl wies zur Lehrerin, »sind hier, um Herrn Globkow zu besuchen. Ich wollte mich unauffällig im Lager umsehen, Sie erinnern sich? Und Sie? Gibt es neue Erkenntnisse?«

Mit Peters stand an diesem Morgen bereits die zweite Person vor ihm, die Karl durchaus gerne um Rat in der verworrenen Lage gefragt hätte. Bei ihm verbot es sich allerdings bei Weitem mehr, Werner oder den toten Holm irgendwie zu erwähnen.

»Nein, heute Morgen hat sich nur eine Mitfahrgelegenheit bei der Versorgungsfahrt von Trier über dieses

Lager nach Bitburg ergeben. Da dachte ich mir, ich nutze das, um die Lage zu peilen. In der Schmiede habe ich dich eben nicht angetroffen. Es gibt da einen schlauen Spruch von einem Berg und dem Propheten, den bekomme ich aber nicht mehr zusammen.«

Dieser Prophet hatte keinen Bart, dafür umwaberte seine Nase neuer Rauch.

»Warum schleppst du die Lehrerin mit?«

»Was gibt es Unauffälligeres als eine Dorfschullehrerin? Fräulein Schneebach ist sehr aufmerksam, ihr entgeht nicht viel.«

Peters sah zum Fräulein, das energisch gestikulierend auf Globkow einredete. Pauline betrachtete Karl, er sah schnell weg und ärgerte sich sofort darüber.

»So sieht die in der Tat aus. Na gut, in der Not frisst der Teufel Fliegen oder der Polizist lässt sich von einer Lehrerin helfen. Dir ist hoffentlich klar, dass alles, was du bei deinen kleinen Erkundigungen so herausfindest, für mich interessant sein könnte?«

Karl nickte nur. Peters zog kräftig an der Zigarette.

»Wir müssten hier zu Potte kommen, diesmal kann ich die Fahrt nicht so lange ausdehnen wie gestern. Wir haben Petroleum und anderes Material in der Kaserne in Bitburg abzuliefern. Gibt es etwas, das du mir mitteilen möchtest?«

Die Begegnung mit dem Kriminalsekretär kam eindeutig zu früh für Karl. Er hinkte noch damit hinterher, Werners Auferstehung richtig einzusortieren.

»Mir gehen einige Sachen durch den Kopf. Es ist aber zu früh, um da konkreter zu werden.«

Peters sah vom Lkw zur Kommandeursbaracke.

»Mir gehen andauernd viele Sachen durch den Kopf, das ist das Kreuz mit dem Polizistendasein. Ich verstehe gar nicht, warum, ständig wollen mich die Leute für dumm verkaufen. Du willst mich doch nicht etwa für dumm verkaufen, Herr Bermes?«

Ein stechender Blick über dem aufsteigenden Rauch.

»Nichts läge mir ferner, Herr Kriminalsekretär.«

Karl versuchte, sarkastisch zu klingen, war sich aber nicht sicher, ob es ihm tatsächlich gelang. Fräulein Schneebach wurde auf sie aufmerksam.

»Sind Sie nicht dieser Polizist?«

»Kriminalsekretär Peters, zu Ihren Diensten.« Er verbeugte sich leicht und gab ihr die Hand.

»Was wollen Sie denn hier, hat Karl etwas ausgefressen, von dem ich nichts weiß?«

Peters lächelte erstaunlich freundlich.

»Ich kann mir nicht vorstellen, dass Ihnen so etwas entgangen wäre, Fräulein Schneebach. Aber nein, ich bin nur zufällig hier.«

»Soso, zufällig. Polizei und Zufälle verhalten sich meiner Erfahrung nach wie die identischen Pole von Magneten, sie stoßen sich eher ab.«

Sie bedachte ihn mit dem strengsten Lehrerinnenblick, den sie auf Lager hatte. Peters kicherte nur, was dem Fräulein ganz offensichtlich nicht gefiel.

»Wenn Sie nur zufällig hier sind, macht es Ihnen bestimmt nichts aus, wenn ich Karl kurz entführe?«

Peters schüttelte amüsiert den Kopf. »Nein, nein, verfügen Sie nur über ihn, wie es Ihnen beliebt.«

Er wandte sich grinsend zu Karl und flüsterte an dessen Ohr: »Pass bloß auf, Herr Bermes, diese Schrumpf-

Walküre verputzt dich zum Frühstück, mit Haut und Haaren.«

Karl schmunzelte, das wusste er selbst. Peters inhalierte seine Zigarette. Seine Aufmerksamkeit galt wieder der Entladung des Lkw.

Das Fräulein packte Karl am Arm.

»Fräulein Globkow möchte dir etwas erzählen«, sagte sie so leise, dass nur er es verstehen konnte. Karl wurde die paar Schritte zum Lagervorsteher von ihr mitgezogen. Pauline sah ihren Vater an, der zustimmend die Augenbrauen hob. Mit einem vorsichtigen Seitenblick zu Peters sagte sie: »Ich habe Ihnen doch erzählt, dass vor zwei Wochen jemand ein paar Tage in der Männerbaracke gewesen ist, der seltsame Fragen gestellt hat, Sie erinnern sich?«

»Ja, natürlich erinnere ich mich.«

»Nun, dieser Mann ist seit gestern Abend wieder da.«

Karl fühlte sich nicht nur wegen Paulines Nähe wie elektrisiert, er sah zuerst Pauline, dann ihren Vater an.

»Ist er allein?«

»Gekommen ist er vermutlich allein, ich bin mir da aber nicht sicher. Heute Morgen habe ich ihn mit einigen anderen zusammenstehen gesehen. Es sah so aus, als würden die sich kennen.«

»Was hat das alles zu bedeuten?«, fragte Fräulein Schneebach, die bisher nur interessiert zugehört hatte.

»Das wüsste ich selbst gerne.«

Karl sah zu Peters, der achtete nicht auf sie, weil er mit einem der Soldaten sprach. Es mochte sein, dass die Großwetterlage zwischen ihm und dem Polizisten langsam auf schön wechselte, Karl war sich allerdings keineswegs sicher, wie viel Vertrauen er ihm entgegenbringen durfte.

»Kann dieser Mann etwas mit dem Tod Ihres Freundes zu tun haben?«, wollte Pauline aufgeregt wissen. Ihre Augen glänzten, sie waren tatsächlich grau, wie Karl feststellte.

»Es wäre hilfreich, wenn Sie mir zeigen könnten, wer es ist.« Karl sah zu ihrem Vater. »Wäre das möglich?«

Globkow zögerte sichtlich.

»Wie stellen Sie sich das vor? Ich kann nicht das komplette Lager antreten lassen. Wenn ich die Zusammenhänge hier richtig verstehe, könnte der Mann, von dem Sie da sprechen, gefährlich sein. Ich möchte nicht, dass meine Tochter in Gefahr gerät. Vielleicht sollten wir den Herrn da von der Polizei informieren.« Er zeigte zu Peters.

»Sie dürfen mir glauben, nichts liegt mir ferner, als Ihre Tochter in Gefahr zu bringen.« Karl bemühte sich, überzeugend zu klingen. »Wollen Sie, dass der Kriminalsekretär Ihnen das Lager auf den Kopf stellt, nur auf bloße Vermutungen hin?«

Pauline schaltete sich ein.

»Der Schlagbaum am Eingang rastet nicht mehr richtig ein und fällt immer wieder runter. Als Schmied könnte Herr Bermes sich das ansehen. Eine solche Inspektion dürfte unverdächtig sein, vielleicht kann ich Ihnen den Mann so zeigen. Um zum Tor zu gelangen, müssten wir auf dem Hin- und Rückweg an allen Baracken vorbei.«

Das Lager war bei seinem Bau 1936 mit einem kompletten Zaun umgeben worden. In regelmäßigen Abständen gab es hohe Betonpfosten, daran war verrosteter Maschendraht befestigt. Der Zaun wies mittlerweile größere Lücken auf, weil einige Meter davon als Einhegung diverser Disselbacher Gartengrundstücke dienten. Gleich hinter dem ständig offen stehenden Tor fristete ein Schlagbaum sein Dasein, der mehr oder weniger gerade nach oben zeigte. Karl sah Paulines Vater an, der zögerte immer noch. Sein Blick wanderte zu Peters, ehe er sagte: »Meinetwegen, aber seid vorsichtig. Das alles hier gefällt mir überhaupt nicht.«

Pauline lächelte schelmisch, sie machte einen Schritt zum Tor hin.

Karl war noch nicht so weit. »Einen Moment bitte.« Er ging zurück zum Polizisten.

»Sind Sie gleich noch hier, Herr Kriminalsekretär?«

Peters sagte etwas auf Französisch zu einem der Soldaten, ehe er sich Karl zuwandte. »Was meinst du mit ›gleich‹?«

Karl deutete auf Pauline.

»Ich gehe ein wenig mit Fräulein Globkow spazieren.«

Peters' Augen wanderten zu Pauline. Er musterte sie von oben nach unten und wieder zurück.

»Ach so, das sind natürlich dringende Untersuchungen, die ich verstehen kann.«

Weder das Fräulein noch Pauline hatten es an diesem Morgen geschafft, doch nun wurde Karl rot. Er ärgerte sich, dass ihm das in Gegenwart des Polizisten passieren musste.

»Es ist nicht, was Sie denken, sie zeigt mir nur den kaputten Schlagbaum.«

Peters qualmte und grinste zugleich, aus den Tiefen seiner Kehle ließ sich ein Glucksen vernehmen.

»Der Schlagbaum ist kaputt, natürlich, ich verstehe, du bist im Dienst. Schlagbäume sind sehr wichtige Einrichtungen für ein gammeliges Lager wie dieses. Mach dir wegen mir keine Umstände, und rot zu werden brauchst du auch nicht. Wäre ich zwanzig Jahre jünger, würde ich Fräulein Globkow selbst gerne Schlagbäume zeigen und anderes mehr. Um deine Frage zu beantworten, du müsstest sehr schnell spazieren, wir werden in Bitburg erwartet.«

Wenn Karl ehrlich zu sich selbst war, befürchtete er, von Werner in etwas hineingezogen zu werden, das ihm über den Kopf wuchs. Zugleich war er froh, den Polizisten loszuwerden. Zuerst brauchte er weitere Hintergrundinformationen von Werner. Er musste verstehen, um was es hier eigentlich ging. Danach wäre ein Gespräch mit Peters sicher sinnvoll.

Der Anteil des Lagers an Petroleum befand sich im Schuppen. Einer der Soldaten sagte etwas zu Peters. Der gab als Antwort ein Zeichen mit der Hand und sagte zu Karl: »Denk dran, wenn etwas geschieht, das dir ähnlich merkwürdig vorkommt wie der kleine Unfall deines Freundes, ruf in Trier an und verlange nach mir. Ach ja, vergiss die Liste für dein Funkgerät nicht.«

Er verbeugte sich in Richtung des Fräuleins und ebenfalls gegenüber Pauline, bevor er das Fahrerhaus des Citroën bestieg.

»Kennen Sie diesen Polizisten?« Pauline stand neben ihm.

»Das kann man eigentlich nicht behaupten.«

Er sah zu ihr hinüber. Kurz war er versucht, ihr seinen Arm anzubieten, er traute sich aber nicht. »Sollen wir?«

»Gerne.«

Gemeinsam setzten sie sich in Bewegung. Globkow und das Fräulein sahen ihnen nach; ihr Vater sehr skeptisch, das Fräulein mit einem unergründlichen Blick.

Es war Pauline, die ein Gespräch begann. »Sie machen öfter Ausflüge mit Fräulein Schneebach?«

»Nein«, beeilte sich Karl zu erwidern. »Das hat mit dem Unfall meines besten Freundes zu tun. Wir sind beide neugierig und hoffen herauszufinden, was da geschehen ist.«

»Es sieht so aus, als verstünden Sie sich ziemlich gut mit ihr?«

»Das ist tatsächlich so. Fräulein Schneebach hat mich früher in der Schule immer gefördert und mich mit Büchern versorgt.«

Es schien ihm unpassend, zu erwähnen, dass er ihr erklärter Lieblingsschüler gewesen war. Für eine junge Frau mochten solche Informationen seltsam klingen.

»Welche Bücher?«

»Äh, dies und das«, sagte Karl unbestimmt.

Das Fräulein versorgte ihn über die Jahre querbeet mit den Klassikern der deutschen Literatur sowie mit Romanen von Karl May oder Kriminalgeschichten von Sherlock Holmes. Die Abenteuergeschichten und die Krimis trafen Karls Geschmack. Sein eigentliches Interesse lag sonst eher im technischen Bereich. Er glaubte jedoch nicht, dass Pauline sich für Hebelverhältnisse oder Metallkunde interessierte.

Pauline betrachtete ihn aufmerksam.

»Ich lese selbst sehr gerne. Leider musste ich alle meine Bücher zu Hause zurücklassen.« Sie klang traurig.

»Was glauben Sie, können wir bald wieder zurück nach Schlesien?«

Hätte Karl bei den ständigen Vorträgen des Fräuleins zu den aktuellen politischen Zusammenhängen in Deutschland nur besser zugehört.

»Bestimmt, der Krieg ist vorbei. Irgendwann wird ein Friedensvertrag geschlossen. Danach können Sie bestimmt zurück.«

Eigentlich wollte Karl nur positiv klingen. Der Gedanke, dass Pauline eventuell zurück in die alte Heimat gehen könnte, gefiel ihm ganz und gar nicht. Er hatte sie doch gerade erst kennengelernt.

»Mein Vater sagt, die Russen sind dabei, Polen aus dem Osten in den deutschen Ostprovinzen anzusiedeln.«

Er überlegte angestrengt an einer möglichst unverbindlichen und doch aufmunternden Antwort, als Pauline ihn unauffällig in den Arm zwickte.

»Da ist der Mann!«, flüsterte sie undeutlich, weil sie die Lippen kaum bewegte.

»Wo?«, murmelte Karl zurück. Sie gingen auf die Männerbaracke zu.

»Der da links, mit der Glatze.«

Da Pauline auf der Seite dieser Baracke ging, nutzte Karl die Gelegenheit und warf ihr einen längeren Seitenblick zu. Fast hätte er dadurch vergessen, die Ansammlung der Männer hinter ihr zu inspizieren. Alles in allem waren dort um die zwanzig Männer versammelt. Manche saßen allein für sich, andere führten Gespräche oder spielten Karten. Karl erkannte sofort, wen Pauline meinte. Ein Mann um die vierzig, mit Glatze, stand neben der Eingangstür zur Baracke mit fünf anderen Männern beisammen. Den Glatzkopf zierte eine schmale Hakennase, seine Lippen stellten kaum mehr als Striche im Gesicht dar. An der linken Halsseite zog sich eine lange, leuchtend rote Narbe vom Ansatz des Kiefers bis zum Hemdkragen. Im Gegensatz zu den Männern um ihn herum trug er keine alte Uniform, sondern einen braunen Anzug.

Dass es sich bei dem Mann mit der Glatze um den Anführer der Gruppe handelte, hätte Karl niemand zu sagen brauchen. Es gab diese Männer, denen man von Weitem ansah, dass es sich bei ihnen um den Leitwolf handelte. Genauso wie man es an der Körperhaltung der anderen erkannte; sie waren es gewohnt, die Befehle von jemandem wie dem Glatzkopf auszuführen.

Als er mit Pauline an den Männern vorbeischlenderte, drehte Glatze den Kopf zu ihnen. Seine Augen wanderten hin und her, schließlich nickte er Karl zu. Ohne nachzudenken, erwiderte Karl den Gruß. Der Glatzkopf sah ihnen so lange hinterher, bis Karl ihn wegen Pauline nicht mehr sehen konnte.

»Und?«, wollte Pauline wieder flüsternd, aber durchaus neugierig wissen.

»Ich habe den Mann im Dorf noch nicht gesehen«, erklärte Karl wahrheitsgemäß.

»Ach so.«

Sie klang enttäuscht. Nach einigen weiteren Schritten befanden sie sich außerhalb der Hörweite der Männer.

»Was glauben Sie, wer das ist?«, wollte Pauline mit besser verständlicher Stimme wissen. Karl musste dem Drang widerstehen, sich zu dem Mann umzusehen.

»Für mich hat es so ausgesehen, dass diese Männer sich kennen, es würde mich nicht wundern, wenn der mit der Glatze im Krieg der Vorgesetzte der anderen gewesen wäre.«

Wieder ein eher enttäuschtes: »Glauben Sie?«

Sie hatten den Eingang zum Lager erreicht. Der Schlagbaum neigte sich ihnen leicht entgegen. Karl begann, die Verriegelung zu untersuchen. Alles war dermaßen verrostet, dass selbst sein kompletter Fetteimer dagegen einen schweren Stand haben würde. Der Hauptriegelhaken war verbogen, ein verkeiltes, unförmiges Holzstück hielt den Schlagbaum oben.

Pauline stellte sich so nahe zu ihm, wie es der Anstand zuließ.

»Könnte der Mann mit der Glatze etwas mit dem Tod Ihres Freundes zu tun haben?« Sie klang aufgeregt.

Karl konnte und wollte wieder nur ausweichend antworten.

»Dazu kann ich nicht viel sagen. Als Werner den Unfall hatte, ist der Mann ja nicht im Lager gewesen. Es ist möglich, dass dies alles nur ein blöder Zufall ist.«

Pauline hatte sich diesen kleinen Ausflug eindeutig abenteuerlicher vorgestellt, nun war sie enttäuscht, dass alles komplett harmlos verlief. Unzufrieden stellte sie fest: »Jetzt ist der Polizist weg. Wir hätten dem etwas davon erzählen sollen. Da steckt bestimmt mehr dahinter.«

Karl hatte keinerlei Vorstellungen, welche Befugnisse Peters überhaupt besaß. Bei bloßen Verdächtigungen würden sie vermutlich nicht ausreichen, um Glatze und Kameraden in den Citroën zu packen und mit nach Trier zu nehmen. Der Kriminalsekretär war nicht von der Gestapo. Werners Bemerkung zu den SS-Tätowierungen fiel ihm wieder ein. Durfte Peters einfach so kontrollieren, ob sich an den linken Oberarmen der Männer die Blutgruppe befand? Für den Augenblick half das nicht weiter, und der Polizist war nun weg. Werner wollte Karl am Abend einen erneuten Besuch abstatten. Vielleicht fügten sich dann weitere Streben in das unsichere Fachwerk seiner Vermutungen.

»Hallo, hören Sie mir nicht zu?«, fragte Pauline energisch.

»Was?« Karl war ganz in Gedanken versunken gewesen.

»Können Sie nicht mit Ihrem Motorrad hinter dem Polizisten herfahren und den über den Glatzkopf informieren?«

Für eine solche Aktion fehlten Karl eindeutig die belastbaren Anhaltspunkte. Das Letzte, was er brauchen konnte, war, sich vor dem Polizisten zum Hanswurst zu machen.

»Fräulein Globkow, ich bin Ihnen wirklich dankbar, dass Sie mir den Mann gezeigt haben. Ohne echte Beweise zu haben, möchte ich aber niemanden beschuldigen. In Deutschland war es lange genug sehr einfach, jemanden einfach so anzuklagen, ob er nun etwas getan hat oder nicht.«

Der kleine Vortrag Karls klang unfreundlicher, als er das beabsichtigt hatte. Pauline zog die Augenbrauen zusammen.

»Entschuldigung, wenn ich Ihnen lästig falle, ich wollte nur helfen«, sie zeigte mit der Hand zur Männerbaracke. »So wie das hier zugeht, kann es gut sein, dass der Mann mit der Glatze morgen wieder verschwunden ist.«

»Das ist ein Risiko, mit dem wir leben müssen. Wenn er schnell wieder verschwindet, ist die Wahrscheinlichkeit klein, dass er in den Ansch… äh, die Explosion verwickelt ist.« Karl musste sich dringend darin üben, die richtige Wortwahl in allem, was mit Werner zusammenhing, zu benutzen.

Pauline verschränkte die Arme vor der Brust, sie sah aus, als wollte sie mit dem Fuß aufstampfen.

»In einem Kriminalroman müssen die Ermittler immer Risiken eingehen, um erfolgreich zu sein.«

Karl schwankte zwischen Verblüffung und Amüsement.

»Wir sind hier aber nicht in einem Kriminalroman, Fräulein Globkow, und ich bin leider kein Detektiv oder Polizist. Der Kriminalsekretär ist eben abgefahren.«

Nun stapfte sie tatsächlich mit dem rechten Bein auf. »Ja, leider. Sie haben ihn ja nicht aufgehalten.«

»Fräulein Globkow, wir sind hier, damit Sie mir den Mann mit der Glatze zeigen. Das haben Sie getan. Für den Augenblick reicht mir das erst einmal. Ich weiß nun, auf wen ich achten muss, vielen Dank.«

Paulines Augenbrauen zogen sich bedrohlich zusammen.

»Ich hätte Sie für mutiger gehalten. Da hätte ich gleich mit meinem Vater spazieren gehen können.«

Karl beendete die Untersuchung der Verriegelung. Der Schlagbaum konnte repariert werden, so viel stand fest. Da er sich ohnehin wie der letzte Depp fühlte, unterließ er es, dies Pauline mitzuteilen. Er versuchte, das Thema zu wechseln.

»Ich habe mich mit Fräulein Schneebach unterhalten. Sie sagte, Sie wären vorgestern gar nicht bei ihr zu Besuch gewesen.«

»So, sagt Ihre Lehrerin das?«, versetzte die junge Frau ziemlich patzig.

»Äh ja«, eigentlich hatte Karl darauf gehofft, so in unverfänglicheren Gewässern zu schippern. Das funktionierte leider nicht. Im Gegenteil, Pauline kam in Fahrt.

»Ich wusste gar nicht, dass ich Ihnen Rechenschaft darüber schuldig bin, wo ich mich wann aufhalte. Das nächste Mal führe ich Buch, dann können Sie gegenzeichnen und abstempeln, damit alles seine Richtigkeit hat. Meinetwegen kann Ihr Fräulein Schneebach das dann benoten. Sie bekommen bestimmt eine Eins im Hinterherschnüffeln.«

Karl wurde von ihrem Ausbruch vollkommen überrascht.

»Entschuldigung, Fräulein Globkow, ich wollte Ihnen nicht zu nahe treten.«

»Pah, Sie können mir gar nicht zu nahe treten. Das würden Sie sich vermutlich sowieso nicht trauen.«

Pauline sagte nichts mehr. Resolut marschierte sie los, Karl bemühte sich, mit ihr Schritt zu halten. Es blieb ihm keine Zeit, sich den Glatzkopf beim Vorbeigehen genauer anzusehen. Als sie ihren Vater und die Lehrerin wieder erreichten, sah Pauline so finster drein, dass Fräulein Schneebach fragte: »Ist etwas geschehen?«

Pauline machte den Eindruck, als wollte sie der Lehrerin auch noch die Meinung sagen.

Karl beeilte sich ihr zuvorzukommen. »Nein, nein, alles ist gut. Wir hatten einen schönen Spaziergang.« Der Form halber sagte er zu Globkow: »Den Schlagbaum kann ich reparieren.«

Er sah zu Pauline, die weiter ungnädig gestimmt vor sich hin brütete. Demonstrativ beleidigt stellte sie sich neben ihren Vater. Ratlos sah die Lehrerin zwischen ihr und Karl hin und her.

»Ist es denn wenigstens aufschlussreich gewesen? Kann der Mann etwas mit dem Unfall zu tun haben?«

»Ich weiß es nicht, Fräulein Schneebach.«

Pauline schnaubte nur. Karl musste dringend mit Werner sprechen, um herauszufinden, was alles hinter dieser Sache steckte. Hoffentlich würde er danach die Dinge klarer sehen. Und vielleicht konnte er dann vernünftiger mit Pauline umgehen.

Das Fräulein tauschte Blicke mit Globkow.

»Wie es scheint, kommen wir hier im Augenblick nicht weiter. Ich will Sie nicht von Ihrer Arbeit abhalten, Herr Globkow. Es wird am besten sein, wenn wir ins Dorf zurückfahren, um Ihnen keine weiteren Umstände zu bereiten.«

Karl wollte es sich auf keinen Fall weiter mit Pauline verscherzen, bei der er im Augenblick offensichtlich alles nur falsch machen konnte. Also trottete er der Lehrerin stumm zu seinem Motorrad hinterher. Die Globkows folgten ihnen ebenfalls schweigend. Die Verabschiedung erfolgte frostiger, als es Karl lieb war. Pauline drehte sich weg, als ihr Vater erst Fräulein Schneebach und dann Karl die Hand gab.

»Vielen Dank für Ihren Besuch. Mein Vorschlag wäre, wir melden uns bei weiteren merkwürdigen Vorfällen bei Ihnen.«

Pauline verschränkte die Arme erneut vor der Brust.

»Man braucht sich nur dann bei jemandem zu melden, wenn derjenige bereit ist, etwas zu unternehmen.« Mit verkniffenem Gesicht sah sie zum Lagereingang.

»Paulchen, sei nicht so unfreundlich zu unseren Gästen.«

»Du sollst mich nicht Paulchen nennen!«, brüllte Pauline und stapfte erneut so kräftig auf, dass es staubte. Mit zügigen Schritten lief sie davon.

Globkow sah ihr erstaunt hinterher.

»Sie müssen meine Tochter entschuldigen, ich weiß wirklich nicht, was in sie gefahren ist.«

Die Lehrerin sah Karl von unten an, ihre Augenbrauen beschrieben hohe Bögen auf der Stirn.

Karl verbeugte sich steif. »Vielen Dank für Ihre Bemühungen, Herr Globkow, wir fahren dann.«

Er stakste die paar Schritte zu seinem Motorrad. Fräulein Schneebach reichte dem Lagervorsteher erneut die Hand, bevor sie auf die Maschine kletterte, Karl gab Gas.

Der Platz vor der Männerbaracke war leer, als sie daran vorbeifuhren.

Im Dorf steuerte Karl zuerst die Schule an. Nachdem die Lehrerin abgestiegen war, sah sie Karl nachdenklich an.

»Was hast du denn zu Pauline Globkow gesagt?«

»Ich? Gar nichts.«

»Nach gar nichts sah das nicht aus.«

Karl verspürte nicht die geringste Lust, mit dem Fräulein über Pauline zu sprechen. Das war eine Sache, die sie nichts anging, mochte sie noch so neugierig sein.

»Immerhin weiß ich jetzt, nach wem ich Ausschau halten muss.«

»Ach ja, eigentlich seid ihr ja gar nicht zum Streiten losgezogen. Gab es sonst irgendwelche neuen Einsichten?«

Karl frustrierte es, die Lehrerin nicht tiefer in die letzten Entwicklungen einbinden zu können. Dieser halb gare Zustand konnte auf Dauer so nicht bleiben.

»Nein, ich weiß jetzt, wie der Mann aussieht, der vor zwei Wochen im Lager gewesen ist. Das ist erst einmal alles.«

»Bei dieser Häufung von dummen Zufällen sollten wir äußerst vorsichtig sein, dass keinem von uns bei einem merkwürdigen Zufall etwas geschieht.« Das Fräulein trat einen Schritt auf die Schule zu.

Karl verabschiedete sich und machte sich auf den Weg zur Schmiede.

-16-

Der folgende Nachmittag zog sich so zäh dahin, als hätte ihn jemand mit altem Knochenleim bestrichen. Karl verkroch sich in der Schmiede, ohne so recht zu wissen, was er dort tun sollte. Viele Dinge geisterten ihm im Kopf herum. Die vielen offenen Fragen und sogar der Umstand, dass Werner wieder unter den Lebenden weilte, wurden von seinem sinnlosen Streit mit Pauline überlagert. Wie hatte er es nur geschafft, sie in so kurzer Zeit dermaßen gegen sich aufzubringen? Ein weiteres Gespräch mit Werner stand an erster Stelle seiner Prioritätenliste. Nicht viel weniger wichtig war es nun für ihn, so schnell es ging ein klärendes Gespräch mit Pauline zu führen. Noch vor drei Tagen hätte er es nicht für möglich gehalten, wie wichtig ihm die Meinung einer Frau über ihn werden könnte.

Er war dermaßen abgelenkt, dass es ihm tatsächlich gelang, die Werkbank einigermaßen ordentlich aufzuräumen. Wilhelm zwo erschien, er hüpfte auf den Amboss und betrachtete die Aufräumarbeiten neugierig. Das Resultat verblüffte Karl, als er fertig war. Er nahm es allerdings eher hin, als dass er diesen Zustand als Ansporn für die Zukunft sah.

Das Abendessen mit seinen Eltern verlief einsilbig, weil Karl weiter vor sich hin brütete. Er hatte alle Mühe, nicht ständig auf die große Standuhr in der Ecke der Stube zu schielen. Der Zeitpunkt von Werners angekündigtem Besuch wollte partout nicht schneller näher rücken.

Weil er anschließend in der Schmiede keine sinnvolle Beschäftigung fand, trank er über den Abend verteilt zwei Kannen Kaffee leer. Abgesehen davon, dass er deshalb ständig zum Plumpsklo am Misthaufen laufen musste, schrumpfte auf diese Weise sein Vorrat an Kaffeebohnen. Noch ein paar weitere solcher Abende, und er musste Pierre einen Besuch abstatten. Die Zigaretten von Peters waren harte Währung.

Seine Geduld wurde auf die Probe gestellt. Er hatte die Petroleumlampe bereits eine Weile entzündet, als das Scheppern der Blechbüchse endlich Besuch ankündigte. Karl griff den Stechbeitel fester. Es war nicht ausgeschlossen, dass er wieder unangekündigten Besuch erhielt. Um auf Nummer sicher zu gehen, hatte er den Beitel bereitgelegt, mit dem er Holzstücke oder Stiele bearbeitete, die an seine Stahlteile angepasst werden mussten. Es handelte sich tatsächlich um Werner, der sich, vom Scheppern abgesehen, lautlos wie ein Schatten durch die Tür drückte. Er nahm zuerst den kompletten Raum in Augenschein, ehe er sich Karl zuwandte.

Der murrte: »Na endlich. Ich bin echt müde, letzte Nacht habe ich ziemlich schlecht geschlafen.«

»Hallo Karl, ich freue mich auch, dich zu sehen.« Werner näherte sich weiter wachsam.

»Keine Angst, ich bin den ganzen Abend hier gewesen, außer mir ist niemand in der Werkstatt.«

»Angst habe ich mir vor langer Zeit abgewöhnt.«

Daran zweifelte Karl keine Sekunde. »Kaffee?«

»War Hauptfeld Karb ein ausgemachtes Arschloch?«

Karl erhob sich. Die dritte Kanne köchelte bereits eine Weile vor sich hin. Als er aus dem Nebenraum in die Werkstatt zurückkehrte, saß Werner auf dem Stuhl und sagte: »Danke für das Anwärmen.«

Karl gab ihm seinen Kaffee und setzte sich wie gewohnt auf den Amboss. »Holm?«

»Den habe ich eben in dem Teich versenkt, der sich am Disselbach gebildet hat. Das Wasser ist erstaunlich tief. Ich habe ihm die Taschen ordentlich mit Steinen gefüllt. Das wird eine Weile helfen, ihn unten zu behalten. Und bei dir? Gab es neue Entwicklungen im Lauf des Tages?«

Karl schob die Unterlippe vor. »Das kann man so sagen.«

Er berichtete Werner von dem Glatzkopf, der wieder im alten Arbeitsdienstlager aufgetaucht war. Beim Erzählen wurde Werners Gesicht immer ernster, es dauerte eine Weile, bis Karl eine Antwort auf diese Neuigkeit erhielt.

»Es gibt viele Männer mit Glatze.« Werner sah ihn emotionslos an. »Im Zusammenhang mit dem, was ich vermute, und wegen der Narbe gehe ich aber stark davon aus, du hast Hauptsturmführer Gottfried Huber gesehen.«

»Du sagst das so, als sollte man den kennen.«

»Ich ja, du nein.«

Karl atmete tief ein und aus. Ging nun die Raterunde des Vortags wieder los?

»Es wäre schön, wenn du mich ganz einfach aufklären könntest, was es mit diesem Huber auf sich hat. Wie gesagt, ich bin sehr müde.«

Werner sah ihn lange an, unterbrochen nur von einem gelegentlichen Schluck aus der Tasse.

»Eigentlich sollte er tot sein.«

Er griff in die Hosentasche und zeigte sein Rasiermesser, das Messer verschwand wieder.

»Anscheinend bin ich nicht gründlich genug gewesen.«

»Werner, Rätsel und so, ich habe keine Ahnung, wovon du sprichst.«

»Huber war Kompaniechef bei der Waffen-SS.« Werner grinste.

»Ach so. Dann weiß ich jetzt Bescheid, gute Nacht.« Karl tat so, als wollte er aufstehen.

»Reg dich ab, ich erzähle ja. Bis eben bin ich davon ausgegangen, ich hätte Huber erledigt. Wenn er leben sollte, ergibt alles eigentlich noch viel mehr Sinn.«

Werner lehnte sich auf dem Stuhl zurück und schlug die Beine übereinander. Es schien eine längere Erzählung anzustehen.

»Ich verschone dich mit den meisten meiner Einsätze im Krieg, so viel Zeit haben wir wirklich nicht. Eines darfst du mir glauben, ich konnte das, was wir bei Karb gelernt haben, immer wieder gewinnbringend einsetzen. Mein Regiment ist meistens da gewesen, wo die Kacke so richtig am Dampfen war. Du hast bei der Luftwaffe gemütlich im Bunker gesessen, nicht wahr?«

Karl zuckte nur mit den Schultern. Zum Glück hatte er das.

»Für mich wäre das nichts gewesen, egal. In dem ganzen Chaos gab es in der Zeit, in der ich im Einsatz gewesen bin, nur eine Richtung, Deutschland. Wir haben gekämpft, und wir haben versucht zu überleben. Das ist echt scheiße, ich konnte aber nicht zu meinem Kompaniechef gehen und sagen, lass mal gut sein, mir reicht es, zu Hause wartet ein Bauernhof auf mich, schönen Tag noch.«

Werner schüttelte bekräftigend den Kopf.

»Ganz gleich, was wir unternommen haben, es ging immer nur rückwärts. Dabei hatte ich meistens Glück und habe mir nur hier und da einen Bajonettstich oder einen Streifschuss eingehandelt.«

Werner berührte seine linke Schulter.

»Ende 1944 bin ich auf dem Balkan gelandet. Im Herbst war ich daran beteiligt, ein Partisanennest in den Bergen Kroatiens auszuheben. Die sind echt zäh da unten auf dem Balkan. Als die Schießerei vorüber war, ist außer mir niemand mehr übrig gewesen, weder auf unserer noch auf deren Seite. Also habe ich gewonnen, würde ich sagen.«

Ein erneutes freudloses Grinsen.

»Danach hatte ich alle Mühe, zu unseren Leuten zurückzufinden. Das ist da unten richtig gebirgig, dagegen ist die Eifel platt wie ein Pfannkuchen. Um ein Haar wäre ich als Deserteur erschossen worden. Ich bin einer Patrouille der 24. Waffen-SS-Gebirgsdivision über den Weg gelaufen. Die wollten mich eigentlich auf der Stelle umlegen. Es ist mir gelungen, sie zu überreden, erst einmal ihren Chef zu fragen, ob das seine Richtigkeit hat. So habe ich Hauptsturmführer Huber kennengelernt. Den konnte ich mithilfe meines Soldbuchs von meiner Brauchbarkeit überzeugen. Die Waffen-SS hat mich dann sozusagen adoptiert, weil Dienststellen entweder nicht mehr existierten oder nicht zu finden waren. SS-Gebirgsdivision klingt ziemlich wichtig. Vielleicht ist das einmal ein ordentlicher Haufen gewesen. Ende 44, Anfang 45 aber nicht mehr. Zu meiner Zeit war es ein Sammelsurium an Kameraden aus allen möglichen Ländern. Reichsdeutsche, Ostmärker, Südtiroler, Kroaten, alles, was die Landkarte da unten hergegeben hat. Und übrig gebliebene Gestalten wie mich.«

Werner machte eine Pause, um eine Weile vor sich hinzustarren. Karl gab ihm die Zeit, bis er weitererzählte.

»Du kannst dich bestimmt daran erinnern, welchen Spaß Pfarrer Winkel hatte, uns die Qualen der Hölle auszumalen, falls wir unsere Sünden nicht bereuen. Als Messdiener bei Pfarrer Winkel kann man sich in seinen schlimmsten Albträumen nicht ausmalen, zu was Menschen fähig sind. Was auf dem Balkan für ein Film ablief, das kannst du dir überhaupt nicht vorstellen.«

Offenbar benötigte er eine weitere Pause, in der er die Spinnweben betrachtete.

»Einer der Sprüche der SS war: den Tod geben, den Tod nehmen. Daran haben diese Blödmänner echt geglaubt. Mir wäre auch nach zwei Jahren im Krieg niemals eingefallen, Frauen und Kinder zu foltern, um herauszubekommen, wo sich die Männer versteckt haben. Ob das tatsächlich Partisanen waren, hat keinen interessiert.«

Werner hatte die finsteren Blicke Karls bemerkt.

»Keine Angst, ich bin kein totales Arschloch. Ich habe bei keiner Folterung mitgemacht, und ich habe keine Frauen und Kinder umgebracht. Dafür fanden sich genug andere. Das Schlimmste war, Huber ist ein echter Sadist gewesen. Dem hast du angesehen, wie geil der geworden ist, wenn man eine Mutter vor den Augen ihrer Kinder aufgeschlitzt hat.«

Werner schüttelte den Kopf. Er sah hoch zu Karl.

»Ich hoffe, das ist nicht zu viel für dein zartes Gemüt?«

Karl hätte auf solche Details verzichten können, nun musste er wohl oder übel durch die Geschichte hindurch.

»Mach dir um mich keine Gedanken. Komm auf den Punkt.«

»Der Punkt. Hm, na gut. Der Punkt ist, ich hatte irgendwann die Schnauze voll.«

Er wartete, ob Karl darauf etwas erwiderte. Als nichts kam, sprach er weiter.

»Ich habe es nicht mehr ausgehalten, wie Huber Menschen bis aufs Blut quälte. Ende Februar 45 waren wir fast an der alten Grenze zu Österreich angekommen. Krain heißt die Gegend da. Es war echt kalt, und wir hatten kaum noch etwas zu beißen. Sogar für ernsthafte Kämpfe mit den Partisanen, die uns auf den Fersen waren, war es zu kalt. In einem gottverlassenen Seitental sind wir auf ein armseliges Dorf gestoßen. Huber hat uns auf die Häuser aufgeteilt. Ich bin mit ihm in einem der Bauernhöfe untergekommen. In unserem Hof wohnte ein altes Ehepaar. Wir hatten zu dem Zeitpunkt seit mehreren Tagen nichts mehr zu essen auftreiben können. Huber war so richtig schlecht gelaunt und wollte aus Opa und Oma herausquetschen, wo sie ihre Vorräte versteckt haben. Hunger ist eine fiese Sache, das kann richtig wehtun. Er wollte die alte Frau traktieren, damit der Alte redete. Bevor er seinen dämlichen SS-Ehrendolch parat hatte, hat er mit meinem guten alten Rasiermesser von der Wehrmacht Bekanntschaft geschlossen. Wie sich jetzt herausstellt, bin ich anscheinend nicht gründlich genug gewesen. Allerdings haben die beiden Alten ein ziemliches Geschrei veranstaltet, und ich musste sehen, dass die ruhig werden.«

Werner hob die Hände.

»Nicht das, was du denkst. Als klar war, dass ich ihnen nichts tue, haben die mir aus Dankbarkeit sogar etwas Brot gegeben. Zeig mir den Bauern, der nichts zu essen versteckt hat. Hier in der Eifel kann man sich darauf ebenfalls verlassen.«

»Und dann?«

»Na was wohl, ich habe mich zügig vom Acker gemacht. Huber ist ein echt fieses Schwein gewesen, er hat aber gut für seine Männer gesorgt. Und die waren loyal. Mir blieb nichts anderes übrig, als mich, trotz des Wetters, abzusetzen. Ich habe mich einige Wochen in den Bergen rumgetrieben. Wenn man weiß, wie, kommt man da eigentlich ganz gut zurecht, Karb sei Dank. Als es Frühling geworden ist, bin ich ins Tal abgestiegen. Da sind zu der Zeit schon die Amerikaner gewesen. Das sind mal echte Armleuchter, ich kann bis heute nicht verstehen, wie die es geschafft haben, so weit zu kommen. Bei denen konnte man sich prima an der Verpflegung bedienen. Also habe ich mich erst rund und fett gefressen, bevor ich mich in die Heimat aufgemacht habe. Ende Mai bin ich wieder hier gewesen, und ich war nicht einen Tag in Gefangenschaft.«

Werner wirkte, als erwartete er von Karl ein Lob für sein Handeln. Der war nicht bereit dazu.

»Und wo ist da die Pointe?«, wollte er wissen.

»Häh?«

»Du hast mir da so etwas wie einen Witz ohne Pointe erzählt.«

»Was meinst du?«

»Es fehlt etwas, um deine Geschichte rund zu machen. Warum sind ehemalige SS-Männer hinter dir her? Die sollten froh sein, wenn sie unerkannt untertauchen können. Die werden kaum einen solchen Aufwand betreiben, nur weil du ihrem Chef eine Narbe verpasst hast. Also, wo ist die Pointe?«

»Jaja, unser Karl.« Werner grinste über das ganze Gesicht.

Es war an Karl, »Häh?« zu sagen.

»Das hat deine Mutter immer gesagt, wenn du als Kind wieder etwas besonders Kluges von dir gegeben hast. Na gut, deine Pointe. Die Arschlöcher haben es nicht nur beim Foltern und Morden belassen, die haben geklaut wie die Raben. Es ging quer über den Balkan, da kommt das ein oder andere zusammen. Deshalb wusste ich, dass Huber einen Beutel hatte, den er seinen Schatz nannte. Die Kameraden sind vielleicht Fanatiker und Mörder gewesen, aber selbst dem letzten Knallkopf musste klar sein, der Endsieg winkte den anderen und nicht uns.«

»Was ist das für ein Schatz? Geld?«

»Die Käsetaler, die man dort erbeuten konnte, hatten keinen Wert. Nein, Huber besaß ein schönes, prall gefülltes Säckchen mit Diamanten, Ringen aus Gold und Silber, Zahngold, all so etwas. Das sollte in Deutschland verteilt werden.«

Auf einige der offenen Fragen bekam Karl nun Antworten.

»Und diesen Schatz hast du jetzt?«

Werner zog die Achseln hoch. »Für irgendetwas musste der ganze Mist, durch den ich hindurchgewatet bin, ja gut sein.«

»Gestohlene Sachen?«

»Natürlich, für barmherzige Spenden sind wir nicht nett genug gewesen. Ich glaube allerdings nicht, dass da jemand übrig ist, der den Verlust beweint.«

Karl staunte ein weiteres Mal über die Kaltschnäuzigkeit seines Freundes. »Muss ich dir ernsthaft etwas davon erzählen, dass man sich nicht an Unrecht bereichert?«

Werner zuckte nur mit den Schultern. »Das Zeug war da; wenn ich es nicht genommen hätte, hätte es eben ein anderer getan.«

Karl musterte sein Gegenüber. So etwas wie Reue war nicht zu erkennen. Was hatte der Krieg mit seinem alten Freund gemacht?

»Was hast du damit vor?«

»Das weiß ich nicht so genau. Genommen habe ich noch nichts davon, der Sack ist gut versteckt.«

»Aber dass du deshalb jetzt mordlüsterne SS-Männer am Hals hast, stört dich nicht?«

Werner lachte auf.

»Wollte ich herausfinden, wie viele mordlüsterne Gesellen ich im Krieg am Hals gehabt habe, ich käme mit dem Zählen nicht hinterher. Partisanen, die ihre Heimat verteidigen, können echt hartnäckig sein, da machen mich ein paar Wichtigtuer von der Waffen-SS nicht nervös.«

»Ich hätte gestern Abend deswegen draufgehen können.«

Werner wurde sofort wieder ernst.

»Das stimmt leider, und es tut mir wirklich leid. Zurück nach Disselbach bin ich gegangen, weil mir während des Kriegs klar geworden ist, wir leben hier in der Eifel schön weit weg vom Schuss. Ich wollte hier eine Weile in Sicherheit zur Ruhe kommen. Dass mich die Vergangenheit ausgerechnet hier im Dorf einholt, ist echt schräg. Wenn ich allerdings eines gelernt und akzeptiert habe, dann ist es: Man muss bereit sein, die Konsequenzen, die sich aus seinem Handeln ergeben, zu tragen.«

Karl hätte Werner solche Sprüche gar nicht zugetraut. Vom alten Werner wäre so etwas nie gekommen. In ihrer gemeinsamen Zeit hatte das Grundprinzip Werners eher gelautet: Ich war das nicht, sucht euch einen anderen Dummen.

»Was glaubst du, mit wie vielen Gegnern wir es zu tun haben könnten?«

»Das wüsste ich selbst gerne. Als wir in dem Bergdorf untergekrochen sind, dürften von unserer Truppe vierzig bis fünfzig Mann übrig gewesen sein. Keine Ahnung, was aus denen wurde. Einigen ist es vermutlich noch gegen die Partisanen an den Kragen gegangen. Was mit dem Rest nach der Kapitulation geschehen ist, keine Ahnung. Zwei habe ich erledigt. Wie viele, sagst du, hast du bei Huber gesehen?«

»Fünf.«

»Also müssen wir von mindestens sechs Gegnern ausgehen. Es wäre aber schlauer, mit mehr zu rechnen. Huber ist der Kopf, vielleicht sollten wir einfach diesen Kopf abschlagen.«

»Mit anderen Worten, du willst ins Lager und diesem Huber den Hals umdrehen?«

Werner schüttelte den Kopf.

»Jemandem den Hals umdrehen sagt sich viel leichter, als es tatsächlich getan ist. Das«, er hielt sein Rasiermesser hoch, »ist viel effektiver.«

Karl kam ein Gedanke.

»Kannst du nicht alle Ehemaligen von der SS identifizieren? Du bist doch länger mit denen unterwegs gewesen.«

»So weit die Theorie. Erinnerst du dich an alle alten Kameraden aus deiner Einheit?«

»Nein, eher nicht.«

»Zu Hubers Truppe bin ich im Winter 44/45 gestoßen. Disziplin, Kleiderordnung und Rasieren waren da Luxus. Die meiste Zeit waren alle wegen der Kälte vermummt, viele trugen Vollbärte, und sauber gewaschen habe ich keinen jemals gesehen. Die meisten könnten heute auf der Straße an mir vorbeilaufen, ohne dass ich sie erkennen würde. Wie zum Beispiel Holm und den Bombenleger.«

Karl erhob sich vom Amboss, er rieb sich den eingeschlafenen Hintern.

»Wie sollen wir dann mit denen fertig werden, wenn wir noch nicht einmal wissen, wie viele Gegner es gibt?«

»Das wird sich zeigen. Immerhin sind wir hier zu Hause und die nicht.«

Werner stellte seine Tasse auf die Werkbank. »So, nun weißt du alles.«

Davon war Karl keineswegs überzeugt. Selbst der junge Werner war stets gut darin gewesen, Geheimnisse für sich zu behalten

»Weiß ich wirklich alles oder hast du noch die ein oder andere Überraschung auf Lager?«

Werner erhob sich seinerseits vom Stuhl. Er warf Karl einen Seitenblick zu.

»Du weißt das, was du wissen musst.«

SAMSTAG, 17.08.1946

TAG 6

-17-

Um seinen Vater nicht misstrauisch zu machen, nahm sich Karl am nächsten Morgen Zeit für das gemeinsame Frühstück. Prompt kam die Frage: »Du bist neuerdings abends ziemlich lange in der Schmiede?«

»Ich habe einige Ideen, für die ich Verschiedenes ausprobieren will. Du weißt, ich muss mir manchmal meine Gedanken machen können.«

Das war nicht gelogen. Karl tüftelte am liebsten allein an seinen Verbesserungen oder versuchte, Arbeitsprozesse zu optimieren. Allerdings wurde es in solchen Fällen nicht so spät wie in den letzten beiden Tagen.

»Diese Gedanken haben nichts mit der Tochter des Lagervorstehers zu tun?«

Josef Bermes musterte seinen Sohn sehr aufmerksam. Wilhelm zwo streckte sich auf der Fensterbank, sein Blick blieb ebenfalls interessiert an Karl hängen. Pauline hatte dem Kater ja auch gefallen. Karl hätte vor Erleichterung fast einen Hüpfer auf der Bank gemacht. Ihm ging auf, dass für seine Eltern Werner in seinem Grab lag. Wie sollte da ein Verdacht keimen, er würde mit seinem alten Freund in der Werkstatt gefährliche Dinge diskutieren oder planen? Pauline hingegen war für die beiden sehr lebendig.

»Nein, wie gesagt, ich habe einige Ideen, und da muss ich etwas basteln.«

Sein Vater nickte, eine Schnitte seines mit weißem Käse geschmierten Brotes verschwand in seinem Mund.

»Wie heißt das Mädchen noch mal?«, wollte er kauend wissen.

»Pauline.«

»Dir ist klar, dass diese Pauline und ihre Eltern absolut nichts besitzen?«

»Und?«

»Eine gute Partie ist etwas anderes.«

Daher wehte der Wind. Karls Vorfahren gehörten seit mehreren Generationen zu den Stützen des Dorfes. Der Schmied stellte in einem Eifeldorf eine der zentralen Figuren des Landlebens dar. In seine Zuständigkeit fielen Reparaturen aller Art, die von den Bauern nicht selbst getätigt werden konnten. Vom Beschlagen der Pferde bis zum Erstellen neuer landwirtschaftlicher Geräte war ein Schmied normalerweise immer gut beschäftigt. Die Bermes legten bei Hochzeiten auf den Status der Schwiegertöchter großen Wert. Karl kannte im Dorf wenige Paare, die so harmonisch zusammenlebten wie seine Eltern. Eine Liebeshochzeit war es zwischen den beiden dennoch nicht gewesen, Karls Mutter stammte von einem der größten Bauernhöfe des Nachbardorfes, Badem. Als Kind hatte sich Karl nichts weiter dabei gedacht, wenn seine Eltern gelegentlich, etwas verschämt, vom Heiligmacher erzählten. Es klang damals passend für die Eltern, dass jemand Heiliges für ihre Ehe gesorgt hatte. Als Erwachsener hatte er dann erfahren müssen, dass es einen Heiratsvermittler gebraucht hatte, um Josef und Martha Bermes zusammenzubringen. Seine Großeltern beiderseits wollten auf Nummer sicher gehen, was das jeweilige Schwiegerkind und vor allem dessen finanziellen Hintergrund anging.

Eine ähnlich vernünftige Wahl für eine zukünftige Ehefrau wurde nun von Karl als übrig gebliebenem Stammhalter erwartet. Ein Mädchen zu heiraten, das ihm gefiel oder in das er gar verliebt war, stand bei seinen Eltern nicht weit oben auf der Anforderungsliste für eine Schwiegertochter. Das Elternhaus, der Wohlstand in Form von Landbesitz oder handwerkliche Traditionen galt es für seinen Vater viel genauer im Auge zu behalten. Ein mittelloses Flüchtlingsmädchen fiel aus so ziemlich allen möglichen Kategorien für eine positive Bewertung heraus. Dabei kannte Karl Pauline erst seit wenigen Tagen, und eine Hochzeit lag ferner als der pazifische Ozean. Für seinen Vater hingegen baute sich das Szenario auf, dass sein Sohn ernsthaftes Interesse an einer mittellosen Frau haben könnte. Karl beschloss, seinen Vater ein wenig zu ärgern und ihn damit abzulenken.

»Also muss ich doch Fräulein Schneebach den Hof machen. Das wäre eine gute Partie.«

»Dummes Zeug«, brummte sein Vater.

Immerhin schaffte Karl es auf diese Weise, Pauline von der Bühne zu schieben. Offenbar hatte der Kater alles gehört, was er wissen wollte. Er sprang von der Fensterbank, rieb den Kopf kurz an Karls Hose, bevor er im Flur verschwand. Um weiteren Diskussionen zu entgehen, machte Karl sich auf den Weg in die Werkstatt.

Nach wie vor wurde sein Arbeitsalltag von Mangel geprägt. Er überlegte kurz, ob er das Gitter für den Pfarrer per Feuerschweißverfahren zusammenfügen sollte, um etwas zu tun zu haben. Er entschied sich dagegen, weil der Verzug und die Spannungen im Eisen in so einem Fall zu stark wären.

Er ließ sich auf dem Stuhl nieder, der eigentlich für das Fräulein bereitstand. Die Situation war mehr als verfahren. Dass Werner lebte, konnte er niemandem mitteilen, wollte er seinen Freund nicht gefährden. Einfach so abwarten und sehen, was geschah, entsprach nicht Karls Charakter. Doch was tun? Seine Gedanken kreisten um den Polizisten. Wäre Peters dazu in der Lage, all die offenen Enden, die sich Karl darboten, aufzunehmen und sie zu einem sinnvollen Muster zu verknüpfen?

Für eine Kontaktaufnahme zum Kriminalsekretär verstand er selbst noch viel zu wenig von den Zusammenhängen. Welche Wahrheit kannte er tatsächlich selbst? »Du weißt das, was du wissen musst«, hatte Werner zu ihm gesagt. Was immer das bedeuten mochte. Nach den Jahren des Krieges stellte sich die Frage, konnte er Werner zu hundert Prozent vertrauen?

Eine neue Idee machte sich in seinem Kopf breit. Vielleicht sollte er sich bei Werner zu Hause umschauen, ob sich weitere Hinweise finden ließen.

Wenig später stand Karl vor der Tür zu Werners Haus. Der Schomerhof war, ähnlich wie die Schmiede, in U-Form errichtet worden. Im Hof, der sich davor bildete, war niemand zu sehen. Er zweifelte jedoch nicht daran, dass ihn jemand aus der Nachbarschaft im Blick hatte.

Entschlossen griff er hinter den Fensterladen, wo sich stets der Reserveschlüssel befunden hatte. Und siehe da, der Schlüssel lag an Ort und Stelle. Bevor er die Tür öffnete, sah er sich um. Das tat er weniger aus Vorsicht als vielmehr wegen seines schlechten Gewissens. Irgendwie fühlte er sich Werner gegenüber wie ein Verräter. Nun, da Werner wieder unter den Lebenden weilte, zwickte Karl das Gefühl, dessen Vertrauen zu missbrauchen.

Im Inneren empfing ihn der modrige Geruch alter Häuser, die länger leer gestanden hatten. Der Selbstmord von Werners Vater lag über drei Jahre zurück. Die Betreuung des Anwesens durch die Nachbarn erfolgte nur sporadisch und beschränkte sich hauptsächlich auf das Äußere und den Hof. Um das Innere hatte sich lange niemand mehr richtig gekümmert. Werner scherte sich offensichtlich nicht darum, in welchem Zustand sich sein Zuhause befand.

Vom Hausflur gingen jeweils zwei Türen nach rechts und links ab. Rechts folgte als Erstes die Wohnstube, die zweite Tür auf dieser Seite führte in die Küche. Links kam zuerst die gute Stube, die nur zu Repräsentationszwecken diente. Viele Eifeler Häuser und Bauernhöfe, so auch die Schmiede, besaßen eine solche gute Stube. Diese wurde an Weihnachten und Ostern beheizt und stundenweise bewohnt. Oder wenn die hochgestellten Personen des Dorfes, wie etwa der Pfarrer oder die Lehrerin, zu Besuch kamen.

Die zweite Tür links führte in das, was man am ehesten als Badezimmer bezeichnen konnte. Dort gab es ein kleines Waschbecken und fließendes Wasser, keine Selbstverständlichkeit in der Eifel. Die Toilette befand sich, genau wie bei der Schmiede, draußen am Misthaufen des Hofes.

Werners Familie war einmal für Eifeler Verhältnisse wohlhabend gewesen. Nun, da das Vieh verkauft war und die Ställe leer standen, war davon nicht viel übrig geblieben. Der Krieg vernichtete nicht nur direkt Menschenleben, auch indirekt wurden viele Menschen materiell gründlich ruiniert. Das folgende Friedensjahr ging erbarmungslos mit denen um, die keine eintauschbaren Wertsachen oder etwa Schmuck, Kühe, Schweine und Hühner besaßen. Zum Schomerhof gehörten einige Hektar Kuhwiesen und Ackerland. Selbst damit konnte man derzeit nicht viel anfangen. Es gab niemanden, der das Land pachten wollte oder einen angemessenen Kaufpreis bezahlen konnte.

Karl warf einen kurzen Blick in das Badezimmer. Die Waschutensilien Werners standen auf einer Ablage aus Steingut, über der ein angelaufener Spiegel hing. Darüber wiederum lugte eine nackte Glühbirne aus einer Fassung hervor, die lieblos an einem Holzbrett in die Wand genagelt worden war. Zurück auf dem Flur, spähte Karl die dunkel gebeizte Holztreppe entlang, die nach oben zu den Schlafkammern führte. Langsam, ganz so, als könnte er oben jemanden aufschrecken, stieg Karl nach oben. Die Treppe führte zu einem großen Vorraum im ersten Stock. Licht fiel nur durch die kleinen Fenster, die oben in die Türen zu den Kammern eingelassen waren.

Im ersten Stock gab es ebenfalls vier Türen. Eine links führte zum ehemaligen Elternschlafzimmer. Die gegenüberliegende Tür war der Zutritt zu Werners Reich. In ihrer Kindheit kam es sehr selten vor, dass sie sich hierher verirrten. Die Schlafräume waren, ebenso wie bei Karl zu Hause, nicht für fremden Besuch gedacht, sie galten als privat und nicht als Spielplatz.

Werners Zimmer war spartanisch eingerichtet. Es gab ein wuchtiges Bett sowie eine wurmstichige Kommode mit einer Waschschüssel und einem Wasserkrug daneben.

Karl öffnete die Schubladen der Kommode, widerstand aber der Versuchung, in Werners Wäsche zu wühlen. Er konnte sich nicht vorstellen, dass sein Freund so blauäugig wäre, dort Wertsachen zu verstecken. Ähnlich verfuhr er mit dem Kleiderschrank. Viel Kleidung enthielt der nicht, einige Hemden und Hosen von vor dem Krieg. Der dunkle Anzug würde, vermutlich ähnlich wie Karls eigener, mittlerweile überall zwicken und kneifen.

Abschließend warf er jeweils einen kurzen Blick in die anderen Kammern. Dort lag der Staub tatsächlich millimeterdick auf den Dielen. Abgesehen von den bogenförmigen Spuren der Türen im Staub waren alle Räume sehr lange nicht mehr betreten worden. Eines der Bücher von Fräulein Schneebach spielte in einem leer stehenden Spukschloss. Alles in allem wirkte Werners Haus auf Karl ähnlich, es fehlten eigentlich nur noch die Gespenster.

Zurück im Erdgeschoss, versuchte er am Ende des Flurs die Tür zu Stall und Scheune zu öffnen, ohne Erfolg. In diesem Moment klopfte es an der Tür, erschrocken fuhr Karl herum. Mit großen Schritten eilte er zum Eingang. Es klopfte erneut, die Türklinke wurde vorsichtig nach unten gedrückt. Die Militärdoktrin des Fräuleins zuckte durch Karls Kopf. Energisch griff er von innen nach der Klinke, mit einem Ruck zog er die Tür auf. Valentin Neuerburg sah ihn entgeistert an.

»Karl, du bist es, was machst du in Werners Haus?«

Karl achtete nicht weiter auf Neuerburg. Derjenige, der hinter ihm stand, erstaunte ihn viel mehr. Der Glatzkopf aus dem Lager musterte ihn interessiert, die Lippen wurden noch schmaler, weil er das Kinn anspannte.

»Was machst du denn hier, Valentin?«

Karl ließ den Glatzkopf nicht aus den Augen. Er sah jetzt, dass der Mann nicht nur auf dem Kopf kahl war, er besaß auch keine Wimpern oder Augenbrauen.

»Ich wollte wissen, wer sich in Werners Haus zu schaffen macht. In meiner Eigenschaft als Ortsbürgermeister muss ich mich um leer stehende Gebäude kümmern.«

»Und woher wusstest du, dass jemand hier ist?«

Neuerburgs Laden lag am Disselbach, unweit der Kirche und damit mehrere Straßenzüge entfernt.

»Herr Müller hier«, Neuerburg wies auf den Glatzkopf, der laut Karls Informationen eigentlich Huber hieß, »hat dich gesehen, wie du hier eingedrungen bist. Als verantwortungsbewusster Bürger hat er mich verständigt. Alles hat seine Richtigkeit.«

Gemäß Pauline war Müller alias Huber erst gestern nach zwei Wochen wieder im Lager erschienen, war aber zuvor bereits mit Valentin gesehen worden. Karl lieferte sich ein Blickduell mit Glatze, bevor er zu Neuerburg sagte: »Woher kennst du ihn, Valentin?«

»Das tut nichts zur Sache, Herr Müller ist nur seiner Pflicht als guter Bürger nachgekommen und hat eine verdächtige Handlung gemeldet.«

»Was soll daran verdächtig sein, wenn ich Werners Haus besuche? Er ist mein bester Freund gewesen. Früher bin ich fast jeden Tag hier gewesen.«

Der Glatzenmann hörte sehr aufmerksam zu.

»Das konnte Herr Müller ja nicht wissen. Er hat nur gesehen, dass sich jemand am Haus der Schomers zu schaffen macht, und hat es mir gemeldet. Also«, Neuerburg richtete sich zu seiner ganzen Wichtigkeit auf, »was ist die Erklärung für dein Verhalten?«

Karl verschränkte die Arme vor der Brust und lehnte sich etwas nach vorne.

»Werner war mein bester Freund, und ich wollte nachschauen, wie es im Haus aussieht. Außerdem habe ich einen Schlüssel, ich habe mich nicht ›zu schaffen‹ gemacht.«

Er hielt den Schlüssel vor die Nase Neuerburgs. Der versuchte danach zu greifen, Karl war schneller.

»Gib ihn mir«, verlangte der Bürgermeister.

»Ich wüsste nicht, warum ich das tun sollte. Da müsstest du mir die Anordnung zeigen, die dich dazu befugt, fremde Häuser zu konfiszieren.«

»Die werde ich beibringen. Gib mir den Schlüssel.«

Der Glatzkopf beobachtete das Gespräch wie Wilhelm zwo, wenn er auf Beute lauerte.

»Nein! Ich nehme den Schlüssel mit. Wenn du mit den Franzosen oder einem offiziellen Zettel mit vielen schönen Unterschriften drauf anrückst, gebe ich ihn dir, vielleicht.«

»Ein solch impertinentes Verhalten hätte es unter dem Führer nicht gegeben. Da wurden Anweisungen der Obrigkeit noch ohne Widerworte umgesetzt.« Die Stimme des Glatzenmanns klang sehr tief und sehr heiser. Karl konnte den Akzent nicht richtig einordnen.

»Herr Müller, Sie müssen entschuldigen. Das ist Karl Bermes, unser Dorfschmied. Er ist schon immer ein Querkopf gewesen.« Neuerburg klang nicht nur so unterwürfig wie bei Peters, er nahm sogar wieder genauso Haltung an. Es fehlte nur noch das »Jawohl« oder gleich das »Heil«.

Aus der Stalltür des Nachbarhofes trat Wilhelm Lentes mit einem kleinen Korb voller Eier in der Hand. Erstaunt sah er zu ihnen herüber.

»Guten Morgen zusammen, alles klar bei euch?«

Karl winkte ihm als Einziger zu. Weil Wilhelm einfach stehen blieb und sie beobachtete, grollte Huber in seine Richtung: »Hier gibt es absolut nichts zu sehen. Und Eier wollen wir auch keine kaufen.«

Wilhelm öffnete empört den Mund. Als Einheimischer wollte er sich nichts von einem Fremden aus dem Lager sagen lassen. Ein Blick zu Karl, der den Kopf leicht schüttelte, ließ ihn innehalten. Vor sich hin murmelnd verschwand er im Wohnbereich des Gebäudes. Karl wandte sich wieder an den Ortsbürgermeister.

»Valentin, den Schlüssel bekommst du nicht von mir, egal was du sagst. Komm mit der zuständigen Behörde vorbei, und wir sehen weiter.«

Demonstrativ verschloss Karl die Tür. Den Schlüssel steckte er in die Brusttasche seines Hemdes.

»Ich hoffe, das bereust du nicht«, sagte der Ortsbürgermeister giftig. Daraufhin lächelte Huber.

»Nicht aufregen, Herr Neuerburg. Es ist nichts geschehen. Wir haben geklärt, was hier vorgeht, und nach Einbruch oder Diebstahl sieht es nicht aus. Es ist doch schön, wenn Herr Bermes sich um das Hab und Gut seines leider verstorbenen Freundes kümmert.«

Die Mundwinkel des Mannes zogen sich nach oben, er betrachtete Karl weiter sehr aufmerksam.

Es folgte doch tatsächlich ein: »Jawohl, Herr …«, vom Bürgermeister. Den Rang konnte er sich gerade so verkneifen. Glatzkopf drehte sich wieder zu Karl.

»Sie sind der Dorfschmied?«

Karl nickte nur.

»Wir haben uns gestern im Lager nur kurz gesehen. Doch nun freue ich mich, Sie kennenzulernen. Habe ich das richtig verstanden, der verstorbene Besitzer dieses Hauses ist ein Freund von Ihnen gewesen?«

Wieder nickte Karl, diesmal widerwillig.

»Aus dem Krieg?«

»Nein, wir sind zusammen in die Schule gegangen.«

»Aha, dann müssen Sie ihn ja wirklich gut gekannt haben?«

Karl gab keine Antwort. Glatzen-Müller-Huber klopfte dem Bürgermeister auf die Schulter.

»Wie dem auch sei. Wir haben unsere Pflicht getan, Herr Neuerburg. Ich wüsste nicht, was es jetzt noch zu besprechen gibt.«

Dem Bürgermeister sah man an, dass es ihm nicht gefiel, zum unwichtigen Statisten degradiert zu werden. Er unterwarf sich aber der Autorität des Fremden.

»Wie Sie meinen, Herr Müller.«

»Nun denn, da wir die Missverständnisse klären konnten, möchte ich keinen von Ihnen weiter aufhalten.« Glatze nickte Karl zu. »Es war mir ein Vergnügen, Sie kennengelernt zu haben, Herr Bermes. Vermutlich werde ich eine Weile im Lager bleiben, in meiner Heimat weilt leider der Feind aus dem Osten. Ich könnte mir vorstellen, dass wir uns in den nächsten Tagen wiedersehen. Für die Kenntnisse, die ein Schmied hütet, gibt es immer Bedarf.«

Er nahm echte militärische Haltung an, mit den Händen an der Hosennaht, bevor er sich umdrehte und in aller Seelenruhe davonschlenderte.

Valentin Neuerburg blieb bei Karl zurück.

»Hast du eine Ahnung, mit wem du dich da anlegst?«, fragte er tonlos, nachdem der Fremde außer Hörweite war.

Karl war kurz abgelenkt, er glaubte zu verstehen, worauf sich die von Huber angesprochenen »Kenntnisse« bezogen. Er sah zum Bürgermeister.

»Nein, Valentin, habe ich nicht«, log er. »Sag du es mir.«

Neuerburg schüttelte den Kopf.

»Ich wäre an deiner Stelle sehr vorsichtig, mit Leuten vom Schlage Müllers ist nicht zu spaßen. Er ist gefährlich.«

Karl betrachtete den Ortsbürgermeister. Die Nervosität ließ einen Muskel in dessen linker Wange zucken.

»Valentin, ich verstehe deine Andeutungen nicht so richtig. Es ist mir neu, dass ich mich mit deinem Herrn Müller angelegt haben soll. Ich habe mich nur in Werners Haus umgesehen. Dazu habe ich garantiert mehr Recht als jemand Dahergelaufenes aus dem Flüchtlingslager. Wer ist denn dein Herr Müller, dass du die Hosen so voll hast?«

»Ich habe die Hosen nicht voll«, versetzte Neuerburg beleidigt. »Ich warne dich ja nur, ich möchte nicht, dass dir etwas Ähnliches zustößt wie Werner Schomer.«

Neuerburg sah Karl an, dann flackerten seine Augen zu dessen Schuhen.

»Wie meinst du das, Valentin? Könnte dein Herr Müller etwas mit Werners Unfall zu tun haben?« Er betonte den »Unfall« so, dass es wie eine Frage klang.

Man sah es dem Ortsbürgermeister deutlich an: Er erkannte, dass er etwas zu weit über das Ziel hinausgeschossen war. Er steckte die Hände in die Hosentaschen.

»Wie gesagt, ich möchte nicht, dass dir etwas geschieht.«

Neuerburg musterte die Häuser der Nachbarschaft, ehe er sich zu Karl beugte und flüsterte: »Im Vertrauen, Werner ist nicht so harmlos gewesen, wie man denken könnte.«

Karl versuchte, seine Überraschung zu verbergen. Hatte der Glatzenmann etwa aus dem Nähkästchen geplaudert?

»Wie kommst du denn darauf?«

Neuerburg blickte verstohlen zum Wald.

»Mir als Ortsbürgermeister wird das ein oder andere zugetragen.«

Karl atmete ein und aus. Wurde es vielleicht schneller Zeit, mit Peters zu sprechen als gedacht?

»Valentin, wenn du etwas zu sagen hast, dann sag es.«

Erneut die Blicke zur Absicherung, besonders der Lenteshof nebenan wurde intensiv betrachtet. Es war niemand zu sehen.

»Werner ist kein einfacher Soldat gewesen.«

Der Ortsbürgermeister richtete sich auf und wippte auf den Fußspitzen. In seinem Gesicht lag die tiefe Befriedigung der Leute, die stolz darauf waren, besser als andere informiert zu sein. In Karl wuchs die Unruhe; das Letzte, was er gebrauchen konnte, war ein Mitwisser wie Neuerburg. Nicht nur, dass der den Mund nicht halten konnte, er würde alle heiklen Informationen zu seinem Vorteil nutzen.

»Wie soll ich das denn verstehen?«

»Werner ist bei der SS gewesen«, kam es flüsternd und bedeutungsschwanger.

Wenn Karl Werners Geschichte zugrunde legte, konnte es sich bei dieser Aussage nur um eine Halbwahrheit handeln. Gemäß seiner Erzählung war Werner am Ende des Krieges zumindest provisorisch in eine Waffen-SS-Einheit integriert gewesen. Ob das exakt so stimmte, stand auf einem anderen Blatt. Sein Kontakt zu Werner war jahrelang komplett abgerissen, in dieser Zeit konnte so einiges geschehen sein. Sollte er das glauben, was ihm sein bester Freund erzählte, oder sich von irgendwelchen nebulösen Andeutungen, die ein dahergelaufener Fremder machte, verunsichern lassen? Er entschied sich für Werners Version.

»Und das hat dir dein feiner Freund Herr Müller gesagt, weil er selbst bei der SS gewesen ist, oder was?«

Neuerburg drückte die Brust noch weiter heraus, als er sagte: »Es gibt Patrioten, und es gibt Landesverräter.«

»Es gibt was, Valentin?«

Es kam keine Antwort. Neuerburg trippelte auf der Stelle. Der Schweiß auf seiner Stirn mochte von der sommerlichen Hitze stammen oder auch nicht.

»Und warum glaubst du einfach so einem Fremden irgendwelche Anschuldigungen über Werner?«

Der Ortsbürgermeister atmete tief durch. Er machte eigentlich nicht den Eindruck zu flunkern, er wirkte ehrlich besorgt.

»In dem Jahr, seit Werner zurück ist, habe ich immer wieder versucht, mit ihm zu sprechen. Er hat mich sogar bedroht, damit ich ihn in Ruhe lasse.«

Karl hätte den Bürgermeister selbst gerne bedroht, damit er ihn mit seinen nebulösen Andeutungen in Ruhe ließ.

»Und weil er dich bedroht hat, denkst du, er ist an irgendwelchen Verbrechen beteiligt gewesen?«

Neuerburg zeigte seine Handflächen.

»Ich habe halt nur Dinge erzählt bekommen, die mich stutzig werden lassen.«

Erneut geisterte die Doktrin des Fräuleins in seinem Kopf herum. Müller-Huber verfuhr anscheinend seinerseits nach diesem Prinzip. Er wartete nicht ab, was geschah, sondern ging offene Fragen frontal an. Karl kannte den Ortsbürgermeister lange und gut genug, um zu wissen, dass man ihn mit einem energischen Auftreten sowie dem richtigen Befehlston schnell beeindrucken konnte.

»Welche Dinge, Valentin? Hast du irgendwelche Beweise für solche Anschuldigungen?«

»Das darf ich dir nicht sagen, immerhin trage ich eine große Verantwortung in meiner Stellung als Ortsbürgermeister. Es gibt Amtsgeheimnisse.«

Beinahe hätte Karl über die aufgeblasene Wichtigkeit Valentins gelacht. So kam er nicht weiter.

»Schön und gut, nur was macht es jetzt noch für einen Unterschied? Werner ist tot, damit hat er ja wohl alle Schuld, die er eventuell auf sich geladen hat, abgegolten.«

Neuerburgs Gesicht legte sich in Falten. Er brauchte einige Sekunden, um zur Erkenntnis zu kommen: »Das stimmt.«

Der Bürgermeister blickte Karl in die Augen. Man konnte förmlich sehen, wie die Zahnräder in seinem Gehirn ratterten. Karl dachte kurz an seinen Eimer mit Schmiermittel.

»Na gut, dir vertraue ich.«

Das war Karl komplett neu. Viel wahrscheinlicher war es, dass Valentin nur ganz einfach jemanden brauchte, dem er sich mitteilen konnte, bevor ihm seine großen Geheimnisse im Hals stecken blieben und er daran erstickte.

»Werner hat am Ende des Krieges geheime Dokumente gestohlen, die für Deutschland wichtig gewesen sind. Deshalb habe ich dich nach Mitbringseln gefragt.« Valentins Stimme zitterte bedeutungsschwer.

Dieser Schachzug von Glatze war nicht schlecht. Mit einer solchen Behauptung ließ sich jemand wie Valentin Neuerburg am einfachsten einfangen. Es untermauerte bei solch kleinen Lichtern die Überzeugung, ein wichtiger Hebel in der Maschinerie der Macht zu sein. Was gab es Größeres als Staatsgeheimnisse? Karl beruhigte diese Mitteilung. Werner mochte ihm vielleicht nicht alle Details seiner Erlebnisse im und besonders am Ende des Krieges berichtet haben, Karl glaubte aber keine Sekunde daran, dass er im Besitz wichtiger Geheimunterlagen sein sollte. Für ihn ergab das, was Werner ihm zu dem ominösen Schatz erzählt hatte, bei Weitem mehr Sinn. Hinter großen Geschichten und staatstragenden Geheimnissen verbarg sich oft nichts weiter als simple Gier. Verschwundenes Gold und Silber waren schlicht und ergreifend die bessere Erklärung für alles, was in den letzten Tagen geschehen war.

»Dokumente, die für Deutschland wichtig gewesen sind? Geht es nicht etwas billiger, Valentin? Werner war doch kein General oder Feldmarschall.«

»Das habe ich nicht behauptet.« Neuerburg zeigte mit dem Finger auf sich selbst. Erneut beugte er sich vertraulich zu Karl. »Es geht wohl um Pläne für Wunderwaffen, mir gegenüber wurden nur Andeutungen gemacht, um mich nicht angreifbar zu machen.« Valentin wirkte nun fast wie ein Märtyrer.

»Werner soll welche Pläne besitzen?« Wieder hätte Karl sich auf die Zunge beißen können. Für den Ortsbürgermeister war Werner tot, deshalb bemerkte er den Versprecher nicht.

»Am Ende des Krieges ist sehr vieles durcheinandergeraten.«

»Wunderwaffen?« Das wurde alles immer absurder.

Der Ortsbürgermeister schnellte nach oben und streckte den Rücken durch. Wie einst, als er noch ständig gestärkte, braune Uniformen getragen hatte und vom Endsieg überzeugt gewesen war, verkündete er: »Jawohl, Wunderwaffen, die den Krieg zugunsten Deutschlands hätten entscheiden können. Und wohlgemerkt, das heute noch könnten. Ich weiß aus sicherer Quelle, es gibt geheime Verstecke mit treuen deutschen Kämpfern, die nur auf das Signal zum Losschlagen warten.«

Karl schüttelte den Kopf, waren damit etwa die abgerissenen Gestalten im Waldlager gemeint? Langsam wurde es mehr als albern.

»Versteckte treue Kämpfer? Valentin, hast du vielleicht einmal daran gedacht, dass Deutschland in dem Zustand von heute mit solchen Wunderwaffen nicht mehr besonders viel anfangen kann? Oder möchtest du dich damit höchstpersönlich an die Spitze einer neuen Bewegung setzen, die sämtliche Franzosen, Amerikaner, Briten und Russen aus dem Land fegt?«

Der Bürgermeister schrumpfte wieder einige Zentimeter.

»Natürlich nicht. Ich möchte nur das Beste für das Dorf. Wenn ich unserem armen, gebeutelten Land dabei helfen kann, umso besser.«

Karl glaubte zu verstehen, worum es hier eigentlich ging. Huber war dabei, alles an Hilfstruppen zu requirieren, was sich anbot. Dabei wurde er bei ihrem Bürgermeister als Freiwilligem fündig. Karl blickte in Richtung Wald, es war niemand zu sehen. Vielleicht wäre ein neuer Denkansatz für Neuerburg als Gegenmaßnahme nicht schlecht. Zum Ortsbürgermeister sagte er: »Valentin, hast du mal darüber nachgedacht, dass Werner nicht versehentlich ums Leben gekommen sein könnte?«

»Wieso, die Polizei hat das doch so ermittelt.«

Für jemanden wie Neuerburg waren alle Entscheidungen von Amtspersonen heilig. Sogar solche, die von den Besatzern kamen.

»Dir ist nicht der Gedanke gekommen, dein sauberer Herr Müller könnte Werner auf dem Gewissen haben und lügt dir ganz einfach die Hucke voll?«

»Das kann nicht sein, Herr Müller hat es sehr bedauert, dass Werner tot ist. So wird es für ihn viel schwieriger, an die gestohlenen Unterlagen heranzukommen.«

Wenn die anderen Leute in der Partei vom Schlage des Bürgermeisters gewesen waren, brauchte man sich nicht darüber zu wundern, wie schnell die tausend Jahre von Hitlers Reich geendet hatten. Neuerburg trat näher, mit leiser Stimme sagte er: »Du hast nicht eventuell mit Werner über Dinge aus dem Krieg gesprochen und weißt, wo Herrn Müllers Unterlagen versteckt sind? Du hast doch auch einen Schlüssel zu Werners Haus.«

Karl trat einen Schritt rückwärts.

»Valentin, jetzt mal nur angenommen: Wenn ich solche Unterlagen besäße oder falls ich wüsste, wo so etwas versteckt ist, glaubst du im Ernst, ich würde sie ausgerechnet ehemaligen SS-Leuten geben? Es mag sein, dass du die für mutige Patrioten hältst. Für mich sind das alles ziemliche Idioten.«

Man sah dem Bürgermeister die Enttäuschung an.

»Na gut, Karl, es ist deine Entscheidung. Komm mir aber später nicht und wirf mir vor, ich hätte dich nicht gewarnt.«

Neuerburg reckte das Kinn vor. Wie der Hahn auf dem Mist, der seine Schar Hühner in die Schranken gewiesen hatte, stolzierte er unvermittelt davon.

Karl sah ihm verblüfft hinterher, dann betrachtete er Werners Haus. Hier würde er auf die Schnelle nicht weiterkommen. Gedankenversunken folgte er den gepflasterten Straßen des Dorfes. Abwesend grüßte er die Leute, die er bei ihren jeweiligen Verrichtungen antraf. Mit seiner Grübelei fiel er nicht weiter auf, die Disselbacher waren es gewöhnt, dass ihr Schmied gelegentlich gedanklich in anderen Sphären weilte.

Mit den Händen in den Taschen kickte Karl einen Kieselstein, der bei Werners Haus im Weg gelegen hatte, vor sich her. Das einzig Positive an dieser Begegnung war, dass er Huber ein wenig kennengelernt hatte. Werner lag damit richtig, der würde nicht so einfach aufgeben und wieder aus seinem Leben verschwinden. Das mit den geheimen Unterlagen hielt er für kompletten Unfug. Er glaubte nicht eine Sekunde daran, dass einer zerlumpten Truppe gegen Ende des Krieges auf dem Balkan wichtige Unterlagen in die Finger gefallen sein könnten. Bei allen Zweifeln, die ihn beschäftigten – Werners Erzählung über den Schatz klang da viel realistischer. Für ihn selbst waren die Konsequenzen allerdings so oder so kompliziert und gefährlich. Eine unbekannte Anzahl ehemaliger SS-Leute war ihm auf den Fersen, und sie wurden von einem Mann angeführt, den man definitiv nicht unterschätzen durfte. Dazu kam zu allem Überfluss noch, dass Valentin Neuerburg den Feind nach Kräften unterstützte. Und auch das gefiel Karl nicht wirklich. Der einzige potenzielle Verbündete in diesem Durcheinander war Kriminalsekretär Peters. Der Kieselstein landete schließlich in einer von Jakobs Wiesen.

-18-

Seine verschlungenen Pfade führten ihn diesmal nicht an der Schule vorbei. Dafür hatte das Fräulein Redebedarf. Als er den Hof zwischen Haus und Schmiede betrat, fand er seinen Vater im Gespräch mit der Lehrerin vor. Obwohl die beiden sich nicht besonders mochten, standen sie erstaunlich vertraut beisammen.

»Hallo Karl«, begrüßte ihn Fräulein Schneebach, sein Vater nickte nur. »Ich wollte eben wieder gehen. Wo bist du denn gewesen?«

»Spazieren.«

»Das ist alles?«, hakte sie nach.

»Ja, das ist alles. Ich habe frische Luft gebraucht.«

Die Lehrerin tippte sich mit dem Finger auf die Nasenspitze. Sie sah von Karl zu dessen Vater und wieder zurück.

»Dein Vater und ich haben uns eben ein wenig über die Zustände im Lager unterhalten.«

»Aha, und mit welchem Ergebnis?«

Karl konnte sich denken, was seinen Vater umtrieb, wenn er bereit war, mit Fräulein Schneebach darüber zu sprechen. Sie war diejenige, die ihm am ehesten Auskunft über Pauline Globkow geben konnte.

»Nun, mit dem Ergebnis, dass es so nicht weitergehen kann. Leider interessiert sich niemand für die Meinung einer Volksschullehrerin oder eines Schmieds im Ruhestand.«

Ihre Stimme schwankte zwischen Frustration und Empörung. An seinen Vater gewandt meinte sie: »Vielen Dank für Ihre Zeit, Herr Bermes, ich mache mich gleich auf den Heimweg, es ist ja schon fast Mittagszeit.«

Josef Bermes verstand, dass die Lehrerin ihn loswerden wollte. Er warf seinem Sohn einen langen Blick zu, ehe er kommentarlos ins Haus ging. Fräulein Schneebach sah ihm nach.

»Gut, dass dein Vater nicht auf die Idee gekommen ist, Verkäufer zu werden. So maulfaul wie der ist, wäre er damit schnell pleitegegangen. Wie auch immer, was hast du heute Morgen wirklich gemacht?«

Zum ersten Mal seit Langem ging Karl die Neugier der Lehrerin auf die Nerven.

»Es ist, wie ich gesagt habe, ich war spazieren. Ich habe nicht viel zu tun, und das Wetter ist schön.«

»Das hatte ich verstanden, der Himmel hängt voller Geigen, die Engelein spielen Posaune und so weiter. Du hast nicht zufälligerweise eine gewisse Person weiblichen Geschlechts aus dem Lager gesucht?«

»Jetzt fangen Sie nicht auch noch damit an. Bisher habe ich ganze drei Mal mit Pauline gesprochen.«

»Alle Ehepaare, die Goldene Hochzeit feiern, haben irgendwann die ersten drei Gespräche miteinander geführt. Um Fräulein Globkow geht es mir nicht, obwohl dein Vater sehr interessiert an meiner Meinung über sie ist. Er ist lange nicht mehr so freundlich zu mir gewesen.«

Ein Lächeln huschte über ihr Gesicht, sofort wurde sie wieder ernst.

»Vor einer guten halben Stunde sah ich zufällig aus dem Wohnzimmerfenster, und wer kommt da aus dem Lager und läuft an der Schule vorbei in Richtung des Disselbachs? Ein Mann mit einer Glatze.«

Karl zögerte einen Augenblick, bevor er sagte: »Der ist mir eben auch begegnet.«

»Was du nicht sagst.«

Sie betrachtete Karl ausgiebig.

»Ich bin dann ein wenig um die Kirche geschlendert, Eus könnte ruhig öfter kehren. Was musste ich dann etwas später sehen? Erst kommt der Mann zurück, biegt dann nach rechts ab und ist anschließend mit Valentin Neuerburg ziemlich eilig wieder ins Unterdorf verschwunden. Das hat mich stutzig gemacht. Weil ich den beiden nicht einfach nachlaufen wollte, kam ich hierher, um das mit dir zu besprechen. Als ich hier ankam, fand ich nur deinen Vater vor. Wo bist du dem Mann begegnet?«

Karl seufzte, Fräulein Schneebach war eben Fräulein Schneebach. In knappen Sätzen berichtete er ihr von seinem Besuch in Werners Haus sowie dem anschließenden Gespräch mit Neuerburg und dem Glatzenmann. Die Wunderwaffen ließ er weg, weil er das für Unfug hielt. Das Gute daran war, dass er wichtige Informationen mit ihr teilen konnte, ohne Werner groß thematisieren zu müssen.

»Soso, Müller von der Waffen-SS. Von deren Heldentaten wurde während des Krieges ausgiebig berichtet.«

»Heldentaten sind relativ.«

»Ich frage mich allerdings, was die genau von dir wollen? Bist du im Krieg doch in etwas verwickelt gewesen, das du, aus welchen Gründen auch immer, nicht mit mir teilen möchtest? Gibt es eine Geschichte, die dich mit der SS verbindet?««

Karl plagte das schlechte Gewissen, weil er der Lehrerin ständig nur Teile der Wahrheit präsentierte. Immerhin konnte er, ohne zu lügen, sagen: »Nein, Fräulein Schneebach, ich hatte mit der SS nichts, aber auch gar nichts zu tun. Die meiste Zeit des Krieges habe ich mit anderen Dienststellen Funksprüche ausgetauscht.«

Die eisblauen Augen der Lehrerin bohrten sich in seine.

»Also hängt alles, was hier in den letzten Tagen geschehen ist, nur mit Werner zusammen?«

Er hob die Schultern, ohne etwas zu sagen. Das Fräulein sah sich um. Niemand war zu sehen. Dennoch sagte sie: »Wir stehen hier etwas dumm in der Gegend herum, vielleicht gehen wir besser in die Schmiede.«

Karl ließ sich nicht lange bitten. Wenig später fanden sie sich auf ihren gewohnten Sitzplätzen wieder. Kaffee bot Karl nicht an, weil seine Vorräte fast aufgebraucht waren und er an Werner als Abnehmer denken musste. Fräulein Schneebach hatte die Hände vor dem Bauch gefaltet, ihre Daumen drehten sich abwechselnd vorwärts und rückwärts umeinander.

»So ganz schlau werde ich aus dieser Geschichte immer noch nicht.« Sie sah von ihren Daumen zu ihm auf. »Warum hat sich die ganze Angelegenheit nicht mit der Beerdigung Werners erledigt? Dafür fehlt mir noch eine schlüssige Erklärung.«

Karl rutschte unbehaglich auf dem kalten Amboss hin und her. Es wurde Zeit, wenigstens einen Teil seiner Informationen aufzudecken. Er musste vorsichtig ans Werk gehen und die Grenzen der Wahrheit ein wenig anpassen.

»Es könnte sein, dass Werner mir etwas erzählt hat, bevor er gestorben ist.«

»Warum nur wundert mich das nicht?«

Sie wartete, ihre Daumen sausten. Da Karl schwieg, ergriff sie die Initiative.

»Lass mich raten, es gab da etwas im Krieg, weshalb Werner mit der SS über Kreuz gelegen hat?« Ihre Augen wurden größer. »Moment mal, viel sinnvoller wäre es, Werner hat etwas besessen, das dieser Glatzkopf wiederhaben möchte.«

An Karls Reaktion erkannte sie, dass sie auf der richtigen Spur war.

»Aha. Hat Werner die SS bestohlen?«

Karl entschied sich erneut für einen Teil der diversen Informationen und Wahrheiten in dieser Geschichte.

»Grundsätzlich liegen Sie mit dieser Vermutung wohl richtig. Dieser Müller ist auf der Suche nach etwas, das sich in Werners Besitz befunden hat.«

Er blieb bei dem falschen Namen. Je weniger Einzelheiten das Fräulein wusste, desto besser. Die beugte sich nach vorne, das Jagdfieber hatte sie gepackt.

»Es kann jetzt nicht auch noch sein, dass dir, natürlich nur vorübergehend, entfallen ist, worum es sich handelt oder wo das Objekt der Begierde zu finden ist?«

»Nein, Fräulein Schneebach, in dieser Hinsicht bin ich genauso ahnungslos wie Sie«, sagte Karl entschieden. Die Lehrerin ließ die Daumen kreisen, vorwärts, rückwärts und wieder vorwärts.

»Was hat Valentin Neuerburg damit zu tun?«

»Das müssen Sie ihn selbst fragen. Er ist wohl nur ein guter alter Kamerad von allem und jedem, der im Dritten Reich irgendwie in Amt und Würden gewesen ist. In den letzten Tagen hat er ständig versucht, mich über Werner auszuhorchen.«

»Valentin ist ein Trottel, und er ist immer ein Trottel gewesen. Das weiß ich, weil ich das zweifelhafte Vergnügen hatte, ihn zu unterrichten, genau wie seinen

Trottel von Sohn im Moment. Valentin kann einfach nur von Glück sprechen, dass er ins gemachte Nest hineingeboren wurde. Sein Vater war ein wesentlich gerissenerer Geschäftsmann. Disselbach ist klein, aber mit dem Laden und dem Steinbruch hat er Beeindruckendes auf die Beine gestellt. Valentin ist nicht der Hellste, dafür besitzt er das Gespür, sich mit den jeweils Mächtigen zu arrangieren. Deswegen wundert es mich ein wenig, dass er sich nun von den gestrigen Mächten einspannen lässt.«

»Vielleicht haben diese gestrigen Mächte die richtigen Argumente in Form von Drohungen und Skrupellosigkeit. Oder er ist wirklich ein Überzeugungstäter und nicht nur ein Mitläufer gewesen.«

Das Fräulein nickte stumm vor sich hin. Nach einer Weile sagte sie: »Das klingt alles nachvollziehbar für mich. Abgesehen von Valentin und der Rolle, die er spielt, ist die nächste Frage, die sich stellt: Wie weit sind dieser Müller und seine Kumpane bereit zu gehen, um an das zu kommen, was sie suchen?«

»Ich befürchte, es könnte wirklich unschön werden.«

Fräulein Schneebach nickte sachte mit dem Kopf.

»Dann ist es an der Zeit, dass du dir Hilfe besorgst.«

»Und wie stellen Sie sich das vor? Soll ich Jakob die Feuerwehr zusammentrommeln lassen, und wir marschieren mit der Feuerspritze im Waldlager ein?«

Fräulein Schneebach musste bei der Vorstellung schmunzeln.

»Das wäre eine Option. Wenn ich allerdings an Jakob und seine fußlahme Truppe denke, wäre es vermutlich nicht sehr hilfreich. Nein, du musst dich an die Behörden wenden. So wie ich das verstanden habe, hast du mit dem Polizisten Frieden geschlossen?«

»Peters? Ich bin mir nicht sicher, ob Frieden schließen es richtig trifft. Typen wie er halten grundsätzlich alle und jeden für verdächtig, egal was sie sagen. Und es ist Samstag.«

»Das mag sein, aber das Verbrechen schläft nicht, und Polizisten werden auch samstags gebraucht. Auf einen Versuch kommt es an. Oder fällt dir sonst jemand ein, den du fragen könntest?«

»Nein.«

»Na also. Du könntest nach Trier fahren, um mit ihm zu sprechen.«

»Dafür habe ich nicht mehr genügend Benzin übrig. Es ist im Moment schwierig, an Treibstoff zu kommen. Außerdem habe ich keine Ahnung, wo ich ihn finden soll, ich bin noch nie in Trier gewesen.«

So sehr Karl bei Pierre fragte und drängelte, beim Luxemburger ließ sich derzeit kein Benzin organisieren. Die Zuteilungen wurden seit Kurzem zu genau überwacht, da konnte nichts mehr versehentlich vom Lkw fallen. Eine Fahrt nach Trier würde seine Vorräte bedrohlich schrumpfen lassen.

»Peters hat mir gesagt, ich solle ihn anrufen, wenn mir etwas einfällt. Nach Kyllburg zum Bahnhof sind es nur acht Kilometer.«

»Dann solltest du das zügig tun. Es wäre sicher ein Fehler, einfach abzuwarten. So wie ich die Zusammenhänge mittlerweile verstehe, ist die Gefahr groß, dass du ebenfalls einen Unfall erleidest wie Werner. Das müssen wir um jeden Preis verhindern. Angriff ist die beste Verteidigung.«

»Keine Angst, auf Kreuzzüge gegen die SS bin ich nicht aus. Darum kann sich gerne der Kriminalsekretär kümmern.«

Das Fräulein entfaltete die Finger, sie umklammerte die Sitzfläche ihres Stuhls.

»So wie ich diesen Polizisten einschätze, ist er jemand, der sich nicht so leicht einschüchtern lässt.«

Sie wuchtete sich mit den Armen nach oben.

»Ich würde dich ja gerne begleiten, leider kann ich nicht ständig mit dir durch die Gegend fahren, ich muss auf meinen Ruf achten. Und telefonieren wirst du wohl allein können.«

Karls Sorge, was andere über ihn denken mochten, war nie sonderlich ausgeprägt gewesen. Er verstand jedoch, dass es für die Lehrerin in einem Dorf wie Disselbach wichtig war, von allen geachtet zu werden. Er konnte sich zwar nicht vorstellen, dass es im Dorf Gerede gab, er habe so etwas wie ein Verhältnis mit der doppelt so alten Lehrerin, dennoch wurde garantiert sehr sorgfältig registriert, wie oft sie bei ihm in der Schmiede erschien. Und gemeinsame Ausflüge mit dem Motorrad waren grundsätzlich ein verdächtiges, weil seltenes Ereignis.

»Wie Sie meinen, Fräulein Schneebach. Ich mache mich nach dem Essen auf den Weg.«

Sie nickte. »Mach das, es kann nur hilfreich sein.« Sie wechselte in den strengen Lehrerinnenblick. »In Zukunft wäre es ebenfalls schön, wenn du mir solche Nebensächlichkeiten wie deine Information über Werner früher mitteilen könntest.«

»Ja, Fräulein Schneebach.« Karl konnte das Lächeln nicht unterdrücken.

»Schön, schön.« Das Fräulein wollte zur Tür im Scheunentor hinausgehen, dabei stolperte sie über Wilhelm zwo, der davor gelegen hatte.

»Du blödes Mistvieh!«, schimpfte sie, Wilhelm zwo fauchte. Kater und Lehrerin standen seit jeher miteinander auf Kriegsfuß.

Karls Uhr zeigte zwölf Uhr zehn, höchste Zeit für das Mittagessen. Seine Eltern löffelten bereits ihren Eintopf, als er in der Küche eintraf. Es gab Brechbohnensuppe. Er ließ sich von seiner Mutter eine ordentliche Portion auf den Teller laden. Stumm aßen alle drei vor sich hin, bis Karl seinen Eltern mitteilte: »Ich fahre nachher zum Bahnhof nach Kyllburg, ich muss mit dem Polizisten in Trier sprechen.«

»Hat dir das die alte Jungfer eingeredet?«

Für Josef Bermes konnte alles, was bei seinem Sohn merkwürdig oder überraschend war, nur von der Lehrerin kommen.

»Nein, ich muss mit dem Polizisten in Trier sprechen, weil bei mir seit Werners Unfall zu viele neugierige Nasen aus dem Lager auftauchen.«

Das konnte sein Vater offenbar akzeptieren.

»Polizei, hm. Schon wieder. Das ist alles nur wegen der vielen Fremden. Valentin ist mehrfach mit Leuten aus dem Lager gesehen worden. Was soll von da Gutes kommen?«

Karl verstand durchaus, dass dieses »da« auch gewisse junge Damen mit einschloss. Er ging nicht weiter darauf ein.

Zum Nachtisch gab es für jeden einige Spalten eingelegter Birnen. Die mochte Karl nicht sonderlich gerne, weil sie ihm zu weich waren. Eingelegte Birnen waren eher der Lieblingsnachtisch seines Bruders Heinrich gewesen. Karl musste sich über kurz oder lang ernsthaft mit seiner Mutter unterhalten. Für Martha Bermes war er, was das Essen anging, der Platzhalter für seine beiden Brüder und musste für alle zusammen das verzehren, was jeder Einzelne gerne gegessen hatte. Das konnte auf Dauer nicht gut für seinen Hosenbund sein.

Satt ging er anschließend zurück in die Werkstatt. Er füllte den größten Teil des letzten Kanisters in den Tank des Motorrads.

-19-

Es war bereits fast zwei Uhr, als er über die Landstraße zum Dorf hinaus donnerte. Die Route führte ihn aus der leichten Senke, in der Disselbach lag, hinauf zu den Hügeln, die die Begrenzungen des Kylltals bildeten. Am Nachbarort Badem vorbei ging es über die Fernstraße in Richtung Daun, bis er nach links abbog, hinunter nach Kyllburg. Der Bahnhof lag nicht weit von der Kyll entfernt. Es ging steil nach unten ins schmale Tal des kleinen Flusses, über einige Serpentinen in den Ort hinein. Wegen des Bahnhofs hatte es im Frühjahr 1945 mehrere Luftangriffe auf das Städtchen gegeben. Viele der Häuser rund um den Bahnhof und den Tunnel in Richtung Trier besaßen nur notdürftig geflickte Dächer oder waren noch Ruinen.

Der Bahnhof selbst hatte einiges abbekommen, er war aber wieder im Betrieb. Gleich neben einer Schutthalde am Bahnsteig stellte Karl das Motorrad ab. Wie bereits am Unglückstag gab es Diskussionen mit dem Bahnhofsvorsteher wegen der Wichtigkeit des Telefons und wer befugt war, es zu benutzen. Karl rechnete mit schwierigen Verhandlungen, deshalb hatte er das halbe Päckchen Zigaretten von Peters eingesteckt. Das und der Hinweis, er müsse mit der Polizei in Trier telefonieren, halfen schließlich. Karl wurde erneut ins Allerheiligste der Amtsstube gelassen, und wie beim letzten Mal blieb der Vorsteher in der Tür stehen, um sich davon zu überzeugen, dass Karl keine andersgearteten privaten Gespräche führte.

Er wurde mehrfach hin und her verbunden, ohne dass er jeweils eine Ahnung hatte, wo er gerade gelandet war. Dreimal hatte er unfreundliche Franzosen am Rohr, die ihn nur unwillig weitervermittelten. Schließlich landete er bei einem weiteren Franzosen, der kaum deutsch sprach, dafür aber anscheinend wusste, wer der Kriminalsekretär war.

»Monsieur Peters!«, wurde dermaßen laut gebrüllt, dass Karl das rechte Ohr dröhnte. Der Hörer wurde polternd irgendwo abgelegt, wenig später klapperte es.

»Peters«, drang es energisch zu Karl.

»Guten Tag, Herr Kriminalsekretär«, sagte Karl übertrieben deutlich in Richtung des Bahnhofvorstehers. Der sah alarmiert aus.

»Wir hatten uns ja darauf geeinigt, ich solle mich melden, wenn es etwas zu berichten gibt.«

»Ach, der Herr Bermes. Dann schieß mal los.«

»Moment«, sagte Karl. An den Vorsteher gewandt meinte er: »Wäre es möglich, dass ich ungestört mit dem Kriminalsekretär sprechen könnte? Es geht um vertrauliche Dinge.«

Der Mann richtete sich zu seiner ganzen Wichtigkeit auf, die Eisenbahneruniform spannte am Bauch.

»Ich trage hier die Verantwortung. Wissen Sie, wie wertvoll heutzutage ein Telefon ist?«

Karl hielt ihm einfach den Hörer hin. Zuerst zögerte der Mann, griff dann aber doch zu. Karl hatte das Ding beim Sprechen so gehalten, dass Peters ihn verstanden haben musste. Kaum befand sich der Hörer am Ohr des Bahnmenschen, brüllte Peters los wie ein Spieß bei der Grundausbildung. Karl konnte die einzelnen Wörter nicht verstehen, sie reichten aber aus, dass der Vorsteher erst bleich wurde, um gleich darauf rot anzulaufen. Er drückte den Rücken dermaßen durch, dass Karl um die Jackenknöpfe an seinem Bauch fürchtete.

»Jawohl«, blökte der Mann aufgeregt. »Jawohl, Herr Kriminalsekretär, ich verstehe die Wichtigkeit der Angelegenheit. Natürlich werde ich alles in meiner Macht Stehende tun, um Sie und Ihren Mitarbeiter zu unterstützen, Herr Kriminalsekretär.«

Nach einem letzten Brüller Peters' erhielt Karl den Hörer zurück. Mit einer tadellosen Kehrtwende auf dem Absatz verschwand der Mann aus dem Raum, die Tür schepperte im Rahmen.

»Ich wusste gar nicht, dass ich Ihr Mitarbeiter bin.«

Peters kicherte, es folgte ein eigenartiges Schnauben, das Karl auf seine Gewohnheit, durch die Nase auszuatmen, zurückführte. Es hatte dem Polizisten anscheinend Spaß gemacht, jemanden ordentlich zusammenfalten zu können.

»Betrachte dich als frisch befördert. Ist der Idiot weg?«

»Ja.«

»Wunderbar. Also, was hast du auf dem Herzen?«

Karl entschied sich für ein größtmögliches Maß an Wahrheit.

»Unser Verdacht, es sei auf Werner ein Anschlag verübt worden, dürfte richtig gewesen sein.«

»Weiter, da erzählst du mir nichts Neues.«

»Ich wurde von Herrn Globkow und seiner Tochter darauf aufmerksam gemacht, dass im Lager jemand aufgetaucht ist, der sich dort bereits vor zwei Wochen nach Werner erkundigt hat. Dieser Mann schleicht jetzt im Dorf herum und stellt merkwürdige Fragen.«

»Merkwürdige Fragen?« Peters klang aufmerksamer.

»Wegen Werner und auch wegen dem Anschlag.«

»Und jetzt hast du Angst, er könnte dich in die Luft sprengen, weil er gerade so schön in Übung ist?«

»Das würde ich nicht ausschließen. Ich glaube, der sucht nach etwas.«

»Er sucht nach etwas, hm, das soll es geben. Das Finden ist die wahre Kunst. Hat dieser Neugierige auch einen Namen?«

Karl beschloss erneut, Teile der Wahrheit und seines Kenntnisstandes ein wenig kreativ miteinander zu verflechten.

»Ja, habe ich, laut unserem Bürgermeister haben wir es mit Hauptsturmführer Huber von der Waffen-SS zu tun.«

Das half, Peters von seinem Sarkasmus zu kurieren.

»Moment, ich schreibe mir das auf. Hauptsturmführer Huber. Hast du eine Einheit für mich?«

»Da bin ich mir nicht ganz sicher«, log Karl. »Es dürfte sich um die 24. Waffen-SS-Gebirgsdivision handeln.«

»Hm, das sagt mir nichts, das muss aber nichts heißen. Und was hat eine SS-Jodeltruppe mit deinem Freund Werner zu tun?«

»Die genauen Zusammenhänge kenne ich nicht, Huber hat aber explizit nach ihm gefragt. Für mich wirkte es so, als hätten sie im Krieg miteinander zu tun gehabt.«

»Was wollte dieser Hauptsturmführer denn von dir?«

»Es gibt da wohl etwas, das Werner besessen hat und das Huber wiederhaben möchte.«

»Und du weißt nicht zufälligerweise, worum es sich dabei handeln könnte? Ich sage nur, Panzer im Schuppen.« Ein weiteres Schnauben.

»Nein, keine Ahnung. So wie Huber gefragt hat, scheint es ihm ziemlich wichtig zu sein.«

»Ist das alles?«

»Mir reicht das. Wir haben Frieden, der Kamerad Huber hat das anscheinend noch nicht so richtig mitbekommen. Ich würde es nicht gut finden, wenn mir oder meinen Eltern etwas zustößt.«

Dieser Gedanke schlich durch seinen Kopf. Holm hatte das angedeutet, über seine Eltern war er angreifbar. Peters schnaubte und räusperte sich.

»Gut, ich denke, ich habe verstanden, was du mir sagen willst. Ich müsste jetzt einige Telefonate führen. Das wird etwas Zeit beanspruchen, die Telefonleitungen funktionieren nicht immer einwandfrei, und außerdem sind sie ständig überlastet. Ich versuche mein Bestes, um herauszufinden, was es mit Hauptsturmführer Huber auf sich haben könnte.«

»Und was soll ich tun?«

»Eine gute Frage, Herr Bermes, ich wäre an deiner Stelle sehr vorsichtig. Ad hoc kann ich leider nichts für dich tun. Du erinnerst dich, bei uns hier gibt es keinen Fall Werner Schomer. Lass mich versuchen, in dieser Angelegenheit etwas Licht ins Dunkel zu bringen. Sollte ich hinsichtlich der SS tatsächlich fündig werden, dürfte es einfacher werden, Favre wegen eines Autos zu beknien. Wenn du aber in den nächsten zwei Tagen nichts von mir hörst oder siehst, gibt es vermutlich kein Material zu deinem Hauptsturmführer. In jedem Fall möchte ich dir raten, sei vorsichtig und bleibe in Deckung.«

Eine Raucherpause.

»Hast du weitere Informationen?«

»Nein, mir reicht das, was ich Ihnen erzählt habe, vollkommen aus.«

»Na gut, ich sehe zu, ob ich etwas herausfinde. Leider bist du etwas spät dran, und es ist Wochenende. Mal sehen, wie weit ich heute noch komme. Ich will versuchen, Anfang nächster Woche bei euch in der grünen Hölle aufzutauchen. Deine Hinweise könnten Favre vielleicht doch interessieren. Halt die Ohren steif, Herr Bermes!«

Ein letztes Schnauben, dann war die Leitung tot.

Unzufrieden betrachtete Karl den Hörer einige Sekunden lang. Wunder waren nicht zu erwarten gewesen, dennoch hatte er auf schnellere Unterstützung gehofft. Er konnte nur darauf hoffen, dass er die anstehenden Probleme gemeinsam mit Werner lösen konnte. Mit Peters brauchte er jedenfalls vorerst nicht zu rechnen.

Vor der Tür fand er den Bahnhofsvorsteher, der nervös im Kreis lief. Peters musste ihm ordentlich eingeheizt haben.

»Kann ich irgendetwas tun, um Sie zu unterstützen?«, wollte er dienstbeflissen wissen.

Karl hielt ihm seine rechte Handfläche hin. »Meine Zigaretten.«

»Was?«

»Meine Zigaretten, die habe ich vom Kriminalsekretär. Soll ich ihm erzählen, Sie hätten mir das Päckchen abgeknöpft, damit ich mit ihm telefonieren kann?«

»Nein, nein, natürlich nicht.«

Die Zigaretten wechselten wieder den Besitzer. Immerhin das.

»Kann ich noch etwas für Sie tun?«, fragte der Mann.

Karl wollte schon zu seinem Motorrad gehen, konnte sich aber nicht beherrschen und sagte: »Nein, haben Sie vielen Dank, ich werde Sie lobend in meinem Bericht erwähnen.«

Der Bahnhofvorsteher nahm erfreut Haltung an. »Vielen Dank, Herr …?«

Karl ließ ihn stehen, bevor der Mann sich zu überkommenen Gesten hinreißen ließ.

-20-

Am Abend saß Karl im Kabuff neben dem Ofen. Er hatte sich nach seiner Rückkehr erkundigt, niemand war bei seinen Eltern erschienen, um ihn zu suchen. Den Rest des Nachmittags ließ er nicht müßig verstreichen.

Aus seiner Kindheit wusste er, dass auf Jakobs Dachboden eine alte Vorderlader-Muskete aus Napoleons Zeiten stand. Damit hatten sie als Kinder, trotz Christines Schimpfen, gerne gespielt. Jakob hatte sich nicht daran gestört, weil es ja kein Schwarzpulver dafür gab. Natürlich brauchte er mit diesem museumsreifen Ding nicht in den Kampf zu ziehen. Also hatte er sich Gedanken über Alternativen gemacht.

Die drei Stichbeitel für Holz, die er besaß, lagen frisch angeschliffen in seiner Arbeitskiste aus Blech, gleich neben zwei Messern und einer Kollektion verschieden großer Schraubendreher. Dazu hatte Karl alle handlichen Hämmer zusammengetragen und in die Kiste gelegt. Hauptfeldwebel Karb hatte ihnen in der Ausbildung eingeschärft, jeder Gegenstand, der die menschliche Haut durchdringen konnte oder härter als Knochen war, eignete sich als Waffe.

Eines der Steckenpferde des Hauptfeldwebels war die asiatische Kampfkunst gewesen. Karb war vor dem Ersten Weltkrieg, als Sohn eines Militärattachés, an der Botschaft in Tokio aufgewachsen. Er liebte es, seinen Zöglingen von den verschiedenen japanischen Waffen und Kampfmethoden der Vergangenheit zu erzählen. Eine dieser Waffen waren Wurfsterne, die in Japan von irgendwelchen verkleideten Attentätern benutzt wurden. Dazu hatte Karb nur Zeichnungen gehabt. Karl besaß genug Erfahrung mit Metall, um die notwendige Größe ungefähr abschätzen zu können. Die letzte Stunde hatte er sich damit beschäftigt, Blechreste und Stahlstücke mit Handsäge und Feile in die gewünschte Größe und Form zu bringen. Die ersten beiden Prototypen sahen gefährlich aus, trudelten jedoch mehr durch die Gegend, als dass sie flogen. Selbst das sichere Treffen des Scheunentores gelang ihm damit nicht. Beim dritten Prototyp änderte sich das, der vierte Wurfstern war so austariert, dass er sich stabil in der Luft drehte und mit einer der Zacken ungefähr da im Tor stecken blieb, wo Karl es beabsichtigte. Ein japanischer Meister oder Hauptfeldwebel Karb hätten wahrscheinlich Grund genug, mitleidig mit dem Kopf zu schütteln. Karl war sich jedoch sicher, dass die Sterne zur Not ihren Zweck erfüllen und einen Gegner zumindest verletzen würden.

Auf diese Weise verwandelte sich die alte angeschlagene Arbeitskiste aus Blech nach und nach in ein kleines Arsenal mehr oder weniger tödlicher Waffen. Eine Schusswaffe wäre Karl lieber gewesen, allerdings konnte er sich nicht vorstellen, dass der Gegner über Maschinengewehre verfügte.

Karl ging davon aus, dass Werner mit allem umzugehen wusste, was einen Gegner ausschaltete.

Mit dieser Arbeit war er inzwischen seit dreißig Minuten fertig. Draußen begann es zu dämmern. Ungeduldig wartete er auf seinen Freund. Karl widerstand dem Impuls, dem Steinbruch einen Besuch abzustatten. Es würde keinen Sinn machen, im Dunkeln aneinander vorbeizulaufen.

Karl legte seine übergeschlagenen Beine auf dem kalten Kanonenofen ab. Die letzten Tage waren wie in einem Wirbel an ihm vorbeigezogen, ohne dass er eine große Chance gehabt hatte, das Geschehene vernünftig zu reflektieren. Die Kriegsjahre hatten zu einer gewissen Abstumpfung geführt, dessen war Karl sich vollkommen bewusst. Selbst er, der kaum mit unmittelbaren Kampfhandlungen in Berührung gekommen war, wusste den Tod als ständigen Begleiter an seiner Seite. Oft hatten er und Pierre unweit ihres Bunkers am Strand des Ärmelkanals gesessen. Über sie hinweg dröhnten Dutzende schwere Bomber, die ihre todbringende Fracht in die Heimat trugen.

Nach der Gefangennahme und ihrem Marsch ins Gefangenenlager kamen sie zuerst durch vom Krieg stark zerstörte französische Städte und später durch deutsche. Karl musste eine Weile mithelfen, den Schutt wegzuräumen, den man einmal als Aachen gekannt hatte. Was für ein Wahnsinn! Es wäre bestimmt hilfreich, Leute wie Valentin Neuerburg für solche Aufgaben heranzuziehen. Vielleicht würden sie für die Zukunft lernen, zu was es führen konnte, wenn man Parolen hirnlos nachplapperte und Befehle blind ausführte.

Er hielt es für eine reichlich absurde Situation, dass er sich jetzt, über ein Jahr nach Kriegsende, mit ehemaligen Angehörigen der SS auseinandersetzen musste.

Dass er dies Werner zu verdanken hatte, war ihm bewusst. Eigentlich kannte er ihn gut genug, um beurteilen zu können, wann er log. Allerdings blieb die Frage, wie tief Werner tatsächlich in die Machenschaften Hubers und seiner Truppe verstrickt gewesen war. Karl kannte Werner nur als Luftikus, unnötige Brutalität passte eigentlich nicht zu ihm. Aber Werner hatte den Krieg anders verlebt als er. Wer konnte sagen, wie sich der Charakter eines Menschen veränderte, wenn er ständig knietief durch Blut und Scheiße waten musste?

All diese wohlfeilen Betrachtungen änderten nichts daran, dass er ohne eigenes Zutun ins Visier Hubers geraten war. Sie würden die offenen Fragen nicht gemütlich bei einer Tasse geschmuggeltem Kaffee klären, darüber machte Karl sich keinerlei Illusionen.

Die Türdose schepperte energisch, jemand hatte die Werkstatt ohne große Vorsicht betreten. Ein kurzer Blick durchs Fenster des Kabuffs verriet Karl, dass es draußen tatsächlich bereits dunkel war. Er musste wohl mal wieder tiefer in Gedanken versunken sein als gedacht. Arglos betrat er die Werkstatt und erstarrte. An der Tür stand Glatze und beobachtete ihn wachsam.

»Guten Abend, Wieland der Schmied.«

Karl bewegte sich vorsichtig zur Werkbank, wo sich die Kiste mit den provisorischen Waffen befand. Der Fremde hob die Hand.

»Nur die Ruhe, ich bin nicht gekommen, um mit Ihnen Kämpfe auszutragen.«

Karl blieb bei der Esse stehen, der Vorschlaghammer befand sich in seiner Reichweite, er bückte sich leicht nach vorne. Huber bemerkte das.

»Bevor Sie auf dumme Gedanken kommen, sollte ich Ihnen sagen, dass wir die Lehrerin haben.«

Alarmiert ruckte Karl hoch. »Wie meinen Sie das?«

»Ich hätte gedacht, diese Information wäre eindeutig. Aber ich wiederhole es gerne zum besseren Verständnis. Wir haben dieses schimpfende Fräulein in unserem Gewahrsam. Zufälligerweise hat sie sich auf einem Spaziergang befunden, und wir konnten ihr Ziel ein wenig ändern. Sollte mir etwas zustoßen, wäre das für sie nicht von Vorteil, um es diplomatisch auszudrücken.«

»Ich wüsste nicht, was ich oder Fräulein Schneebach mit Ihnen zu tun hätten.«

Karl versuchte, Zeit zum Nachdenken zu gewinnen. Wenn das wirklich stimmte, machte es die Dinge wesentlich komplizierter.

»Es macht für mich keinen großen Sinn, hier wie beim Skat gegenseitig auszureizen, was geht. Ich bin dafür, dass wir die Karten auf den Tisch legen. Erstens, Werner Schomer lebt und Sie wissen das, genauso wie Sie wissen, wo er ist. Zweitens, Kamerad Schomer hat etwas in seinem Besitz, das mir gehört und das ich wiederhaben möchte. Ich kenne ihn und das, zu was er fähig, ist, sehr gut, und deshalb weiß ich, dass man Werner Schomer auf gar keinen Fall unterschätzen darf. Weil Werner keine Familie hat, habe ich mich für die Lehrerin als Druckmittel entschieden. Die wohnt allein und wird deshalb nicht so schnell vermisst wie etwa Ihre Eltern.«

Karl zuckte nach vorne, der Vorschlaghammer landete in seinen Händen. Huber hob die rechte Hand.

»Nur die Ruhe, Wieland. Mir wäre es auch lieber, das alles wäre nicht nötig. Ich möchte nur das wiederhaben, was mir gehört. Es war Werner Schomer, der mich bestohlen hat. Sie sollen lediglich ein wenig Überzeugungsarbeit bei ihm leisten. Ihr Ortsbürgermeister hat mir erzählt, wie wichtig die Alte für Sie ist. Mein Vorschlag wäre, ich erhalte mein Eigentum zurück, dafür übergebe ich Ihnen die vertrocknete Jungfer, ohne dass wir ihr wehtun.«

Karl ballte die Fäuste um den Griff. Er musste ein sehr ernsthaftes Gespräch mit Valentin Neuerburg führen, wenn dieser Albtraum zu Ende war.

»Wenn dem Fräulein etwas passiert, wirst du es bereuen«, presste Karl zwischen den Zähnen heraus.

»Huch, eine Drohung.« Hubers Hände zuckten in gespieltem Schrecken nach oben, dann grinste er. »Glaubst du im Ernst, mich beeindruckt dein großer Hammer, Wieland? Keine Angst, ich habe nichts davon, deiner Freundin etwas anzutun. Zu viel Aufsehen kann ich nicht gebrauchen. Sollten wir zu einer geschäftlichen Einigung kommen, wird nur ihr Stolz ein wenig angekratzt sein.«

»Und wie genau soll das ablaufen?«

»Da ist die Antwort nicht so einfach. Werner wird nicht mit mir verhandeln wollen. Und ich bin mir keineswegs sicher, ob sein Herz so sehr an seiner alten Lehrerin hängt, dass er überhaupt auf irgendetwas eingeht. Deshalb müsstest du wohl den Unterhändler spielen. Mein Vorschlag wäre, du unterhältst dich zügig mit ihm, und wir überlegen danach, wie wir zusammenkommen können.«

Karl bemerkte, dass er die Fäuste so sehr um den Griff des schweren Hammers schloss, dass seine Knöchel in reinstem Weiß hervorstanden. Er zwang sich, die Finger zu lockern.

»Ich werde mich mit Werner beraten.«

Huber sah sich in der Schmiede um, er bemerkte das große Spinnennetz und schüttelte den Kopf.

»Das ist ein weiser Entschluss, Wieland. Und nur für den Fall, dass ihr hinsichtlich meiner Person schlaue Pläne schmieden wollt: Die Lehrerin ist unter ständiger Aufsicht; wenn ich mich nicht regelmäßig melde, überlebt sie das nicht.«

Karl ließ den Vorschlaghammer sinken.

»Na gut. Ich werde mit Werner reden. Wie soll ich mit euch in Kontakt treten?«

»Das überlasse ich dir. Meine Kameraden und ich sind in unserer komfortablen Baracke im Wald zu finden. Einer wird immer da sein. Frage zur Not einfach nach Herrn Müller. Ach, noch eine Frage, wir vermissen einen unserer Kameraden, du weißt nicht zufälligerweise etwas über seinen Verbleib?«

»Holm?«

»Genau der.«

»Den hat Werner erwischt.« Karl sah keinen Sinn darin, dies zu verschweigen.

»Das hatte ich befürchtet, und das ist sehr schade.«

Huber ging langsam die zwei Schritte rückwärts zur Tür, ohne Karl aus den Augen zu lassen.

»Wie gesagt, versucht keine Dummheiten und kommt besser nicht auf den Einfall, irgendwelche Behörden einzuschalten. Du möchtest bestimmt nicht sehen, was ich mit der Lehrerin mache, wenn ich mit dem Resultat unserer Verhandlungen unzufrieden sein sollte. Ach, und noch eines: Ich weiß nicht, was Werner dir so alles über unsere gemeinsame Zeit berichtet hat. Ich könnte mir allerdings vorstellen, er hat es mit der Wahrheit nicht so genau genommen, was seine eigene Rolle bei unseren Unternehmungen angeht. Eines solltest du wissen, dein Freund ist kein Unschuldslamm.«

Die Tür wurde geöffnet, Huber trat hindurch.

Karl konnte sich nicht von der Stelle bewegen. Immerhin stellte er den Vorschlaghammer wieder zu Boden. Abgesehen von seinen Eltern war Fräulein Schneebach seine wichtigste Bezugsperson in Disselbach. Für ihn war sie am ehesten so etwas wie eine Patentante, mit der er sich ausgesprochen gut verstand. Das Fräulein traf keinerlei Schuld an all den Geschehnissen der letzten Tage. Ihr durfte auf keinen Fall etwas zustoßen, das könnte er sich nie verzeihen.

Er zog sich in den Kabuff zurück. Die Werkzeugkiste nahm er mit und platzierte sie zwischen den Füßen. Tausend Gedanken schwirrten in seinem Kopf herum, ohne dass er einen fassen konnte.

So saß er stumpf vor sich hin brütend da, als die Tür wieder geöffnet wurde, die Dose schepperte. Karl griff sich mit rechts eines der Messer, in der Linken landete ein dicker Fäustel. Er hörte, wie draußen der Stuhl an der Werkbank zurückgeschoben wurde. Vorsichtig bewegte Karl sich auf die Zwischentür zu. Das Messer zum Zustechen erhoben, schob er sich vorsichtig um die Ecke. Er ließ das Messer wieder sinken. Werner saß auf dem Stuhl des Fräuleins und vergrub das Gesicht in den Händen. Sein Haar klebte verschwitzt am Schädel. Karl trat vorsichtig an ihn heran.

»Werner? Alles klar bei dir?«

Sein Freund sah auf. Schweiß rann ihm über das Gesicht. Er blutete am linken Unterarm. Karl legte Hammer und Messer zur Seite.

»Was ist passiert?«

Werner hob die Hand.

»Ich muss erst einmal verschnaufen. Hast du was zu trinken da? Und ich habe einen Bärenhunger.«

Damit hatte Karl gerechnet. Für alle Fälle hatte er etwas Brot aus der Küche mitgehen lassen sowie ein Einmachglas mit Sülze aus der Speisekammer. Aus dem Nebenraum nahm er den Korb mit den Lebensmitteln und stellte ihn vor Werner ab. Dann ging er zum Wasserhahn, um eine Tasse mit Wasser zu füllen. Bei seiner Rückkehr kaute Werner an dem Brot und fingerte gierig in der glibberigen Masse im Glas. Das Wasser stürzte er mit einem Schluck herunter. Karl besorgte mehr Wasser.

»Was ist passiert?«, fragte er erneut.

»Ich war unaufmerksam, um ein Haar hättest du mich so einmachen können.« Werner hob das große runde Glas.

Karl ließ ihn fertig essen. Werner stellte das Glas auf den Fußboden. Er leckte sich die Finger einzeln ab. Dann schob er den Ärmel der Uniformjacke zurück, um seinen Unterarm zu inspizieren. Ein Schnitt verlief über die Oberseite, nicht tief, aber über die ganze Länge des Unterarms.

»Da habe ich mal wieder Dusel gehabt, das sieht nicht besonders schlimm aus. Du hast nicht zufälligerweise Verbandsmaterial?«

»Doch.«

In der Schmiede kam es immer wieder zu Quetschungen, Schnitten oder Verbrennungen. Karl ging in den Kabuff und kehrte mit dem Erste-Hilfe-Kasten sowie der Werkzeugkiste zurück.

»Am besten lässt du Wasser drüberlaufen, bevor ich dich verbinde.«

Gehorsam erhob Werner sich, um zum Waschbecken zu gehen. Einige Sekunden plätscherte Wasser über seinen Arm und spülte Blut und Schmutz weg. Nachdem er wieder auf dem Stuhl saß, nahm Karl eine halbvolle

Flasche Jod aus dem Kasten. Vorsichtig ließ er etwas davon über den Schnitt laufen, mit einem Stück Watte verteilte er es großzügig. Werner verzog das Gesicht.

»Das passiert, wenn man nicht aufmerksam ist.«

Karl nahm eine der Mullbinden, sorgfältig umwickelte er den Arm damit. Das Ende riss er entzwei, um eine Schlaufe binden zu können.

»Im Krieg waren die Krankenschwestern hübscher«, bemerkte Werner. Er klang schon wieder munterer.

Karl hockte sich auf den Amboss. Er sah Werner an. »Dein Hauptsturmführer ist eben hier gewesen.

Werner schrak alarmiert auf. »Was, wann ist das gewesen?«

»Ich habe nicht auf die Uhr geschaut, es wird eine Stunde her sein.«

»Was wollte er?«

»Mir erzählen, dass sie Fräulein Schneebach in ihrer Gewalt haben.«

»Ach so.« Werner lehnte sich wieder zurück, so als wäre die Entführung der Lehrerin nicht weiter wichtig.

Karl kniff die Augen zusammen.

»Ach so? Hast du mir nicht zugehört, Fräulein Schneebach wurde entführt!«

»Was hat das mit mir zu tun?«, kam es abweisend.

»Ich würde mal sagen, du bist der Auslöser dafür. Huber möchte das, was du ihm abgenommen hast, gegen sie eintauschen.«

Werner starrte mit verkniffenem Gesicht vor sich hin.

»Was geht mich das an? Die Schneebach ist deine Freundin, nicht meine. Mir hat sie immer nur die Ohren lang gezogen.«

Karl konnte nicht glauben, was er da hörte. Natürlich war Werner der Lehrerin nicht so nahe wie er, deshalb konnte er jedoch nicht einfach so ihr Leben aufs Spiel setzen.

»Was dich das angeht? Du blöder Idiot, ohne deine krummen Geschäfte hätten wir den ganzen Ärger jetzt nicht.«

Werner schwieg. Karl platzte der Kragen, die Anspannung der letzten Tage und besonders die Neuigkeiten von heute brauchten ein Ventil. Er schnappte sich den Vorschlaghammer. Mit aller Kraft, die er aufbringen konnte, ließ er dessen Kopf auf den Amboss knallen. Es klingelte in seinen Ohren, immerhin zuckte Werner zusammen.

»Was soll der Scheiß?«

»Was der Scheiß soll?« Karl wurde selten laut. Nun grollte seine Stimme wie die eines Riesen. Er drohte Werner einhändig mit dem Hammer, das dicke Stück Stahl am Ende des langen Stiels bewegte sich um keinen Millimeter.

»Ich erwarte von dir, dass du mir das gibst, was du von den Arschlöchern der SS hast, damit ich das gegen Fräulein Schneebach eintauschen kann. Sonst wird es wohl Zeit, dass wir herausfinden, wer von uns beiden der Bessere ist.«

Werner sah ruhig zu ihm auf, es dauerte weitere Sekunden, bis er sagte: »Eines muss ich dir lassen, so wie du mit dem Hammer aussiehst, könnte sogar ich nervös werden. Und du denkst, so funktioniert das?«

Karl wog das massive Schlagwerkzeug in der Hand. Er verspürte nicht wenig Lust, ihn seinem guten alten Freund einfach so über den Schädel zu ziehen.

»Ich erwarte von dir, dass du hilfst, Fräulein Schneebach zu befreien. Dein dämlicher Schatz geht mir am Arsch vorbei. Und sogar du schuldest Fräulein Schneebach genug, als dass du sie einfach so opfern kannst.«

Werner spielte mit der Tasse.

»Huber hat dir gesagt, er wird die Alte freilassen, wenn ich ihm den Beutel gebe?«

»Genau das.«

»Das glaubst du ihm?«

Karls blanke Wut ließ seinen Körper bis in die Haarspitzen erzittern. Die Anspannung verging so plötzlich, wie sie gekommen war, und machte Resignation Platz. Seine eigenen Zweifel meldeten sich.

»Es bleibt mir leider nichts anderes übrig. Ich kann ihm Fräulein Schneebach nicht einfach überlassen. Wenn du mir nicht helfen willst, werde ich allein schauen, was ich tun kann.«

Sein bester Freund lachte freudlos auf.

»Hast du nicht aufgepasst, als ich dir erzählt habe, mit wem wir es zu tun haben? Es würde mich nicht wundern, wenn dein Fräulein längst bei ihren dämlichen, preußischen Vorfahren weilt und deren langweiliges Paradies auf Vordermann bringt. Für Huber ist ein Menschenleben absolut nichts wert. Für ihn ist die Schneebach nichts weiter als eine Mitwisserin, und die müssen alle beseitigt werden.«

Karl knirschte mit den Zähnen. Unglücklicherweise konnte er diesen Punkt sehr gut nachvollziehen. Hilflos ließ er sich auf den Amboss plumpsen. Er sah zu Werner, der hob die Schultern.

»Es ist so, wie ich gesagt habe, erwarte von Huber keinerlei Gnade oder ehrliches Handeln.«

»Lassen wir das Thema für einen Augenblick. Was ist bei dir gewesen?«

Karl musste sich erst abregen, um wieder klar denken zu können. Werner betrachtete den Verband an seinem Arm.

»Es war so ähnlich wie mit der Sprengfalle, ich bin nicht mehr richtig in Übung. Ich glaube, der Frieden ist nichts für mich.«

»Lass das Drumherum weg«, sagte Karl ungeduldig.

»Ich müsste Huber eigentlich gut genug kennen, Geduld ist nicht seine Stärke. Während er nett mit dir geplaudert hat, sind seine Leute ausgeschwärmt, um mich zu suchen. Zwei meiner alten Kameraden haben mich im Steinbruch aufgestöbert.«

Karl hüpfte auf die Beine. »Was heißt das, ist dir jemand auf den Fersen?«

Werner winkte ab.

»Nein, die dürften im Moment ihre eigenen Wunden lecken. Zum Glück hatte ich eine Schippe aus dem Bunker dabei.«

Er schob den zerrissenen Ärmel über den Verband und lehnte sich auf dem Stuhl zurück.

»Zu meiner Entschuldigung muss ich sagen, ich kam vom Scheißen. Deshalb hatte ich die Schippe dabei.«

»Spare dir bitte die Einzelheiten. Wer hat dich angegriffen? Huber war hier.«

»Es war wahrscheinlich eher ein blöder Zufall, dass die mich gefunden haben. Huber wäre sonst dabei gewesen und hätte einen Angriff koordiniert. Wie gesagt, ich kam vom Austreten, und ehe ich mich versah, ist mir von oben jemand auf den Rücken gesprungen. Der hatte das Messer.« Werner hob den verbundenen Unterarm.

»Du kannst dich vielleicht erinnern. Früher als Kinder, bei unseren Ringkämpfen mit den anderen, und später bei unseren Übungen während der Ausbildung bei Karb kamen wir oft gar nicht erst in die Bredouille, weil ich gespürt habe, dass es jemand auf uns abgesehen hat. Deshalb konnte ich reagieren.«

Karl nickte, Werners Instinkte, die er immer als Kitzeln im Genick beschrieb, konnte man getrost als unheimlich bezeichnen. Davon ließ sich sogar Hauptfeldwebel Karb beeindrucken.

»Außerdem funktionieren zum Glück meine Reflexe einwandfrei. Deshalb hast du mir eben nur den Arm verbunden.«

Werner zog das Hosenbein hoch. Das Halfter befand sich am Knöchel, Holms Wurfmesser fehlte.

»Das Wurfmesser ist weg. Hast du etwas Brauchbares als Ersatz?«

Karl ging zum Kabuff, mit der Werkzeugkiste kam er zurück und stellte sie vor Werner ab. Der sah hinein.

»Schau an, unser Karl hat mal wieder mitgedacht.«

Er kramte in der Kiste und betrachtete einen der Wurfsterne.

»Donnerwetter, die sehen aus wie das Schlitzaugenzeug, von dem uns Karb immer erzählt hat.«

Karl zuckte mit den Schultern. Werner ließ den Stern zurück in die Kiste fallen.

»Damit sollten wir klarkommen.«

»Was ist genau geschehen?«

»Es ging alles sehr schnell, deshalb konnte ich nur das Blatt der Schaufel nutzen, mit der Kante hätte ich sie ausgeschaltet. Denjenigen, dem ich die Schaufel über den Schädel gezogen habe, kannte ich. Das dürfte Rottenführer Kalinski gewesen sein, einer von denen, die sich bei Hubers speziellen Aktionen mit besonderem Eifer hervorgetan haben.«

Werner strich sich das Haar zurück. Karl setzte sich auf den Amboss.

»Sind die beiden weiter in der Lage, uns zu schaden?«

»Vermutlich. Kalinski dürfte einen ziemlichen Brummschädel haben. Der andere humpelte etwas, konnte aber ordentlich spurten, da wird es nicht allzu schlimm sein. Kann ich noch etwas Wasser haben?«

Karl tat ihm den Gefallen. Eine weitere Frage blieb.

»Das bedeutet, in den Steinbruch kannst du nicht zurück?«

Werner schüttelte den Kopf.

»Nein, der Steinbruch ist verbranntes Gelände. Der Bunker dürfte offen stehen. Es würde mich stark wundern, wenn Huber nicht bereits diese Nacht ein kleines Erkundungsunternehmen dorthin starten würde. Spätestens morgen werden die da keinen Stein auf dem andern lassen. Immerhin sind sie so eine Weile beschäftigt und abgelenkt.«

Karl ließ die Information sacken. Die Dinge entwickelten sich schneller als gedacht. Das machte es schwieriger, Vorbereitungen zu treffen. Werner drehte die leere Tasse in den Händen.

»Es wäre besser gewesen, ich hätte die beiden erledigt. Leider ist Kalinski ein erfahrener Mann, da sagt sich so etwas leichter, als es getan ist.«

Er sah zu Karl hoch.

»Du denkst bestimmt, es macht mir Spaß, Leute ins Jenseits zu befördern?«

»Das habe ich nicht gesagt.«

»Du siehst aber so aus, als würdest du es denken.«

Karl antwortete nicht.

»Hast du schon einmal dran gedacht, wie viel Glück du gehabt hast?«

»Was meinst du mit Glück? Du hast den Krieg selbst ohne ernsthafte Verletzung überstanden.«

Werner strich sich gedankenverloren über den Verband.

»Ist das so? Mit Glück meine ich, dass du dich schlauer angestellt hast als ich, als du bei der Luftwaffe gelandet bist.«

»Das hat sich eher so ergeben. Du hattest doch den großen Spaß bei Karb und seinem ganzen Scheiß.«

In Werners Augen schlich sich Traurigkeit.

»Ich gebe zu, mir hat es zu Anfang so richtig Spaß gemacht, all die fiesen Tricks von Karb zu lernen. Du erinnerst dich, Schule war nicht so mein Ding. Die Arbeit im Steinbruch wurde ordentlich bezahlt. Valentin und sein Vater waren Arschgeigen, aber geizig sind sie nie gewesen. Wie hätte mein Lebensweg wohl ohne den Krieg ausgesehen? Ein Leben lang Steine klopfen, den Hof übernehmen und zusätzlich Kühe, Schweine und Hühner hüten? Irgendwann heiraten, einen Stall voll Kinder in die Welt setzen, und der Höhepunkt der

Woche ist der Frühschoppen nach der Sonntagsmesse?«

Karl blieb nur ein stummes Verziehen des Mundes. Sehr verkürzt brachte das, was Werner sagte, durchaus das Leben vieler einfacher Eifeler auf den Punkt.

»Dachte ich mir. Ich habe es mir nicht ausgesucht, manchmal kommt man eben durch Zufall zu etwas, in dem man richtig gut ist, ohne dass man es vorher gewusst hat.«

Werner schnippte etwas von seinem Hosenbein, bevor er Karl direkt in die Augen sah.

»Ich habe in den Jahren des Krieges gelernt, dass ich richtig gut darin bin, Menschen umzubringen.«

Er sah Karl eine Weile stumm an, ehe er weitersprach.

»Die Zehn Gebote geben das ganz sicher nicht her, und Pfarrer Winkel wäre jetzt bestimmt total entsetzt. Es ändert leider nichts an den Tatsachen – ich bin für den Kampf Mann gegen Mann geboren. Mir entkommt keiner. Stolz bin ich nicht darauf, es ist einfach so.«

Er zog die Augenbrauen hoch. Es klang nicht wie eine Entschuldigung, es handelte sich vielmehr um eine einfache Feststellung von Tatsachen.

»Was, glaubst du, hat sich der liebe Gott dabei gedacht, als er Männer wie mich geschaffen hat?«

»Das musst du einen Priester fragen.«

Werner lachte freudlos auf. »Was sollst du da auch sonst sagen? Aber weißt du was, ich habe das im Krieg tatsächlich einen der Feldgeistlichen gefragt.«

»Und?«

»Es war nicht zu fassen, der Dämlack hat tatsächlich etwas von Pflicht für Führer, Volk und Vaterland gefaselt. Dass ich meine Fähigkeiten für Deutschland einsetze, wäre im Sinne des Allmächtigen, die Wege des Herrn und so weiter. Ich hätte nicht schlecht Lust gehabt, ihn meine Fähigkeiten spüren zu lassen. Danach habe ich jedenfalls mit keinem Priester mehr gesprochen. Mit dem Bodenpersonal Gottes komme ich nicht weiter. Ich werde den Mann mit dem weißen Bart selbst fragen müssen, warum ich so bin, wie ich bin.«

Werner sah zu Boden. Er wirkte in diesem Moment so verletzlich, wie Karl ihn lange nicht gesehen hatte. Zu einer anderen Zeit, unter anderen Umständen, hätte nun vielleicht ein wirklich tiefes Gespräch zwischen ihnen folgen können. Dafür war allerdings jetzt keine Zeit, Karl wollte zum größten Problem des Abends zurückkommen.

»Was unternehmen wir wegen Fräulein Schneebach?«

Werner atmete tief ein und aus, er stellte die Tasse auf der Werkbank ab.

»Nur dass wir uns klar verstehen, das Wohlergehen des Fräuleins ist nicht meine erste Priorität. Für mich gibt es nur eine Möglichkeit, wie wir diesen Mist zu einem positiven Ende bringen können. Mit etwas Glück gelingt es uns, dabei die Schneebach ohne wesentlichen Schaden zu befreien.«

»Und zwar?«

»Wir müssen Huber und alle seine Leute ausschalten.«

Es gefiel Karl nicht, er verstand jedoch, dass seine Alternativen nicht sehr vielversprechend waren. Die beiden Gelegenheiten, in denen er es mit Huber zu tun gehabt hatte, reichten aus, um zu verstehen, dass man seine Drohungen ernstnehmen musste und dass Verhandlungen mit ihm wenig Sinn machten. Peters geisterte erneut in seinem Hinterkopf herum. Vermutlich konnte er den erst wieder am Montag in seinem Büro erreichen. Außerdem befand sich Werner für den Polizisten auf dem Friedhof. Und er durfte Fräulein Schneebach nicht vergessen. Größere Polizeieinsätze würden vermutlich zu ihren Lasten gehen.

»Das bedeutet jetzt was?«

»Das bedeutet, wir sollten von hier verschwinden. Huber wird nicht genug Männer haben, um überall nach mir zu suchen. Deine Schmiede dürfte allerdings zu seinen bevorzugten Zielen gehören.«

»Wo willst du für die Nacht unterkommen?«

»Ich bin … ach nein, ich bin ja tot … ich war stolzer Besitzer eines Bauernhofs in Disselbach, Eifel. Als ich vor ein paar Tagen losgegangen bin, um Holz zu machen, habe ich alles sorgfältig abgeschlossen. Den Schlüssel habe ich in meiner Arbeitsjacke vergessen. Der Ersatzschlüssel müsste noch hinter dem Fensterladen hängen.«

Karl griff in die Hosentasche.

»Nein, den habe ich. Ich wollte nach dem Rechten schauen.«

»Umso besser! Ich würde es echt schön finden, wenigstens wieder eine Nacht in meinem Bett schlafen zu können.«

Werner kam auf die Beine, er streckte und dehnte sich.

»Oh Mann, mein Bett wäre großartig. Man verweichlicht einfach zu schnell im Frieden.«

Er spähte in die Werkzeugkiste mit dem speziellen Handwerkszeug. »Du hättest keine bessere Vorarbeit abliefern können.«

»Ich habe mir so das ein oder andere überlegt.

»Jaja, unser Karl«, Werner grinste von Ohr zu Ohr. »Ich halte es für sinnlos, ernsthaft darüber nachzudenken, das, was ich habe, gegen das Fräulein einzutauschen. Ich garantiere dir, selbst wenn wir sie unversehrt zurückerhalten, die kommen wieder, wir wissen zu viel. Wir werden kämpfen müssen. Aber natürlich müssen wir Huber gegenüber Verhandlungsbereitschaft signalisieren.«

Er sah zum unverstellten Fenster hinaus.

»Finster wie die Nacht, wie man so schön sagt. Wir schaffen deine gesammelten Werke zu mir nach Hause.«

Werner griff sich den Werkzeugkasten, er nickte Karl zu.

Einer nach dem anderen schlüpfte durch die Tür. Draußen verharrten sie einige Minuten, damit sich ihre Augen an die Nacht gewöhnen konnten. Es blieb alles ruhig. Bei Jakob gegenüber konnte man Lichtschimmer im Haus wahrnehmen, ansonsten ließ sich nichts erkennen. Mit vorsichtigen, kurzen Schritten legten sie den Weg zu Werners Hof außen herum über die Felder zurück. An der Ecke von Wilhelms Haus warteten sie einige weitere Minuten. Geduckt schlichen sie einmal komplett um Werners Hof herum. Mehrmals hielten sie an, um zu lauschen. Alles ruhig. Egal wo Huber und seine Männer nach Werner suchten, hier taten sie es offensichtlich nicht. Als sie wieder am Ursprung ihres Rundgangs angekommen waren, tippte Werner Karl auf die Schulter, damit der als Erster zur Tür gehen sollte und Werner ihm Deckung geben konnte. Das Drehen des Schlüssels verursachte das erste nennenswerte Geräusch, seit sie unterwegs waren. Es folgte keinerlei Reaktion. Karl schlüpfte ins Haus und hielt Werner die Tür offen.

»Das wäre geschafft, willkommen bei Schomers«, meinte der, als er im finsteren Flur stand.

SONNTAG, 18.08.1946

TAG 7

-21-

Karl erwachte an diesem Sonntagmorgen noch später als gewöhnlich. Gemeinsam hatten sie am Abend zuvor in der unbeleuchteten guten Stube von Werners Elternhaus gesessen. Sie sprachen über die Ereignisse der letzten Tage und das, was kommen könnte. Wie üblich träumte Karl kurz vor dem Erwachen, diesmal über ihre Diskussionen. Heute wusste er immerhin, worum es ging, selbst wenn die Träume sich wie Frühnebel in der Sonne auflösten. Karl verschränkte die Arme hinter dem Kopf. Die Decke seiner Kammer könnte einen neuen Anstrich vertragen.

Zum ersten Mal seit Langem machte er sich Gedanken darum, ob er den nächsten Tag erleben würde. Das letzte Mal war das im Gefangenenlager geschehen, als er an der Ruhr erkrankte und zu schwach gewesen war, um wieder auf die Beine zu kommen.

Der Kampf, der ihnen mit großer Wahrscheinlichkeit bevorstand, mochte für Werner nur ein weiterer auf einer langen Liste seiner Überlebenskämpfe sein. Für Karl ging es um alles oder nichts. Und nicht nur für ihn. Die Rettung der Lehrerin hatte absoluten Vorrang. Sie war ohne Verschulden in diese Sache hineingezogen worden, ihr durfte nichts zustoßen.

Sie hatten am Abend in dem finsteren Haus über die Option gesprochen, die Behörden zu verständigen, ohne dass Karl den Polizisten explizit nannte. Werners Gegenargumente klangen stichhaltig. Es würde eine größere Anzahl Soldaten nötig sein, um das Lager zu umstellen. Der Disselbacher Forst umfasste mehrere Hektar, ein komplettes Umstellen des Lagers samt dem Wald wäre nahezu unmöglich. Entkam aber Huber oder einer seiner Männer, konnte Karl nie wieder sicher sein, dass er nicht irgendwann unliebsamen Besuch erhielt. Ganz zu schweigen von dem, was in einem solchen Fall mit der Lehrerin geschehen würde. Abgesehen von Huber und diesem Kalinski besaß der Gegner kein Gesicht und war nicht ohne Weiteres fassbar. Von welchem Blickwinkel aus er die Situation auch betrachtete, es half alles nichts. Werner war der beste Freund, den er jemals gehabt hatte, er konnte ihn nicht im Stich lassen. Egal ob Absicht oder Zufall, sie waren beide in diese Geschichte verwickelt und mussten nun gemeinsam versuchen, alle Probleme zu lösen. Am Ende waren sie zur Übereinkunft gekommen, dass der anstehende Kampf so schnell wie möglich und so gut es ging zu ihren Bedingungen ausgefochten werden musste. Über mögliche Konsequenzen konnten sie sich anschließend Gedanken machen. Ganz davon abgesehen, dass es Wochenende war und Karl nicht glaubte, dass Peters am Sonntag Dienst schob.

Karl musste so oder so zum Lager, um die weiteren Schritte mit Huber zu verhandeln. Der Ansatz sollte sein, Huber und seine Freunde dahin zu locken, wo Werner das Feld bereiten konnte.

Trotz des ausgiebigen Hin- und Herwälzens von Ideen fanden sie keine kluge Vorgehensweise, die einfach umgesetzt werden konnte. Karl sollte improvisieren. Eine großartige Ansage, er besaß ja schließlich umfassende Erfahrungen hinsichtlich Entführungen durch Mordbuben. Eines stand fest, er musste alles tun, was in seiner Macht stand, damit Fräulein Schneebach unversehrt freikam. Er starrte noch eine Weile die rissige Decke an, bevor er aufstand.

In Gedanken versunken spulte Karl seine Routinen ab. Seine Eltern befanden sich in der Kirche zum Hochamt. Sie waren so gnädig gewesen, ihn ausschlafen zu lassen. Deshalb konnte er länger als sonst am Tisch in der Stube sitzen, ohne erneut neugierige Fragen beantworten zu müssen. Der schlafende Wilhelm zwo auf der Fensterbank war ihm keine große Hilfe. Karl musste dankbar sein, dass der Gegner sich nicht seine Eltern für die Erpressung ausgesucht hatte. Karl war hin und her gerissen zwischen der bedingungslosen Hilfe für seinen Freund, der Gefahr, in der sich das Fräulein befand, und der Option, einfach nach Hilfe zu schreien.

An diesem Morgen aß er drei Brote, um sich zu stärken. Für Essen würde an diesem Tag eher keine Gelegenheit mehr sein.

Sein nächster Weg führte ihn wie gewohnt in die Werkstatt. Er wollte die Idee von Pauline Globkow aufgreifen und nach dem defekten Schlagbaum hinter dem Eingangstor zum Lager schauen. Das erschien ihm der unverdächtigste Vorwand, um in den Wald zu gehen.

Alles Weitere würde sich danach zeigen oder finden. Diesmal wollte er nicht mit dem Motorrad fahren, um es nicht unnötig zu gefährden.

Er kippte die große Karre auf die Räder. Kaum zu glauben, dass es bereits drei Tage her war, dass dieser Materialtransporter als Leichenwagen missbraucht werden musste. Karl packte das benötigte Handwerkzeug sowie den Fetteimer auf die Karre.

Er öffnete die Scheunentür, um die Karre hindurchzubekommen. Seitdem seine Söhne aus der Gefangenschaft zurück waren und sich um die Arbeit auf dem Hof kümmerten, saß Jakob, so wie jetzt, öfter morgens auf der Bank vor dem Kuhstall. Er war wohl zur Frühmesse gegangen und genoss nun die Ruhe auf dem Hof ohne Christine, die jeden Gottesdienst besuchte. Rolfi lag zu seinen Füßen; als Karl die Karre auf den Hof schob, zuckten die Augenbrauen des Rottweilers abwechselnd in die Höhe.

»Hallo Herr Nachbar, wohin soll es so früh am Morgen gehen?«

Karl verriegelte die Flügel des Tores, er zog die Karre bis zu Jakob.

»Ich habe einen Auftrag im Lager. Der Schlagbaum am Eingang ist kaputt.«

»Schau an, am heiligen Sonntag?«

Daran, dass ein Arbeitseinsatz am Sonntag Fragen aufwarf, hatte Karl nicht gedacht. Die letzten Tage waren an ihm vorbeigezogen, ohne dass er sonderlich darauf geachtet hatte. Nun konnte er keinen Rückzieher mehr machen.

»Ich habe es Herrn Globkow bereits für gestern versprochen. In die Kirche gehe ich heute sowieso nicht.«

»Aha, wie du meinst. Dann werde ich dich wohl auch nicht zum Frühschoppen bei Jupp treffen, was? Aber wozu brauchen die denn einen Schlagbaum? Haben die Angst, wir würden ihnen mit Essen und Baumaterial auf die Pelle rücken, wenn sie nicht aufpassen?« Jakob schmunzelte und sah zugleich wach und neugierig aus wie immer.

»Keine Ahnung, der Lagerleiter, Herr Globkow, hatte mich vorgestern darum gebeten.«

»Ach der und ach so.« Jakobs Grinsen wurde breiter. »Ist das nicht der mit der schönen Tochter?«

»Jetzt fang du nicht auch noch so an.«

»Wieso, eine schöne Tochter ist es auf jeden Fall. Was gibt es Schöneres, als einen sonnigen Sommersonntag mit einer holden Maid im Grün der Natur zu verbringen?«

Solche lyrischen Anwandlungen bei Jakob waren Karl neu.

»Wenn du das sagst. Sei mir nicht böse, Jakob, ich muss los.« Karl packte die Griffstange der Karre. Jakob hob die Hand.

»Neuerdings sieht man ständig seltsame Gestalten durch das Dorf ziehen. Haben die vielleicht etwas mit dem kaputten Schlagbaum zu tun?«

»Ich bin für jeden Auftrag froh, den ich bekommen kann. Da frage ich nicht lange nach Hintergründen.«

»Na, dann viel Spaß bei der Arbeit«, es folgte ein weiteres anzügliches Augenzwinkern Jakobs.

Karl nickte grüßend mit dem Kopf und zog die Karre vom Hof. Mit dem Motorrad brauchte er ins Lager fünf Minuten, zu Fuß mit der Karre dauerte es fast eine halbe Stunde, bis er den Waldrand erreicht hatte. An diesem Tag war es im Außenbereich des Lagers sehr ruhig. Karl hatte einmal etwas von der Ruhe vor dem Sturm gelesen, irgendwie passte das.

Die Karre ließ er am Tor stehen, gemächlich schlenderte er den Weg zur Chefbaracke entlang. An der Männerunterkunft bückte er sich, um nach seinem Schnürsenkel zu schauen. Auf dem Vorplatz tummelten sich erneut einige abgerissene Gestalten. Huber befand sich nicht darunter.

An der Tür zum Reich des Lagervorstehers klopfte er so kräftig an, dass die Tür im Rahmen klapperte. Es folgte ein »Herein« von Paulines Vater. Karl trat ein. Er hatte gehofft, die junge Frau säße vielleicht, wie beim ersten Besuch, an ihrem ramponierten Schreibtisch. Seine Hoffnung wurde enttäuscht. Einzig Globkow senior hielt die Stellung.

»Nanu, Herr Bermes? Was verschafft mir die Ehre Ihres Besuchs an einem Sonntagmorgen?«

Karl sah sich in dem großen Raum um, Pauline hatte sich nirgendwo versteckt. Er trat näher zu Globkow, damit der ihn besser verstand.

»Ich hatte mir vorgestern den Schlagbaum angesehen. Ich denke, ich kann den reparieren.«

»Äh, wie? Das ist doch nur ein Vorwand gewesen, damit meine Tochter Ihnen den Mann zeigen konnte, der vor zwei Wochen bereits hier war. Ich habe übrigens inzwischen herausgefunden, dass er sich Müller nennt, nicht besonders originell. Und ich möchte ausdrücklich wiederholen, wir haben Sonntag.«

»Ich weiß.« Karl wäre es lieber gewesen, Paulines Vater hielte sich aus der Angelegenheit heraus. »Ich habe im Moment nicht viel zu tun und wollte mich nützlich machen.«

Globkow betrachtete ihn stumm. Offensichtlich glaubte er Karl kein Wort. Seine Vermutung über den wahren Grund für die Visite ging jedoch an der Wahrheit vorbei, zumindest ein wenig.

»Meine Tochter ist im Wald, um nach Brombeeren zu suchen.«

»Das ist schön für Ihre Tochter, ich bin aber hier, um den Schlagbaum zu reparieren.«

Es folgte ein weiterer skeptischer Blick Globkows.

»Na, wenn das so ist, werde ich Sie nicht aufhalten. Ich möchte Sie aber darauf aufmerksam machen, dass ich nicht weiß, wie ich Sie bezahlen soll.«

»Das macht nichts. Materialkosten wird es keine geben. Sagen wir einfach, Sie sind mir einen Gefallen schuldig.«

Karl hatte nicht erwartet, für seinen Dienst reich belohnt zu werden. Eine Ehrenschuld konnte ihren Wert besitzen, falls es später eine Gelegenheit gab, diese einzulösen.

»Gut, bitte sehr. Wenn Ihnen langweilig ist, tun Sie, was Sie nicht lassen können.«

Karl wollte sich umdrehen, als ihm etwas einfiel. »Der Mann mit der Glatze, Müller, ist der in seiner Baracke?«

Globkow runzelte die Stirn.

»Und ich hatte den Verdacht, Sie wollen meiner Tochter auf eine etwas umständliche Weise den Hof machen, weil Sie heute hier sind. Herr Müller ist vor einer Stunde mit zwei anderen in Richtung Dorf gegangen. Ist er Ihnen in Disselbach nicht begegnet?«

»Nein, es ist nicht so wichtig.« Karl wollte sich zur Tür wenden, Globkow hielt ihn zurück.

»Ich werde seit der Rückkehr dieses Herrn Müller, wenn er denn so heißt, das Gefühl nicht los, es bahnt sich etwas an. Und ich kann nicht sagen, dass Ihr unerwarteter Besuch mir hilft, dieses Gefühl zu vertreiben.«

Karl sagte nichts.

»Wer immer dieser Müller ist oder was das alles zu bedeuten haben mag – mit Leuten seines Schlags durfte ich in der Vergangenheit leider schon Bekanntschaft schließen. Sie vor ihm zu warnen, macht vermutlich keinen Sinn?«

Karl schüttelte den Kopf, mit Warnungen konnte er inzwischen die Decke seines Zimmers streichen. Es wäre nur nicht viel ansehnlicher als die Risse.

»Ich möchte nur den Schlagbaum reparieren, sonst nichts.«

»Wer's glaubt.«

Globkow lehnte sich auf seinem altersschwachen Stuhl zurück. »Mehr als Sie warnen kann ich sowieso nicht. Sagen Sie mir bitte Bescheid, wenn Sie fertig sind.«

Karl nickte und ging nach draußen. Die Abwesenheit Paulines ärgerte ihn mehr, als er gedacht hatte. Es klang für ihn selbst albern und pathetisch, aber auf dem Weg hierher hatte er sich Gedanken darum gemacht, ob er sie heute vielleicht das letzte Mal sehen würde. Nun war sie nicht da. Mit den Augen am Boden wanderte er zum Lagereingang. Er versäumte es nachzuschauen, ob Huber zurückgekehrt war.

Die Karre stand unberührt so da, wie er sie verlassen hatte. Seine Werkzeugkiste diente derzeit als Arsenal für Werner, deshalb lag das Werkzeug, das er benötigte, in ein Stück Leder eingeschlagen bereit. Er griff nach dem provisorischen Etui und dem Fetteimer. Wie lange er bereits vor sich hin gewerkelt hatte, als hinter ihm eine Stimme erklang, hätte er nicht sagen können.

»Sieh an, Wieland der fleißige Schmied.«

Karl erkannte die tiefe Stimme sofort, Hauptsturmführer Huber stand allein hinter ihm. Karl ließ sich zunächst nicht ablenken, weil es ihm gelungen war, den verbogenen Hebel zu bewegen und das fehlende Stück Federstahl zu ersetzen. Die komplette Mechanik glänzte vor Fett. Das Federstück erzeugte die nötige Gegenkraft, der Hebel schnappte ein. Karl war zufrieden mit sich.

»Musst du nicht schön brav zur Kirche, wie alle anderen? So früh hatte ich gar nicht mit deinem Besuch gerechnet. Deshalb habe ich einen kleinen Spaziergang zu eurem Dorf unternommen. Wären die Umstände nicht so unerfreulich, man könnte es regelrecht idyllisch bei euch in der Eifel finden. Übrigens habe ich mich eben kurz mit der Lehrerin unterhalten, sie lässt dich schön grüßen.«

Karl richtete sich auf, an dem Lappen, den er sich in die Hosentasche gesteckt hatte, wischte er sich die Hände ab. Er sparte sich jeden Kommentar. Mit Fragen nach dem Fräulein würde er Huber nur befriedigen, und Drohungen konnten nur hohl daherkommen.

Huber sah sich um, niemand befand sich in der Nähe. »Du hast mit deinem Freund gesprochen?«

»Habe ich.«

»Zu welchem Ergebnis seid ihr gekommen?«

Karl begann sein Werkzeug einzusammeln. Es gelang ihm trotz der inneren Anspannung, das Werkzeug mit ruhigen Händen im Lederetui zu verstauen. Er sah Huber in die Augen.

»Ohne dass wir uns vom Wohlbefinden Fräulein Schneebachs überzeugen können, gibt es gar nichts.«

Huber griff nach dem Lappen, den Karl auf der Umrandung der Karre abgelegt hatte. Er betrachtete eingehend die Flecken darauf.

»Wie stellst du dir das vor?«

»Die Frage stellt sich umgekehrt, wie und wo soll ein potenzieller Austausch über die Bühne gehen?«

Huber blickte über den Weg, der zum Lager hinausführte, auf die Felder und Wiesen vor dem Wald.

»Nun, wie wir festgestellt haben, gibt es ein Prachtexemplar von Steinbruch außerhalb des Dorfes.« Er wies in die richtige Richtung.

»Der würde sich ganz hervorragend für alle Arten von Geschäften eignen, die ein gewisses Maß an Diskretion benötigen.«

Von der Männerbaracke schlenderten zwei Männer gemächlich auf sie zu, bis Huber ihnen mit einem Fingerzeig zu verstehen gab, nicht näher zu kommen. Mit den Händen in den Hosentaschen musterten die beiden Karl.

»Gut, ich denke, das kann ich mit Werner so festlegen. Die Bedingung ist, ihr bringt Fräulein Schneebach mit. Ich möchte erst mit ihr sprechen, sonst gibt es keine Übergabe von irgendetwas.«

»Abgemacht. Ach ja, ihr solltet nicht auf die Idee kommen, Freunde aus dem Dorf oder eure Freizeitmiliz zu aktivieren. Ich bin nur an dem interessiert, was Schomer mir gestohlen hat. Niemand muss unnötig zu Schaden kommen. Haben wir uns da verstanden?«

Karl nickte.

»Das ist gut, wir möchten keinen unnötigen Ärger haben. Aber nur dass wir uns richtig verstehen: Sollte etwas nicht wie verabredet ablaufen, wir machen keine halben Sachen.« Die Stimme Hubers grollte noch tiefer.

Eine Bewegung vor der Baracke des Lagerleiters lenkte Karl ab. Pauline wollte eben zu ihrem Vater ins Gebäude treten, als sie ihn entdeckte. Sie machte einen Schwenk und hielt auf sie zu. Huber bemerkte Karls Blick.

»Ach, die schöne Tochter von Herrn Globkow. Eine ausgesprochen aparte Person. Mir wurde erzählt, du kämst gelegentlich ins Lager, um sie zu besuchen?«

Karls Finger krampften um den Schraubendreher, der sich gerade in seiner Hand befand. Musste Pauline ausgerechnet jetzt auf der Bildfläche erscheinen?

»Wann soll die Übergabe stattfinden?«, beeilte er sich zu fragen.

Huber betrachtete weiter die näher kommende Pauline.

»Leider besitzt keiner von uns eine Armbanduhr, die wurden uns vom Feind abgenommen. Deshalb kann ich nur sagen, die Dämmerung wäre eine gute Gelegenheit. Kannst du damit leben?«

Die Dämmerung war im August ein dehnbarer Begriff, aber was blieb ihm anderes übrig? Karl nickte. »Gut, wir werden da sein. Denk daran, Fräulein Schneebach mitzubringen.«

Huber lächelte so selbstzufrieden wie der Pfarrer nach der Sonntagsmesse.

»Aber natürlich bringen wir Ihnen ein Präsent mit. Ich wünsche Ihnen einen angenehmen Tag.«

Er verfiel in einen formelleren Tonfall, weil Pauline sich in Hörweite befand. Huber nickte Karl zu.

»Auf Wiedersehen.« Im Vorbeigehen sagte er: »Fräulein Globkow.«

Die beiden anderen folgten ihm wie eine Leibgarde ins Lager hinein. Pauline blieb bei Karl stehen, sie sah Huber hinterher.

»Habe ich das richtig verstanden, es ist von einem Präsent die Rede gewesen?«

Karls Gedanken rasten.

»Guten Tag, Fräulein Globkow. Äh ja, wir haben über die Möglichkeit gesprochen, dass Herr Müller meine Schmiede für eigene Zwecke nutzen möchte. Da er kein Geld hat, wollte er sich anders erkenntlich zeigen.« Es fiel ihm auf die Schnelle nichts Besseres ein. Die junge Frau hob skeptisch die Augenbrauen.

»Er möchte Ihre Schmiede benutzen? Für was das denn?«

»Das hat er nicht gesagt«, antwortete Karl lahm.

»Sie vermuten doch, dieser Müller könnte etwas mit dem Tod Ihres Freundes zu tun haben. Und da wollen Sie ihn Ihre Werkstatt benutzen lassen?«

Langsam aber sicher verlor Karl den Überblick. Da Pauline nicht am Glatzenmann interessiert war, fragte sie: »Was machen Sie eigentlich hier?«

»Es ist Sonntag, ich weiß. Darauf haben mich bereits genug andere aufmerksam gemacht. Ich habe den Schlagbaum repariert.«

»Den Schlagbaum? Das Tor steht offen, seit wir hier eingezogen sind. Mein Vater hatte das Ding mit einem

Holzstück verkeilt, seitdem blieb er oben. Der Schlagbaum ist nur ein Vorwand gewesen.«

Sie betrachtete den Schlagbaum von unten nach oben. Mit gesenktem Blick drehte sie sich zu ihm, sie atmete durch.

»Der blöde Schlagbaum ist mir egal.«

Sie sah ihm sehr kurz in die Augen, der Augenblick reichte aus, dass Karls Herz einen Satz machte. Pauline verschränkte die Hände vor dem Bauch. »Eigentlich wollte ich mich für mein Benehmen von vorgestern entschuldigen. Leider rege ich mich manchmal sehr schnell über Kleinigkeiten auf. Das liegt wohl in der Familie meiner Mutter.«

Karls Aufmerksamkeit für Pauline ließ im Moment jedoch zu wünschen übrig. Er blickte über ihre Schulter, Huber lehnte an der Frontwand der Männerunterkunft und beobachtete sie. Karl wollte auf jeden Fall den Eindruck vermeiden, er wäre besonders vertraut mit Pauline. Deshalb trat er einen Schritt zurück und verschränkte die Arme abwehrend vor der Brust, in neutralem Tonfall murmelte er: »Es freut mich das zu hören, natürlich nehme ich Ihre Entschuldigung gerne an. Leider bin ich etwas knapp mit der Zeit und müsste zurück. Ich hoffe, Sie verstehen das.«

Pauline sah ihn entgeistert an.

»Wie bitte? Es freut Sie, das zu hören, und Sie haben keine Zeit?«

»Äh ja, leider.«

»Aber um mit dem Glatzkopf Frieden zu schließen, hatten Sie Zeit? Wollen Sie mich für dumm verkaufen? «

Globkow senior erschien in der Tür seiner Baracke.

»Ich glaube, Ihr Vater sucht nach Ihnen. Und ich müsste zurück ins Dorf.« Karl wünschte sich ganz weit weg.

Sie drehte sich nicht um. Mit zusammengekniffenen Augen musterte sie ihn, die Arme in die Seiten gestemmt.

»Meine Entschuldigung ziehe ich zurück. Ich hätte nicht gedacht, dass Sie so ein Feigling und Stoffel sind. Wird man so, wenn man ständig stupide auf etwas herumhämmern muss?«

»Ja, äh, nein, es tut mir wirklich leid, wenn ich Sie verärgert haben sollte.« Karl hob den Fetteimer auf die Karre. »Vielleicht darf ich Sie in den nächsten Tagen besuchen kommen?«

Karl hätte sich für den bescheuerten Mumpitz, den er da verzapfte, in den Hintern beißen können. Es half aber nichts, er wollte unbedingt aus dem Lager und aus dem Sichtfeld Hubers verschwinden.

»Ich werde meinen Vater fragen, ob er irgendwo ein Formular hat, mit dem Sie einen Besuch ordnungsgemäß bei mir anmelden können. Aber vielleicht haben Sie ja so etwas«, giftete Pauline.

»Es tut mir leid«, sagte er kläglich.

»Pah!«

Pauline drehte sich um, mit durchgedrücktem Rücken marschierte sie davon.

»Entschuldigung«, rief Karl ihr nach.

Sie drehte sich nicht um. Huber sah ihr hinterher, dann drehte er sich zu Karl, hämisch grinste er ihn an.

Frustriert schnappte Karl sich den Griff der Karre. Sollte er es irgendwie schaffen, diesen ganzen Mist wohlbehalten zu überstehen, würde es wahrscheinlich nicht einfach werden, Pauline Globkow davon zu überzeugen, dass er kein verklemmter Volltrottel war.

-22-

Als er die Karre wieder in der Werkstatt abstellte, zeigte seine Armbanduhr halb eins. Er hatte keine Lust, sich zu seinen Eltern zu gesellen. Die würden garantiert bemerken, wie nervös er war. Auf entsprechende Nachfragen konnte er verzichten. Hunger verspürte er keinen, dafür brühte er eine Kanne Kaffee auf. Wieder ertappte er sich bei dem Gedanken, ob es sich eventuell um seine letzte Kanne handelte. Das musste aufhören. Zu viel Schwarzsehen half definitiv nicht. Aus purer Gewohnheit setzte er sich auf den Amboss, obwohl er kein Gegenüber auf dem Stuhl hatte.

In weniger als einer Woche war sein Leben komplett auf den Kopf gestellt worden. Irgendwie war er in diese Veranstaltung hineingerutscht, und nun galt, mitgefangen, mitgehangen.

Seine Gedanken wanderten zu Kriminalsekretär Peters. Der wollte sich melden, falls er Hinweise finden sollte, die einen Polizeieinsatz rechtfertigten. Bisher gab es keinerlei Aktivitäten von dieser Seite. Gemäß Werners Schilderungen waren die Verbrechen, in die er verwickelt gewesen war, irgendwo auf dem Balkan geschehen. Das Studieren der großen Landkarten, die in der Schule an der Wand hingen, gehörte in der Schulzeit zu Karls Lieblingsbeschäftigungen. Die frühere Landkarte Europas kannte er auswendig. Bis 1938 bildete Österreich die Grenze zu den Balkanstaaten. Danach wurde daraus für sieben Jahre die Ostmark, um nun, ähnlich wie Deutschland, in Besatzungszonen aufgeteilt zu sein. Der Rückzug, von dem Werner gesprochen hatte, musste durch das Königreich Jugoslawien geschehen sein. Wie es in diesem riesigen Durcheinander aus alten und neuen Staaten mit Akten aussah, vermochte Karl sich nicht vorzustellen. Ganz zu schweigen vom Austausch solcher Unterlagen über Länder und Zonengrenzen hinweg. Wahrscheinlich konnte ein Verbrecher wie Huber auch deshalb straffrei herumlaufen, weil niemand in der Lage war, seine Spuren zu verfolgen. Mit genügend geraubtem Gut war es für ihn sicher noch einfacher unterzutauchen.

Der Steinbruch war eine gute Wahl. Dort gab es nicht viele Möglichkeiten, Fallen oder etwas Ähnliches auszulegen. Zumal die Übergabe noch an diesem Tag stattfinden sollte und Werner nicht einfach so herumspazieren konnte, um die ein oder andere Überraschung vorzubereiten.

Apropos Werner. Es wurde höchste Zeit, zum Schomerhof zu gehen, um seinen Freund über die letzten Entwicklungen zu unterrichten. In der Nacht hatten sie sich darauf geeinigt, dass Karl den Schlüssel mitnehmen sollte, um jederzeit Zugang zum Haus zu haben. Er trank den letzten Rest Kaffee, ehe er sich auf den Weg machte.

Karl ging an der Kirche vorbei ins Unterdorf. Gleich hinter der Tür empfing ihn Werner. »Alles klar?«

»Ich bin wie geplant im Lager gewesen«, antwortete Karl.

»Und, bist du Hauptsturmführer Oberarsch begegnet?«

Karl nickte.

»Es ist dir nicht gelungen, ihn dazu zu überreden, den alten Drachen freiwillig herauszurücken?«

»Nein.«

Karl berichtete Werner vom Gespräch mit Huber.

»Also der Steinbruch, gute Wahl. Das Dorf ist für Huber zu unübersichtlich. Er ist ein gerissener Dreckskerl. Ich hätte eher auf den Wald getippt, aber der Steinbruch ist auch in Ordnung. Du bist nicht zufälligerweise schlauer, was die Zahl seiner Männer angeht?«

»Nein. Die, die ich bis jetzt gesehen habe, sind die fünf, von denen ich dir erzählt habe.«

»Hm.« Werner kratzte sich am Kinn.

»Es könnten mehr sein, wie gesagt.« Er grübelte kurz. »An der Front im Osten war das Verhältnis oft wesentlich schlechter. Aber da rannten die besoffenen Russen meistens offen auf uns zu, und wir brauchten nur draufzuhalten. So leicht wird Huber es uns nicht machen. Außerdem setze ich große Hoffnung in deine Spielzeuge.« Er grinste verschmitzt. »Ich habe etwas mit deinen Wurfsternen geübt. Die hätte Karb sicher gut in seine Ausbildung einbauen können. Man braucht nicht lange, um damit erstaunlich genau das zu treffen, was man möchte. Und zum Glück gibt es da das Kribbeln in meinem Genick, das hat mich noch nie im Stich gelassen.«

Karl folgte Werner in die Küche. Auf dem Tisch standen ein Einmachglas mit dicken Bohnen und ein Tonkrug samt Becher. Sie setzten sich hin.

»Viez brauche ich dir ja nicht anzubieten?«

Karl verneinte.

»Bohnen?«

»Nein danke, ich habe keinen Hunger.«

»Ich schon, für einen Toten bin ich sogar ziemlich hungrig. Du hast mir vor Jahren diese Gruselgeschichte mit dem Grafen aus Transsylvanien vorgelesen. Vielleicht bin ich untot, und der Sinn steht mir nach frischem Blut. Nimm dich besser in Acht. Huber sollte sich in jedem Fall in Acht nehmen.«

Wieder huschte das Grinsen über sein Gesicht. Er setzte den Deckel auf das Einmachglas und verschloss es mit der dazugehörigen Eisenspange.

»Ich glaube nicht, dass ich das alles hier vermissen werde.« Werner ließ den Blick durch die fast leergeräumte Küche wandern. »Das Leben bietet mehr als ein einfaches Leben in der Eifel.« Er trank aus dem Becher. »Wir räumen heute unsere Probleme aus dem Weg, danach hält mich nichts mehr in Disselbach. Es wäre schlauer gewesen, mich gleich nach dem Anschlag aus dem Staub zu machen.«

Er grinste Karl an. »Zum Bauern bin ich ganz sicher nicht geschaffen. Ich habe nichts Anständiges gelernt, nicht wie du. Das Beste wird sein, ich versuche mein Glück in der großen, weiten Welt.«

»Dazu müssen wir erst diesen Abend überleben.«

Werner klatschte mit der flachen Hand auf die Tischplatte.

»Mensch, Karl, nicht so düster. Du wirst sehen, das wird ein Riesenspaß werden. Wir retten deine Lehrerin aus den Klauen ihrer Entführer. Dann hast du einen noch viel dickeren Stein bei ihr im Brett.«

»Warten wir ab, was geschieht. Bist du bereit, deine Beute gegen das Fräulein einzutauschen?«

Werner griff neben sich auf einen Stuhl, er legte einen abgewetzten Lederbeutel auf den Tisch, der gut dreißig Zentimeter lang und gut gefüllt war. Es klimperte etwas.

»Du meinst meinen Schatz?«

»Wie auch immer.«

»Eigentlich habe ich nicht die Absicht, den herzugeben. Dafür hat es mich zu viel Mühe gekostet, ihn zu erbeuten und vor allem, ihn zu behalten.«

»Du bist also unbedingt auf einen Kampf aus?«

In Werners Gesicht zauberte sich wieder das jungenhafte Grinsen.

»Du wirst mir das vielleicht nicht glauben, ich bin nie wirklich auf Kämpfe aus gewesen. Ich bin allerdings auch noch nie einem Kampf aus dem Weg gegangen. Bisher habe ich immer gewonnen oder ich bin ganz einfach übrig geblieben. Das ist die eigentliche Kunst bei jedem Kampf, übrig bleiben. Das hat Karb nie gesagt.«

»Kann ich mal sehen?«

Werner tätschelte den Beutel.

»Besser nicht. Gier bringt Menschen zu unerwarteten Reaktionen. Ich will dich nicht in Versuchung führen.«

Die beiden saßen sich lange nur stumm gegenüber und sahen einander in die Augen. Das hatten sie als Kinder gelegentlich getan. Es ging darum, wer als Erster wegsah. Meistens hatte Werner gewonnen. Diesmal wollte Karl ihm den Gefallen nicht tun. Schließlich blinzelte Werner und fixierte einen Punkt neben Karls Schulter, er seufzte.

»Ich bin froh, dass du mein bester Freund bist, Karl. Du bist wie ein Bruder, den ich nie hatte. Wenn es nicht so albern wäre, würde ich mich glatt bei dir dafür bedanken.«

Karl hätte das feuchte Gefühl in den Augen gerne unterdrückt, es gelang ihm nicht. Indianer weinten nicht, aber sie beide waren ja auch keine Indianer.

»Du konntest eine echte Nervensäge sein. Trotzdem hätte ich niemand sonst zum Freund haben wollen.«

Werner lächelte. Er wies mit dem Zeigefinger auf Karl.

»Nun schau uns an. Wir sitzen hier wie zwei alte, sentimentale Böcke in der Wirtschaft, die ihrer verlorenen Jugend nachtrauern. Ich für meinen Teil fühle mich viel zu jung für so etwas.«

»Wie sollen wir das heute Abend angehen?«

»Bei so vielen Gegnern muss man die machen lassen. Das führt meistens zu Hektik beim Feind, und die nutzen wir zu unseren Gunsten. Die Kunst des Krieges ist es, die Schwäche des Gegners für sich zu nutzen.«

»Genau, Hauptfeld Karb. So machen wir das. Soll ich dich später hier abholen?«

»Besser nicht. Irgendwie muss ich im Hellen aus dem Haus kommen. Ich würde die Präsente aus deiner Werkzeugkiste gerne gewinnbringend platzieren. Mein Vorschlag wäre, du kommst in den Steinbruch, bevor es richtig zu dämmern beginnt. Ich bin dann bereits da, du wirst mich nur nicht sehen.«

Karl kam auf die Beine. »Gut, ich verziehe mich nach Hause.«

Werner erhob sich seinerseits. Karl wusste nicht, wie ihm geschah, als er auf ihn zutrat, um ihn fest zu umarmen. Das hatten sie noch nie getan, es hatte früher als unmännlich gegolten. Erst ließ er die Arme nur hängen, dann umarmte auch er seinen besten Freund. Nach einer Weile klopfte Werner ihm auf den Rücken.

»So, gut jetzt, das war der schwule Augenblick des Tages. Zum Glück hat uns niemand gesehen.«

Sie lösten sich voneinander, verlegen standen sie sich gegenüber.

»Jetzt reißen Sie sich zusammen, Unteroffizier Bermes, wir sind hier nicht im Mädchenpensionat. Der Feind ist klar definiert, Arschbacken zusammenkneifen, Augen zu und durch. Wir werden den Angebern von der Waffen-SS zeigen, wer die besseren Kämpfer sind.«

»Jawoll, Feldwebel Schomer.«

Beide salutierten zackig voreinander.

»Verschwinde, bevor ich zum ersten Mal im Leben vor einem Mann heule.«

Werner setzte sich wieder, um sich aus dem Krug einzuschenken.

Karl stand etwas unschlüssig da. Er hätte gerne etwas Aufmunterndes oder Pathetisches gesagt. Es fiel ihm aber nichts ein, und eigentlich war sowieso alles gesagt.

»Bis später.«

Werner nickte kaum merklich. »Bis später.«

Karl verließ Küche und Haus, die Haustür ließ er diesmal unverschlossen.

-23-

Das Wetter ging eigene Wege. Bereits als Karl zur Schmiede marschierte, zogen finstere Gewitterwolken über dem Disselbacher Forst in Richtung Kyllburg auf. Erste Windböen zeugten von dem aufziehenden Unwetter. Als Karl sein Zuhause fast erreicht hatte, traf er auf Jakob, der im Hof stand und die sich auftürmenden Wolken mit skeptischem Blick betrachtete. Neben ihm hockte Rolfi und betrachtete seinerseits die Wolkenwand am Horizont mit schräg gelegtem Kopf.

»Kein Wunder, es ist wochenlang trocken gewesen. Irgendwann muss das Wasser ja kommen.«

»Vielleicht zieht es vorbei.«

Karl konnte ausgerechnet an diesem Abend keinen Regen gebrauchen. Die Situation im Steinbruch war so bereits unübersichtlich genug.

»Der Boden braucht dringend den Regen. Es staubt schon richtig bei der Kartoffelernte.«

Karl besaß nicht die Nerven, mit Jakob über das Wetter zu philosophieren.

»Störe ich dich?« Wie üblich war Jakob ein guter Beobachter.

»Nein, nein«, wiegelte Karl ab.

»Ohne die finsteren Wolken da am Himmel würde ich sagen, du machst ein Gesicht wie sieben Tage Regen.«

Karl blickte auf seine Uhr, fast vier.

»Sei mir nicht böse, Jakob, ich habe zu tun. Wenn es regnet, lassen wir es halt regnen.«

Er tätschelte Rolfi den Kopf und ließ Jakob stehen.

Den Rest des Nachmittags drückte Karl sich in seinem persönlichen Reich herum. Ins Haus zu seinen Eltern wollte er nicht gehen. Er hätte seinem Vater nicht in die Augen schauen können. Unschlüssig fegte er den Boden der Schmiede und räumte erneut die Werkbank auf. So ordentlich hatte es in dem Raum zum letzten Mal ausgesehen, als sein Vater noch das Kommando innehatte. Wie nicht anders zu erwarten, führte das nur dazu, dass nichts mehr an dem Ort lag, wo er es gewöhnlich fand. Irgendwann kam er zu der Überzeugung, nun genug Chaos mit dieser ungewohnten Ordnung veranstaltet zu haben. Er setzte sich auf den Stuhl, der für das Fräulein reserviert war.

Draußen donnerte es mittlerweile kräftiger. Manchmal hörte man dicke Tropfen auf das Kopfsteinpflaster klatschen. Weil die Steine von der Sonneneinstrahlung der letzten Tage aufgewärmt waren, verdampfte das Wasser, kaum dass es die halbrunden Steine erreichte. Beim Blick aus dem Fenster sah man eine dünne Dunstschicht im Hof stehen. Es donnerte erneut. Unaufhaltsam schoben sich die Gewitter auf das Dorf zu.

Im Kleiderschrank, der im Kabuff stand, hing ein alter Umhang, der bereits seinem Vater Schutz geboten hatte, wenn es zu Reparatureinsätzen im Dorf ging und das Wetter schlecht war. Karl griff sich den schweren, ölimprägnierten Stoff, der wirklich erstaunlich gut gegen Nässe schützte. Der Umhang hatte den Vorteil, dass Karl einen weiteren Hammer sowie einen langen Schraubendreher in den Taschen verstecken konnte.

Wieder rauschte draußen ein kurzer, heftiger Regenguss über den Hof. Zum ersten Mal zuckte ein Blitz, es dauerte mehrere Sekunden, bis der Donner folgte. Das Zentrum des Gewitters ließ sich Zeit auf seiner Reise. Die Armbanduhr zeigte kurz vor sieben. Wegen der dichten Wolken lag sein Elternhaus schräg gegenüber viel früher als sonst in dunklen Schatten.

Karl hielt es nicht mehr länger aus. Er griff sich die speckige Schiebermütze aus Leder, die sein Vater früher bei der Arbeit getragen hatte. An der Tür warf er einen letzten Blick zurück in sein Reich. Entschlossen trat er nach draußen; es wurde Zeit, für klare Verhältnisse zu sorgen.

Nun regnete es leicht, aber beständig. Er zog den Kragen des Überwurfs enger, damit ihm möglichst wenig Wasser hineinlief. Im Haus war ein schwacher Lichtschimmer durch das Fenster zu sehen. Gegenüber am Weberhof blieb alles ruhig. Aus dem Stall ließ sich das unruhige Muhen der Kühe hören, die das nahende Gewitter spürten.

Karl zog den Kopf ein, so gut es möglich war. Mit großen Schritten lief er los. Zunächst ins Zentrum des Dorfes, dann an der Schreinerei vorbei in Richtung der Felder, die am Wegesrand zum Steinbruch lagen. Der Regen fiel kräftiger, die Blitze folgten in kürzerem Abstand. Immerhin dauerte es nach wie vor einige Sekunden, bis der Donner folgte. Wegen seiner Hast kam Karl schnell außer Atem. Er zwang sich, langsamer zu gehen. Es half niemandem, wenn er mit pfeifender Lunge sein Ziel erreichte.

Weil der Schirm der Mütze den Regen von seinen Augen weitestgehend fernhielt, konnte er die Umgebung gut erkennen. Außer ihm war niemand unterwegs. Der Berg Sinai erschien in seinem Blickfeld.

Karl näherte sich dem Verwaltungsgebäude, das den Eingang zum Steinbruch bewachte. Das Gebäude lag ohne Beleuchtung verlassen vor ihm. Er versuchte sein Glück an der Tür, verschlossen. Also befand Werner sich vermutlich nicht im Inneren. Etwas unschlüssig blieb er im strömenden Regen stehen. Eine Hand griff ihn im Genick, Karls Herz setzte für einen Augenblick aus.

»Hauptfeld Karb wäre so was von enttäuscht, wenn er gesehen hätte, wie du hierhertrampelst, als befändest du dich auf einem Sonntagsspaziergang.«

Werner trat in sein Blickfeld. Wasser tropfte von seinem dunklen Haar. Das Gesicht und die Hände waren mit Dreck verschmiert. Der Regen bildete Rinnsale auf seinem Gesicht, was dazu führte, dass seine Züge ständig die Kontur zu verändern schienen. Seine Zähne blitzten hell auf, als er lächelte.

»Du bist ganz eindeutig von den Sesselpupsern der Luftwaffe versaut worden.«

Werner trug eine Umhängetasche aus Leinen. Er rückte das Ding zurecht, es klimperte metallisch.

»Hast du das Gewitter bestellt? Ein echtes Sauwetter.«

Wie zur Bestätigung erhellte ein weiterer Blitz die Szenerie. Der folgende Donner grollte in kürzerem Abstand.

»Hast du jemanden gesehen? «

»Ja, dich!« Ein erneutes, breites Grinsen. »Ich hätte dich mit den Japsensternen sauber ausschalten können. Von Huber gibt es keine Spur. Aber bei dem Regen ist es schwer, den Überblick zu behalten.«

»Sieh an, da ist ja der verstorbene Kamerad Schomer. Wunder gibt es immer wieder«, bestätigte die dunkle Stimme Hubers Werners Aussage.

Der reagierte blitzschnell, er duckte sich und sprang über eine Klippe, die hinter ihm in den Steinbruch ragte, ins Nichts. Karl sah ihm verdattert hinterher. Er drehte sich zu ihrem Gegner. Vor Schreck sackte seine Kinnlade nach unten. Einige Meter entfernt hielt Huber eine gefesselte und geknebelte Frau wie einen Schutzschild vor sich. Es war allerdings nicht das Fräulein, das ihn mit vor Angst geweiteten Augen ansah. Pauline Globkow wand sich im Griff Hubers.

»Was soll das, wo ist Fräulein Schneebach?«

Karl schob die rechte Hand in die Jackentasche, er spürte das Holz des Hammergriffs.

»Ah, ah, ah. Ich will deine Hände sehen, Wieland.«

An Paulines Hals erschien ein langes Küchenmesser.

Karl hob beide Hände, die Innenflächen zeigten nach vorne. »Wo ist das Fräulein?«

Huber löste den Griff um den Arm der jungen Frau und packte stattdessen ihr Haar. Das Messer verweilte in ihrer Halsbeuge.

»Hier haben wir doch ein Fräulein. Die ist wenigstens hübsch und keine vertrocknete, alte Pflaume. Ich dachte mir, Fräulein Globkow ist als Motivationshilfe für dich besser geeignet. Ihr beide macht auf mich den Eindruck, als wärt ihr sehr stark am alten Spiel zwischen Männlein und Weiblein interessiert. Die Alte ist im sicheren Gewahrsam, als Rückversicherung sozusagen.«

Mit lauterer Stimme rief er: »Versuch keine Dummheiten, Schomer, ich steche das Mädel ab. Du weißt, ich habe damit kein Problem.«

Pauline wimmerte auf. Karl versuchte sich umzusehen, ohne den Kopf groß zu bewegen. Es hatte sich eingeregnet, wegen der dicken Wolken wurde es früher dunkel. Im gleichen Augenblick blitzte es so hell, dass Karl reflexartig die Augen schloss. Der Moment greller Helligkeit genügte allerdings, um die zwei Männer zu erkennen, die hinter Huber am Boden kauerten und ihm Deckung gaben. Diesmal dauerte es nur Augenblicke, ehe ein gewaltiger Donner folgte. Huber zuckte zusammen, Pauline reagierte geistesgegenwärtig. Sie trat ihrem Peiniger kräftig auf den Fuß und ließ sich fallen. Hubers Männer sprangen auf die Beine, wohl weil sie vermuteten, ihr Anführer wäre von Karl angegriffen worden. Einer war ein langer Schlacks, der andere einen guten Kopf kleiner. Kaum dass er stand, schrie der Große mit einer unglaublich schrillen Stimme auf. Urplötzlich steckte in seinem linken Auge einer von Karls Wurfsternen. Schreiend hielt sich der Mann die Hände vor das Gesicht. Er versuchte den Stern zu entfernen, der saß aber fest in der Augenhöhle. Aus dem Regen tauchte Werner hinter Karl auf, er warf dem Kleinen etwas zu.

»Da, dein Schatz!«

Automatisch fing der Mann den Lederbeutel und sah verdutzt auf ihn herab. Werner nutzte den Moment der Verwirrung, im Vorbeilaufen schlug er ihm mit einem der Fäustel aus Karls Kiste kräftig gegen die Schläfe. Der Kleinere fiel einfach um. Beide Gehilfen Hubers lagen nun auf dem Erdboden. Der Kleine zuckte mit den Beinen, der Große wand sich, er versuchte weiter erfolglos, den Wurfstern aus dem Auge zu ziehen.

Beim nächsten Blitz sah Karl sich nach Pauline um. Die war verschwunden, ebenso wie Huber. Dafür huschte Werner heran. In einer schnellen Bewegung blitzte das Rasiermesser in seiner Hand auf. Das Kreischen des Langen ging in ein Gurgeln über, als Werner ihm das Messer kräftig über den Hals zog. Der Kleine strampelte nicht mehr. Um sicher zu sein, kam auch bei ihm das Rasiermesser zum Einsatz. Werner drehte sich schnell um sich selbst, dann kam er zu Karl.

»Zwei weniger. Wo ist Huber?«

»Keine Ahnung, hast du nicht gesehen, wo er hin ist? Er hat Pauline bei sich.«

»Wer ist Pauline? Ist das der Vorname der Alten? Das wusste ich gar nicht.«

Karl unterließ es, Werner die Zusammenhänge zu erklären. Dafür war hoffentlich später Zeit.

Blitz! Kawumm!

Der Donnerschlag ließ Karls Zähne klappern. Selbst Werner schreckte zusammen.

»Soll man bei Blitzen nicht unter Bäumen Schutz suchen?« Diesmal wirkte Werners Grinsen irre.

Karl sah eine Bewegung hinter Werner. Zu einem Warnruf kam er nicht, weil es wieder einen grellen Blitz gab. Karl sah die bizarre Reflexion eines Angreifers, der mit hoch erhobenem Messer auf Werner einstechen wollte. Das Messer befand sich am Scheitelpunkt seiner Bewegung und diente beim folgenden Blitzschlag als unfreiwilliger Blitzableiter. Der Mann tanzte wild auf der Stelle, als sich die ungezügelte Kraft der Natur, ausgehend von der Messerspitze, einen Weg durch seinen Körper zum Erdboden bahnte. Karl war sich nicht sicher, aber es sah so aus, als wären seine Augäpfel geplatzt. Der nächste unglaublich laute Donnerhall beendete den Totentanz. Durch das Klingeln in seinen Ohren hindurch glaubte Karl Werner sagen zu hören: »Nummer drei. So etwas Verrücktes habe ich noch nicht erlebt. Wo verdammt ist Huber?«

Karl musste sich einen Augenblick hinhocken und durchatmen. Die komplette Aktion konnte nur wenige Sekunden gedauert haben. Drei von Hubers Männern stellten keine Gefahr mehr dar, der letzte von ihnen dampfte gerade vor sich hin. Also blieben mindestens zwei weitere Gegner plus Huber. Beim nächsten Blitz erfolgte der Donner wieder später, das Gewitter zog weiter. Der Regenintensität tat das keinen Abbruch. Jakob konnte mit der gleichmäßigen Menge an Wasser zufrieden sein.

»Was sollen wir tun?«

Abgesehen von den finsteren Wolken, die langsam zur Mosel abzogen, setzte die Dämmerung ein.

»Na was wohl, wir müssen Huber und seine Kameraden finden. Diese Geschichte muss heute Abend zu Ende erzählt werden. Wer zum Henker ist Pauline? Ich dachte, Huber hat die Schneebach am Wickel.«

»Nein.« Karl informierte seinen Freund in groben Zügen darüber, wer Pauline Globkow war.

»Das Mädel ist wichtig für dich?«

Das »Ja« von Karl kam laut und deutlich.

»Ich will versuchen, sie heil aus dieser Geschichte rauszubekommen. Versprechen kann ich aber nichts.« Werner drehte sich langsam im Kreis. »Verdammter Mist! Wo sollen wir mit der Suche anfangen?«

Die Suche wurde ihnen abgenommen, Hubers Stimme erklang.

»Schomer, du Arsch! Ich hatte mir unser Wiedersehen nicht so nass vorgestellt.«

»Gottfried, als ich mit dir zu tun hatte, war immer alles nur feucht und dreckig. Von daher passt es doch wunderbar. Was ist mit der Lehrerin?«

»Der geht es gut, ich habe noch jemand anderen hier.«

Karl hätte nicht sagen können, woher die Stimme kam. Werner hingegen drehte den Kopf nach links, damit er mit rechts besser hörte. Er streifte den Beutel mit Karls provisorischen Waffen ab.

»Mich interessiert nur die Alte.«

Er griff sich einen der angespitzten Schraubendreher, geduckt bewegte er sich vorsichtig nach rechts. Mit der linken Hand machte er in Richtung Karl eine Geste, die Sprechen nachahmen sollte. Mit den Lippen formte er das Wort »Pauline«. Er klemmte sich den Schraubendreher zwischen die Zähne. Mit der rechten Hand tippte er sich ins Genick. Karl schaltete, Werner verließ sich auf seinen unheimlichen Instinkt, er selbst sollte Huber ablenken.

»Wie geht es Pauline Globkow? Was ist mit ihr?« brüllte Karl, während Werner sich über eine Abbruchkante gleiten ließ.

»Die ist hier bei mir. Sie hat es bereut, sich mir zu widersetzen.«

»Wenn ihr etwas geschieht, bringe ich dich um!«, brüllte Karl noch lauter.

»Bla, bla, bla«, kam es von Huber. »Schomer, wo sind meine Sachen? Ich habe den Einsatz erhöht. Du bekommst jetzt gleich zwei Bräute, wenn ich meinen Beutel habe.«

Werner antwortete nicht.

»Schomer, gib Antwort, sonst lasse ich etwas Luft aus der Puppe hier.«

Es waren undeutliche Geräusche eines Kampfes zu hören. Karl griff sich den großen Fäustel aus der Tasche des Umhangs. Von wegen Wieland! Er war Karl der Schmied. Und den sollte Huber jetzt kennenlernen. Er rannte die paar Schritte zur Kante. Im Zwielicht der

Dämmerung und des abziehenden Gewitters erkannte er Huber, der etwa drei Meter unter ihm stand, er hielt Pauline im Schwitzkasten. Mit der rechten Hand streckte er das Küchenmesser nach vorne. Vor seinen Füßen lag einer seiner Männer. Ihm steckte der Schraubenzieher, den Werner zwischen den Zähnen gehabt hatte, bis zum Anschlag in der Brust. Nicht weit vor Huber und Pauline umkreisten sich Werner und ein weiterer von Hubers Männern. Werner hielt sein Rasiermesser bereit, sein Gegner fuchtelte mit einem eigenen Messer herum, mit dem er Werner in Schach hielt. Schritt für Schritt tanzten die beiden umeinander.

»Mach ihn kalt, Kalinski, wir müssen nur durch zwei teilen«, rief Huber.

Kalinski wurde davon kurz abgelenkt. Werner fackelte nicht lange, er rollte sich im Landefall ab, wie sie es in ihrer Fallschirmausbildung gelernt hatten. Kalinskis Messer beschrieb einen Kreis über der Position, an der Werners Kopf sich eben noch befunden hatte. Der nutzte den Schwung seiner Bewegung. In einer Rückwärtsbewegung schnellte sein Arm vor, das Rasiermesser durchtrennte die Sehne an Kalinskis linkem Knie. Ehe der wusste, wie ihm geschah, fing Werner ihn von hinten auf, als er wegsackte. Das Rasiermesser beschrieb einen weiteren Bogen über den Hals des Mannes.

»Du Arschloch, ich mach die Schlampe hier kalt!«, schrie Huber. Sein Fehler war, das Messer weiter starr geradeaus auf Werner zu richten. Karl reagierte. Den Hammer fest umklammert, sprang er von seiner erhöhten Position auf Huber los. Er strampelte mit den Beinen in der Luft, kraftvoll holte er mit dem Hammer aus.

Ehe er sehr unsanft auf dem steinigen Untergrund landete, spürte er, wie der Hammer die Messerhand Hubers traf.

»Ufff«, presste Karl heraus, seine Zähne schlugen schmerzhaft aufeinander.

Es folgte ein wildes Durcheinander aus übereinander kullernden Körpern. Huber schrie wegen seiner Hand, von der geknebelten Pauline ließ sich nur ein dumpfes Stöhnen vernehmen. Irgendwie kam sie unter Karl zu liegen. Huber versuchte, von ihm weg zu kriechen. Für den hatte Karl keine Zeit, er hörte Pauline an ihrem Knebel würgen. Sie zuckte am ganzen Körper. Hektisch versuchte er den strammen Knoten in ihrem Genick zu lösen, es wollte ihm nicht gelingen. Pauline bekam offensichtlich keine Luft mehr. Werner erschien neben ihm. »Finger weg!«

»Was?«

»Ich sagte, Finger weg, wenn du sie retten und deine Finger behalten möchtest.«

Karl gehorchte. Werner griff sich den Stoff des Knebels, ein Schnitt mit dem blutigen Rasiermesser genügte und Pauline war befreit. Gemeinsam mit dem Knebel spukte sie Erbrochenes aus, mit krampfhaften Zügen atmete sie ein.

»Das dürfte geholfen haben. Ich schaue mal nach Kamerad Gottfried. Nicht dass der weitere Dummheiten macht.« Werner verschwand.

Karl legte vorsichtig eine Hand auf Paulines Rücken. »Geht es?«

Die junge Frau stützte sich vom Boden ab. Mühsam atmete sie ein und aus.

»Sind Sie verletzt?«

Karl half ihr auf die Beine. Er sah verschämt zur Seite, als sie sich das Erbrochene vom Kinn wischte. Ihre rechte Wange war unterhalb des Auges angeschwollen, dort hatte Huber sie wohl geschlagen. Abgesehen von dem tränenverschmierten Gesicht schien ihr sonst nichts zu fehlen.

»Sind Sie verletzt?«, fragte Karl erneut.

Auf die folgende Antwort war er nicht gefasst. Pauline holte mit aller Kraft aus, die Ohrfeige traf ihn eher am Hals.

»Was …«, stammelte Karl. Pauline trommelte mit den Fäusten auf seine Brust. Perplex ließ er es geschehen, ohne sich zu wehren.

»Das ist alles Ihre Schuld, Sie haben den Polizisten nicht aufgehalten. Ich muss nach meinem Vater sehen.«

Sie eilte an ihm vorbei, der Regen verschluckte sie. Verdattert sah Karl ihr nach.

»Die hat Temperament, Gratulation«, kam Werners Kommentar hinter ihm.

Karl drehte sich um. Zunächst konnte er seinen Freund nicht erkennen, bis er nach unten sah. Werner saß auf dem Rücken des stöhnenden Huber. Seine Hände hingen lässig über seinen Knien, das Rasiermesser baumelte nach unten.

»Man glaubt nicht, wie lebendig man sich nach so einer kleinen Schlacht fühlt. Das ist alles viel schneller abgelaufen, als ich gedacht hätte. Unsere Ehre heißt Treue, was, Gottfried? Ihr habt immer nur dann große Sprüche geklopft, wenn ihr bei Zivilisten in der Überzahl gewesen seid.«

Werner schlug auf die Hand, die Karl mit dem Hammer zertrümmert hatte. Huber schrie auf.

»Aber, aber, Gottfried, hart wie Krupp-Stahl oder wie war das?«

Werner drehte den Kopf zu Karl.

»Das Leben funktioniert halt anders, als das in Abenteuerromanen geschildert wird.«

»Was ist mit Fräulein Schneebach?«

»Ach ja, da war ja noch was.« Werner stupste Huber an.

»Gottfried, hast du gehört, mein Freund Karl will wissen, was mit seiner Lehrerin ist. Karl ist immer ihr großer Liebling gewesen, musst du wissen.«

Als Antwort erhielt er nur ein Stöhnen. Werner drehte sich ein wenig herum, damit er rittlings auf Huber zu sitzen kam.

»He, Gottfried, der Spaß ist vorbei, du möchtest bestimmt nicht, dass ich ernst mache?«

Ein Wimmern. Werner ließ sein Rasiermesser aufschnappen. Blitzschnell zog er es über den Daumenrücken der gesunden Hand, Blut spritzte hervor.

»Mach den Mund auf oder ich schneide dir alle Finger deiner unverletzten Hand der Reihe nach ab, Glied für Glied.«

Die absolute Kälte und Entschlossenheit, mit der Werner das sagte, jagten Karl einen Schauer über den Rücken. Nein, man war besser nicht Werners Feind.

Der setzte das Messer am kleinen Finger der linken Hand an.

»Na, Gottfried, wie sieht es aus, Lehrerin oder Finger-Gulasch?«

»Sie ist da hinten in der Höhle mit der Stahltür«, kreischte Huber.

»Im Bunker, so einfach?« Werner klang verblüfft. Er kramte in der Brusttasche seiner alten Uniform. Der Dietrich erschien, er warf ihn Karl zu.

»Du kommst bestimmt allein klar. Ich leiste Gottfried etwas Gesellschaft. Wir können über alte Zeiten plaudern.«

Karl eilte mit dem Türöffner zum Bunker. Die Dämmerung schritt weiter voran, dennoch sah er sofort, es war kein Schlüssel nötig, die Tür war lediglich mit einem Stein verkeilt. Er kickte das Hindernis zur Seite. Die Türangeln knirschten beim Öffnen.

»Fräulein Schneebach?«

Karl glaubte undeutliche Worte zu vernehmen. Zum Glück hatte er daran gedacht, sein Sturmfeuerzeug einzustecken. Die Flamme spendete wenig Licht, half ihm aber, nicht über die Gerätschaften zu stolpern, die sich im Raum verteilten. Mit dem Feuerzeug in der Hand bewegte er sich vorsichtig in das Innere des stockfinsteren Bunkers. Langsam schob er die Füße nach vorne. Jetzt hörte er deutlicher so etwas wie ein Wimmern. Im schwachen Licht erschien eine Person, die am Boden lag.

Karl eilte zum Fräulein. Ähnlich wie Pauline hatte Huber ihr einen Knebel in den Mund geschoben. Ihre Arme waren auf dem Rücken gebunden, das Seil führte zu einem verrosteten Stahlring, der in der Wand verankert war.

»Fräulein Schneebach, geht es Ihnen gut?«

Er kniete sich neben die Lehrerin. Ihre Augenlider flackerten, es dauerte einen Augenblick, bis sich ihr Blick klärte. Karl nestelte den Knebel aus ihrem Mund. Das Fräulein drehte sich zur Seite, um auszuspucken.

»Karl?«, krächzte sie.

»Ja, Fräulein Schneebach. Wie geht es Ihnen?«

Sie spuckte erneut aus. »Hast du etwas zu trinken? Ich glaube, ich hatte noch nie solchen Durst.« Ihre Stimme klang sehr rau.

»Nein, tut mir leid, aber draußen regnet es, da wird sich etwas Wasser finden.«

Er sah nach ihren gefesselten Händen. Dieser Knoten ließ sich leichter lösen.

»Können Sie aufstehen?«

»Ich denke, das geht. Mir fehlt eigentlich nichts, ich habe nur furchtbaren Durst. Und meine Finger sind taub.«

Sie hielt die Hände vors Gesicht und bewegte einzeln die Finger. Dann ergriff sie Karls dargereichte Hand und ließ sich aufhelfen.

»Was ist mit dem Mann mit der Glatze und seinen Kumpanen?«

»Den hat Werner, die anderen sind tot.«

Eines musste man der Lehrerin lassen, sie fing sich erstaunlich schnell. Im Flackern des Feuerzeugs fixierten ihre Augen Karl in der gewohnten Schärfe.

»Werner? Du meinst ernsthaft Werner Schomer? Und was soll das bedeuten, es gibt Tote?«

»Das ist eine lange Geschichte, Fräulein Schneebach. Ich werde Ihnen später alles erklären. Können Sie gehen?«

Sie löste sich von Karls Arm, mit einem wackeligen Schritt trat sie nach vorne.

»Ja, das dürfte kein Problem sein. Vor irgendwelchen Erklärungen brauche ich etwas zu trinken.«

Karl trat zur Seite, damit sie zum Ausgang gehen konnte. Es war draußen noch hell genug, dass der sich als helles Rechteck gegen das Innere des Bunkers abhob. Er begleitete die Lehrerin aufmerksam nach draußen, ständig darauf gefasst, dass sie stolperte oder fiel. Das Fräulein war jedoch zäh und hielt sich wacker.

Draußen regnete es mittlerweile nur noch leicht. Fräulein Schneebach wandte sich gleich hinter der Tür zu einer Mulde im Gestein, in der sich Regenwasser gesammelt hatte. Mit der hohlen Hand schaufelte sie sich Wasser in den Mund. Auf diese Weise schöpfte sie die Mulde mehr oder weniger leer.

»Aah! Ich hätte nicht gedacht, wie gut simples Regenwasser schmecken kann.« Sie richtete sich auf.

»Oh!«

Sie hatte Werner entdeckt, der auf dem Rücken Hubers saß, so als wäre er der bequemste Stuhl der Welt. Im Zwielicht sah man ihn winken.

»Guten Abend, Fräulein Schneebach, lange nicht gesehen«, sagte er munter.

Die Lehrerin starrte ihn an wie einen Geist, für den sie ihn halten musste. Sie wandte sich an Karl.

»Du wirst mir in der Tat einiges erklären müssen. Aber das kann warten. Ich muss dringend in die Schule, um mich umzuziehen, ich rieche nicht sehr gut. Es gab keine Toilette.«

Da konnte Karl ihr nicht widersprechen.

»Würden Sie mir einen Gefallen tun?« Er berührte die Lehrerin an der Schulter.

»Wenn ich kann?«

»Sagen Sie Jakob Bescheid. Wir bräuchten die Männer der Feuerwehr, um hier aufzuräumen. Sie sollen genügend Laternen mitbringen.«

Das Fräulein nickte. Sie ergriff seine Hand.

»Danke, Karl. Ehrlich gesagt hatte ich mit meinem Leben abgeschlossen. Schön, dass es anders gekommen ist. Ich habe keine Ahnung, was genau hier abgelaufen ist, wir werden ein sehr langes Gespräch führen müssen.« Sie drückte seinen Oberarm. »Ich schicke Jakob zu euch.«

Ihr letzter Blick galt Werner, sie schüttelte den Kopf und verschwand in Richtung des Dorfes.

»Glaubst du, sie ist enttäuscht, dass ich noch lebe? Habe ich sie früher wirklich so sehr geärgert?«

Trotz der Ereignisse des Abends und der fünf Toten musste Karl über seinen Freund schmunzeln. Der klopfte Huber auf den Rücken.

»Was machen wir mit Gottfried? Soll ich ihn noch mal mit meinem Rasiermesser näher bekannt machen?« Huber wimmerte auf.

Karl trat zu den beiden.

»Nein, ich könnte mir vorstellen, dass wir den noch brauchen. Ich kenne da einen Polizisten, der dürfte an ihm interessiert sein. Außerdem muss ich den ganzen Scheiß hier erklären können. Dass du mir dabei zur Seite stehst, brauche ich wohl nicht zu erwarten?«

Werner schüttelte den Kopf.

»Das wird leider nicht möglich sein. Es ist bestimmt besser, wenn ich mich von allen Behörden und deren Vertretern fernhalte. Willst du dich so lange auf Gottfried setzen, bis Jakob mit seiner Truppe angekommen ist?«

»Nein, wir fesseln ihn und packen ihn in den Bunker. Da ist er bis morgen gut aufgehoben.«

Ohne zu zögern, sprang Werner vom Rücken Hubers. Er versetzte ihm einen kräftigen Tritt in die Seite.

»Auf geht es, Gottfried, wir haben ein nettes Hotel für dich gebucht.«

Huber rappelte sich umständlich hoch. Die rechte Hand hielt er sich mit der blutenden Linken an den Körper. Immer wieder wimmerte er leise auf. Werner packte ihn am Kragen, zu Karl sagte er: »Besorgst du etwas, um ihm die Hände zu fesseln? Wir sollten ihm keine Gelegenheit geben, Dummheiten zu machen. Ich passe so lange auf, dass er uns nicht abhandenkommt.«

Karl erinnerte sich an den Strick, mit dem das Fräulein gefesselt gewesen war. Er ging zum Bunker. Es dauerte im finsteren Inneren etwas, bis er das Gewünschte gefunden hatte. Mit dem Strick in der Hand kehrte er zurück. Werner stupste Huber an.

»Hände her, Gottfried.«

»Meine Hand ist gebrochen«, sagte der Glatzkopf weinerlich.

»Das hast du dir selbst zuzuschreiben. Hände her oder soll ich dir die kaputte abschneiden?«

Huber zögerte keine Sekunde. Offenbar hielt er es für möglich, dass Werner seine Drohung wahrmachte. Trotz Hubers Schmerzenslauten fesselte Werner ihm routiniert die Hände vor dem Bauch zusammen. Danach packte er Huber wieder am Kragen und führte ihn zum Bunkereingang.

»Irgendwelche letzte Worte, Gottfried?«

»Arschloch!«

Werner grinste breit.

»Genauso sehe ich das auch, Gottfried.«

Er gab ihm einen Schubs. Huber taumelte rückwärts in den Bunker. Werner warf die Tür zu, Karl drehte den Dietrich im oberen Schloss. Um sicherzugehen, zog Werner am Griff.

»So, der ist versorgt.« Werner ließ die Schultern kreisen, um die Muskeln zu lockern. »Soll ich ganz ehrlich sein?«

»Tu dir keinen Zwang an.«

»Ich hätte nicht gedacht, dass wir das hier ohne jeden Kratzer überstehen. Besonders um dich habe ich mir Sorgen gemacht. Das Gewitter hatte ich nicht auf der Rechnung, es hat die Umstände zu unseren Gunsten verändert. Das mit dem Blitz ist echt total bekloppt gewesen. Anscheinend hat der Mann mit dem weißen Bart da oben noch Pläne mit mir.«

Karl sah zum Himmel, die Sterne funkelten. In der Ferne, zur Mosel hin, flackerte Wetterleuchten auf. Erst jetzt machte sich Erleichterung in ihm breit. Sie hatten tatsächlich überlebt, Pauline und dem Fräulein war nichts Schlimmes geschehen. Mit Pauline würde er ebenfalls ein ausgiebiges Gespräch zur Klärung der Umstände führen müssen. Er wandte sich an Werner, der zum Dorf blickte.

»Wie geht es weiter?«

»Da mich diese Pauline und das Fräulein gesehen haben, weile ich wohl wieder offiziell unter den Lebenden. Das macht alles komplizierter. Ich kann mir nicht vorstellen, dass dein Polizist oder die Franzosen es einfach so hinnehmen werden, dass ich fünf Männer erledigt habe, plus Holm und den Bombenbastler. Selbst wenn sie herausfinden, was hier der Hintergrund ist, werden sie ihre Autorität untergraben sehen. Außerdem gibt es da meine eigene Geschichte, die mich mit der Waffen-SS verbindet.«

»Das bedeutet was?«

»Es ist besser, du kennst keine Details. Ich wollte ursprünglich sowieso nicht lange in Disselbach bleiben. Eigentlich wollte ich nur den Hof verkaufen, um reinen Tisch zu machen. Es hat sich nur kein Käufer gefunden, der vernünftig bezahlen konnte, und jetzt kann ich das endgültig vergessen.«

»Wo willst du hin?«

»Keine Ahnung. Erst mal so weit weg von der Eifel wie möglich, der Rest wird sich zeigen.«

Karl fiel etwas ein. »Werner?«

»So heiße ich.«

»Danke.«

»Danke für was?« Werner klang ehrlich überrascht.

»Ohne dich hätte ich das hier vermutlich nicht überlebt.«

»Nachdem ich dein Leben zuerst gründlich in Gefahr gebracht habe, war das das Mindeste, was ich tun konnte. Ich würde sagen, wir sind mehr oder weniger quitt.«

Die Logik war für Karl nachvollziehbar. Eine weitere Sache beschäftigte ihn noch.

»Der Schatz, ist das wirklich der Beutel, den du Huber abgenommen hast?«

»Der Lederbeutel schon. Drin sind nur einige rostige Nägel aus der Werkstatt meines Vaters. Dazu habe ich ein paar alte Murmeln gepackt, damit es klimpert. Der Beutel liegt irgendwo da oben.«

Er gestikulierte zum Vorsprung über ihren Köpfen, dessen Umriss gegen die Sterne zu erkennen war.

»Der Beutel hat weiter keinen nostalgischen Wert für mich, den werdet ihr morgen im Hellen finden.«

»Und der echte Inhalt?«

Werner antwortete nicht, Karl konnte nur erahnen, dass er mit den Schultern zuckte.

»Uah, nasse Klamotten sind echt unangenehm.«

Karl hatte mit Nässe von außen weniger Probleme, weil er den Umhang trug. Werner drehte den Kopf, er schien zu lauschen. Ohne etwas zu sagen, ging er einige Schritte zum Eingang des Steinbruchs. Als er zurückkam sagte er: »Jakob könnte die Räder der Feuerspritze ruhig mal ölen. Ihr seid echte Schlamperte. Da rückt eine schöne, beleuchtete Karawane an. Es muss wohl Frieden sein.«

Er knöpfte sich die Jacke auf und legte sie über den linken Arm.

»Jetzt ist wohl der Augenblick für heroische Abschiedsworte gekommen, du Old Shatterhand mit dem Hammer.«

»Mir fällt aber nichts ein.«

»Hm, mir auch nicht.«

Werner hielt ihm die Hand hin, die Karl ergriff. Werner zog ihn zu sich heran. Wie am Mittag umarmten sich die beiden fest.

»Ich bin froh, dich kennengelernt zu haben, Karl Bermes. Du bist der beste Freund, den ich jemals hatte.«

»Und du bist mein bester Freund.«

Karl mühte sich, mit der Stimme gegen den Kloß im Hals anzukommen. Eine Weile standen sie wieder eng umschlungen da, bis Werner sagte: »Zum Glück kann uns keiner so sehen. Du darfst mich loslassen, ich müsste, glaube ich, auch los.«

Sie lösten sich voneinander.

»Wohin willst du jetzt gehen, es ist dunkel.«

»Das hat mich nie gestört. Ich werde kurz zum Hof gehen, um mir ein paar Sachen zusammenzupacken. Da wird mich im Moment niemand suchen. Danach sehen wir weiter. Und du?«

»Was meinst du mit ›und du‹?«

»Was wirst du tun?«

Karl sah Werner eine Weile an, so gut das noch möglich war.

»Ich werde wohl hier in Disselbach übrig bleiben und kann mich um das Aufräumen kümmern. Das Leben bei uns wird danach seinen gewohnten Gang gehen. Außerdem werden sich die Franzosen vermutlich an mich halten, wenn es darum geht, den Scheiß hier zu sortieren.«

Werner nickte wissend. »Das tut mir leid, aber ich muss weg, bei mir steht etwas mehr auf dem Spiel.«

Karl sparte sich das Nachfragen. Er wusste, die Verantwortung für die Vorfälle des Abends blieb an ihm hängen, es war sonst niemand da. Das vorletzte Gespräch mit Peters fiel ihm ein. Es war Zeit für neue Strukturen im Land. Dass jemand wie Peters Teil dieser Strukturen sein würde, daran bestand für ihn kein Zweifel. Karl hoffte, dass es ihm möglich sein würde, ebenfalls an einem neuen Land sowie an einer friedlichen Zukunft mitzubauen. Pauline fiel ihm ein. Nach diesem Abend und der Ohrfeige brauchten sich seine Eltern vermutlich keine weiteren Sorgen wegen einer mittellosen Schwiegertochter zu machen. Aber alle, die Karl wirklich wichtig waren, lebten. Das war die gute Botschaft am Ende des Tages, der Rest würde sich ergeben.

Als er sich nach Werner umsah, war der, ohne ein weiteres Wort des Abschieds, verschwunden, so als wäre er vom Erdboden verschluckt worden. Nun hörte Karl selbst das Quietschen der Wagenräder. Dazu ließ sich ein vielstimmiges Gemurmel vernehmen. Die Freiwillige Feuerwehr Disselbachs rückte an.

-24-

Jakob erschien mit neun Getreuen. Zuerst wollten die Männer der Feuerwehr nicht glauben, welche Geschichte Karl ihnen erzählte. Das änderte sich, als er Jakob und die anderen durch den Steinbruch führte. Im Schein der Petroleumlaternen tauchten nach und nach die fünf Toten auf. Mit jeder neuen Leiche, die sie fanden, wurden die Gespräche leiser. Gemeinsam mit Jakob sorgte Karl dafür, dass sie vor der Bunkertür aufgereiht abgelegt wurden. Es folgte eine ausgiebige Diskussion aller Anwesenden über das, was mit den Getöteten geschehen sollte. Einige waren der Ansicht, sie müssten in die Kirche gebracht werden, damit der Pfarrer sich um ihr Seelenheil kümmern könnte. Andere verspürten keine Lust dazu, die Fremden zurück ins Dorf zu schleppen. Sollten doch die Besatzer am nächsten Tag schauen, was sie mit den Toten anstellen wollten.

Die letzte Fraktion setzte sich durch. Die Leichen blieben an Ort und Stelle liegen. Immerhin einigten sie sich ebenfalls darauf, dass sie sich die ganze Nacht über als Wache abwechselten, damit kein Fuchs oder Dachs auf die Idee kam, an dem frischen Fleisch zu knabbern.

Die Debatte über das, was weiter zu tun war, verlief kürzer. Jakob konnte Karl davon überzeugen, dass sie die Behörden in Bitburg verständigen mussten. Karl wollte eigentlich bis zum Morgen warten, um dann Peters in Trier zu erreichen. Er sah ein, dass dies angesichts der blutigen Ereignisse ein wenig spät wäre. Also erklärte er sich bereit, mit dem Motorrad zur luxemburgischen Kaserne nach Bitburg zu fahren, um dort Alarm zu schlagen.

Als Karl zu Hause ankam, saß sein Vater mit einer Laterne auf Jakobs Bank. Gefühlsausbrüche waren bei Josef Bermes selten. Es überraschte Karl allerdings nicht, als er von seinem Vater in die Arme geschlossen wurde. Minutenlang standen sie einfach nur so da. An den zuckenden Schultern bemerkte Karl, dass sein Vater mit den Tränen kämpfte. Gesagt wurde nichts, das änderte sich erst, als sie sich voneinander lösten und Karl kurz und knapp den Verlauf des Abends schilderte. Ohne viele weitere Worte machten sie das Motorrad gemeinsam klar.

In der Kaserne in Bitburg stieß Karl zunächst auf mehr Widerstand als erwartet. Im Gegensatz zu den Franzosen sprachen alle Luxemburger zumindest etwas Deutsch. Obwohl sie das nicht gerne zugaben. Trotzdem dauerte es lange, bis die beiden Wachsoldaten am Tor endlich ihren Vorgesetzten herbeizitierten. Der brauchte ebenfalls eine Weile, bis er der wilden Geschichte Karls Glauben schenkte. Schließlich folgte ein Lkw, besetzt mit mürrischen Soldaten, die man aus dem

Bett gescheucht hatte, dem Motorrad Karls zurück nach Disselbach.

Ohne Umweg fuhr Karl zum Steinbruch voraus. Nach einigen Versuchen wurde der Lkw so platziert, dass er die Szenerie vor dem Bunker ausleuchtete. Der Chef der Luxemburger, ein Capitaine Dorflinger, wurde beim Anblick der Toten ebenso bleich um die Nase wie die Männer der Feuerwehr. Karl musste die Geschichte über das, was geschehen war, zum wiederholten Mal erzählen. Darin hatte er mittlerweile Erfahrung, die Details wurden mit jeder Wiederholung passgenauer. Die Erzählung handelte von finsteren SS-Schergen und einem grimmigen Werner.

Schließlich stand Dorflinger mit verschränkten Armen und säuerlichem Gesichtsausdruck vor der Leichenparade. Zügig entschied er, dass die Angelegenheit über seine Kompetenzen hinausging. Er versprach, seine französischen Vorgesetzten zu informieren und ihnen das weitere Vorgehen zu überlassen. Wenigstens wurden die Männer der Feuerwehr von der Wache befreit. Diese mussten sechs wenig begeisterte Luxemburger übernehmen. Erst als der Lkw samt dem Capitaine bereits wieder nach Bitburg abgefahren war, fiel Karl Huber im Bunker wieder ein. Da sich Glatze die ganze Zeit über nicht gerührt hatte, ging Karl davon aus, dass er genauso gut bis zum Morgen warten konnte.

Es war bereits weit nach zwölf gewesen, als er endlich das Motorrad in der Kiste verstaute. Auf das Sichern verzichtete er ausnahmsweise, die Bösen waren für diesen Abend besiegt. Seine Eltern schliefen zum Glück bereits. Karl war mehr als bedient. Trotz seiner Erschöpfung dauerte es lange, bis er in den Schlaf fand.

MONTAG, 19.08.1946

TAG 8

-25-

Diesmal erinnerte Karl sich an seine Träume. Wobei es sich nicht um Träume im eigentlichen Sinn handelte. Vielmehr reflektierte er gegen Morgen die Geschehnisse des letzten Abends. Geweckt wurde er von Autotüren, die zugeschlagen wurden. Ein Blick zum Wecker auf dem Nachttisch verriet ihm, dass es kurz vor neun war. Eigentlich wollte er längst wieder im Steinbruch sein. Jemand polterte die Treppe hoch. Es klopfte an der Tür zu seiner Kammer.

»Ja?«

Sein Vater streckte den Kopf herein.

»Die Polizei ist da und will mit dir sprechen«, sagte er mit Grabesstimme.

Im Dorf hatte sich garantiert längst herumgesprochen, was passiert war. Karl kannte Christine und ihren Kreis aus Klatschtanten in Disselbach gut genug. Die Ausschmückungen dessen, was tatsächlich geschehen war, würden schnell ins Kraut schießen. So oder so, ein morgendlicher Besuch der Polizei stellte für jemanden wie Josef Bermes fast schon eine Verurteilung dar.

»Ich komme gleich.«

Bermes senior polterte die Treppe wieder hinunter. Karl schwang die Beine aus dem Bett. Er überlegte ernsthaft, ob er seinen Anzug anziehen sollte. Er konnte nicht abschätzen, wohin die Reise heute gehen und, vor allen Dingen, wo sie enden würde. Weil der Anzug jedoch zwickte, entschied er sich dagegen. Falls er im Kittchen landete, wäre es sinnvoller, bequeme Kleidung zu tragen.

Beim Zähneputzen knurrte sein Magen, Karls letztes Essen hatte aus den Broten vom vorherigen Morgen bestanden. Seine Eltern erwarteten ihn wie ein Abschiedskomitee in der Küchentür, als er zur Haustür ging. Wilhelm zwo saß neben ihnen, den Schwanz um die Pfoten gelegt, wie eine Statue der unbekannten, stoischen Katze. Seiner Mutter liefen Tränen über die Wangen. Beim Öffnen der Tür lächelte Karl ihr aufmunternd zu.

Im Hof empfingen ihn ein finster dreinschauender Commandant Favre und ein Kriminalsekretär Peters, dessen Gesicht vom Zigarettenqualm verhüllt blieb. Im Hintergrund sah er Jakob, wie er einträchtig mit Tante Christine und seinem Schwiegervater auf der Bank saß und die Vorführung genoss. Für diese traute Zusammenkunft brauchte es vermutlich die vielen Toten. August Meier hob die Hand, segnend schlug er ein Kreuzzeichen, das konnte bestimmt nichts schaden.

»Monsieur Karl Bermes?«, fragte Favre so energisch und förmlich, als wären sie sich nie begegnet. Karl bejahte.

»Monsieur Bermes, ich muss Sie bitten, uns zu begleiten. Wir müssen einen Sachverhalt klären.«

Karl sagte nichts, er nahm wie bei ihrer ersten Reise im Fond des Wagens Platz. Wieder stieg Favre vorne ein, Peters fläzte sich neben Karl. Sein Gesicht blieb unergründlich, er sah starr geradeaus.

Für die wenigen Kilometer brauchten sie fünf Minuten. Ähnlich wie nach der Explosion im Wald, bei der Werner angeblich gestorben war, tummelte sich einiges an französischem und luxemburgischem Militär im Steinbruch. Mehrere Lkw und Autos standen kreuz und quer am Eingang, bewaffnete Soldaten hielten Wache. Ihr Wagen wurde ohne Kontrolle von den Posten durchgelassen. Die Morgensonne schien auf die Toten, das getrocknete Blut besaß einen stumpfen Rotton, ähnlich wie die Bleimennige, die Karl gelegentlich zum Grundieren von Eisenteilen nutzte.

»Alors!« Favre sprang aus dem Auto.

»Du hast den Commandant gehört, Herr Bermes.«

Peters stieg seinerseits aus. Man merkte ihm die lange Erfahrung als Polizist an. Neutraler konnte man nicht klingen. Sie nahmen vor den Leichen Aufstellung. Favre wollte etwas sagen, Karl kam ihm zuvor.

»Es ist noch jemand hinter der Stahltür da. Haben Sie das bemerkt?«

Favre sah ihn überrascht an, selbst Peters zog die Augenbrauen zusammen. Karl griff in die Brusttasche seines Hemdes, er hielt den Dietrich hoch.

»Darf ich?«

Favre und Peters sahen sich an, der Commandant nickte.

Karl trat zur Bunkertür. Als die Stahltür aufschwang, blinzelte ihm Huber von unten entgegen. Er saß etwa einen Meter hinter der Tür auf dem Boden. Seine gefesselten Hände lagen im Schoß. Die rechte Hand war auf mindestens das Doppelte angeschwollen. Karl hatte noch niemals eine so leuchtende, intensiv purpurne Hautfarbe gesehen.

»Wer ist das?«, fragte Favre, der gleich hinter Karl stand.

»Das ist Hauptsturmführer Huber. Wir hatten gestern Meinungsverschiedenheiten.«

Wieder wechselten der Commandant und Peters erstaunte Blicke. Favre wirkte plötzlich sehr aufgeregt, er bellte einige Befehle auf Französisch. Soldaten eilten herbei, einer davon trug eine Rot-Kreuz-Binde am Arm. Favre nickte Peters zu, der berührte Karl am Arm, zu dritt traten sie zur Seite.

Es war Peters, der das Gespräch mit einem einfachen »Nun?« eröffnete.

Seit Karl wach geworden war, kreisten seine Gedanken darum, was er Peters erzählen sollte und was nicht. Verschiedene Varianten gingen ihm durch den Kopf. Weil er wusste, dass er ein schlechter Lügner war, entschied er sich für die komplette Wahrheit. Also erzählte er von seinen Zweifeln an Werners Unfalltod, die er ja mit Peters geteilt hatte. Weiter berichtete er vom überraschenden Erscheinen Werners. Er ließ den toten Angreifer in der Schmiede ebenso wenig aus wie alles, was am Abend zuvor geschehen war. Das Erste, was Peters sagte, war: »Was, noch eine Leiche? Wo?«

Karl erklärte es den beiden. Sie wurden gestört, ein Soldat trat zum Commandant und flüsterte ihm etwas ins Ohr.

»Pardon, ich komme gleich wieder.« Er ging mit dem Soldaten zu dem Lkw, in den Huber kurz zuvor gestiegen war.

Karl blieb mit Peters allein zurück. Der saugte intensiv an seiner Zigarette.

»Ich wusste ja, die Geschichte mit deinem Freund stinkt. Gegen das hier ist eine Jauchegrube allerdings ein See aus Parfüm. Wo steckt Werner Schomer?«

Karl blickte unwillkürlich zum Ausgang des Steinbruchs. Wo mochte sein Freund jetzt sein?

»Ich glaube nicht, dass Sie den finden werden.«

Peters trat die Zigarette auf dem steinigen Untergrund aus.

»Wir werden sehen. Ich kann dir nur raten, ihm keinen Unterschlupf zu geben oder ihn sonst wie zu unterstützen.«

Karl zeigte dem Polizisten die Handflächen. Sein Bedarf an Problemen war bis auf Weiteres gedeckt. Die Dinge waren in den letzten Tagen so schnell ihren Weg gegangen. Peters sah ihn an.

»Davon abgesehen hast du da in ein echtes Wespennest gestochen.«

Er wartete ab, Karl verspürte jedoch keine Lust auf ein Frage-Antwort-Spiel. Die Miene Peters entspannte sich ein wenig.

»Dein Freund Werner hat dir bestimmt etwas über Hauptsturmführer Huber erzählt?«

Karl nickte.

»Das dachte ich mir. Dein Anruf vorgestern hat mich auf eine sehr interessante Spur gebracht. Gestern bin ich extra ins Büro gegangen und habe den größten

Teil des Tages am Telefon verbracht. Die militärischen Dienststellen sind auch sonntags besetzt. Da ich andauernd mit Amerikanern zu tun hatte, ist es allerdings unnötig kompliziert gewesen. Bei allen Amis muss irgendetwas im Hals feststecken, die sollten über ihre Ernährung nachdenken. Außerdem spreche ich Französisch und kein Englisch. Es hat sich aber gelohnt, geduldig zu sein. Huber ist tatsächlich ein Begriff, der steht bei den Amis in deren Besatzungszone in Österreich auf diversen Fahndungslisten.«

»So?« Karl wunderte sich nicht weiter darüber.

»Du glaubst gar nicht, wie sehr Favre sich darauf gefreut hat, einen echten Kriegsverbrecher einfangen zu können. Die Amis sind davon ausgegangen, er sei auf Nimmerwiedersehen verschwunden. Es gibt da wohl entsprechende Fluchtlinien, über die Alpen nach Süden. Zum Glück seid ihr klug genug gewesen, Huber am Leben zu lassen. Ach übrigens, über deinen Freund Werner gibt es ebenfalls eine Akte, die Amis würden sich gerne so schnell es geht mit ihm unterhalten.«

Karl starrte Peters nur stumm an. Nun passten auch die Andeutungen Hubers und die Reaktionen Werners zusammen.

»Die Akte über Werner Schomer ist wirklich beeindruckend. Im Krieg kannte ich einige, die bereit gewesen wären zu morden, um an alle die Orden zu kommen, die deinem Freund verliehen wurden. Zum Ende des Krieges ist es bei ihm wohl ein bisschen aus dem Ruder gelaufen.«

»Das glaube ich nicht.« Karl wollte es nicht glauben.

»Bei der Partisanenbekämpfung ist so einiges nicht gemäß Wehrmacht-Dienstordnung gelaufen. Dein

Freund Werner hat sich anscheinend bei Hinrichtungen und Vergeltungsaktionen mit besonderem Eifer hervorgetan. Ich habe selbst ausgiebig mitbekommen, was der Krieg bedeutet und was er aus manchen Männern gemacht hat. Und nur, dass wir diesen Punkt zwischen uns geklärt hätten: Ich bin der Meinung, Krieg ist totale Scheiße. Es wird höchste Zeit, am sicheren Frieden zu arbeiten.«

Peters nuckelte an seiner Zigarette. Karl sah zum Lkw, an dem Favre stand, er diskutierte gestenreich mit einigen Soldaten.

»Womit muss ich rechnen?«

Das erste Grinsen stahl sich auf das flächige Gesicht des Polizisten.

»Was meinst du damit, womit muss ich rechnen?« Peters zwinkerte ihm verschwörerisch zu. Karl war auf alles gefasst, sagte aber nichts.

»Die Zeit der Orden ist vorbei. Eiserne Kreuze werden jetzt zu Kochtöpfen eingeschmolzen.«

»Was, wie meinen Sie das?«

»So wie ich es sage.«

Das Grinsen wurde breiter. Wie gewohnt machte Peters so einen harmlosen Eindruck.

»Das, was du berichtet hast, haben Favre und ich bereits vermutet. Für mich gibt es keinen Grund, dir nicht zu glauben. Dein Glück ist es, dass du mich angerufen hast und mich auf die Spur der Kameraden von der Waffen-SS gebracht hast. Es hätte allerdings nichts geschadet, wenn du mir früher erzählt hättest, dass Werner Schomer noch lebt.«

Karl sah den Polizisten verdattert an.

»Sie glauben mir einfach so?« Er konnte es nicht fassen.

Peters wurde wieder sehr ernst.

»Natürlich glaube ich dir nicht einfach so. Da spielen fünfundzwanzig Jahre Berufserfahrung und gute Menschenkenntnis eine zentrale Rolle. Das, was du erzählt hast, ist nur der Schlussstein im Fensterbogen und macht alles stabil. Außerdem lebt Huber noch. Mal sehen, wie mitteilsam der ist.«

»Das bedeutet, ich muss nicht ins Gefängnis?«

Um Peters' Augen bildeten sich Lachfältchen.

»Wenn du nicht ausdrücklich darauf bestehst, gesiebte Luft zu atmen, sehe ich keinen Grund dafür.«

Er zeigte zur Parade der Toten am Bunkereingang.

»Dass dein Freund die Kameraden da erledigt hat, wird Fragen aufwerfen. So wie ich das sehe, hat er bei vieren seine Handschrift am Hals hinterlassen. Was ist denn das für ein komisches Teil, das dem Langen im Auge steckt? Und der, der aussieht wie ein zu lange gebratenes Speckstück, hat den bei dem Gewitter gestern der Blitz getroffen?«

Karl nickte nur.

»Sachen gibt es.« Peters schüttelte den Kopf. »Wie auch immer. Endgültig entschieden ist natürlich gar nichts. Dafür müssen in den nächsten Tagen und Wochen noch eine Reihe von weiteren Untersuchungen durchgeführt werden. Du wirst deine Aussage zu Protokoll geben und beeiden müssen. Aber so wie ich das sehe, wird dir keiner ans Leder wollen.«

Eine nicht gekannte Erleichterung durchflutete Karl, er musste sich mit den Händen auf den Oberschenkeln abstützen.

Favre kehrte zurück. »Probleme?«, fragte er, als er Karl sah.

»Nein, ich habe nur seit gestern Morgen nichts gegessen.« Karl richtete sich wieder auf. Favre betrachtete ihn.

»Haben Sie Huber gefesselt?«

»Nein, das war Werner, warum?«

»Das Seil war ziemlich fest gebunden, er wird wohl seine rechte Hand verlieren.«

»Oh!« Die Floskel: »Das tut mir leid«, verkniff sich Karl, weil es ihm nicht leidtun wollte.

»Bei dem, was in seiner Akte so alles zu lesen ist, wird er seine Hände nicht mehr sehr lange benötigen«, knurrte Peters.

Favre schüttelte unwillig den Kopf.

»Wir sind nicht in eurem Dritten Reich. Monsieur Huber wird ein ordentliches Gerichtsverfahren bekommen. Dann wird man sehen.«

»Wie Sie meinen, mon Commandant.«

Peters hatte sein Urteil eindeutig gefällt. Nun erwartete er, dass kein alliierter Richter das anders sah.

»Sie haben mit Monsieur Bermes über alles gesprochen?«, fragte Favre Peters.

»Über die wichtigen Details auf jeden Fall.«

»Bon.« Favre wandte sich an Karl. »Ich würde Sie bitten, in nächster Zeit für weitere Fragen zur Verfügung zu stehen. Sie entschuldigen, ich habe weitere Aufgaben.«

Ungläubig sah Karl dem Franzosen hinterher, wie er wieder zu den Soldaten ging.

»Schau nicht aus der Wäsche wie die Puffmutter angesichts einer Kompanie notgeiler Soldaten.« Peters gluckste und blies zugleich Rauch aus. »Deine Hinrichtung ist abgesagt.«

»Das kann doch nicht alles einfach so im Sand verlaufen?«

Peters sah zum Bunker, dann zu den Toten, sein Blick blieb an Karl hängen.

»Manchmal ist es erstaunlich einfach. Im Sand verläuft nichts, Huber wird seinen Prozess bekommen. Es ist meiner Meinung nach nur eine Frage des zuständigen Gerichts, ob er erschossen wird, erhängt oder einen Kopf kürzer gemacht. Dein Freund Werner ist der aktuelle Bösewicht, nach dem gefahndet wird. Für dich ist eines wichtig, Kamerad Huber ist genau das Mosaiksteinchen, das Favre fehlt, um als großer Held nach Metz fahren zu können. Mit etwas Geschick stellt er den ganzen Mist hier so dar, dass die komplette Aktion von ihm exakt so geplant und eingefädelt wurde. Mit dir als Handlanger.«

Weil Karl die Stirn runzelte, fuhr er fort: »Es wäre gut, wenn du ihm da nicht in die Parade fährst und du diese Version nach Kräften unterstützt. Ich werde den Teufel tun, einer so schönen Geschichte zu widersprechen. Ich habe dir ja erzählt, mir gefällt es hier bei euch. Wenn Favre der geniale Ermittler bleibt, dürfte meiner Karriere in der neu zu gründenden Polizei von Rheinland-Pfalz nichts mehr im Weg stehen. Ich mag ein alter Sack sein, ich habe trotzdem Lust auf etwas Neues.«

Karl hätte sich am liebsten hingesetzt, es bot sich jedoch keine Gelegenheit.

»Alles löst sich jetzt auf und alles ist gut?«

Peters' Gesicht wurde ernst.

»Nicht alles ist gut, dieser Scheiß mit alten Kriegsgeschichten muss aufhören. Es gibt noch genug Leute, die verstehen müssen, dass die Welt sich weiterdreht. Für die da ist es zu spät dafür.«

Peters zeigte zu den Toten. Nach einem Zug an der Zigarette sah er Karl in die Augen.

»Außerdem sind wir auf dem Weg hierher im Lager gewesen. Fräulein Globkow hat deine Version so weit bestätigt. Leider ist es ihrem Vater nicht so gut ergangen. Als Huber und seine Männer deine Pauline entführen wollten, hat sich ihr Vater dazwischengeworfen. Er hat einige ordentliche Schläge abgekommen. Bis heute Morgen ist er nicht wieder wach geworden. Favre hat veranlasst, dass er ins Stiftskrankenhaus nach Kyllburg gebracht wurde.«

Karls Hände begannen zu zittern. »Brauchen Sie mich noch? Ich muss zu Pauline.«

Peters schüttelte den Kopf. »Nein.«

Bevor er weitersprechen konnte, rannte Karl bereits in Richtung Wald los. Peters sah ihm verblüfft hinterher.

»Ich hätte dich auch fahren können«, murmelte er. Karl Bermes war bereits so weit entfernt, dass er es nicht mehr hören konnte.

»Dann eben nicht.« Kriminalsekretär Peters zündete sich eine weitere Zigarette an.

EPILOG

Valentin Neuerburg betrat den Verkaufsraum seines Geschäfts. Er besaß ein feines Gehör, besonders für alle Vorgänge im Laden. Da war ein Geräusch gewesen, das da nicht hingehörte. Hin und wieder fanden Mäuse den Weg in ihr Schlaraffenland aus Mehl und Zucker, aber die verursachten normalerweise keine Geräusche.

Mit der Petroleumlampe in der Hand bewegte er sich langsam vorwärts. Er hatte eben die Registrierkasse erreicht, als jemand hinter ihm sagte: »Guten Abend, Valentin.«

Etwas Kaltes drückte gegen seine Kehle. Es fühlte sich sehr scharf auf der Haut an.

»Es wäre besser, wenn du nicht schreien würdest. Das hier würde sonst unschön und blutig enden. Das muss es aber nicht. Verstehst du das, Valentin?«

Neuerburg nickte, soweit es ihm möglich war.

»Das ist sehr schön, Valentin. Jetzt setzt du dich schön artig da auf den Hocker. Und vergiss nicht, ich bin viel schneller als du.« Mit dem Messer am Hals ging Neuerburg langsam zu dem Hocker, den er benutzte, um an die oberen Regale zu gelangen. Als er saß, trat Werner zwei Schritte zurück. Im Lampenschein funkelten seine Augen.

»Valentin, warum handelst du gegen die Leute aus dem Dorf?«

»Das tue ich doch nicht …«

Das Rasiermesser erschien vor dem Gesicht des Bürgermeisters. »Sch, sch, Valentin, nicht so laut. Wir wollen doch niemanden aufwecken. Das würde nur neue Probleme verursachen.«

Neuerburg hob abwehrend die Hände. »Was willst du von mir? Ich habe nichts getan.«

»Das sehen Karl und ich aber anders. Warum lässt du dich mit den Arschlöchern von der SS ein?«

Der Bürgermeister rutschte auf dem Hocker hin und her.

»Dieser Hauptsturmführer hat mich bei meiner Ehre als Deutscher gepackt. Müssen wir uns denn von den Franzosen alles gefallen lassen?«

»Sch, Valentin, nicht so laut. Ist dir noch nicht der Gedanke gekommen, dass wir die Besatzung verdient haben könnten? Wir ehrenhaften Deutschen, und insbesondere die SS, sind es gewesen, die Europa verwüstet haben.«

Trotz machte sich in Neuerburgs Gesicht breit.

»Als Sieger kann man viel behaupten.«

»Valentin, ich habe selbst aus nächster Nähe gesehen und miterlebt, wie sich die SS aufgeführt hat. Das kannst du mir meinetwegen glauben oder du lässt es bleiben, die haben alle Strafen, die sie erhalten, verdient.«

Neuerburg machte nicht den Eindruck, als wollte er dies einsehen. Werner war es egal. Einsicht und Überzeugungen konnte man nicht mit der Peitsche einprügeln oder mit dem Messer einritzen. So etwas musste wachsen. Er wollte ohnehin nicht den Moralapostel spielen, das stand ihm nicht zu. Der Bürgermeister musste nun etwas anderes einsehen und verstehen. Werner kam ihm so nahe, dass sich ihre Nasenspitzen berührten.

»Hör mir jetzt gut zu, Valentin. Ich werde aus Disselbach verschwinden. Also hast du ein Problem weniger. Ich werde allerdings immer nahe genug sein, um dir einen weiteren Besuch abzustatten. Solltest du je wieder auf die Idee kommen, mit irgendwelchen anderen alten Kameraden Karl zu belästigen, dann erfahre ich das. In so einem Fall komme ich wieder, das wird dann nicht so freundschaftlich sein. Hast du das verstanden?«

Das Messer schabte fast zärtlich über seine Kehle, Valentin Neuerburg nickte sehr vorsichtig.

»Das ist gut, Valentin, ich wünsche dir einen schönen Abend und eine geruhsame Nacht, man sieht sich.«

Das Messer verschwand. Wenig später öffnete und schloss sich die Eingangstür zum Geschäft. Der Ortsbürgermeister löste sich aus seiner Starre. Er sah an sich herab, er musste sich waschen und Hose samt Unterhose wechseln, sie klebten unangenehm feucht an der Haut.

KBV KRIMINALROMAN

Herbert Pelzer

ROSENTAL

Taschenbuch, 256 Seiten
ISBN 978-3-95441-661-5
14,00 EURO

1973 – Ein Sommer der bunten Farben und der finsteren Schatten

Es ist heiß und trocken. Im beschaulichen Dorf Nörvenich wird eine männliche Leiche gefunden. Erschossen aus nächster Nähe, hingerichtet vor der eigenen Haustür. Das Entsetzen über die grausame Tat ist groß, denn keiner der Dorfbewohner kann sich an einen ähnlich kaltblütigen Mordfall erinnern.

Während der Rest der Welt lebensfroh in den grellbunten Farben der Zeit erstrahlt, nimmt Kriminalhauptkommissar Emil Glasmacher von der Kripo Düren die Ermittlungen auf. Die wenigen erfolgversprechenden Spuren führen an die Mosel sowie in die nahe Kreisstadt Euskirchen.

Schließlich gerät ein Elendsquartier am Euskirchener Stadtrand in den Fokus der Ermittlungen: das Rosental. Verbirgt sich hier, im Schatten der Zuckerfabrik, zwischen den Baracken und Schrottautos, ein Motiv für den Mord? Befindet sich unter den letzten Bewohnern dieser nach und nach verlassenen Siedlung der Täter? Und kann es gelingen, einen weiteren Mord noch rechtzeitig zu verhindern?

»Der vielschichtige und feine Beobachter versteht sich bestens auf das Verweben von außergewöhnlichen Lebenswegen mit dem Sichtbarmachen psychologischer Entwicklungen seiner Protagonisten, historischen Hintergründen und einer Portion Lokalkolorit.« (Eifel Pur)

KBV KRIMINALROMAN

Andrea Revers

LASS DIE VERGANGENHEIT RUHEN

Taschenbuch, 304 Seiten
ISBN 978-3-95441-662-2
14,00 EURO

Die Eifeler Miss Marple und ein jahrzehntealter Fall

Ein alter Kollege klopft eines Nachts an die Haustür der pensionierten Kriminalkommissarin Frederike Suttner, um sie zu warnen: Der Prostituiertenmörder, den sie vor dreißig Jahren ins Gefängnis gebracht hat, ist wieder auf freiem Fuß. Er hat Rache geschworen, und er weiß, wo sie wohnt. Der Fall ruft bei Frederike bittere Erinnerungen wach, denn bei Thomas Wilhahns Verhaftung hatte sie dafür gesorgt, dass er übel zusammengeschlagen wurde. Das hat zwar ihre Karriere beschädigt, doch sie hatte damals ihre Gründe.

Tatsächlich taucht Wilhahn schon bald in der Eifel auf, und plötzlich ist Frederikes Nichte Angela spurlos verschwunden. Selbstverständlich hat Frederike sofort ihren alten Widersacher im Verdacht, doch so einfach ist die Sache nicht. Wilhahn versteht es perfekt, Menschen zu manipulieren und zu instrumentalisieren. Es dauert eine Weile, bis Frederike erkennt: Er nimmt Rache, doch er wird sich nicht die Finger schmutzig machen.